ALIADOS & ASSASSINOS

Obras do autor lançadas pela Galera Record:

Coleção Vampiratas

Demônios do Oceano
Maré de Terror
Capitão de Sangue
Coração Negro
Império da Noite
Guerra Imortal

Coleção Aliados e Assassinos

O Preço do Sangue

JUSTIN SOMPER

ALIADOS & ASSASSINOS

O PREÇO DO SANGUE

Tradução de
Rita Sussekind

1ª edição

—— Galera ——
RIO DE JANEIRO
2016

CIP-BRASIL. CATALOGAÇÃO NA PUBLICAÇÃO
SINDICATO NACIONAL DOS EDITORES DE LIVROS, RJ

S68a Somper, Justin
Aliados e assassinos: o preço do sangue / Justin Somper; tradução de Rita Sussekind. – 1. ed. – Rio de Janeiro: Galera Record, 2016.

(Aliados e assassinos; 1)

Tradução de: *Allies and assassins*
ISBN 978-85-01-10584-4

1. Ficção inglesa. I. Sussekind, Rita. II. Título. III. Série.

15-28541
CDD: 028.5
CDU: 087.5

Título original:
Allies and assassins

Copyright © Justin Somper, 2013

Texto revisado segundo o novo Acordo Ortográfico da Língua Portuguesa.

Todos os direitos reservados. Proibida a reprodução, no todo ou em parte, através de quaisquer meios. Os direitos morais do autor foram assegurados.

Editoração eletrônica: Abreu's System

Direitos exclusivos de edição reservados pela
EDITORA RECORD LTDA.
Rua Argentina, 171 – Rio de Janeiro, RJ – 20921-380 – Tel.: (21)2585-2000.

Impresso no Brasil

ISBN: 978-85-01-10584-4

Seja um leitor preferencial Record.
Cadastre-se e receba informações sobre nossos lançamentos e nossas promoções.

Atendimento e venda direta ao leitor:
mdireto@record.com.br ou (21) 2585-2002.

Para Jenny Jenner

SUMÁRIO

Primeiro Dia	9
Segundo Dia	119
Terceiro Dia	157
Quarto Dia	215
Quinto Dia	273
Sexto Dia	325
Sete Dias Depois	351
Arquivos de Archenfield	367

PRIMEIRO DIA

UM

GAIOLA DA FALCOEIRA, VILA DOS DOZE

Com o último de seus sete falcões equilibrado no pulso, Novah Chastain caminhou até a varanda mais uma vez. Os olhos castanho-acinzentados brilhavam como se estivessem molhados de orvalho; os cabelos escuros batiam abaixo da cintura, ligeiramente emaranhados em decorrência das visitas anteriores ao balcão varrido pelo vento. Seis de seus falcões já estavam a caminho, levando mensagens sombrias aos seis representantes em cada um dos portões da fronteira. O novo dia mal havia se anunciado, mas Novah já se sentia cansada. A cabeça doía e seu estômago parecia se corroer, apesar da falta de apetite no café da manhã. Era como se uma eternidade tivesse passado desde que lhe trouxeram a terrível notícia, mas, pela luz, ela sabia que fazia menos de uma hora que o Sino do Príncipe soara — a batida solitária que anunciava mais um alvorecer em Archenfield. Apesar de o próprio Príncipe não estar mais vivo para ver a manhã.

Ela assistia, como de costume, ao nascimento do novo dia de seu poleiro, no alto da vila dos Doze, quando o mensageiro do Capitão da Guarda chegou. Ao ouvir as palavras frias e duras, ela virou-se de costas — os olhos já ardendo — para ver o raio de sol dourado afastar os resquícios cor-de-rosa do alvorecer. A vista do Principado era tão bela quanto suas lembranças, mas naquele dia tal beleza parecia incontrolavelmente cruel.

A Falcoeira podia sentir a ansiedade de seu pássaro em levantar voo e seguir os seis amigos; ele se movia de um lado para o outro, impaciente, sobre o couro desbotado que protegia o braço esquerdo de Novah, dos bíceps musculosos até as pontas dos dedos. Ela guardara a ave favorita para o fim. Segurou Mistral por perto mais um instante, sabendo que, assim que ela voasse, ficaria sozinha com seu sofrimento. A gaiola da falcoeira, construída no topo da torre mais alta, parecia um lugar frio e solitário quando o poleiro ficava vazio.

Novah conjurou a imagem de seus outros seis falcões, já no ar, voando rapidamente nas direções designadas pelo céu de Archenfield, levando a mais sombria das mensagens para as gaiolas menores de cada um dos portões:

O Príncipe Anders foi morto. Um ou mais assassinos à solta. Fechem as fronteiras e tomem as medidas cabíveis.

Após aqueles dois anos de paz, conquistados a duras penas e pouco saboreados, Novah imaginava como seria vertiginoso o choque que cada um de seus companheiros de gaiola nas fronteiras levaria ao receber um bilhete tão sinistro.

Acariciando a cabeça coberta de Mistral com os dedos da mão livre, Novah olhou a paisagem que se estendia diante de seus olhos; a paisagem que amava com uma paixão profunda e visceral. Pensou em como a notícia viajaria rapidamente, para além do palácio, além da Vila, até os assentamentos. Antes do pôr do sol, todos os homens, mulheres e crianças talvez já terão compartilhado a notícia do assassinato do Príncipe Anders. Choque e luto se espalhariam furiosamente, como o mais agressivo incêndio florestal; não, como uma praga trazida pelo vento. Pessoas que jamais viram o rosto do Príncipe ou ouviram sua voz cairiam ao chão, ajoelhadas em sofrimento.

Ao contrário deles, Novah o conheceu: o rosto do Príncipe lhe era tão familiar quanto o sol; sua voz, tão conhecida quanto o farfalhar das árvores. Imaginar um mundo sem ele era tão implausível quanto conceber um dia sem o sol, o vento ou as árvores.

Novah tentou respirar calmamente. Ela era parte do Conselho dos Doze — o Conselho que apoiava o Príncipe no governo do Principado. Sabia que precisava tentar conter seus sentimentos e se concentrar no trabalho que se exigia dela. O mensageiro do Capitão da Guarda havia lhe explicado tudo com extrema clareza, e ela executou a ordem ao pé da letra. Como sempre. Ninguém jamais contestaria a dedicação de Novah Chastain às obrigações.

Ela acariciou Mistral pela última vez. Sempre existiu um laço particularmente forte entre a Falcoeira e esse pássaro. Ela sempre se julgou capaz de sentir suas emoções, fossem de alegria ou ansiedade, e tinha certeza de que o pássaro conseguia intuir suas sensações também.

Então ela removeu o capuz do falcão e encarou carinhosamente seus olhos, brilhantes como joias. Serviam como espelhos gêmeos de sua inquietude. Mistral começou a mover a cabeça de um lado para o outro. Sempre que suas aves se livravam dos capuzes, parecia que tentavam absorver, sedentas, cada aspecto dos arredores. Frequentemente Novah tinha a impressão de que experimentavam o mundo — as imagens, os sons, cheiros e segredos — pela primeira vez a cada dia.

O momento não podia mais ser adiado; era hora de libertar Mistral. Ela fez um movimento treinado com o pulso, então o falcão abriu as asas e voou.

Ao vê-lo voar, Novah de repente se sentiu sem equilíbrio, tonta. Esticou as duas mãos para segurar a sacada. Absorvendo goles irregulares de ar, ela se distraiu com os sinais de atividade abaixo de onde estava.

À direita estava a escura floresta verde-azulada, e, além da mata, o fiorde prateado. Ao voltar o olhar para a direção oposta, viu um aglomerado de figuras no Vale — uma equipe de caça. Forçou a vista com o esforço de identificar as figuras, mas logo água brotou de seus olhos novamente e a visão se tornou borrada. Ela ergueu um pedaço de linho para absorver um pouco da umidade. Ao afastá-lo, viu um cavaleiro solitário cavalgando em direção ao Vale.

Soube, pela forma de montar, que era Lucas Curzon, o Lacaio-
-Chefe. Um dos Doze, Lucas era um dos mais corteses e nobres entre
os homens. Era de poucas palavras — pelo menos com companhias
humanas: ela às vezes o ouvia, quando ele pensava estar sozinho, conversando compenetrado com seus cavalos.

Lucas provavelmente levava o recado ao grupo de caçadores. Juntando o que vira, Novah percebeu que o irmão mais novo do Príncipe Anders, o Príncipe Jared, talvez fosse um dos caçadores. Seria possível que o jovem Príncipe ainda não soubesse do destino de seu irmão? Esse pensamento fez uma dor intensa percorrer suas entranhas. Ela abriu a boca para gritar, mas nenhum som saiu. Sua dor, ela sabia, estava enterrada fundo demais para ser liberada com facilidade. Segurando a delicada barriga, ela balançou para a frente e para trás por um instante, implorando para que a dor passasse. Mas aquela era uma ferida teimosa, que permaneceria em seu interior, submersa como uma caixa trancada nas profundezas de um fiorde.

Ela sabia disso com a mesma certeza com que sabia dos tempos sombrios e difíceis que estavam por vir. Não só para ela e para o restante dos Doze, mas para toda a Archenfield.

Um súbito ruído a resgatou do devaneio. A porta norte foi fechada com tal força que uma das vidraças se rachou e estilhaçou. Com uma recente dor cortante na cabeça, Novah investigou o leque de cacos caídos.

Era melhor entrar. Por ora, seu trabalho estava feito. Ela se virou e se aproximou da porta quebrada. Apesar de tê-la aberto com o máximo possível de gentileza, mais cacos caíram e se estilhaçaram perto de seus sapatos. Um dos pedaços, talvez carregado pelo vento, se enterrou na ponta de seu dedo indicador. Ela notou, com um fascínio horrorizado, a gota de sangue que surgia ali, e continuou olhando enquanto seu tamanho aumentava. Era como observar uma flor que se abre.

Enquanto o sangue começava a escorrer pela lateral do dedo, ela o levantou em direção aos lábios e levou o gosto metálico à boca. De um jeito estranho, aquilo a confortou, oferecendo-lhe uma espécie de proximidade com o Príncipe Anders. Ela imaginou, mais uma vez, a vida do jovem Príncipe viril se esgotando. Fechou os olhos, tentando afastar a imagem vívida. Mas lá estava, espreitando horrivelmente por trás de suas pálpebras.

— Príncipe Anders — sussurrou ela. Em seguida, um eco ainda mais suave: — Anders. — Seus olhos continuavam fechados. Ela sentiu uma lágrima solitária descendo por sua face e caindo, salgada, na língua suja de sangue.

DOIS

O VALE

— Segure firme, senhor — ordenou Kai Jagger, o Caçador-Chefe, ao Príncipe Jared. — Você e eu esperamos aqui.

Tinham desmontado dos cavalos e agora esperavam sobre a grama, enquanto outros dois membros da equipe de caça partiam a pé para o bosque à frente. A vegetação estava molhada de orvalho, e alguns vestígios da bruma da manhã ainda resistiam ao redor. Jared podia sentir a umidade entrando pela parte superior das botas de montaria. Não era algo bem-vindo, mas, ao mesmo tempo, o frio e a umidade o deixavam um pouco mais desperto e alerta.

Ele não queria ter sido arrastado da cama para caçar naquela manhã — jamais escolheria ser arrastado do conforto de sua cama —, mas tudo aquilo fazia parte de seu treinamento. Sabia que não havia escapatória; não mais do que haveria para o cervo.

Jared praticava o uso de sua arma na linha de árvores à frente; linha em que, se seus subordinados tivessem executado as respectivas tarefas com sucesso, o veado surgiria, diretamente na mira do tiro. Ele observou seus companheiros — um homem e uma mulher — avançando para a clareira. Notou a forma precisa como se moviam, mantendo-se próximos às árvores adjacentes, de modo que os uniformes verde e marrom se misturavam à folhagem. Estava se tornando cada vez mais difícil distinguir os caçadores das árvores. Que chance o cervo teria?

Ele se voltou para o homem ao seu lado. Por mais que preferisse estar em casa, embaixo das cobertas, sabia que, se era inevitável se submeter a atividades àquela hora, ao menos Kai Jagger era uma companhia tranquila e pouco exigente. Ele não era muito chegado a conversa fiada; ou a qualquer tipo de conversa, na verdade. Observando-o, Jared tinha a impressão de que os sentidos de Kai eram mais conectados com as plantas e os animais ao seu redor que com as companhias humanas. Jared gostava disso.

Não conseguia deixar de se sentir intimidado por Jagger. Jared se considerava em condições razoavelmente boas: aos 16 anos de idade, seu físico parecia evoluir constantemente, do corpo de um menino para o de um homem; a cada dia parecia ter músculos mais firmes e notava melhorias na força e resistência — uma metamorfose que ocorria quase sem esforço consciente. Mas, apesar da força crescente, e também de sua altura, ele sempre se sentiu um jovem franzino em comparação a Kai Jagger.

Não sabia ao certo qual era a idade de Kai e nunca ousou perguntar. De certa forma pareceria uma pergunta muito íntima, mesmo para um príncipe, com o direito de perguntar o que quisesse. Deveria estar na casa dos 40? Desde que Jared o conhecia, os cabelos e a barba de Kai eram prateados, e, no entanto, seu rosto — embora corado por dias intermináveis ao sol e ao vento —, era liso e praticamente sem rugas.

Kai era um dos mais velhos dos Doze, tendo conservado a vida enquanto outros foram abatidos na última guerra. Não foi nenhuma surpresa que tenha voltado intacto do campo de batalha. Quando menino, crescendo na corte, Jared queria ser como Kai quando se tornasse adulto. Mas, mesmo agora que chegara aos 16 anos, e apesar de seu crescente poder físico, tinha a impressão de que sempre se sentiria como um adolescente em comparação a ele.

— Ele deve sair a qualquer momento, senhor — informou o Caçador-Chefe, erguendo o próprio arco. Jared sabia que era seu o ônus de matar a caça. Jagger só estava se preparando para disparar uma segunda flecha caso a incursão não fosse limpa ou decisiva o suficiente.

Fez-se um barulho repentino, e Jared, tenso, preparou-se para agir, mas logo percebeu que o som não viera do bosque, mas do alto. Olhou para cima a tempo de ver um falcão.

— Novah — sussurrou. Não era incomum ver um de seus pássaros voando àquela altura, mas hoje havia algo de sombrio na aproximação da ave. Ou talvez ele só estivesse imaginando. O Príncipe admirou a forma como o pássaro ganhava altura, sem o mínimo esforço aparente.

Ele então sentiu o hálito de Kai, morno em sua orelha.

— Não se permita distrair, Príncipe Jared — censurou o Caçador-Chefe. — Mantenha a concentração no bosque. Talvez você só tenha uma chance.

Obediente, Jared dedicou total concentração ao bosque. O sol estava cada vez mais forte, e agora um raio dourado de luz atingia parte das árvores. Nesse momento, ele testemunhou uma cena muito curiosa — e impossível; seu pai, o Príncipe Goran, saiu do meio das árvores e olhou para ele.

Totalmente paralisado, Jared levantou a mão em saudação. Seu pai levantou a própria mão, espelhando o gesto. Jared se viu tremendo. Havia dois anos que o pai morrera — abatido no campo de batalha antes de Anders liderar as tropas para a vitória final e decisiva. Então como o Príncipe Goran podia estar ali agora?

— Foco! — exclamou Kai Jagger. — Veja! Aí vem ele. Mire!

Quando Jared olhou novamente, o pai havia desaparecido. Em seu lugar, o sol agora iluminava um cervo.

A criatura imponente saiu da linha de árvores, como se fosse atraída pela luz. Cada companheiro executou sua tarefa. Agora, cabia a ele concluir o trabalho. Mas o veado era uma criatura tão nobre e formidável, e Jared ainda estava em choque pela visão do pai. Hesitou, com a flecha puxada para trás.

— Agora! — Jagger comandou. — Agora!

Não disse "senhor", nem "Príncipe Jared". Sem mais fingimentos sobre quem estava no comando ali.

Sentindo um suor frio cobrir o seu corpo, Jared soltou o arco e atirou a flecha veloz para as árvores. E foi exatamente onde ela se enterrou; no tronco de uma árvore.

Antes que o veado pudesse correr, contudo, uma segunda flecha zuniu pelos ares. E, é claro, essa entrou em perfeito contato com o alvo: a mira de Kai Jagger jamais falharia àquela distância.

A flecha certeira atingiu o pescoço do animal. Enterrou-se, e a criatura empinou por um instante, para em seguida recuar lentamente, enquanto a ponta da flecha alcançava ainda mais fundo, cortando através do sistema nervoso e desligando quase instantaneamente uma função após a outra. Jared podia ver, quase sentir, as ondas de dor vivenciadas pelo cervo, até finalmente a habilidade de ficar de pé ceder e o animal tombar no chão molhado, lançando no ar um spray de orvalho. O garoto foi dominado por uma tristeza profunda, inseguro se isso se devia ao próprio senso de fracasso ou à proximidade da morte.

Jagger suspirou, apoiando a mão pesada no ombro de Jared por um instante.

— Você não pode se permitir distrações, senhor. Acredito que já lhe disse isto antes.

Sem mais conversa, foram até a presa moribunda. Dois companheiros emergiram do bosque e se aproximaram para encontrá-los. Enquanto os quatro caçadores se reuniam, o veado levantou o olhar cansado e soltou um derradeiro e derrotado suspiro.

— Muito bem, senhor! — Uma das subordinadas de Jagger parabenizou Jared. Ela evidentemente não tinha percebido que não fora sua flecha que atingira o animal.

Jared abriu a boca para corrigi-la, mas a voz de Jagger cortou a sua, calando-o. O Caçador-Chefe ofereceu breves instruções à equipe que, em resposta, começou a amarrar a fera para transportá-la de volta ao palácio. Jared evitou os olhares.

Desde que fora nomeado Sucessor de Anders, seu herdeiro, Jared passou a ser submetido a esses exercícios de caça toda semana. Não era algo em que fosse naturalmente bom, ao contrário de seu irmão mais velho — e, aliás, do mais novo. Ao que parecia, o Wynyard do meio não tinha instinto assassino. Mas, se chegasse o improvável dia em que seria coroado Príncipe de Toda a Archenfield, ele teria de ser tão preciso e implacável quanto qualquer um no Principado. Pelo menos era esse o plano. Mas a saída daquela manhã só comprovou o quão longe da meta ainda estava.

Jared sabia que Anders não teria fracassado naquele tiro, da mesma forma que Jagger. O Caçador-Chefe deve ter achado muito mais satisfatório treinar Anders nas funções de príncipe. Não pela primeira vez, Jared pensou em quanto não queria que seu irmão o tivesse apontado como Sucessor. Se ao menos Anders tivesse escolhido o primo Axel em seu lugar... Ele era muito mais talentoso com arco e flecha. Parecia gostar de todas as atividades esportivas; principalmente as que acabavam em morte.

Seu devaneio foi interrompido pelo ruído de cascos. Ele levantou o olhar para ver o Lacaio-Chefe galopando velozmente em direção à equipe de caça. O cavalo de Lucas Curzon mais parecia voar que galopar. Ao olhar para o lado, Jared viu que Kai estava atento. Será que sabia, ou desconfiava, do propósito do Lacaio-Chefe? Se sabia, não o demonstrava.

Lucas deteve seu cavalo bem na pata do veado abatido. Desmontou rapidamente e se aproximou ainda mais. Jared prendeu a respiração, notando uma demonstração de dor nos expressivos olhos azuis do Lacaio-Chefe. Já sabia que se tratava de algo ruim, mesmo antes de Lucas cair de joelhos à sua frente.

— Sinto muito, Príncipe Jared — iniciou Lucas, a voz estranhamente rouca. Ele respirou fundo e continuou, mais energicamente. — O Príncipe Anders se foi. — Parou, mas só por um instante. — Seu irmão foi encontrado morto em seus aposentos. Parece que foi assassinado.

Jared quase não percebeu que Kai Jagger fazia uma pergunta, e Lucas voltava-se para responder. Pôde ver a boca do lacaio se mover, como se estivesse em câmera lenta, e, no entanto, nenhum som compreensível era emitido. Sentiu o próprio corpo passar por uma sequência de convulsões. Lembrou-se sutilmente da maneira como a flecha havia se enterrado na carne do cervo, provocando um impacto cada vez mais profundo, junto ao caos em seu interior. Agora ele era a caça... e aquela terrível notícia, a flecha. Seu irmão estava morto. Agora ele, Jared, não era apenas um príncipe. Ele era *o* Príncipe de Toda a Archenfield; governante de todas as terras que seus antepassados reivindicaram para si e travaram muitas guerras para proteger.

Sentiu a mão em seu ombro. Seu primeiro pensamento foi o de que seria Kai Jagger novamente. Mas, ao levantar o olhar, viu que ele continuava envolvido na conversa com Lucas. Os dois companheiros de Kai estavam ao lado do Caçador-Chefe. Então de quem seria a mão que apertava seu ombro? Jared deu meia-volta e se viu olhando para o rosto do pai mais uma vez.

O fantasma — se é que era isso — não falou, mas, de algum jeito, Jared sabia que o pai tentava consolá-lo, pedir que se controlasse. Ele meneou a cabeça, discretamente, para que os outros não vissem. Então se recompôs. Ao fazê-lo, percebeu, com uma nova onda de tristeza, que o pai havia desaparecido.

Jared se sentiu tonto. Em seguida nauseado. Um redemoinho profundo de enjoo pareceu surgir em suas entranhas. Incapaz de segurar, ele abriu a boca e liberou uma torrente um tanto notável de vômito sobre as próprias botas de caça.

TRÊS

O PALÁCIO

Enquanto os cavalariços conduziam os cavalos aos estábulos e a equipe de caçadores se dispersava, o Príncipe Jared ouviu o Sino da Cozinheira soar três vezes. O novo líder de Archenfield, que tinha 16 anos, caminhou sozinho e a passos largos em direção às portas dos fundos do palácio. Tinha vaga noção das atividades que o cercavam: os funcionários da cozinha já colhiam ervas e vegetais no jardim, apressando-se em obedecer a ameaçadora Vera Webb o mais rápido que conseguiam; Emelie Sharp, a Apicultora, cobria uma de suas colmeias. Tais ações representavam a ordem e a continuidade. Mas como isso era possível? Com a notícia do assassinato de Anders, tudo no Principado parecia fragmentado.

Jared podia sentir o coração martelando, pensava em tudo que o esperava no palácio, quando viu Logan Wilde nos degraus dos fundos, pronto para recebê-lo. Logan era outro membro importante do grupo dos Doze. Seu título — o Poeta — inicialmente poderia ser enganoso. Sim, ele era capaz de criar belos poemas e histórias, mas sua posição era tão política quanto cerimonial.

Logan ergueu a mão. Jared acenou, olhando de maneira diferente para o homem alto e esguio pronto para cumprimentá-lo. Na medida em que o Príncipe se aproximava, a escura cabeça com cabelos bem-aparados de Logan se curvava por um momento, em sinal de respeito. Quando levantou o rosto novamente, Logan Wilde revelou calor nos olhos cor de âmbar. Ele sorria, fazendo seu melhor, sem dúvida, para oferecer segurança. Mas Jared teve a impressão de que enxergava os sinais de esforço na face do poeta. Sabia que Logan era um dos companheiros mais leais de seu irmão.

Os Doze não eram apenas o séquito e os camaradas com os quais o Príncipe governava o Principado: eram todos devotos a seus governantes. Jared tinha uma noção sutil de que o irmão mais velho havia inspirado um forte senso de devoção em todos, de oficiais a subordinados. A agitação de sua morte se espalharia até muito longe. Jared já sentia pavor por apenas tentar caminhar nos passos dourados do irmão.

— Preciso vê-lo — disse Jared a Logan Wilde, assim que os dois podiam se ouvir.

— Sim, claro, Vossa Alteza — disse Logan. — Vou levá-lo até ele.

Era estranho ser tratado como "Vossa Alteza" em vez de "Senhor" — como se Anders, o verdadeiro Príncipe, estivesse bem atrás dele, ou como se fizessem uma encenação. Mas aquilo era real, e Jared sabia que teria de se acostumar; e essa era a mais suave das mudanças às quais teria de se adaptar rapidamente. Logan abriu as portas do palácio para permitir que o Príncipe entrasse. Juntos, seguiram rapidamente pelo corredor.

— Quem o descobriu? — perguntou Jared, ansioso em apurar os fatos.

— Silvya — respondeu Logan. — Como sabe, o Príncipe e sua consorte têm... tinham... — corrigiu-se — aposentos diferentes, porém contíguos. Ela o ouviu gritar no meio da noite e foi verificar o que havia de errado. — Logan e Jared passaram por uma porta pesada de carvalho, que levava ao coração do palácio principal. — Nem preciso dizer que Silvya está em profundo estado de choque. Sua mãe e seu irmão estão com ela agora. Vou levá-lo até eles...

— Vou ver Anders primeiro — interrompeu Jared.

— Sim, claro, Vossa Alteza — assentiu Logan. — No fim das contas, foi o que quis dizer. Príncipe Jared, está ciente de que, como Sucessor de Anders, você agora assume uma série de novas funções, mesmo antes do funeral de seu irmão e, certamente, antes de sua coroação? Não se iluda, a partir do instante em que o corpo do Príncipe Anders foi encontrado, para todos os efeitos, você se tornou o Príncipe de Archenfield.

Antes que pudesse responder, Jared viu, à frente, dois empregados dobrarem uma esquina e caminharem na sua direção. O homem e a mulher pareceram surpresos em vê-lo, e, ao ver a dor crua estampada em seus rostos, ele percebeu que ambos olhavam-no tentando buscar força e conforto. Como poderia sequer pensar em oferecer isso? Ele virou a cabeça, sentindo-se covarde por essa atitude, como se tivesse fracassado no primeiro pequeno desafio que lhe fora apresentado como governante de fato. Ficou aliviado quando os dois seguiram seu caminho.

Talvez por ter testemunhado seu desconforto, Logan colocou, de forma tranquilizadora, a mão no ombro de Jared. O toque do Poeta foi fugaz, mas Jared sentiu algum conforto com o gesto. Dobraram a esquina seguinte.

— As coisas vão acontecer muito rápido agora — disse Logan a ele. — Muito será exigido de você. Precisará de um escritório, algum lugar para receber as pessoas. A solução óbvia é que se mude para os aposentos de seu irmão.

Jared fez uma careta e balançou a cabeça. — Não tenho a menor intenção de dormir na cama de meu irmão morto...

— Não, claro que não — concordou Logan. — Ainda não. Mas presumo que não tenha as mesmas reservas em relação a se sentar à mesa dele. — Seus olhos encontraram os de Jared. — De certa forma, pode-se dizer que isso criaria continuidade entre vocês dois, Vossa Alteza.

Jared sabia reconhecer quando tinha sido derrotado.

— Certo... tudo bem, usarei a mesa e o escritório. Mas dormirei em meus aposentos até me decidir pelo contrário.

Isso pareceu bom o bastante para o Poeta, que assentiu antes de prosseguir.

— De maneira geral, acho melhor dar um passo de cada vez, mas o grande desafio se apresentará amanhã, quando fará um pronunciamento às pessoas da sacada do palácio. — O sangue de Jared já estava frio só de pensar. — Há duas opções. Posso anunciar a morte do Príncipe Anders para você prosseguir com algumas palavras vibrantes...

Jared deteve-se onde estava, pensando em como exatamente poderia encontrar "palavras vibrantes" para endereçar às pessoas. Parando ao seu lado, Logan pareceu ler sua mente.

— Não se preocupe, Vossa Alteza — disse, oferecendo a ele duas folhas de papel dobradas. — Tomei a liberdade de lhe preparar algo. Como ponto de partida, pelo menos.

— Obrigado — agradeceu Jared, pegando os papéis e guardando-os em um dos bolsos.

Estavam próximos à escada do palácio principal, que cortava o hall em um enorme Y. As paredes do Grande Salão eram cobertas por pinturas da família real, de gerações passadas à atual. Jared parou em frente a um quadro de seu pai, sentindo a conhecida pontada de inferioridade. Ele sabia que o pai não tinha mais que 16 anos quando aquela tela foi pintada. Anos antes de ascender ao trono, era possível ver em seu olhar que ele estava pronto, mesmo ali.

Olhando a imagem do Príncipe Goran, Jared se espantou com quanto Anders lembrava seu pai. Não era apenas o fato de ambos terem cabelos dourados e finos e olhos azuis, enquanto os cabelos e olhos de Jared eram castanho-escuros: havia algo de autoritário no rosto de Goran e no de Anders, na vida ou na arte. Ambos possuíam uma certeza inabalável de que estavam destinados a governar. Jared nunca se sentira assim e agora que segurava as rédeas do Principado sentia-se menos qualificado que nunca.

Olhou ao redor e viu Logan Wilde, alguns passos à frente, observando-o. Certamente o Poeta pensava o mesmo que ele — que as coisas iam mal quando alguém como Jared assumia o comando do Principado. Mas, se o Poeta tinha tais ideias, não demonstrou qualquer sinal. Em vez disso, ofereceu um sorriso caloroso e gesticulou para que Jared o seguisse pelas escadas.

Mais empregados passaram por eles, dessa vez uma dupla carregando montes de tecido preto. Jared percebeu que tinham recebido a ordem de cobrir todos os espelhos do palácio. O mesmo acontecera dois anos antes, após a morte de seu pai: lembrou-se de seu tio Viggo lhe dizendo que os espelhos podiam prender as almas dos sobreviventes. Ficariam cobertos por sete dias.

Podia ser apenas uma superstição, mas era sombria. Jared observou duas mulheres cobrirem um grande espelho enfeitado. Apesar do incômodo senso de irrealismo que experimentava, alguma coisa na visão do espelho em luto o fez perceber que tudo aquilo era real. Um pesadelo, talvez, mas não um do qual estaria prestes a acordar.

— Você falou sobre duas opções? — perguntou a Logan, tentando focar nas questões práticas.

— Sim — assentiu o Poeta. — A segunda possibilidade é que você também faça o anúncio da morte. Mas, com alguns dos serviçais já sabendo da notícia, é só uma questão de tempo até que as palavras se espalhem para além dos confins do palácio.

— O que você sugere? — perguntou Jared.

— Sugiro que mandemos mensageiros aos estabelecimentos — respondeu Logan, confiante. — Assim, quando as pessoas vierem aqui, já chegarão sabendo que o Príncipe Anders está morto. Virão para ver do que você é feito e de que maneira garantirá que o Preço do Sangue seja pago.

— Preço do Sangue — Jared ecoou.

Logan pareceu interpretar as palavras limitadas do Príncipe como uma pergunta. Seus olhos ágeis encontraram os de Jared.

— Quem quer que seja o responsável pela morte do Príncipe Anders, ele, ou até mesmo *ela*, deverá pagar com o próprio sangue. — Limpou a garganta, antes de prosseguir: — É um dogma central de como conduzimos as coisas aqui em Archenfield.

Jared assentiu. Será que o Poeta realmente achava que ele não sabia disso? Tinha crescido no coração da corte e, como tal, conhecia os costumes do Principado tão bem quanto qualquer um.

— Concordo com você, Logan. Melhor mandarmos um aviso sobre o assassinato de Anders antes de meu pronunciamento. Isso torna as coisas... — Frustrou-se por não conseguir encontrar prontamente a palavra certa.

— Mais limpas? — sugeriu Logan, alegre com o propósito.

O Príncipe Jared concordou. Percebeu que tinha acabado de dar um comando ao Poeta. Talvez houvesse chance, ainda que pequena, de que ele realmente conseguisse exercer o papel de Príncipe.

Olhando para cima, viu que caminhavam juntos por uma galeria, a porta dos aposentos de Anders visível logo à frente. Mais uma vez, Jared sentiu um calafrio e sabia que nada tinha a ver com a temperatura do longo corredor.

— A ala do Príncipe foi protegida pelo Capitão da Guarda — informou Logan. — Elias Peck, o Médico, está examinando o corpo de seu irmão agora. Uma vez que o trabalho inicial se complete, o corpo será levado para o consultório de Elias para um... exame mais completo.

— Não antes de eu ver Anders pessoalmente — repetiu Jared.

Logan assentiu, apesar de o gesto parecer mais em reconhecimento dos desejos de Jared que em concordância quanto a honrá-los.

Considerando que ele deveria ser o Príncipe, Jared começava a ter a impressão de que não era ele quem estava de fato no controle das coisas. Havia muitas perguntas não respondidas sobre a morte do irmão, mas, de algum jeito, Logan Wilde conseguiu desviar a conversa da investigação sobre o assassinato de Anders para as questões cerimoniais do dia seguinte.

A porta dos aposentos do Príncipe Anders estava fechada e protegida pelo Chefe dos Guarda-Costas, Hal Harness. Ele cumprimentou Logan Wilde cordialmente com um gesto de cabeça e, em seguida, se voltou para Jared.

— Sinto muito por sua perda, Vossa Alteza — declarou.

— E eu, pela sua. — Jared se pegou respondendo. — A morte do Príncipe Anders é uma perda para todos nós.

— De fato — respondeu Hal com um meneio. Permaneceu na frente da porta.

— Com licença, Hal — disse Logan a ele. — O Príncipe Jared deseja ver o irmão.

Fez-se um momento de silêncio desconfortável. Os olhos de Hal encontraram os de Logan, mas o Chefe dos Guarda-Costas não se moveu.

— Eu disse para dar licença — insistiu Logan.

— Recebi ordens para não permitir a entrada de qualquer um enquanto o médico conduz a investigação.

Jared sentiu uma nova tensão subir ao peito. Estava ciente de que seus olhos se estreitavam pelo ódio.

— Eu não sou "qualquer um"... — começou.

— Deixe-me cuidar disso — aconselhou Logan. Antes que Jared pudesse acrescentar qualquer coisa, Logan continuou: — Hal, entendemos que Elias Peck precisa de sossego e quietude enquanto faz os exames iniciais, mas o *Príncipe* Jared deve ter permissão para ver o corpo do irmão sem mais delongas.

Hal parecia estar considerando a questão, mas continuou parado onde estava.

— Saia da frente! — gritou Jared, furioso —, ou, por Deus, farei com que saia! — Arrependeu-se das palavras assim que saíram de sua boca, ciente de que ameaçar e cumprir eram coisas muito diferentes. Jared podia ser o novo Príncipe de Archenfield, mas, em qualquer luta com Hal Harness, certamente perderia. O Chefe dos Guarda-Costas tinha alguns anos a mais de vantagem, vários quilos de significativos músculos e, como não bastasse, tinha atingido a proficiência em formas de combate sobre as quais Jared nem ouvira falar. Considerando tudo, Hal era basicamente o último homem da corte com quem se deveria comprar briga.

A solução do impasse surgiu do interior dos aposentos: a porta se abriu um pouco, e Axel Blaxland — primo de Jared e Capitão da Guarda de Archenfield — apareceu na entrada. Ao ver Jared, afastou Hal Harness e estendeu a mão para o ombro de seu jovem primo.

— Primo Jared, não existem palavras que expressem adequadamente minhas emoções, ou com as quais eu possa confortá-lo em um momento como este; os olhos escuros de Axel encontraram os de Jared.

Enquanto Axel afastava a mão, Jared viu, sobre seu ombro, o interior do quarto. Havia apenas uma fresta aberta, mas foi o suficiente para que notasse o corpo inerte do irmão, sobre o qual o Médico, Elias Peck, se inclinava, em seguida, recuava e falava com outra pessoa ali dentro.

Apesar de ter consciência de que Axel ainda conversava com ele, toda a atenção de Jared estava no quarto além. Agora uma segunda pessoa entrava em seu campo visual.

Reconheceu a menina, apesar de não conseguir se lembrar de seu nome. Era a sobrinha e aprendiz do Médico. Seus cabelos tinham a mais extraordinária cor — um vermelho profundo, em tons de cobre, que o fazia pensar nas árvores dos jardins do palácio, agora vestidas com as cores do outono. A menina fazia anotações cuidadosas enquanto o tio fazia observações.

Elias Peck estava concentrado demais no próprio trabalho para tomar conhecimento daqueles na entrada dos aposentos, mas a menina levantou o olhar do caderno, e seus olhos cinzentos encontraram os de Jared. Ela sorriu para ele. Um sorriso encorajador, porém triste, tão caloroso quanto o sol da manhã.

Ele fez um aceno para ela, que retribuiu. Em seguida, ela levantou novamente a caneta para voltar aos comentários do tio.

— Então estamos de acordo, certo? — Jared ouviu Axel dizendo agora.

— Desculpe — disse Jared, percebendo a própria falta de atenção. — Em que exatamente concordamos?

Os olhos escuros de Axel voltaram-se ao primo.

— Que os mensageiros também farão saber quando vir ao palácio para seu pronunciamento amanhã. Que Logan vai confirmar a morte do Príncipe Anders e, em seguida, lhe entregará algumas palavras bem-escolhidas. Acredito que o Poeta tenha escrito o discurso para você.

— Apenas tive algumas ideias — acrescentou Logan. Jared tinha outras preocupações, mais importantes. Ele se voltou abruptamente para Axel.

— Vou ver o corpo de meu irmão agora — afirmou.

— Claro — respondeu Axel. — Assim que Elias concluir o exame inicial, mandarei alguém encontrá-lo.

— Prefiro vê-lo agora — insistiu Jared.

Logan abriu um largo sorriso para ele. Jared começava a perceber que o poeta era propenso a sorrisos calorosos; principalmente quando queria alguma coisa.

— Vossa Alteza — começou Logan —, sua mãe me pediu que o levasse ao seu encontro.

— Minha mãe? — perguntou Jared.

Logan assentiu.

— Acho que mencionei que Edvin e ela estão com Silvya. Acho que seria mais reconfortante se o vissem agora. Estamos, afinal, diante não apenas do assassinato de um Príncipe, mas da morte de um marido, um irmão, e um filho. — O Poeta fechou os olhos por um instante. — Peço desculpas — falou. — Não preciso lhe dizer estas coisas, Vossa Alteza.

Jared hesitou. Sem dúvida havia verdade nas palavras do Poeta.

— Irei até minha mãe em um instante. É importante que eu veja Edvin, Silvya e ela.

Enquanto Logan assentia, gentilmente, Jared virou a cabeça.

— Mas, antes, falarei com o Capitão da Guarda. A sós. — Contra todas as suas expectativas, havia autoridade em sua voz. Ele sentiu isso e percebeu que os outros também. Não sabia ao certo quem estava mais surpreso.

— Claro — aquiesceu Axel, como se isso jamais tivesse sido colocado em discussão. — Logan, sugiro que espere aqui com Hal. Príncipe Jared, vamos até a biblioteca? Podemos conversar reservadamente lá. — Ele apontou para uma porta à frente, no corredor.

Assentindo decididamente, Jared passou por Hal Harness e Logan Wilde em direção à entrada. Sentiu que tinha vencido sua primeira batalha. Era uma pequena vitória, mas, ainda assim, uma vitória.

QUATRO

BIBLIOTECA DO PRÍNCIPE, PALÁCIO

— Não quero parecer condescendente, primo — disse Axel, enquanto conduzia Jared à biblioteca —, mas você está lidando muito bem com isso tudo.

— Obrigado — agradeceu Jared, ao mesmo tempo confortado e desconcertado pelas palavras gentis do primo.

— A vida de cada um de nós virou de ponta a cabeça com os eventos chocantes que ocorreram antes da aurora — disse Axel. — Mas a sua, seu mundo, mais que todas.

Jared precisava se ajustar à situação de se encontrar sozinho em companhia de Axel. Nunca foram exatamente inimigos, mas Axel nunca pareceu levá-lo a sério, apesar de — ou talvez por causa de — sua posição como Sucessor de Anders. Não era nenhum segredo o fato de que Axel queria para si tal papel. Mas agora, finalmente, seu primo parecia conversar com ele como um igual.

— Você pode me dizer — pediu Jared — como meu irmão morreu?

Axel assentiu.

— A primeira reação do médico, ao ver o corpo, foi achar que o Príncipe Anders foi envenenado.

— Houve algo em particular que o tenha levado a dizer isso?

A mandíbula de Axel se contraiu.

— Digamos apenas que havia certos sinais físicos que indicavam a presença de toxinas mortais. — O primo interrompeu-se. — Mas ele ainda precisa fazer um exame completo no corpo do Príncipe.

Os olhos de Jared procuraram os de Axel.

— Mas é certo que meu irmão foi assassinado? Não poderia ter sido, por exemplo, um terrível acidente?

Axel respirou fundo.

— Seu irmão era o chefe de um Principado, um Principado que está ultrapassando os vizinhos em termos de poder. Esses vizinhos, no passado recente, não fizeram qualquer esforço para disfarçar suas intenções de trazer morte e caos ao coração de Archenfield. Como sabe, temos espiões em todos os estados-chave na vizinhança; Eronésia, Paddenburg, até mesmo Woodlark. Com base nas informações que chegam até nós, me parece muito improvável que o Príncipe Anders tenha morrido de morte acidental. Seu irmão trouxe paz a Archenfield, mas talvez não tenha sido a longa paz que nos prometeu. — Axel encolheu os ombros. — Mas tenho certeza de que Elias irá considerar todas as possibilidades.

Jared balançou a cabeça.

— Ainda não consigo acreditar que ele esteja morto, e muito menos que alguém possa tê-lo matado.

Axel assentiu.

— Nem eu, Príncipe Jared. Mas, por mais querido que Anders fosse aqui em Archenfield, e por mais forte que seja a aliança obtida com Woodlark em virtude de seu casamento, não podemos nos iludir achando que ele não tinha inimigos. — Acrescentou em um tom suave, porém sombrio: — E agora que você é Príncipe de Toda a Archenfield, herda também os inimigos, junto aos trajes e à coroa do Estado.

— Mas quem, especificamente, poderia ter matado meu irmão? — perguntou Jared. — E por quê?

— É cedo para responder definitivamente a esta pergunta — disse Axel. — Mas estou convencido de uma coisa. O assassinato do Príncipe foi planejado fora de Archenfield.

Aquela declaração, feita com extrema confiança, levantou muitas outras perguntas na mente de Jared. Mas antes que pudesse fazê-las, Axel continuou falando:

— Tudo está sendo investigado neste momento — garantiu Axel. — Minhas equipes trabalharão dia e noite, e não vão descansar enquanto não tivermos uma resposta: para você e nossa família, e para todos de Archenfield. Encontraremos o assassino de Anders. O Preço do Sangue será pago. — Seus olhos penetraram os de Jared. — Prometo agora, como seu Capitão da Guarda, que esta ameaça será rapidamente afastada do Principado, e você ficará livre para começar seu reinado em paz. Se, conforme desconfio, mais tramas se desenvolverem em cortes estrangeiras, não obterão êxito. A história não vai se repetir. — Colocou a mão no ombro de Jared. — Prometo mantê-lo em segurança.

Jared ficou tocado pelas palavras do primo e seguro pelo sentimento que as motivou. Mesmo assim, de repente, sentiu-se vulnerável.

— Assim como sei que é totalmente óbvio para você — confiou a Axel — que me sinto totalmente despreparado para tudo isso. É uma tolice, não? Me tornei o Sucessor de Anders há dois anos. De algum jeito eu deveria saber que esta era uma possibilidade.

Axel não demonstrou choque, ou mesmo surpresa em sua expressão.

— Posso acreditar nisso — respondeu. — Pessoalmente, imaginei que o reinado do Príncipe Anders fosse durar tanto quanto o do Príncipe Goran. E eu esperava que um filho de Anders o sucedesse, não alguém da mesma geração.

Jared sorriu pesarosamente.

— De tantas maneiras você seria uma opção melhor que eu. Espero que o fato de meu irmão ter me escolhido não seja um problema.

Axel balançou a cabeça, seus olhos fazendo contato direto com os de Jared.

— Era uma decisão do Príncipe Anders, assim como agora você deverá decidir quem deve ser o Sucessor certo para assegurar o futuro do Principado.

Havia um tom mal disfarçado de coerção nas palavras de Axel, e também de desejo desenfreado. Jared sentiu com clareza quanto Axel deveria querer ser seu Sucessor. Esperou, curioso em ver se o primo insistiria no assunto. Não o fez.

— Preciso de você, primo Axel — afirmou Jared. — Não sei como os Doze e o povo de Archenfield reagirão ao saber que um menino de 16 anos ocupará o trono. Você tem muito mais experiência que eu a respeito de como o Principado funciona.

— Toda a minha experiência está ao seu dispor — disse Axel. — Assim como os outros dos Doze, meu primeiro dever é ajudá-lo a governar. Mas meu laço com você é duas vezes o de qualquer outro. Fazemos parte da mesma família. O nome de minha família é Blaxland; o da sua é Wynyard, mas somos dois galhos proximamente entrelaçados da mesma árvore anciã. Você é meu príncipe, mas também meu irmão. Se você sofrer um ataque, eu também estou sendo atacado. Se você sangra, eu sangro.

— Obrigado — respondeu Jared, sentindo um pouco de alívio da tensão — por estas palavras gentis e por tudo que está fazendo. — Seus olhos encontraram os de Axel. — Assim que você tiver novidades sobre o assassino de meu irmão, quero saber. Não importa a hora, venha me encontrar.

Axel assentiu.

— Apenas um conselho, primo Jared. Procure qualquer espaço possível neste dia para se recompor, pois muito será exigido de você nas próximas horas e nos próximos dias. Eu lhe darei todo o apoio necessário, mas tente reunir toda a força que tiver dentro de si. — Mais uma vez colocou a mão no ombro de Jared. — Se seu irmão ou seu pai ainda estivessem aqui, acho que é isso que lhe diriam. Como não podem falar com você agora, estas palavras, por necessidade, vêm de mim. Somos herdeiros deles, primo Jared. Honraremos seus nomes e, quando for preciso, tomaremos as atitudes heroicas que ambos tomaram.

CINCO

GALERIA INFERIOR, PALÁCIO

Hal Harness, Chefe dos Guarda-Costas do Príncipe, atravessou rapidamente o corredor sombrio. O sol já havia nascido há tempos, mas a escuridão permanecia na área inferior do palácio. Tudo estava sinistramente quieto, como se fosse o meio da noite, quando, na verdade, já estavam na metade da manhã.

As tochas em ambos os lados da passagem estavam acesas, e o barulho das chamas cortava o silêncio. A luz oscilante projetava sombras no chão de pedras enquanto Hal prosseguia em direção ao fim do corredor. Seus olhos estavam fixos em uma porta pesada de madeira, reforçada por ferro, à frente.

Se alguém o visse, pensaria em uma criatura de muita confiança e inabalável convicção; uma criatura acostumada a perigos, tanto os confrontando quanto os gerando. As pessoas costumavam presumir coisas sobre Hal Harness em decorrência de sua posição à Mesa do Príncipe, mas também em virtude de sua clara força física. Era um erro compreensível, mas um erro, ainda assim.

Enquanto os olhos de Hal examinavam a entrada, ele sentiu o coração batendo um pouquinho mais rápido. Respirou fundo para se acalmar, e, em seguida, esticou o braço para tentar abrir a porta.

Estava destrancada. Verificando mais uma vez para se certificar de que não havia sido seguido, abriu a porta e entrou na sala de armas do palácio.

A luz era tão fraca ali quanto no corredor, sem janelas, apenas filas e filas de metal refletindo o brilho do candelabro central de ferro. Hal fechou a porta atrás dele. Ao fazê-lo, ouviu um ruído de passos vindo do interior da sala. Seus olhos vasculharam a escuridão e encontraram Axel Blaxland, virando na sua direção, com o cabo de um machado de cabeça dupla empunhado entre os dedos da mão esquerda.

Ficaram parados por um instante: Axel em posição de ataque, o branco dos olhos refletindo o aço afiado em suas mãos. Hal avançou um passo, desarmado, até se colocar diretamente na frente do outro homem. Sorrindo, Axel levantou a lâmina até o pescoço de Hal.

— Seria muito fácil — disse, com uma risada. Em seguida recuou um passo e deixou o machado cair por suas mãos até que as duas lâminas batessem no chão de pedra.

Hal assentiu.

— Seria muito fácil — repetiu. Seus olhos encontraram os de Axel. — Que bom que o encontrei, senhor. Procurei por todo o palácio.

— Deveria ter começado por esta sala — respondeu Axel. — Costumo vir aqui para pensar. Há algo de extrema calma neste metal frio e afiado.

Parte da tensão no rosto de Hal se dissolveu. Ele se pegou sorrindo. O fato de que Axel Blaxland encontrava santuário em uma sala dedicada a instrumentos de tortura e morte era muito revelador.

— Então — disse Axel —, o que posso fazer por você, Hal?

Hal deu um passo à frente.

— Precisamos conversar — respondeu ele. — Não achei que pudesse levantar este assunto mais cedo.

Os olhos de Axel eram como carvão em brasa, intensamente escuros, com faíscas de luz.

— Que assunto? — perguntou Axel. — Seja específico, Hal.

— É sobre o assassinato do Príncipe Anders — continuou Hal.

Axel assentiu. Ele se virou e caminhou por uma curta distância, devolvendo o machado ao lugar, na prateleira de madeira. Em seguida foi caminhando pelas estantes, passando a mão pelos cabos de outras armas, parando quando uma espada em particular pareceu atrair seu interesse. Hal esperou pacientemente até que a atenção de Axel voltasse a ele. Finalmente, os olhos de Axel encontraram os seus.

— Então? — falou Axel, como se tivesse sido Hal, e não ele, que desacelerou a conversa.

— Eu não o matei — declarou Hal. Suas palavras pareceram, pelo menos para ele, ecoar pela sala, o som rebatendo de uma arma para outra.

Foi a vez de Axel sorrir.

— Sei que não o matou — falou. — Anders provavelmente foi envenenado, como tenho certeza de que você já sabe. E veneno nunca foi parte de nossos planos, foi?

— Não — respondeu Hal.

— Bem, então — disse Axel. Esticando a mão, pegou a espada e cortou o ar, atacando um adversário invisível.

Hal esperou até que a espada ficasse parada, então continuou:

— Estou confuso.

— Confuso? — Axel ergueu a sobrancelha.

— A morte de Anders era parte do plano?

Axel pensou por um instante, em seguida fez que sim com a cabeça.

— Sim, claro. A morte de Anders sempre fez parte do plano. Primeiro Anders, depois Jared. Sabe como é. Podamos os galhos indesejados da árvore Wynyard. Não há nada como um pouco de jardinagem. — Ele parou. — Você está parecendo mais confuso que nunca, Hal.

— Estou — confessou Hal. — Tínhamos um plano. E agora não sei exatamente o que você está me dizendo.

Axel sorriu outra vez.

— Faça outra pergunta. Seja específico!

— Você o matou?

— Não — respondeu Axel.

— Instruiu alguém a matá-lo?

Uma pausa. Outro sorriso. Em seguida:

— Não, não instruí... Bem, claro, *instruí*. Você. Mas como já deve estar tão claro para você quanto para mim, alguém chegou na nossa frente.

— Entendi — disse Hal.

— É até divertido, não acha? — comentou Axel. — E, sem dúvida, útil.

A cabeça de Hal estava girando.

— Sabe quem o matou?

Axel balançou a cabeça.

— Ainda não. Mas, conforme garanti ao Príncipe Jared mais cedo, todos os meus melhores investigadores estão no caso. Não deve demorar até acharmos o culpado. E então... — Levantou a espada mais uma vez, mas não completou a frase.

— E então o quê? — perguntou Hal. — Voltamos ao plano A?

— Plano A? — Agora foi Axel que pareceu confuso.

— Digo — prosseguiu Hal, antes que Axel pudesse instruí-lo mais uma vez a ser específico —, quer que eu providencie o assassinato do Príncipe Jared?

Axel pareceu absolutamente horrorizado com a ideia.

— Não! — negou Axel. — Assassinar o Príncipe Jared? Que coisa horrorosa a se dizer! — Não conseguia conter o sorriso nos cantos da boca. — Não podemos permitir que nada aconteça ao primo Jared. Pelo menos não até que ele me faça seu Sucessor. E até descobrirmos quem mais está no jogo.

— E aí? — persistiu Hal.

Axel abaixou a espada para o lado do corpo. Aproximou-se de Hal e apoiou a mão em seu ombro.

— Um passo de cada vez, certo? Uma feliz coincidência nos salvou de precisar sujar as mãos. Agora precisamos ver como esta situação se desenvolve.

Hal balançou a cabeça.

— Isso tudo é um jogo para você, não é?

Axel estreitou os olhos.

— Ah, não — respondeu, sombriamente. — Não é um jogo. É a coisa mais importante do mundo.

Após outra pausa longa, durante a qual Axel pareceu concentrado em um pensamento, Hal limpou a garganta.

— O que faço agora? — Quis saber.

— Você é o Guarda-Costas do Príncipe — explicou Axel, apertando o ombro de Hal amistosamente. — Faça seu trabalho. Proteja-o e guarde-o. Não deixe que escape de suas vistas nem por um segundo. Se o Príncipe for ao banheiro, quero que você esteja perto, tomando conta. Nada pode acontecer a Jared, entendeu? Nem mesmo um arranhão naquela cara branca. Certamente não até que eu seja nomeado Sucessor. Entendeu, Hal?

— Sim, Axel — respondeu Hal, assentindo. — Entendi.

— Ótimo — elogiou Axel, retirando a mão de seu ombro. Que bom que pude esclarecer a confusão. Agora, é melhor se retirar. Quem sabe que perigos podem recair sobre o Príncipe de Toda a Archenfield enquanto estamos aqui, fofocando como empregadas? Temos um assassino a capturar.

SEIS

APOSENTOS DA RAINHA, PALÁCIO

Musculoso e com a cara cheia de cicatrizes, um dos membros da Guarda da Casa estava parado na porta do quarto da mãe de Jared, espada em riste. Jared claramente entendeu o recado: o Capitão da Guarda fazia tudo ao seu alcance para demonstrar que estava no controle da segurança do palácio e que não havia mais riscos de ataque. Mas ele também sabia que Axel podia posicionar um guarda em cada porta e em cada aposento real se assim quisesse — presumindo que tivesse soldados o suficiente para tal —, mas essa demonstração de força não apagava, nem por um segundo, o fato de que alguém havia infiltrado a fortaleza e se aproximado do Príncipe Anders o suficiente para assassiná-lo. E que esse alguém ainda podia estar presente, preparando o próximo ataque. Contudo, enquanto Jared pensava no assunto, imaginava ser muito mais provável que, assim como o assassino havia penetrado sem esforço nos pontos mais profundos de Archenfield, da mesma forma ele ou ela já teria se retirado. O Príncipe Anders estava morto. Missão cumprida. Fim de jogo.

Esses pensamentos sombrios fizeram Jared dizer grosseiramente para o guarda:

— Deixe-me passar!

O guarda grandalhão chegou para o lado rapidamente, abaixando a cabeça, e começou a oferecer palavras de consolo. No entanto, quando percebeu, as dirigia a Logan Wilde, porque Jared já havia entrado nos aposentos, onde foi recebido por um quadro vívido de dor.

A jovem viúva de seu irmão, Silvya, estava ao pé da cama da mãe dele, tremendo. A Rainha Elin, mãe de Jared, encontrava-se sentada à esquerda de Silvya, enquanto à direita estava empoleirado o irmão de 14 anos de Jared, Edvin.

Jared não tinha motivos para duvidar de que sua mãe e seu irmão faziam de tudo para confortar Silvya. Igualmente claro era o fato de que fracassavam na missão. Era possível ver o óbvio alívio naquelas faces quando chegou; talvez achassem que ele pudesse resgatá-los daquela impossível missão.

Ele notou que Silvya não tinha levantado os olhos para ver quem chegara: o olhar da jovem permanecia fixo no tapete elaborado sobre o qual os pés cobertos por meias se apoiavam. Ocorreu a Jared que ele jamais vira os pés da cunhada descalços assim. Normalmente ela usava os sapatos mais sofisticados da corte, mas ele notou que estes haviam sido descartados. Sentindo-se um pouco desconfortável, como se não devesse testemunhar tal visão, deteve, por um tempo, os olhos nos pés da cunhada. Pareciam tão pequenos — como os pés de uma criança ou de uma daquelas bonecas que a prima Koel carregava devotamente.

— Sinto muito — disse Jared, dando um passo cauteloso para dentro do quarto.

Agora, finalmente, Silvya levantou o olhar. Ela sempre teve o rosto pálido, mas naquela manhã a pele estava tão branca quanto o tronco de uma bétula, e com rastros de lágrimas. Ao ver Jared, ela estremeceu. Qual não deveria ser o estado dela para que a mera visão do cunhado bastasse para causar aquela reação? Porém, para surpresa de Jared, o choque inicial de Silvya passou rapidamente, e um sorriso se formou entre as acentuadas maçãs do rosto. Soltando as mãos de Elin e Edvin, ela se levantou. Alguma coisa em seus movimentos fez Jared se lembrar de um dos pássaros de Novah Chastain no momento de levantar voo. Havia, inegavelmente, algo de ave em Silvya, apesar de ela se parecer mais com um pardal ou um rouxinol que com um falcão predatório.

Antes que ele pudesse assimilar qualquer coisa, ela se atirara sobre ele, abraçando-o. Preso ali, Jared guardou a imagem de Silvya como um pássaro, imaginando-se preso entre suas asas delicadas, porém poderosas. Ela se agarrou a ele como se Jared fosse a rocha impedindo sua queda de uma altura imensa; os dedos esguios se enterrando na carne dos bíceps do garoto. Doeu, mas ele não tentou se soltar. Em vez disso, olhou para o rosto dela, achando-o estranhamente sereno então.

— Você voltou! — Ele a ouviu dizer. — Você voltou para nós!

Jared sorriu carinhosamente para Silvya, basicamente porque ele não sabia o que mais podia fazer. Mas então ouviu a voz estridente da mãe, aumentando em volume e envolvendo o recinto, como fumaça.

— Ela acha que ele é Anders! Está vendo como a dor a levou à loucura?

Silvya enterrou o rosto no peito de Jared, e ele conseguiu ver, sobre a coroa cor de mel da cabeça da cunhada, as expressões perturbadas de sua mãe e seu irmão.

— Jared não se parece nada com Anders — prosseguiu Elin. — Nunca pareceu. Jared puxou a minha família, a linhagem Blaxland. Oras, ele e Axel poderiam se passar por irmãos. — Então, voltando-se para Edvin: — Você não. Sempre teve os tons e o porte dos Wynyard. Você, seu pai e Anders, todos farinha do mesmo saco. Jared, não. Por que ela confundiria Jared e Anders, e não você?

— Não sei! — Edvin balançou a cabeça, franzindo o rosto para a mãe. — E que importância isso tem? Ela claramente está muito perturbada. Me parece suficientemente natural. Só queria que pudéssemos fazer mais para ajudar.

O que você pode fazer é tirar essa pobre coitada de cima de mim, pensou Jared, mas não disse nada. Os dedos de Silvya continuavam beliscando sua pele, mas não foi isso, e sim o peso dela, que o desconcertou. Não o peso físico, mas o peso de sua necessidade, que parecia tão tangível quanto. Ela certamente não acreditava de fato que ele fosse Anders, de volta do reino dos mortos.

O rosto da cunhada afundou ainda mais no peito de Jared, como se ela estivesse embarcando ainda mais profundamente na ilusão.

— Vamos. — Era a voz suave de Logan. O Poeta estava ao lado de Silvya e esticou as mãos elegantes, quase femininas, para os ombros da jovem. — Vamos, Silvya. Este não é o Príncipe Anders; é o irmão dele, o Príncipe Jared.

As palavras do Poeta eram tão gentis quanto seu toque, mas Silvya estremeceu mais uma vez, afrouxando os dedos, e cambaleou para trás em horror, com dor renovada. Por um instante pareceu que cairia. Edvin avançou, pronto para segurar sua frágil cunhada.

— Você é Jared — constatou Silvya, observando-o sob nova luz. A voz falhava, como a de uma criança ainda não familiarizada com a cadência adequada da linguagem. — Você não é Anders.

Jared sabia que muitos outros repetiriam aquelas quatro palavras nos dias e semanas por vir: mesmo que não as dissessem, certamente pensariam. Ele podia ser o Príncipe, usar a coroa de Archenfield, mas *não era* o irmão. E já sabia que, toda vez que ouvisse ou observasse uma expressão desse sentimento, seria transportado àquele quarto e à decepção nos olhos dolorosamente lindos de Silvya Lindeberg Wynyard. Então se deu conta de que de certa forma já havia fracassado; simplesmente por não ser o irmão.

Enquanto Edvin e Logan colocavam Silvya de volta na cama, Jared percebeu que ele próprio estava tremendo. Não sabia ao certo se era a dor pela perda do irmão que estava começando a se expressar, ou se Silvya tinha lhe deixado as marcas de seu sentimento.

Ele ficou aliviado ao ver a mãe se aproximar. Ela esticou os braços, as mangas longas envolvendo-o como a noite, e ele entrou agradecido no círculo que ela formou. Mas, mesmo enquanto ela o abraçava, ficou claro que estava contendo a própria dor — e esperava que ele fizesse o mesmo. Não havia nada de suave ou carinhoso no abraço da mãe, nem nunca houve; ele e Edvin, mais de uma vez, zombaram do conforto humano que extraiam da mãe — daria no mesmo abraçar uma das árvores da floresta.

Agora Elin recuou e, colocando as mãos nos ombros do filho, sinalizou que estava deixando de lado as questões pessoais em favor daquelas do Principado.

— Há muito a ser feito — disse, com a frieza familiar em sua voz.
— Temos que ser fortes.

Jared se viu assentindo e empregando em sua voz a mesma força do tom da mãe.

— Sim, concordo. Precisamos fazer o possível para entender o que aconteceu com Anders, e como isso pôde acontecer, bem no coração de Archenfield. Temos que agir depressa para eliminar quaisquer ameaças à corte.

A mãe assentiu, corajosa.

— Haverá uma reunião dos Doze em uma hora. Nós dois precisamos estar presentes. Edvin, também.

— Isso não é estritamente necessário — disse Logan. Ele já havia deixado Silvya sob os cuidados de Edvin e se juntado aos dois no centro do quarto.

Jared voltou-se para o Poeta.

— O que quer dizer com estritamente necessário?

O tom de Logan era de segurança.

— Um dos propósitos dos Doze é cuidar do governo do Principado em um momento como este — afirmou. — Existem protocolos, mesmo para circunstâncias terríveis e sem precedentes como estas — Logan virou a cabeça para incluir Edvin no comentário seguinte, mas logo voltou os olhos brilhantes para Elin e Jared outra vez. — Vocês formam uma família e sofreram uma perda terrível. Devem usar o tempo que for necessário para que a ferida comece a cicatrizar. — A voz se reduziu a pouco mais que um sussurro, mas mesmo assim cheio de força. — A dor de Silvya é muito mais evidente, mas sei que todos vocês também estão sentindo o peso da perda do Príncipe Anders. O Principado vai esperar enquanto passam pelo luto.

Jared foi persuadido pelas palavras do Poeta, mas pareceu que sua mãe, não.

— O Principado *não* vai esperar — afirmou ela. — Quando se ocupa nossa posição, é o luto que deve esperar. — Jared percebeu desconfortavelmente que aquelas palavras eram direcionadas especialmente a ele, e não a Logan. — Archenfield e seus cidadãos têm expectativas que precisam ser atendidas. É o preço que pagamos pelo privilégio do poder. — Ela olhou novamente para Logan. — Esteja certo de que estaremos na reunião.

Jared se viu extraindo força da certeza ferrenha da mãe. Ela era sábia, ele se deu conta, de uma maneira que ele ainda teria que aprender.

O Sino do Lenhador soou quatro vezes.

— O tempo passou mais depressa que imaginávamos. A reunião está prestes a começar, e precisamos comparecer. — Elin voltou-se para Jared. — Você tem que trocar as roupas de caça, mas seja rápido.

Jared abaixou o rosto e olhou para os rastros de sangue de cervo e vômito nas botas. Desconfiou que fosse a isso que sua mãe estava se referindo, apesar de ela não ter sido explícita.

— Vamos, vamos encontrar vestes oficiais para você. Você é o Príncipe de Archenfield agora. Anders vive em você.

— Não — disse uma voz pequena, porém potente, atrás deles.

Viraram para ver que Silvya havia se levantado e os encarava com os olhos ardentes.

— O que disse, menina? — perguntou Elin.

Os olhos de Silvya demonstraram determinação renovada.

— Anders vive em mim.

— O que quer dizer?

Silvya sorriu docemente, mas não respondeu com palavras. Em vez disso, simplesmente levantou a mão delicada e a colocou sobre o ventre.

SETE

CÂMARA DO CONSELHO, PALÁCIO

Logan Wilde estava muitos passos à frente da comitiva real quando entraram na câmara do Conselho. Jared seguia logo depois — ao lado de Edvin e da mãe. Os demais já estavam ali; os onze membros remanescentes do Conselho dos Doze encontravam-se reunidos em volta da imponente Mesa do Príncipe.

A reunião, Jared observou, já parecia adiantada. O fato também não escapou à atenção de Logan Wilde. Enquanto as vozes rapidamente se aquietaram e todos os olhos se voltaram para os recém-chegados, Logan se dirigiu a Axel Blaxland, que ocupava a posição principal, à cabeceira da mesa.

— Então você escolheu, mais uma vez, quebrar o protocolo? — observou. — Começou a reunião dos Doze sem o Príncipe.

As mãos grossas de Axel agarraram com firmeza o encosto da cadeira à frente.

— Me pergunto, Logan... É isso que realmente o incomoda? Ou está contrariado porque comecei sem *você*?

— Sou responsável por lidar com crises — respondeu Logan, a voz tão autoritária quanto a do Capitão da Guarda.

— Somos todos responsáveis por lidar com crises — argumentou Axel. — Como Poeta, você tem especificamente o papel de encontrar as palavras certas para transmitir ao mundo exterior o que decidimos aqui dentro.

Jared sabia que aquele não era o começo, tampouco o fim da discussão, apesar de nunca ter notado tantas faíscas claras entre Logan e Axel antes. Ele perguntou a si mesmo: *será que foi sempre assim, mas nunca tinha reparado?* Agora que os Doze respondiam a ele, teria que prestar mais atenção.

Mais uma vez, sentiu-se grato ao ouvir a mãe assumir o comando da situação, dirigindo-se ao sobrinho, Axel, em tom ácido:

— É uma questão a se discutir se você poderia ou não iniciar esta reunião sem o Poeta. — A Rainha deu um passo para a frente em direção à mesa, de modo que ficou na extremidade oposta a Axel, todos os olhos voltados para ela. — Mas é uma questão de decoro o fato de que deveria ter esperado o novo Príncipe assumir seu assento.

Com essas palavras, houve acenos de cabeça e suspiros de ambos os lados da mesa.

— Ela tem razão, é claro. — Jared ouviu o sacerdote, Padre Simeon, dizer.

— Só estávamos fazendo o que devemos fazer — protestou Emelie Sharp, a Apicultora. — Estamos debatendo a situação.

Era a mais jovem dos Doze. Jared sabia que ela frequentemente era reservada, mas, quando proferia uma opinião, normalmente a fala vinha com uma ferroada.

— Com "situação" — rebateu Elin —, você se refere ao assassinato de meu filho, seu Príncipe? — Enquanto o rosto de Emelie ruborizava, Elin virou-se para falar com toda a mesa. — Sim, bem, se todos vocês estivessem cuidando das coisas como deveriam, não estaríamos diante desta "situação" agora. — Seus olhos furiosos repousaram em Axel.

— Imaginei que ficaria apenas agradecido por minha ajuda.

Axel assentiu, sorrindo com pouco calor para a tia imperiosa.

— Sempre somos gratos por sua ajuda, Rainha Elin. Você tem tanta... experiência a acrescentar. — Enquanto os olhos de Elin se estreitavam diante do insulto implícito, Axel prosseguiu: — E agora talvez você e o primo Edvin possam assumir seus lugares? — Gesticulou, apontando para o palanque.

— Certamente — respondeu Elin, acrescentando antes de se mover: — E você talvez devesse assumir o seu, para que o Príncipe Jared possa sentar-se na Cadeira do Príncipe? — Quando seu tiro encontrou o alvo, Elin pegou a mão de Edvin e ambos foram até o palanque.

A atenção da sala agora estava dividida entre Axel e Jared. Jared se viu hesitando junto da mesa. Mais que qualquer objeto no palácio, a Mesa do Príncipe simbolizava o Principado e sua conduta. A grande mesa fora talhada, há séculos, a partir do carvalho mais robusto de Archenfield, e sua idade e solidez testemunhavam a força do governo ao longo da extensa e turbulenta história da nação.

Muitos séculos antes, catorze títulos foram esculpidos na superfície do carvalho, e liga de estanho quente foi derramada nas linhas das inscrições. Os lugares nomeados, que designavam a posição correta dos membros-chave da corte à mesa, eram tão claros agora quanto no dia em que o metal foi colocado.

Jared olhou fixamente para as palavras "o Sucessor". Esse era o lugar — ao pé da mesa — onde ele sentou durante as reuniões do Conselho ao longo dos últimos dois anos. No momento, três assentos se encontravam vazios: "o Sucessor", "o Capitão da Guarda", e "o Príncipe". Jared olhou pela extensão da mesa, notando como as mãos de Axel continuavam segurando com firmeza a cadeira do Príncipe. Jared sorriu para si mesmo. O primo não podia ter deixado mais claro seu posicionamento: Axel Blaxland não era sequer o Sucessor e, no entanto, já estabeleceu objetivos ainda mais altos.

Sentindo-se preenchido por um súbito propósito, Jared percorreu o perímetro da mesa até estar ombro a ombro com Axel. As mãos de Axel continuavam sobre a moldura talhada do encosto da cadeira. Ao que parecia, chegavam a um novo impasse. Jared não sabia ao certo como vencê-lo. Felizmente, não precisou. Sorrindo para o primo, Axel puxou a cadeira.

— Por favor, Príncipe Jared, assuma seu lugar de direito — falou, soltando a cadeira.

Enquanto Jared se sentava pela primeira vez na Cadeira do Príncipe, de repente tomou consciência de que todos os outros se levantavam. Aquilo foi feito de forma simultânea, um tanto silenciosa. Notou também que sua mãe e seu irmão, no palanque, estavam de pé. Jared não tinha dúvidas de que era o foco da sala, e teve a súbita percepção de que, a partir daquele instante, seria o foco de atenção de todas as salas em que entrasse. Não foi uma constatação agradável.

— Obrigado — agradeceu, gesticulando para que todos se sentassem. Era estranho ocupar a extremidade oposta a que estava acostumado. Encarando a cadeira vazia, que aguardava sua decisão sobre a nomeação do próprio Sucessor, seus olhos foram atraídos pelo vasto mural na parede, ao fundo. Ele já havia notado a formidável pintura, é claro, mas era a primeira vez que realmente se envolvia com ela. O mural contava a história de Archenfield, desde o começo tempestuoso até o momento da paz, pelo acordo de sucessão de seu irmão. Ele agora se dava conta de que os olhos de Anders provavelmente examinaram o mesmo mural a cada vez que ele se sentou em seu lugar à Mesa do Príncipe. Será que seu irmão, com o senso inato de direito, extraía conforto daquela imagem? Jared conseguia imaginar Anders, inabalado por qualquer autoquestionamento, se parabenizando pela vitória decisiva sobre a Eronésia; Anders sempre se sentiu predestinado a ser o último e maior Príncipe de Archenfield. Jared, no entanto, achava que o mural era intimidante. Aquilo o deixava com a sensação de que não só os olhos dos presentes na sala, mas os de todos os antigos líderes de Archenfield, o julgavam. Sem dúvida seu valor havia se elevado, de forma quase alquímica, naquele dia, mas seu verdadeiro valor ainda seria determinado.

Jared tinha consciência de que todos na sala aguardavam seu comando. Ele sabia que tinha que assumir alguma espécie de controle, por seu bem, tanto quanto pelo dos outros. Limpou a garganta.

— Há questões urgentes a serem abordadas. Axel, talvez você possa resumir o que ocorreu antes que nós, os atrasados, chegássemos a esta reunião?

Axel era o único da assembleia que tinha se mantido de pé, apesar de agora suas mãos segurarem as costas da cadeira designada a ele. Assentiu em reconhecimento à pergunta do Príncipe Jared.

— Eu estava informando aos outros sobre o que fizemos para tornar seguro o Principado e procurar o assassino do seu irmão. — Fez uma pausa. — Trabalhando de dentro para fora, os prédios do palácio e os territórios estão sendo vasculhados.

— Sim — observou Elin, em um sussurro afiado para Edvin —, não se pode ir de um aposento a outro sem encontrar um membro da Guarda da Casa, com a adaga de prontidão.

Ignorando a última observação da tia, Axel prosseguiu.

— Nossos guardas ocuparam o território e além. — Olhou para Jonas Drummond, o Lenhador, que entendeu a deixa.

— Eu e minha equipe já ativamos armadilhas na floresta. Estejam certos de que não será oferecido refúgio a nenhum fugitivo. Muito pelo contrário.

Um esboço de sorriso apareceu no rosto de Axel enquanto ele continuava.

— Certo. E todas as fronteiras estão cercadas, também. — Voluntariava a informação diretamente para Jared. — Novah enviou um falcão a cada guardião dos portões assim que descobrimos...

Elin limpou a garganta.

— Você poderia nos lembrar a que horas foi isso?

— Pouco antes do nascer do sol — respondeu Axel, sem se incomodar em encará-la.

— Tanto tempo já se passou desde então — analisou Elin. — Está confiante de que fechou qualquer rota de escape possível?

Novah se manifestou.

— Enviei meus falcões, conforme as ordens do Capitão da Guarda, para cada portão das fronteiras. Eles levaram mensagens orientando o fechamento de todas as fronteiras e a tomada de todas as atitudes cabíveis.

— Sim, bem, muito impressionante — disse Elin, com um traço de arrogância. — Mas estou começando a achar que essas ações foram tomadas antes que o novo Príncipe fosse avisado. Entendo que estamos em um estado de emergência, mas isso é mais um motivo para aderir à ordem adequada das coisas.

Novah foi silenciada pelo ataque afiado de Elin. Axel voltou à discussão. Foi a Jared que dirigiu suas palavras.

— Mantemos registros meticulosos de cada homem, mulher e criança que atravessa nossas fronteiras. Estou com os livros, e não houve travessia alguma durante a última semana. — Fez uma pausa para efeito dramático. — Portanto, o assassino do Príncipe Anders ainda deve estar em Archenfield.

— Presumindo que os relatórios sejam precisos — observou Elin. — E que nossas defesas sejam tão invioláveis quanto você alega.

— Pode ter certeza das duas coisas — garantiu Axel.

Jared tinha uma pergunta para Elias Peck, o Médico.

— *Você* considera que em breve poderá nos dizer como meu irmão morreu?

O médico assentiu.

— Sim, já descartei muitas possibilidades. Assim que esta reunião for concluída, voltarei a minha sala para conduzir um *post-mortem*.

— Obrigado — disse Jared. Havia algo no comportamento de Elias Peck que inspirava muita confiança. — Quanto a mim, fico feliz em lhe conceder licença para voltar ao trabalho agora. Me parece que neste momento nada é mais importante que o exame do corpo de meu... do Príncipe.

Para surpresa de Jared, Elias pareceu mais angustiado que aliviado. Novamente se ouviu a voz de Axel.

— Esta reunião não será longa, Príncipe Jared, e Elias não é apenas o Médico, mas um membro importante do Conselho dos Doze. O certo é que ele fique aqui para votar em outras questões que possam surgir.

Jared não se convenceu, mas não viu propósito em desafiar a conduta do Conselho.

— Só tenho uma questão em mente — começou ele. — Tenho certeza de que o mesmo vale para o resto de vocês — suspirou. — Quem poderia querer a morte de meu irmão?

Padre Simeon assentiu.

— Tem razão. Esta é a pergunta na boca de todos nós. E temos que trabalhar juntos, incansavelmente, para a respondermos.

— Estamos seguindo várias linhas de investigação — continuou Axel. — Em minha opinião, o cenário mais provável é que esse tenha sido um ato de provocação executado por um de nossos Estados rivais.

Padre Simeon franziu o rosto.

— Mas estamos em paz com nossos vizinhos — afirmou. Seus olhos se voltaram para o mural enquanto falava.

— Sim — concordou Axel. — Até onde sabemos, estamos em paz com nossos domínios vizinhos. Nossos espiões em cortes estrangeiras não relataram nada que contrarie isto.

— Então, talvez — sugeriu Elin —, você precise estimular seus espiões a investigarem um pouco mais a fundo, e muito mais rápido.

— De fato — respondeu Axel. — Previamente, o adversário mais provável teria sido a Eronésia. É difícil imaginar que possam estar prontos para um novo ataque, mas com aliados... talvez? Nunca podemos descartar a ameaça de Paddenburg, não depois que aqueles dois príncipes dementes sucederam ao trono. Anteriormente também poderíamos esperar agressão de Woodlark, mas, por motivos óbvios, essa não parece mais uma possibilidade.

— Não devemos descartá-los — ponderou Hal Harness.

Os olhos de Jared se voltaram para Hal, agora seu Guarda-Costas. Foi a primeira contribuição que ofereceu para a discussão.

O Príncipe balançou a cabeça.

— Acho que podemos concluir com segurança que o casamento de Anders e Silvya encerrou toda a inimizade com Woodlark. — Franziu o rosto. — Mas, como digo, até onde sei... não estamos em paz com todos os nossos vizinhos?

Axel assentiu.

— Sim, mas, Príncipe Jared, temo que essa paz não esteja garantida indefinidamente. Este ato, o assassinato de seu irmão, poderia indicar o início de uma nova ameaça.

Elin ergueu a voz mais uma vez.

— Em algum momento ou outro, tivemos que pegar em armas contra cada um de nossos vizinhos. — Ela apontou para o mural. — Veja aqui se precisa de evidências de que as batalhas sempre foram um fio na tapeçaria de nossa terra.

Axel concordou com a cabeça, sombriamente.

— Esse momento pode ter surgido mais uma vez.

— Que seja! — Elin estava decidida.

Jared balançou a cabeça, indeciso.

— Parece estranho, não acham? Nos dois anos em que me sentei a esta mesa, conversamos muitas vezes sobre nossas relações com os Estados vizinhos. Sob a liderança do Príncipe Anders, muito se fez para fortalecer a paz que ele conquistou para Archenfield.

— Tem razão. — Kai Jagger se pronunciou. — Um assassinato político seria estranho agora, considerando o estágio de nossas relações exteriores. — Fez uma pausa. — Mas, se o príncipe Anders não foi morto por questões políticas, então qual foi o motivo? E por quem?

Emelie Sharp tentou respondê-lo.

— Talvez a resposta esteja mais perto de casa. Talvez o assassinato tenha sido motivado por razões pessoais.

Jared notou o efeito que as palavras da Apicultora causaram nos companheiros: o ar de desconforto no recinto agora era palpável. Ele assentiu.

— Primo Axel, acho que você deve cogitar uma motivação pessoal para o assassinato, mesmo que seja apenas para descartar a possibilidade.

Para sua surpresa, Axel não protestou.

— Pode ter certeza de que todas as possibilidades serão investigadas, Príncipe Jared. Acho que ninguém pode me acusar de assumir uma abordagem suave como Capitão da Guarda. Minhas equipes e eu faremos as necessárias perguntas desconfortáveis. Inclusive a todos os presentes neste recinto. — Ele olhou em volta. — Se alguém tem alguma coisa a esconder, tem todos os motivos para ter medo.

Jared ficou tão surpreso quanto todos os outros. Não fora o próprio Axel a garantir, mais cedo, que o assassino vinha de fora de Archenfield?

As palavras de Axel geraram clamor pela Mesa do Príncipe, e todo mundo começou a falar ao mesmo tempo. Enquanto o volume da conversa continuava a subir, Jared percebeu que era sua função — e apenas sua — trazer ordem à reunião.

— Por favor, todos vocês! — A força de sua voz obteve o efeito desejado. Ele viu que Axel tinha mais a dizer, e gesticulou para que prosseguisse.

— Percebo, é claro, que o que acabei de dizer não foi bem-recebido — declarou Axel. — Não foi essa minha intenção. Temos que encarar os fatos: o Príncipe Anders está morto. E é minha obrigação descobrir quem é o responsável. Ao passo que continuo convencido de que foi um ataque lançado de fora do Principado, temos que encarar a desconfortável verdade de que nossos inimigos têm aliados no interior de nossas fronteiras. Talvez, até mesmo dentro das muralhas do palácio.

— Tenho certeza de que todos entendemos — afirmou Jared. Não conseguiu conter a tristeza da voz.

— Podem ter certeza de que descobrirei a verdade quanto antes — assegurou Axel. — O assassino será descoberto, e o Preço do Sangue, pago.

Preço do Sangue.

As três simples palavras pairaram pelo ar. Os presentes ficaram em silêncio por um tempo.

Voltando-se para Jared, Axel recuperou o tom profissional.

— Você precisa pensar no que vai falar para as pessoas. Não vai demorar muito até que façam a peregrinação até o palácio.

— Já cuidei disso — avisou Logan Wilde. Foi, Jared percebeu, a primeira vez que o Poeta se pronunciou desde o desentendimento no princípio da reunião. Um Guarda-Costas calado era de se esperar, já um Poeta calado, não. Jared ficou imaginando se Logan ainda estava ofendido pela discussão com Axel, ou se a mente do Poeta estava se ocupando com outras questões.

Agora o Poeta sorriu quando se dirigiu ao Capitão da Guarda mais uma vez.

— Os comunicados são de minha responsabilidade conforme você me lembrou tão eloquentemente mais cedo.

— Bem. — Jared se voltou para Axel mais uma vez. — Isso é tudo? Devemos liberar todos para que continuem com suas funções?

— Ainda não — interveio Logan. — Ainda temos as questões do funeral do Príncipe Anders e de sua coroação, Príncipe Jared.

— Sim, sim! — Axel balançou a mão em um gesto de desprezo. Parecia óbvio que estava ansioso demais para iniciar a investigação. — Você se saiu muito bem há dois anos. Tenho total confiança de que assim será novamente.

— Antes que todos se retirem — disse Jared —, só quero dizer que hoje é um dia terrível para cada um de nós. Não acredito, *não posso* acreditar que o assassino de meu irmão esteja nesta sala. Contudo, o Capitão da Guarda deve conduzir esta investigação como achar melhor. Por favor, todos vocês, saibam que passaremos por isso. Passaremos pelas horas mais escuras desses dias difíceis. Archenfield pode estar abalada, mas voltará a triunfar. Sempre foi assim. Sempre será.

Torceu para que suas palavras tivessem conseguido elevar o espírito da assembleia, ainda que temporariamente. Será que tinha passado no primeiro teste e feito que o enxergassem como um Príncipe viável, ou será ainda não tinham se convencido? Não podia ter certeza. Olhou em volta, procurando rostos amistosos. Alguns foram facilmente encontrados: não havia como confundir a gentileza real nos olhos de Lucas Curzon. Outros foram consideravelmente mais difíceis de decifrar: já havia passado muito tempo nas florestas de Archenfield com o Caçador-Chefe, contudo Kai Jagger permanecia um enigma à Mesa do Príncipe, tanto quanto no vale e na floresta.

Jared percebeu com espanto que ainda não sabia em quais dos Doze podia confiar, mas sabia que não poderia demorar a descobrir. Na verdade, todos os membros dos Doze eram estranhos a ele.

OITO

APOSENTOS DA RAINHA, PALÁCIO

Asta Peck estava discretamente emocionada porque o último pedido de seu tio Elias a trazia ao coração do palácio — um território desconhecido para ela. A garota ajeitou a postura na cadeira alta de madeira perto da janela, levantando a almofada e colocando-a mais alta atrás de sua coluna. Dessa forma, ela poderia ter conforto e manter uma visão melhor da jovem que dormia na cama da Rainha Elin. *São poucos os anos de diferença*, refletiu Asta, *mas, sob outros aspectos, temos mundos de distância entre nós.*

Sempre fora fascinada pela bela Silvya Wynyard; agora que estavam numa proximidade tão rara, era difícil desgrudar os olhos de sua figura. Apesar de Asta morar na corte, mesmo que não fosse no palácio, as duas nunca foram apresentadas uma à outra. Silvya parecia respirar um ar diferente. Era dotada de uma graça inata. A combinação da pele clara com os cabelos dourados e lisos, em forma de trança ou simplesmente soltos, a deixava com uma aparência menos mundana e mais etérea.

É bom que ela esteja dormindo, pensou Asta. Silvya certamente precisava descansar depois das torturas que aquele dia, ainda no início, já havia lhe imposto. Ela conseguiu juntar a história a partir de fragmentos de conversas que ouviu mais cedo nos aposentos do Príncipe. De acordo com o que escutou, Silvya fora acordada durante a madrugada pelos gritos de dor do Príncipe Anders e, em seguida, por suas batidas na porta que conectava os dois quartos. Quando Silvya se levantou, encontrou o marido em estado de grande perturbação, refugiando-se perto de um dos postes da cama, falando sobre feras terríveis que o perseguiam no quarto e sobre sangue escorrendo pelas paredes. Ele descreveu cada um dos animais para ela, em terríveis detalhes — as escamas gosmentas e as línguas chicoteando, os dentes afiados e as garras pontiagudas. Os relatos eram pavorosos e mais semelhantes a como o Padre Simeon descrevia o inferno em seus sermões que a qualquer criatura vista nas florestas ou montanhas distantes.

Asta viu os lençóis se moverem afinal, e Silvya se levantou, sentando e piscando os olhos enquanto assimilava o estranho lugar ao redor. Asta esperou um instante e, então, se pronunciou, tentando ajudar:

— Você está no quarto da Rainha Elin.

Com isso, Silvya virou o rosto para ela.

— Quem é você? Por que está aqui? Acham que não posso ficar sozinha?

— Não — respondeu Asta sem pensar. — Não, milady — corrigiu, lembrando-se das ordens incisivas do tio em relação aos protocolos.
— Acharam que milady poderia querer companhia.

Silvya sorriu suavemente.

— Na verdade, raramente fico sozinha. Assim é a vida na corte.
— Apontou para um dos cantos do aposento, onde uma das criadas de Elin retirava, quieta e metodicamente, vestidos do armário, talvez escolhendo algo apropriado para o período de luto. — Mas aprecio o gesto. Perdoe-me por me repetir, mas quem é você?

Asta se levantou ao mesmo tempo em que Silvya colocou os pés no chão.

— Meu nome é Asta, Asta Peck. Sou aprendiz do Médico.

Tão rapidamente quanto os olhos de Silvya a encontraram, agora sua atenção se voltava para outro lugar. Um robe de seda azul-celeste, com estampa de flores primaveris, encontrava-se sobre o divã ao pé da cama de Elin. Talvez uma das criadas de Silvya tivesse o trazido mais cedo. Asta notou que a criada de Elin se retirava discretamente do quarto. Ela estava a sós com a Consorte do Príncipe.

Silvya foi em direção ao robe, mas parou um pouco antes, as mãos relaxadas nas laterais do corpo. Demorou um instante até Asta perceber que deveria pegar a roupa e ajudar a moça a se vestir. Silvya estava acostumada a ser servida.

"Faça tudo que for possível para deixá-la confortável." As palavras de tio Elias ecoaram em seus ouvidos. Asta levantou o belo robe e abriu para que Silvya pudesse colocar os braços esguios ali. Especulou por um instante se deveria amarrar a corda também, mas ficou aliviada quando Silvya o fez.

— Já a vi antes — comentou Silvya ao virar mais uma vez e encará-la.

Asta inclinou a cabeça, sentindo-se ridiculamente satisfeita por Silvya tê-la notado.

— Moro com meu tio. Não fomos apresentadas oficialmente, mas...

— Estou falando de hoje — interrompeu Silvya afiadamente. — Vi você aqui mais cedo, no quarto de meu marido — suspirou. — Antes de me tirarem de lá.

— É isso mesmo. Eu estava ajudando tio Elias.

Silvya arregalou os olhos.

— Examinando o corpo de meu marido?

— Sim, milady — assentiu Asta, sabendo que essa admissão suscitaria outras perguntas. A maioria das quais ela não poderia responder.

— Você sabe o que o matou?

Asta ficou quieta.

— É cedo para afirmar com certeza — respondeu, com bastante sinceridade. — Mas parece que o príncipe foi envenenado. — Ela sabia que o tio tinha suspeitas quanto ao tipo de veneno utilizado, mas ele queria mais tempo para considerar tanto as evidências físicas quanto o testemunho muito útil que a própria Silvya havia oferecido: a especificidade das alucinações do Príncipe Anders animou tio Elias ao reduzir bastante os tipos de toxinas que podem ter sido utilizadas. Mas não era o momento de contar a Silvya sobre tais fatos; tampouco Asta era a pessoa adequada para isso.

Ciente de que Silvya a encarava, Asta observou o quarto para se distrair. Seus olhos pousaram em uma bandeja de chá sobre uma mesa baixa, perto da cadeira em que estivera sentada.

— Posso lhe servir um pouco de chá? — perguntou a Silvya, avançando, a fim de sentir a temperatura da chaleira metálica. — Ainda está morno. E tem mel, tirado das colmeias do palácio.

— As colmeias estão fechadas agora — observou Silvya, meio que para si mesma. — As colônias não voltarão a produzir até a primavera. — Seu olhar, velado de tristeza, encontrou o de Asta. — As estações são tão importantes, não concorda? — Olhou momentaneamente pela janela, depois novamente para Asta. — Lá fora as árvores estão vermelhas com o outono. Mas, apesar das cores ricas, esta é a estação do declínio e da morte. — Parou. — E, ainda assim, da morte nasce nova vida.

Com ar de sabedoria, Silvya olhou para Asta. Incerta quanto ao que estava ouvindo, Asta assentiu, encorajando-a a continuar. Por sorte, ela o fez.

— Você sabe, sem dúvida, que estou carregando o filho de meu marido?

Não, ela não sabia disso! E, pelo que via, Elias também não. Asta ficou tão chocada quanto contente com a revelação de Silvya. Mas sabia que deveria reagir com calma, medindo as palavras. Levantou a chaleira e começou a servir o chá em uma xícara de porcelana. Não lhe escapou à atenção o fato de que a louça era estampada com o brasão de Archenfield. Um vapor perfumado subiu em espiral; o aroma do chá era delicioso. Asta adicionou uma boa medida de mel, observando o líquido âmbar cair da colher de madeira até o chá.

— Sei que é apenas um chá — falou, estendendo a xícara e o pires para Silvya. — Mas é quente e doce, e pode acalentar seus nervos um pouco.

Silvya não respondeu diretamente. Em vez disso, os olhos se agitaram enquanto ela os alternava da xícara para Asta.

— Como sei que não vai me envenenar? Não a conheço. Não sei quem você é.

Asta tinha plena consciência de como as emoções de Silvya variavam de um instante para o outro. Era compreensível, mas ela precisava agir com cautela por medo de trazer maiores perturbações à moça.

— A senhora sabe quem sou — falou Asta, gentilmente. — Eu lhe disse antes. Sou aprendiz do médico. Meu nome é Asta Peck.

Silvya pareceu receber aquilo como se fosse uma novidade.

— Está tentando me envenenar, Asta Peck?

— Não! — protestou Asta, com mais vigor que pretendia. Mas não era absurdo que Silvya demonstrasse tal paranoia; depois de tudo que precisou enfrentar nas últimas horas, não tinha motivos para confiar em ninguém. — Ouça, que tal se eu preparar uma xícara para mim, e nós duas tomarmos?

Silvya levou a xícara até a boca e tomou um gole.

— Morrer hoje não seria a pior opção.

Asta sentiu todo o fardo da dor de sua companheira. Talvez, com o tempo, Silvya conseguisse extrair conforto do fato de o bebê de Anders estar crescendo em sua barriga, mas, no momento, a mistura de vida e morte devia ser perturbadora. Asta constatou que sua mão tremia ao pegar a xícara e o pires.

— Por favor, não fale assim. Sei que as coisas devem estar péssimas agora, mas talvez com o tempo a senhora possa perceber que ainda tem todos os motivos para viver.

— Como pode dizer isso? — perguntou Silvya, os olhos procurando, ansiosos, um sinal de esperança no rosto de Asta, por mais singelo que fosse.

— A senhora vai ser mãe — disse Asta. — Vai trazer ao mundo o filho de seu marido. — Ela então notou que, enquanto dizia essas palavras, a mão de Silvya cobria instintivamente a barriga, apesar de não haver qualquer sinal visível de gravidez. Mesmo assim, o contato pareceu acalmá-la por um instante. Em seguida seus olhos se encheram de pânico mais uma vez.

— Tem algum sedativo neste chá?

Asta balançou a cabeça.

— Não. Sedativos não são boa ideia para uma mulher em suas condições.

— Estou tão cansada — desabafou Silvya. — Tenho quase certeza de que me deram um sedativo antes.

Asta assentiu.

— Sim, tem razão. Foi uma infelicidade, mas não sei se sabiam. — Ao ver o alarme nos olhos de Silvya, acrescentou: — Não é motivo para preocupação. Uma dose não será suficiente para causar qualquer mal.

Silvya a olhou com curiosidade.

— Você parece uma especialista em questões médicas.

Asta sentiu as bochechas ruborizarem de vergonha.

— Meu Deus, não, milady. Mas estou estudando com meu tio. Sou sua aprendiz. Por isso vim para cá.

— Veio para cá? — Silvya ergueu uma sobrancelha.

— Dos acampamentos — esclareceu Asta. — Meu tio precisava de um aprendiz, e meus pais acharam que eu encontraria possibilidades melhores aqui do que em casa.

Silvya não respondeu diretamente, mas alguma coisa que Asta disse claramente a fez pensar.

— Você é uma exilada. Como eu.

— Suponho que eu seja, milady. Mas uma exilada feliz. — Seus olhos encontraram os de Silvya, fazendo-a perceber que tinham mais em comum do que pensara inicialmente. — Sinto falta de meus pais, nossos amigos e vizinhos, mas gosto muito daqui. A corte é um lugar lindo para viver.

Silvya provou o chá, em seguida sorriu, saudosa.

— Você nunca visitou Woodlark, visitou?

Asta balançou a cabeça.

— Não, ainda não. Espero fazer isso um dia...

— É muito mais bonita que Archenfield — disse Silvya. — Sinto saudades... às vezes muitas.

— Costuma voltar muito lá? — perguntou Asta.

Silvya balançou a cabeça negativamente.

— Não a visito desde meu casamento com Anders.

— Por que não?

— Boa pergunta — respondeu Silvya. — Talvez porque voltar me faria querer ficar. E não tenho certeza de que meu marido teria gostado se eu deixasse Archenfield. Não que ele fosse dizer algo assim, não com tais palavras.

Asta ficou desconcertada pelas confidências de Silvya. Claro, a viúva de Anders mergulhara em um intenso estado de luto, e era muito fácil dar importância demais a informações aleatórias. Contudo, havia uma inclinação na voz de Silvya que fez com que Asta se perguntasse se o casamento com o príncipe era de fato o conto de fadas que costumavam dizer.

— Príncipe Anders sabia sobre o bebê? — Ela se flagrou perguntando.

A pergunta despertou um súbito sorriso no rosto de Silvya.

— Ah, sim! — respondeu ela. — Ele sabia. Esse seria nosso segredo, decidimos, pelo tempo que fosse possível. Não era fácil manter um segredo, não nesta corte. Como falei antes, quase nunca estávamos sozinhos.

Asta acenou, encorajando-a.

Silvya tomou mais um gole de chá, em seguida repousou a xícara.

— Não me lembro de ter me sentido tão cansada. Acha que é o bebê?

— Pode ser também o impacto do luto — observou Asta, enquanto repousava a própria xícara. Ela já havia percebido coisas semelhantes nos acampamentos, onde a morte era um visitante mais que frequente. Um novo pensamento lhe ocorreu. — Diga-me: quando foi a última vez que se alimentou?

Silvya balançou a cabeça.

— Realmente não sei. Nos últimos dias me senti tão enjoada que não consegui segurar nada no estômago. No jantar, ontem à noite, nem consegui botar a comida na boca. — Ela sorriu, o rosto se alegrando. — Anders comeu minha refeição e também a dele; eu não queria que ninguém soubesse de meu enjoo, então ele me acobertou

sempre que pôde. Foi muito bondoso comigo desde que soube da gravidez. Não foi só ontem que comeu meu jantar... — a voz dela se interrompeu, em seguida o belo rosto ficou mais pálido que nunca.
— Ah, Deus, não... — Asta sabia o que Silvya ia dizer antes mesmo de voltar a abrir a boca. — Acha que alguém estava tentando me envenenar, e Anders morreu em meu lugar?

Asta balançou a cabeça, em seguida esticou a mão e a colocou no braço de Silvya.

— Não acho que tenha sido isso que aconteceu, milady. — Involuntariamente, sua mão pressionou o pulso de Silvya; ela sentiu os batimentos acelerados. — Lady Silvya. — Foi a primeira vez que disse seu nome e isso pareceu causar algum impacto. — Ninguém tinha qualquer motivo para lhe desejar mal.

Silvya tremia mais que nunca, e lágrimas escorriam por seu rosto. Quando conseguiu falar novamente, as palavras saíram agudas e engasgadas.

— Como. Pode. Saber. Isso?

Asta segurou-lhe o pulso com força.

— Tenho certeza de que é verdade. Você já teve muitas preocupações hoje. Não deve se torturar ainda mais com essas aflições. A senhora precisa se cuidar e cuidar de seu bebê. É o que o Príncipe Anders iria querer, não acha?

Com lágrimas escorrendo pelo rosto, Silvya assentiu.

— Tem razão — concordou ela. — Mas estou tão sozinha aqui. Só preciso de alguém para me ajudar...

— Eu ajudo — ofereceu Asta, instintivamente.

Ouviu-se uma batida à porta, mas, antes que Silvya pudesse responder, ela se abriu e a Rainha Elin apareceu no quarto. Estava com o rosto rubro.

Asta se levantou rapidamente e fez uma reverência.

— Vossa Alteza.

Elin respondeu com a formalidade de costume.

— Obrigada por ter tomado conta de lady Silvya durante minha ausência — disse ela. — Pode ir.

Asta olhou para Silvya. Seus olhares se encontraram por um breve instante. Foi possível ver muitas coisas nos olhos de Silvya naquele momento. Dor. Medo. Solidão. Mas, para sua surpresa, acima de tudo o que viu foi desejo de amizade.

— Seu tio ficará grato por seu retorno em segurança. — Ouviu a Rainha Elin dizer. Asta assentiu e, com a cabeça baixa, se retirou. Ao partir, ouviu a mãe do Príncipe se dirigir à nora.

— Você parece muito cansada, minha querida. Precisa voltar para a cama. Dormir é a melhor coisa para você. E para a carga preciosa que carrega também.

NOVE

CÂMARA DE GELO DO MÉDICO, VILA

Asta estava ao lado de seu imóvel tio na pequena câmara gelada, abaixo da sala de cirurgia, olhando para o corpo exposto e nu do Príncipe Anders. Sentiu um tremor involuntário, não pela proximidade do corpo, mas pelo frio absurdo. Agarrando o caderno com uma das mãos, cruzou os braços sobre o peito, na intenção de reter todo o calor corporal que conseguisse. A temperatura abaixo de zero da sala era regulada por blocos de gelo isolados com palha, recolhidos do fiorde, ou das montanhas distantes — se os suprimentos sofressem baixa —, durante os meses de inverno. O mesmo sistema era empregado na cozinha para manter a comida de Vera Webb fresca e comestível.

Asta já conhecia a Câmara de Gelo. Desde sua chegada à vila dos Doze para estudar com o tio, ela o acompanhara até ali em diversas ocasiões.

— Se realmente quiser ponderar sobre os mistérios da vida e da morte — disse o tio a ela, na primeira vez em que a conduzia pela escadaria estreita de pedras. — Aprenderá apenas algumas coisas lá em cima, na sala de cirurgia. Os segredos mais profundos de nossa existência só podem ser encontrados aqui embaixo.

Lá em cima, a sala de cirurgia do médico era cheia de objetos, de instrumentos cirúrgicos a esqueletos humanos e animais, além de diversos órgãos conservados em vidros com líquidos especiais. Nas primeiras noites na casa do tio, os sonhos tortuosos de Asta a levavam à sala de cirurgia e à coleção de curiosidades macabras.

Em contraste, apesar de permeada pela morte, a Câmara de Gelo ainda não tinha provocado nela sequer uma noite de insônia.

Antes o trabalho de Asta era acender velas o suficiente para que Elias Peck pudesse conduzir seu trabalho: a estrutura da câmara era cônica e não possibilitava a entrada de luz natural — o que não era nenhuma surpresa, considerando que a maior parte da área era subterrânea. Ao acender cada uma das velas, um novo pedaço da sala se tornava visível.

Em forte contraste com a sala de cirurgia do médico, essa câmara era quase toda desprovida de mobília ou decoração. O espaço era confinado e, por esse motivo, Elias só guardava ali coisas necessárias ao trabalho, fosse para preparar algum corpo antes dos rituais funerários, ou, como naquele caso, para exames elaborados. Com a pouca quantidade de móveis, não havia nada ali para distrair a atenção da mesa no centro do recinto, ou do corpo pálido como mármore que se encontrava sobre sua superfície, em um arremedo de sono profundo.

Asta já vira muitos outros corpos na mesa do médico — homens, mulheres, jovens e velhos. O corpo morto e nu do Príncipe Anders era ao mesmo tempo surpreendentemente familiar e, no entanto, profundamente diferente: ela jamais interagira de forma direta com o Príncipe, mas certamente teve boas oportunidades de observá-lo enquanto acompanhava o tio em seu trabalho na corte.

O Príncipe Anders sempre lhe pareceu uma presença deslumbrante e magnífica no palácio e arredores. Sob tal ótica, ele era bem diferente de Jared, mas talvez isso mudasse agora que o irmão mais novo assumiu seu lugar como Príncipe. Anders nunca pareceu muito mortal, e sim um semideus temporariamente emprestado a Archenfield e seu povo, havia algo de fundamentalmente humano em Jared.

Ela olhou para o antebraço inerte de Anders, examinando as linhas de suas veias e músculos, como que se preparando para iniciar um desenho. Ali estava Anders, rebaixado — literalmente — ao mesmo nível de seus súditos. As partes expostas de seu corpo revelavam um jovem no auge da forma física. Ela podia ver os músculos trabalhados do peito, dos ombros, dos braços e das pernas; a carne firme traduzia dias dominados por atividades ao ar livre; cavalgadas, caçadas e, quando necessário, combates. Em vida esse corpo lhe oferecera uma capa de invencibilidade. Mas aqui, como Elias havia prometido, a verdade era revelada. E a verdade era que, por mais impressionante que fosse seu físico, o corpo do Príncipe Anders não teve forças para combater o veneno administrado pelo assassino. *Você sabe por que foi morto?*, perguntou a voz interior dela a ele. *Que segredos guarda, Príncipe perfeito?*

— Veja aqui — disse Elias, de repente, falando com ela pela primeira vez; foi como se ele tivesse emergido de um transe. Ele apontava para o pé direito de Anders.

Afastando os braços do corpo, Asta se aproximou da mesa e seguiu o ponto indicado pelo dedo do tio. Ela ficou chocada pelo horror que ele mostrava.

A carne do dedão e dos dois dedos seguintes do Príncipe estava atrofiada e escura. Parecia uma carne que tinha ficado muito tempo cozinhando no fogo, enquanto as unhas variavam em cores que iam de ferrugem a amarelo-esverdeado.

— Isso é gangrena? — perguntou Asta.

O tio assentiu.

— É surpreendente que já esteja tão avançada — observou ele.

— O outro pé está igual? — perguntou Asta.

Em resposta, Elias foi até o outro lado do corpo e encorajou Asta a segui-lo. Os três dedos equivalentes do pé esquerdo de Anders pareciam similarmente dissecados e descoloridos.

— O veneno teria causado esta necrose — confirmou Elias. — Você se lembra, é claro, o que é necrose?

— Sim. — Asta afirmou com a cabeça, correspondendo ao desafio.
— A morte de células de tecido, em função de ferimento, doença ou falência de suprimento sanguíneo.

Elias, que não era bom com elogios, mexeu a cabeça afirmativamente, com satisfação.

— Necrose de fato é causada por falta de sangue. O veneno interferiu fatalmente na circulação do Príncipe Anders. É uma causa certa de morte... — pausou, olhando para ela por um momento, com certa irritação.

— Ah, desculpe! — pediu ela. — Gostaria que eu fizesse uma anotação disso?

— Sim, seria ótimo — respondeu ele, incapaz ou sem vontade de conter o sarcasmo na voz. Devidamente repreendida, Asta anotou no livro.

Ao terminar, levantou os olhos para ver que o tio já havia se aproximado do tronco de Anders. Parecia perdido em pensamentos mais uma vez.

— A presença e o avanço da gangrena ajudam a restringir o número de venenos que podem ter sido utilizados? — perguntou Asta.

Por um instante o tio ficou em silêncio, esticando as mãos para ajustar o lençol, que já parecia uma mortalha. Em seguida ficou de pé, ereto, e seus olhos atentos buscaram os dela.

— Sim — respondeu ele. — Acredito em duas possibilidades.

Asta sentiu o coração se acelerar com a revelação. A caneta estava posicionada sobre o caderno, pronta para anotar as descobertas do tio.

— A primeira possibilidade é esporão do centeio.

Asta fez uma anotação, em seguida olhou novamente para o tio. Teve a impressão de que ele estava esperando até que dissesse alguma coisa.

— Esporão do centeio — ecoou ela. — Um fungo parasita que infesta grãos de cereais, particularmente o centeio.

Elias sorriu suavemente. Quando falou, ela ouviu um raro traço de suavidade em sua voz.

— Às vezes me pergunto se meu irmão ficaria realmente feliz com o alimento que forneço a seu cérebro faminto.

Ela ficou tão surpresa quanto contente com o elogio, mas estava ansiosa para continuar.

— Esporão do centeio também provoca gangrena?

— Sim — confirmou ele. — O veneno exerce um efeito paralisante no sistema nervoso simpático, trazendo esse e outros problemas circulatórios. Então os sintomas começariam com coceiras, passariam por sensações de queimação, até, como vimos, necrose.

Asta assentiu enquanto continuava escrevendo.

— Então faz sentido.

— Sim — ratificou Elias. — E esporão do centeio se relaciona com uma segunda cadeia de sintomas, e é aí que as lembranças de Silvya podem ser particularmente úteis. Esse veneno provoca severas convulsões, acompanhadas por alucinações vívidas. Normalmente incluem imaginações absurdas...

O coração de Asta batia forte novamente.

— Ele achou que via animais o perseguindo nos aposentos reais. E sangue escorrendo pelas paredes.

— E *de fato* viu, Asta. Nem eu, nem você teríamos visto nada disso, mas, para o Príncipe Anders, tudo era completamente real. Tal o poder das alucinações.

Asta assentiu.

— Então o veneno pode muito bem ser esporão do centeio — argumentou a jovem. — Parece um bom palpite.

Elias continuou.

— A outra possibilidade é sabina. Certamente poderia provocar necrose, assim como outros sintomas físicos que podemos observar no corpo do Príncipe. — Então apontou. — Estas bolhas aqui, por exemplo.

Asta fez uma anotação furiosamente.

— Sabina é uma planta, não é? — Não conseguia conter a vontade de impressionar. — Uma espécie de junípero.

— Alguém andou lendo — assentiu Elias. — É, de fato, uma planta, uma planta amarga que, em altas doses, provoca convulsões e vômito; reações que, como sabemos pela viúva do Príncipe, ele apresentou antes de morrer.

Asta anotou as últimas observações do tio. Ao fazê-lo, pensou em Silvya. Pobre Silvya. O simples fato de ter perdido Anders era suficientemente horrível, mas de um jeito tão violento e degradante...

— Você pode se interessar em saber, Asta, que alguns médicos menos escrupulosos empregam sabina para estimular abortos.

Asta congelou com as palavras do tio.

— Peço desculpas — disse ele. — Nunca a julgo propensa à sensibilidade. É fácil esquecer que você é uma menina... uma menina de 16 anos, quero dizer.

Em qualquer outra ocasião ela teria gostado de ver o tio em uma posição desconfortável, mas, naquele momento, sua mente trabalhava furiosamente.

— Não é isso — esclareceu ela. — Estava pensando em lady Silvya. Você sabe, é claro, que ela está grávida?

Elias olhou, intrigado, para a sobrinha.

— Não, não sabia disso. E me pergunto: como você dispõe de tal informação?

— Ela me contou mais cedo, quando você me enviou para cuidar dela.

— E você não achou que talvez seria útil me contar?

— Sinto muito — respondeu Asta com uma voz baixa, notando que aquela era sua segunda repreensão em dois minutos. — Presumi que soubesse. Digo, ela me contou que o Príncipe e ela estavam determinados a manter segredo, mas você é o Médico da corte. Eu tinha certeza de que confiariam em você.

Elias deu de ombros. A expressão não era feliz.

— Parece que não. — Sua atenção novamente desviou de Asta para o corpo.

A mente afiada de Asta agora estava acelerada, e ela não conseguia mais conter os próprios pensamentos.

— Em decorrência de seu estado, Silvya sentiu-se enjoada demais para comer nos últimos dias. Para proteger seu segredo, o Príncipe Anders vinha comendo a refeição da esposa, além da dele.

Elias olhou para ela.

— Você tem alguma pergunta?

Asta fez que sim com a cabeça.

— Silvya poderia ser o alvo do veneno, em vez do Príncipe Anders?

Os olhos de Elias se estreitaram, como ocorria com frequência quando ele se sentia desconfortável. Asta tinha mais uma pergunta e sabia que esta provavelmente o deixaria ainda mais desconfortável.

— E se a intenção não fosse matá-la, mas apenas provocar um aborto?

Elias sustentou o olhar de Asta por um instante. Ela teve a impressão de que ele considerava a hipótese.

— Acho que não cabe a nós contemplar quem era a vítima pretendida, ou o que causou o ataque. Minha função é estabelecer a causa de morte...

— Mas... — protestou Asta — certamente nossa função...

— *Minha* função — Elias elevou a voz — é estabelecer a causa da morte. A sua é fazer anotações para podermos transmiti-las ao Capitão da Guarda, que, estou razoavelmente convencido, será mais que capaz de conduzir a investigação sem suas hipóteses.

Mesmo vindo do tio, aquela foi uma explosão considerável. Asta supôs que era a pressão do caso se revelando, mas não conseguia deixar de pensar que talvez ele também estivesse irritado por ela ter sabido sobre o segredo de Silvya antes dele.

— Confirmaremos ao Capitão da Guarda que a morte do Príncipe Anders foi por envenenamento, sendo sabina e esporão do centeio duas fortes possibilidades.

— Não está tentado a escolher um deles? — perguntou Asta. Sabia que estava testando os limites da paciência e do humor do tio, mas, às vezes, não conseguia se conter.

— Não — respondeu Elias com firmeza. — Acho que há argumentos suficientes para sustentar o uso de cada um dos venenos. Oferecerei minhas descobertas e deixarei que o Capitão da Guarda construa a *própria* investigação como quiser.

— Mas — persistiu Asta, sabendo que iria se arrepender. — Não sabemos se o assassino pretendia matar o Príncipe Anders ou Silvya, ou ambos. Não sabemos se ele só estava tentando fazer com que Silvya abortasse, mas administrou uma dose forte demais.

Para surpresa da menina, Elias não ficou rubro de raiva quando ela acabou de falar.

— Tem razão — disse ele. — Todas essas questões são válidas. E existem outras, ainda. Será que o veneno foi ingerido com algum alimento, ou absorvido pela pele? Há algumas pequenas feridas na perna do Príncipe, talvez resultado da caçada. O veneno certamente pode ter sido administrado assim, através de uma pomada ou, digamos, um curativo contaminado. Se for o caso, é provável que tenha tido um impacto mais veloz do que se ingerido com comida. Mas há quem consuma esporão do centeio em doses suaves para aliviar dores de cabeça. É possível que o Príncipe tenha feito isso e simplesmente utilizou doses demais. Neste caso, não existe assassino.

Asta percebeu que sua mente girava com tantas conjecturas. Ela achava e esperava que o exame do tio fosse reduzir as possibilidades, mas, em vez disso, parecia que uma Caixa de Pandora tivesse sido aberta e que seu cérebro se enchia de formas escuras e flutuantes, cada qual representando uma espécie diferente de mal.

Ela encarou o tio, sentindo-se fraca diante daquele beco sem saída. Ele olhou para ela, entretido, em vez de furioso.

— O que foi? — perguntou.

Ela procurou as palavras certas:

— Acho que pensei que o corpo fosse nos dizer por que ele morreu, e começaríamos a desvendar o mistério, mas o que parece é que abrimos um leque infinito de possibilidades.

Elias balançou a cabeça.

— Falei antes, Asta. É minha obrigação estabelecer uma causa de morte. E isso eu fiz, com a sua ajuda e a de lady Silvya. — Olhou para o corpo do Príncipe. — Um corpo não pode nos dizer por que está morto, mas, com sorte e alguma experiência, pode nos contar como morreu. Agora dependemos do conhecimento e da experiência de outros para que a investigação avance. — Ele sorriu. — E acho que está exagerando, aliás, quando diz que há um número infinito de possibilidades. Tente manter a perspectiva.

Às vezes seu tio Elias era tão cientista. Tudo bem, então não havia um número *infinito* de possibilidades, mas ele mesmo havia identificado várias. Asta não conseguia deixar de pensar nelas. E, por mais que estivesse apenas começando a imaginar os cenários, ela se conhecia o suficiente para saber que a tendência era piorar.

Seu coração batia acelerado, e ela sentiu-se ligeiramente enjoada; e sabia exatamente o motivo para isso: em algum lugar no seu interior, havia decidido desvendar o mistério do assassinato do Príncipe Anders, e nada nem ninguém — do tio ao Capitão da Guarda — iria desviá-la do caminho, independentemente do rumo que tomasse.

DEZ

ESCRITÓRIO DO CAPITÃO DA GUARDA, PALÁCIO

Koel Blaxland estava encolhida na cadeira de couro gasto no canto do escritório do irmão mais velho, Axel. À frente havia uma tela de carvalho elaboradamente talhada, através da qual conseguia enxergar sem ser vista. Aquela não era a primeira vez que se escondia ali; era um esconderijo surpreendentemente aconchegante e, em geral, muito informativo. Parada e em silêncio, ela observou enquanto a porta do escritório do irmão se abria e ele entrava, seguido de perto pelo pai.

— Então, posso ajudá-lo, pai? — perguntou Axel. Não só o tom de voz, mas todos os aspectos do seu corpo revelavam sua impaciência.

— Queria falar com você — declarou lorde Viggo, esfregando a barba, o que fazia com frequência quando remoía alguma coisa. Foi até uma mesa lateral, sobre a qual havia uma garrafa de aquavita ao lado de alguns copos. Ele se voltou para Axel, os olhos, do mesmo intenso cinza-azulado, brilhando. — Vamos tomar um drinque?

Axel balançou a cabeça.

— Não tenho tempo, sinto dizer. O médico deve chegar a qualquer momento com o relatório da autópsia.

Lorde Viggo sorriu, alcançou a garrafa e serviu dois copos da bebida. Pegou um deles e tomou um gole, em seguida entregou o outro a Axel.

— Como seu avô Erik gostava de dizer, uma das principais lições da vida é identificar o que é importante e o que é urgente. São coisas diferentes. Por mais que outros assuntos o chamem, esta conversa ainda cai na categoria "importante". — Tilintou o copo contra o de Axel.

Axel repousou o dele na extremidade da mesa, sem beber.

— Pai, sinto ser abrupto, mas realmente preciso que vá direto ao ponto. Corremos o risco de sermos interrompidos a qualquer momento.

Como cuidado para não emitir qualquer ruído, Koel se inclinou um pouco mais para perto da tela. Observar o irmão e o pai naquela dança era como observar uma perseguição de feras selvagens na floresta.

Ainda se recusando a ser apressado, lorde Viggo bebeu toda a dose da bebida e estalou os lábios.

— É impressionante, não acha? Alguém foi até o coração da corte para assassinar o Príncipe.

— Sim, pai, e é meu trabalho descobrir quem é essa pessoa para então me certificar de que ele, ou ela, pague o Preço do Sangue. Tenho que deixar o Principado em segurança.

Lorde Viggo assentiu, esfregando a barba mais uma vez.

— Este é, de fato, na superfície, seu trabalho. Mas, filho, você precisa focar no prêmio maior.

Axel suspirou.

— Acha que não sei disso?

Lorde Viggo deu uma piscadela para o filho, seguida de um tapinha no ombro.

— Sempre acho que não custa lembrar. Esta situação inesperada é cheia de possibilidades para você. É vital que extraia o máximo desses eventos. Agora todos os seus movimentos contam.

— Tenho consciência disso — respondeu Axel.

Koel pôde ver a gravidade da situação estampada no rosto do irmão. Ele tinha 25 anos de idade, no entanto parecia carregar todas as preocupações do mundo sobre os ombros. De certa forma, ela supôs, carregava, mesmo.

Lorde Viggo aproximou-se do rosto do filho. Axel fez uma careta — se pelo hálito do pai ou pela invasão do espaço pessoal, Koel não sabia — e deu um passo para trás.

— Esse é o momento pelo qual nossa família vinha esperando — declarou lorde Viggo. — O momento da mudança. Há muito tempo minha irmã e seu bando controlam Archenfield. E, diga-me, que bem isso trouxe ao Principado? Dois príncipes mortos em dois anos. Isso não é estabilidade.

— Não — concordou Axel.

— Os Wynyard tiveram uma chance e se provaram incapazes de governar. Assim que a coroa for erguida pelas mãos mais firmes dos Blaxland, será forte o bastante para repelir qualquer ataque. — Lorde Viggo agarrou o filho pelo braço. — Toda a minha esperança, toda a esperança da família Blaxland e seus ancestrais, repousam em você, menino.

Axel se soltou com cuidado das garras do pai.

— Sem pressão, então.

Lorde Viggo riu.

— Ha! Você adora pressão. Sempre adorou. Herdou isso de mim. Sua mãe é absurdamente inteligente, culta, mas é uma criatura suave, assim como sua irmã. São como pérolas, Axel: raras e preciosas. Depende de nós, filho, brutos como somos, realizar o trabalho.

Koel franziu o rosto. Não era nenhuma surpresa se ver discutida e descartada daquela forma, mas, mesmo assim, a incomodava. O pior de tudo é que ela não tinha a menor dúvida de que o pai considerava aquilo um elogio de máxima ordem.

Uma batida súbita na porta chamou a atenção dos três.

— É o Médico — informou Axel a lorde Viggo, pegando o copo vazio da mão do pai. — Hora de ir. — Conduzindo o pai até a porta, ele bradou: — Entre!

Koel olhou para a porta. Elliot Nash, o assistente gorducho de Axel, entrou primeiro, apertando a mão de lorde Viggo, seguido por

Elias Peck e sua aprendiz, Asta — a sobrinha que havia chegado dos acampamentos há mais ou menos seis meses. Koel olhou para a moça com interesse. Asta Peck tinha 16 anos de idade; um ano a menos que ela. Era bonita, apesar de parecer mais adequada ao bosque que ao interior da corte: os cabelos ruivos de Asta faziam Koel pensar em furiosos incêndios florestais.

— Obrigado pela visita, pai — disse Axel, enquanto lorde Viggo não se movia da entrada. — Considerarei toda a sua sabedoria mundana.

— Faça isso — rebateu o lorde. Apesar de claramente relutante, ele entendeu a deixa e voltou os olhos para Asta.

Estava claro que Elias havia encomendado um novo guarda-roupa para a sobrinha. Ela usava um vestido de corte elegante, no mesmo tom de cinza de seus olhos, e sapatos combinando. Estava bem elegante, mas Koel teve a sensação de que ela se sentia presa no vestido: apesar da boa aparência, a figura de Asta Peck tinha um aspecto selvagem. Koel a imaginou mais confortável com calça e botas.

Ela então voltou a atenção para o Médico. Na mão esquerda parecia estar o relatório pós-morte. Por enquanto, contudo, não eram os papéis que atraíam seu interesse, mas a forma como sua mão tremia levemente. Um movimento sutil, mas Koel Blaxland tinha talento para identificar essas coisas; resultado de ter comparecido a tantas funções, sem nunca ter a opinião solicitada. Uma pessoa inteligente, acreditava ela — e sabia, sem excesso de arrogância, que tinha sido abençoada, ou, possivelmente, amaldiçoada, com uma boa dose de inteligência —, precisa elaborar os próprios meios de estimular e afiar tal inteligência, mesmo que os outros ao redor não encontrem muita utilidade para ela.

— Trouxe minhas anotações sobre o exame do corpo do Príncipe Anders. — O médico ofereceu os papéis ao Capitão da Guarda.

— Não precisava me trazer isto pessoalmente — comentou Axel, pegando a pasta e colocando-a sobre a mesa. — Tenho certeza de que sua jovem aprendiz teria feito um bom trabalho.

Koel observou Asta se arrepiar com as palavras de Axel. Ele, é claro, não notou. Por um instante, ela sentiu afinidade com a sobrinha do Médico.

— Dada a importância do caso — ouviu Elias dizer —, quis entregar as anotações pessoalmente. — Limpou a garganta. — E conversar sobre minhas descobertas com você.

Axel sentou-se e gesticulou para que o médico se sentasse na cadeira à frente. Asta e Nash permaneceram de pé. Ele folheou e deu uma olhada nos papéis, depois levantou a cabeça outra vez.

— Então, diga-me, Elias, o que descobriu?

O Médico fechou as mãos. Koel notou que sua cabeça tremia levemente enquanto ele falava.

— Está tudo em meu relatório, para que você leia. Confio que esteja suficientemente completo.

Axel sorriu para o Médico.

— Você sempre é muito preciso, Elias — falou, o pequeno sorriso desbotando. Tamborilou os dedos na pasta. — Prometo que lerei tudo. Mas por que não me conta sobre suas principais descobertas?

Elias levou um instante para reunir os pensamentos, em seguida começou:

— Príncipe Anders foi envenenado — revelou. — Isso é certo.

Axel pareceu adequadamente melancólico. Parado, ao lado do ombro do chefe, Elliot Nash parecia espelhar sua expressão.

— Acredito ter reduzido a duas as possibilidades de toxinas venenosas empregadas pelo assassino — prosseguiu o Médico. — Sabina ou esporão do centeio.

Axel meneou a cabeça, sabiamente. Koel tinha poucas dúvidas de que aquela era a primeira vez em que ele ouvia falar de qualquer uma das duas substâncias.

— O corpo do Príncipe exibia bolhas em alguns pontos. E os pés apresentavam gangrena. Tenho certeza de que sabe que qualquer um desses venenos poderia ter provocado tal efeito.

As palavras do Médico conjuraram uma imagem vívida na imaginação de Koel. Seu primo Anders sempre projetou uma imagem de perfeição. Seria intrigante, para dizer o mínimo, vê-lo, tão perfeito, com os pés deformados.

— Se sabemos que o assassino usou veneno, estamos dizendo que alguém interferiu na comida do Príncipe? — A pergunta veio de Elliot Nash.

Não pela primeira vez, aquela voz pegou Koel de surpresa. Quem o olhava poderia esperar uma voz rouca e grave, mas a de Nash era rica e ressonante. Era uma voz, decidiu ela, para recitar poesia, e não comandos militares. Talvez ele ainda não tenha encontrado o verdadeiro propósito.

— Envenenamento por alimentação é o cenário mais provável — explicou o Médico. — Mas não é a única possibilidade. O veneno também pode ter sido administrado de forma intravenosa, ou mesmo por algum medicamento falso.

— Mas envenenamento por comida é o mais provável? — Axel se inclinou para a frente ao falar.

— Sim — assentiu Elias.

Os dedos de Axel tamborilaram nas páginas do relatório do Médico. Koel percebia a mente do irmão se acelerando, os olhos mais brilhantes que nunca.

— Se existe uma forte possibilidade de que o Príncipe Anders tenha sido envenenado por comida, então temos que agir depressa; precisamos conter o risco de um novo ataque. Se alguém conseguiu alterar a comida do Príncipe, qualquer um de nós pode ser atacado da mesma forma. — Empurrou a cadeira para trás e se levantou. — Temos que enviar um recado rápido e firme de que estamos atrás do assassino.

— O que tem em mente? — perguntou o Médico.

Axel levantou a mão.

— Logo chegaremos nesse ponto — falou. — Não há motivos para retermos você ou sua aprendiz por mais tempo. Tenho certeza de que vocês têm outros trabalhos importantes a conduzir. — Axel gesticulou para a porta.

Apesar da clara dispensa de Axel, Elias permaneceu sentado na cadeira, as mãos cruzadas sobre o colo, fazendo Koel pensar nas estátuas da capela da vila.

— Gostaria de saber — começou o Médico, hesitante. — Se poderia tomar um instante de seu tempo... em particular.

Por trás da tela esculpida de carvalho, Koel não conseguiu conter o sorriso. Aquilo tudo estava cada vez mais intrigante.

— Só nós dois? — Axel pareceu pensativo. Ficou claro que o pedido do Médico aguçou seu interesse. — Sim, é claro! — Assinalou para Nash, que foi até a porta e a abriu para permitir que Asta saísse primeiro.

Axel se inclinou para trás na cadeira, esperando a porta se fechar, em seguida se inclinou para a frente outra vez, apoiando os braços na mesa.

— Bem, agora estamos a sós, Elias. — Koel prendeu a respiração enquanto o irmão continuava. — Fale.

Elias se mexeu, desconfortável na cadeira.

— É uma questão um tanto delicada — avisou ele. — Tem a ver com os venenos que mencionei antes.

— Prossiga — encorajou Axel.

— Como tenho certeza de que sabe, o esporão do centeio é uma espécie de mofo que cresce em diversos cereais. Ao passo que sabina é uma planta; um arbusto verde-azulado, que lembra as árvores na floresta. De fato, pode-se dizer que tem a aparência de uma floresta em miniatura...

Koel podia ver que o interesse do irmão já se esvaía. Conseguia imaginar o que ele estava pensando: tenho um assassinato para resolver, e você está desperdiçando meu tempo com uma aula sobre botânica.

— Até onde sei — continuou o Médico —, sabina só cresce em um lugar em Archenfield. — Tossiu e prosseguiu com a voz rouca: — No Jardim Médico.

Axel se esticou.

— *Seu* jardim!

Elias assentiu.

— Eu utilizava essa planta como remédio. Um remédio bem específico. — fez uma pausa. — Há muito tempo que não a uso, mas continua crescendo lá.

— Entendo. — A expressão de Axel era séria. Não cultivava barba, mas, Koel notou, acariciava o queixo da mesma forma que o pai.

— Achei que devesse falar com você sobre este assunto — argumentou o médico. Ele se inclinou para a frente. — Axel, eu não tive nada a ver com o envenenamento do Príncipe Anders. Precisa acreditar em mim.

Por um instante fez-se silêncio na sala. Koel tentou não respirar.

— Claro que acredito em você! — exclamou Axel. — Elias, achou que eu fosse prendê-lo?

— Eu... não sabia o que pensar. — A voz do médico se encheu de alívio, e ocorreu a Koel que ele pudesse estar prestes a chorar. Ela torceu para que não.

— Elias — disse Axel, levantando da cadeira e dando a volta na mesa, para se colocar ao lado do médico. — Eu jamais poderia pensar mal de você. — Esticou os braços e tocou as mãos trêmulas de Elias. — Não foram estas as mãos que trouxeram o Príncipe Anders ao mundo, que lhe deram a vida? Assim como ao Príncipe Jared e ao Príncipe Edvin? E a mim, é claro...

E a mim, pensou Koel, nem um pouco surpresa por ter sido omitida da lista do irmão.

— Você traz vida, saúde e cura. — Axel sorriu para o Médico. — Não tem uma veia destruidora no corpo, ou um pensamento maligno no cérebro.

— Obrigado — agradeceu Elias, a voz falhando de emoção. Seu corpo estremeceu de alívio. — Bem, devo lhe dizer que é um peso que tiro da mente.

Axel colocou as mãos nos ombros de Elias, massageando-os gentilmente.

— Obrigado por tudo que fez — falou o Capitão da Guarda. — Seu trabalho na questão, por enquanto, foi concluído. O meu, temo, está apenas começando.

Elias se levantou da cadeira, e Axel acompanhou o Médico até a porta, entoando mais palavras calorosas de conforto enquanto o levava. Então se dirigiu a Nash, por cima de Elias:

— Espere por mim! Saio em um minuto.

— Sim, senhor.

Koel observou o irmão fechar a porta e voltar para a sala com um novo senso de propósito. Ele se aproximou da janela, de costas para ela, enquanto olhava o terreno do palácio.

Koel se levantou da cadeira e saiu de trás da tela. Com meias nos pés, era virtualmente inaudível. Ela quase conseguiu chegar até o irmão antes que ele se virasse.

— O que está fazendo aqui? — perguntou ele, os olhos arregalados. — E de onde você surgiu?

— Já estou aqui há um tempo — respondeu a garota.

Havia um prato de frutas — intocado, é claro — sobre a mesa de Axel. Ela não o vira antes. Esticando a mão, levou uma uva escura à boca.

Axel franziu o rosto e balançou a cabeça.

— Não pode simplesmente aparecer em meus aposentos, como uma felina, sempre que tiver vontade — advertiu ele. — *Existe* uma coisa chamada privacidade.

A uva doce explodiu em sua boca. Ela esticou a mão para pegar mais uma.

— Privacidade ou segredos?

Ele deu de ombros.

— Dá no mesmo. — A testa franzida se suavizou. A irmã sabia que ele podia rugir como um urso, mas jamais se zangava com ela por muito tempo.

— Bem, agora que já se divertiu — começou ele. — É hora de trabalhar em uma nova tapeçaria ou coisa do tipo.

— Enquanto você sai para deixar o Principado seguro? Qual será seu próximo passo?

Ele sorriu de forma indulgente para ela.

— Adoraria satisfazer sua insaciável curiosidade, querida irmã, mas tenho um trabalho a fazer. O que você e meu pai não conseguem entender, você com suas espionagens e perguntas, e ele com os discursos, é que nesta família sou eu que carrego todas as responsabilidades nos ombros. — Sua voz assumiu um tom de deboche: — E sou o único em uma posição verdadeira de poder e influência. Preciso lembrá-los de que enquanto eu sento à Mesa do Príncipe, o resto de vocês sequer pode observar as reuniões dos Doze.

Koel conteve a irritação e deu um passo à frente.

— Eu poderia ajudá-lo — afirmou a garota. — Por que não me conta sobre seu grande plano?

— Acho que não — respondeu Axel. Olhou para a porta, deixando a mensagem bem clara.

Koel balançou a cabeça.

— Se não soubesse dos detalhes, eu poderia achar que você está adorando tudo isso.

Axel pareceu espantado.

— Adorando a investigação do assassinato a sangue frio de nosso primo? Como pode dizer isso? Como pode sequer pensar isso? Apenas sou o Capitão da Guarda e...

— Tem o dever de garantir a segurança do Principado. — Ela meneou a cabeça. — Claro que sim — concluiu, suavemente. Poderia ter dito mais, porém um de seus muitos talentos era saber a hora de se conter.

— Agora preciso ir — disse Axel. — Pegue seus sapatos atrás da tela e, por favor, Koel, não esteja aqui quando eu voltar. — Suspirando, de cabeça baixa, ele foi até a porta.

Enquanto ouvia os passos de Axel pelo corredor, Koel Blaxland sorriu. Seu irmão falava grosso às vezes, mas no fundo era um amador. Ela fechou a porta e, em seguida, considerou suas opções. De fato, os sapatos estavam cuidadosamente guardados atrás da tela de carvalho.

Poderiam continuar ali. Foi até a mesa do irmão e sentou-se na cadeira. Era baixa demais, então ela se levantou e encontrou uma almofada — uma que havia bordado para ele quando era consideravelmente mais jovem e se entediava menos facilmente. Aquilo deixou o assento muito mais confortável. Esticando o braço, pegou a pasta de Elias. Então se inclinou para trás na cadeira, levantou os pés para a mesa e começou a ler ansiosamente o relatório confidencial do Médico. Bem, disse a si mesma, depois de tanto trabalho que ele teve para escrevê-lo, alguém lhe devia a gentileza.

ONZE

COZINHA, PALÁCIO

Axel estava posicionado, até então sem ser notado, na entrada da cozinha do palácio, observando a cena com um interesse nada usual. Devia haver cinquenta pessoas ou mais trabalhando ali — homens e mulheres de todas as idades, envolvidos em diferentes funções — cortando, coando e mexendo os vários ingredientes dos pratos do almoço.

Axel olhou de um rosto para o outro. Qualquer um poderia ser o culpado pelo envenenamento do jantar do Príncipe Anders na noite anterior. Seria aquele ali, picando cenouras? Com a eficiência implacável com que usava a faca, ele seria um bom homem no exército. Seria ele o responsável por envenenar o Príncipe? Poderia também ser aquela senhora de aparência inofensiva, quebrando ovos em um pote. Não era preciso ser uma pessoa jovem ou forte para colocar alguns grãos de veneno em um ensopado. Aquele sujeito gordurento, enfiando o dedo na vasilha, também podia ser culpado. E que tal aquele brutamontes levantando a panela pesada do fogão? Os olhos de Axel corriam de face a face. Poderia ser qualquer um.

Mas não, ele disse a si mesmo, aquilo não fazia sentido. Porque a comida do Príncipe Anders, e apenas a dele, fora envenenada. Então, fosse sabina ou esporão do centeio, o veneno não podia ter sido colocado na panela ou no molho ali na cozinha. Se tivesse sido assim, não estariam lidando apenas com uma morte, mas com uma verdadeira chacina no palácio. Não; o assassino devia ter tido acesso à comida no caminho entre a cozinha e a sala de jantar. O assassino devia ter tido acesso especificamente ao prato do Príncipe Anders.

O Sino do Caçador soou oito vezes quando Jared chegou à sala de jantar, acompanhado da mãe e do irmão. Fez-se o ruído habitual de cadeiras sendo arrastadas pelo chão de pedra e os sussurros de saias longas passando levemente pelo piso enquanto os demais membros da realeza e dos Doze — assim como os subordinados que ocupavam as mesas exteriores — se levantavam. O vasto salão, que parecia uma catedral, parecia silencioso como nunca, e Jared tinha consciência dos próprios passos, juntamente aos da mãe e do irmão, ecoando sonoramente pelas paredes.

A mesa central de almoço — que acomodava os Doze (a exceção, por motivos óbvios, da Cozinheira) e os principais integrantes da família real — tinha formato de ferradura. Os lugares de todos à mesa eram cuidadosamente pré-determinados. Jared se sentaria, pela primeira vez, ao centro do salão.

O assento não era muito distante da cadeira com a qual se acostumara — no momento vazia, aguardando a decisão de quem seria o Sucessor —, mas parecia a milhões de quilômetros de distância. Era como se as estrelas no céu tivessem se reconfigurado e ele agora ocupasse o coração de uma constelação estranha.

O novo Príncipe mais uma vez sentiu que era o foco da atenção de todos, enquanto mais ou menos duzentos pares de olhos seguiam cada um de seus passos. Ele sabia que todos procuravam os sinais reveladores: como ele recebeu a notícia da morte do irmão? Como estava lidando com a ascensão? O palácio e o Principado estavam em boas mãos?

Ele pôde sentir uma onda de calor subir pelo corpo, ameaçando tomar seu rosto. Isso acontecia sempre que se sentia inseguro, e ele jamais se sentira tão inseguro quanto naquele momento. Determinado a controlar a sensação, ele procurou rostos familiares na multidão: a tia Stella e a prima Koel abaixaram as cabeças graciosamente em sua direção; Kai Jagger, sua primeira companhia do dia, também acenou a cabeça à guisa de cumprimento, sem revelar qualquer emoção nos olhos duros. Em contraste, o rosto benevolente do Padre Simeon parecia carregado de dor, e Logan Wilde sorria encorajadoramente de seu assento na ferradura enquanto Jared assumia seu lugar. Ele notou duas ausências na mesa principal: o primo Axel e Silvya.

A ausência do primo era facilmente explicada: Jared sabia que ele estava imerso na investigação do assassinato de Anders. Percebendo agora que o assistente de Axel, Elliot Nash, também não se encontrava por perto, Jared se perguntou se alguma nova informação teria surgido.

— Você parece distante — disse Elin a ele, enquanto os outros se ajeitavam nas cadeiras. — Em que está pensando?

Ele se voltou para a mãe.

— Estava pensando na investigação e se, em vez de estar aqui, eu não deveria estar com o primo Axel, ajudando.

Elin balançou a cabeça decididamente e colocou a mão sobre seu pulso.

— Meu filho, você é o Príncipe de Archenfield agora, então não será você a ajudar Axel Blaxland, mas ele que lhe ajudará. — Ela encontrou os olhos do filho, ciente de tudo. — E, francamente, o que quer que esteja acontecendo com a investigação terá que esperar até depois do almoço. A manhã foi muito longa, e todos nós precisamos colocar alguma coisa no estômago.

Jared assentiu, sorrindo para si mesmo. A mãe tinha uma crença inabalável na importância de fazer três refeições ao dia. E, mesmo assim, nunca parecia engordar: se mantinha com a mesma figura esbelta desde suas primeiras lembranças. Ela era especialista em montaria e caça, e sua predileção por tais atividades talvez resultasse no apetite saudável e na capacidade de manter o peso.

— Estou sentindo o cheiro da comida, mas não vejo qualquer sinal dos pratos — criticou Elin. — Onde está nosso almoço? — Seus olhos passaram pelo assento vazio ao lado de Jared. — E, por sinal, onde está Silvya?

Era difícil manter a calma e a tranquilidade no calor da cozinha. Espirais de vapor subiam das pesadas panelas sobre os fogões de ferro, e ondas de calor emanavam das muitas portas abertas enquanto pães — cobertos por sementes aromáticas de erva-doce — eram retirados dos fornos, e pedaços de carne de porco, regados em temperos. Os movimentos precisos de cada indivíduo e a interação frenética entre eles lembravam uma noite de dança campestre. E havia poucas coisas no mundo que Axel detestava mais que essas ocasiões, quando o palácio era tomado por uma noite de dança cheia de abominável alegria forçada.

Os olhos afiados de Axel percorreram a multidão até que ele identificasse, no centro, a forma nada bela de Vera Webb, a Cozinheira. Sobre um caldeirão cheio de vapor, seu rosto, que parecia uma massa, estava rubro, como carne crua, de tanto calor e exaustão. Ela balançava a cabeça e fazia alguma confissão a um jovem ao seu lado. Axel respirou fundo, em seguida começou a costurar o caminho pela multidão até o coração da cozinha.

— Se eu já disse uma vez, já disse mil! — berrava Vera com o menino magricelo da cozinha. — Sim, você prova as comidas para conferir o tempero. Mas depois você lava a colher, não a mergulha simplesmente na panela outra vez! Não me lembro de sua saliva na lista de ingredientes, você lembra?

Axel esticou a mão para o ombro de Vera. De perto, seus braços pareciam presuntos roliços. Ao ser tocada, ela virou a cabeça. E, ao ver quem era, não fez qualquer esforço para disfarçar o desagrado.

— Axel! — exclamou a mulher. — O que está fazendo aqui? Não vê como estamos ocupados?

— Preciso conversar com você — explicou ele. — Um assunto de suma importância.

Vera franziu o rosto, levantando a mão para conter o suor na testa; o que não fez muita diferença.

— Vai ter que esperar — respondeu a Cozinheira. — Como pode ver, estamos no meio da finalização do almoço. — E começou a mexer na panela.

Ela realmente pensava que ele seria dispensado tão facilmente?

— O assunto não pode esperar — afirmou Axel, calmamente. — E presumo que você não queira que eu diga o que tenho a dizer na frente de sua equipe. Então, Vera, sugiro que me acompanhe rapidamente até o jardim.

Alguma coisa em seu tom de voz deve tê-la persuadido. Quando ela virou, ele sabia que tinha sua atenção.

— Tudo bem — respondeu ela. — Vou com você. Mas é bom que não me tome mais de um ou dois minutos. Nesta fase dos procedimentos, o tempo é precioso.

Levaria o tempo que fosse necessário, mas ele não sentiu qualquer necessidade de compartilhar esta informação com ela. Com a cabeça erguida, Axel seguiu caminho pela cozinha, ciente de que Vera o seguia, lançando instruções de forma desgovernada, de um lado para o outro:

— Fatias menores, Jutta! Eu falei para colocar um pouco de pimenta, não sal! Por Deus, Fritha, tire os pães que ainda estão no forno e coloque-os nas travessas agora! E, vocês dois, comecem a decantar a sopa em terrinas. Já devem ter se passado dez minutos desde o soar do Sino do Caçador. Estamos atrasados!

Axel se desligou até quase não poder mais lhe ouvir a voz. Quando a tagarelice diminuiu momentaneamente, ele olhou por cima do ombro.

— Ainda bem que não lido com meus exércitos da mesma maneira que você comanda a cozinha — observou afiadamente.

— A cozinha é meu domínio e já a comando há muito tempo, sem motivo para reclamações — respondeu Vera. — Você faria bem em se concentrar em seu trabalho e me deixar fazer o meu.

— Ah, Vera — retrucou Axel, sem conseguir conter a pontinha de prazer que invadia sua voz. — Bem que eu gostaria que isso fosse possível.

* * *

— Aí está ela, finalmente! — Elin beliscou o braço de Jared quando viu Silvya se aproximar da sala de jantar. Ela ficou parada perto da porta, trajando um vestido preto sem detalhes. Jared estava acostumado a ver Silvya em cores leves: azul-claro, tons de coral, as costuras douradas e prateadas. Com sua roupa tradicional de luto, ela parecia mais frágil que nunca e, por mais espantoso que fosse, ainda mais bonita.

Ela parecia insegura quanto ao que a cercava, como se estivesse entrando no recinto pela primeira vez. Ou, Jared pensou, como se tivesse acabado de acordar de um sono profundo e ainda não tivesse completamente alerta no mundo físico. Silvya não se movia, e ele se descobriu incapaz de desviar o olhar. Será que sua pele sempre foi tão pálida, os olhos tão arregalados e azuis quanto flores de verão? Ou seriam esses os efeitos físicos da morte de Anders?

Elin o cutucou.

— Vá e leve-a à cadeira. Ela não parece capaz de conseguir chegar sozinha.

— Mãe! — exclamou Jared, relutando em ser o centro das atenções outra vez.

— Jared, as pessoas estão começando a olhar para ela. Por Deus, vá até lá e traga-a até a mesa, mesmo que tenha que jogá-la sobre seu ombro e carregá-la.

Ele percebeu que não tinha escolha no assunto. Levantou-se da cadeira e foi até a viúva do irmão. Quando parou à sua frente — quase como se estivesse chamando-a para dançar, ele pensou de repente — ela o examinou, curiosa. Ele sentiu uma nova onda de pânico invadir seu corpo. Silvya não estava prestes a confundi-lo com Anders outra vez, estava? Por favor, ali não, não na frente de toda a corte.

— Silvya — chamou ele, suavemente. — Ficamos preocupados que pudesse perder o almoço.

— Eu quase não vim — respondeu ela. — Não estou com a menor fome.

Ele viu os anéis vermelhos reveladores ao redor de seus belos olhos.

— Vou te contar um segredo — disse ele. — Eu também não estou com tanta fome assim. — Sorrindo encorajadoramente para ela, Jared estendeu o braço. — Posso acompanhá-la até sua cadeira?

Após um instante de hesitação, ela retribuiu o sorriso e assentiu. Enquanto a conduzia até a mesa, Jared teve uma súbita lembrança da única vez em que dançaram juntos: no banquete do casamento. Naquela ocasião ela estava tão alegre e cheia de luz. Seria possível que isso tivesse acontecido havia apenas um ano? Seria possível que aquilo tudo tivesse acontecido de fato?

Ciente do mar de faces observando os dois, Jared teve mais uma sensação de irrealidade quanto a tudo que estava acontecendo. Estou nas profundezas de um sonho, disse a si mesmo: um pesadelo. Mas em breve irei acordar.

Vou, não vou?

— Você parece chocada — falou Axel, rompendo o silêncio entre ele e a cozinheira.

— Claro que estou chocada — afirmou Vera. Sua voz habitualmente sonora fora reduzida à suavidade de folhas de outono se mexendo com a brisa.

— Chocada pelo envenenamento do Príncipe Anders? — indagou o Capitão da Guarda. — Ou chocada porque alguém de sua equipe é o culpado?

Vera enrubesceu do peito até a testa e o encarou.

— Espere um minuto antes de sair fazendo acusações...

Axel se inclinou mais para perto, o hálito no rosto dela.

— Não posso esperar — esclareceu. — Você mesma disse que o tempo é precioso. Só que não estou falando do almoço; estou falando da segurança do Principado.

— Certo — concordou ela, levantando a mão em rendição. — Certo. Eu entendo. Só me diga o que pretende fazer em relação a isso.

Ele ficou agradavelmente surpreso pela velocidade com que ela se resignou.

— Minha primeira ideia foi fechar a cozinha e interrogar cada membro da equipe — disse Axel, saboreando o impacto das palavras no rosto espantado da mulher.

— Não pode fechar a cozinha! As pessoas precisam comer, principalmente em uma hora como essa. É impossível!

— Não! — Ele a corrigiu. — Não é impossível. Mas talvez, como vejo agora, desnecessário.

Os olhos atentos de Vera estavam fixos nos dele. Ela se apoiava em cada uma de suas palavras. Era hora.

— Veja, andei pensando — prosseguiu ele, em um tom mais comedido. — Sabemos que o Príncipe Anders foi envenenado durante a ceia de ontem. Mas também sabemos que ele foi a única vítima. Isso nos diz que o veneno não foi adicionado quando a comida estava na cozinha, mas, sim, no caminho para a sala de jantar. Preciso que você pense, e pense rápido, em quem teve acesso ao prato do Príncipe nesse período.

Vera não hesitou.

— Isso é fácil — disse ela. — É o camareiro que leva as bandejas da cozinha para a sala de jantar.

Axel assentiu, assimilando a informação.

— Algum camareiro específico tem a missão de servir o Príncipe?

— Acho que não — respondeu Vera.

— Ou a mesa principal? — perguntou Axel.

Vera hesitou.

— Você não parece nada segura — continuou ele. — Contudo, os camareiros são seus subordinados, não?

Quando Vera voltou a falar, a voz mais uma vez soou confiante.

— Deixo a coordenação dos camareiros para o camareiro-chefe, William Maddox. Ele responde a mim, mas não estou presente na sala de jantar quando servem a comida. Você, é claro, está. Talvez tenha notado quem serviu o café, o almoço e o jantar?

Axel balançou a cabeça, ignorando-a.

— Posso lhe garantir, Vera, tenho questões muito mais importantes a considerar do que quem põe o prato de gororoba à minha frente.

Ele se arrependeu das palavras assim que as disse, e Vera foi rápida em aproveitar o deslize.

— Mas parece que a questão de quem lhe serve talvez seja a mais importante de todas. — Vera sorriu com sua pequena vitória.

Tudo bem, pensou Axel, *seria breve.*

— Este Maddox — prosseguiu Axel —, o chefe dos camareiros, você disse que ele responde a você?

Vera confirmou com a cabeça.

— Exatamente — respondeu a Cozinheira.

— Preciso que o convoque a meu escritório para discutirmos melhor a questão. Mas seja discreta. Não quero mais nem um camareiro a par disso. Tenho certeza de que não preciso lembrá-la da ameaça mortal que um deles pode representar para nós.

Vera parecia perturbada.

— Não tenho como falar com William agora sem alertar os outros — explicou a mulher. — Não me ouviu falando enquanto saíamos? Dei ordens para que servissem o primeiro prato.

— O quê? — Axel soou incrédulo.

— Disse a eles que fossem em frente e servissem a sopa. Já estávamos atrasados. Não sabia por quanto tempo você ia me deter...

— Sua imbecil, que mulher imbecil — criticou ele, ainda mais ameaçador por falar em voz tão baixa. Ele já se afastava dela, marchando, em seguida correndo até a cozinha. — Sabe o que fez? — gritou ele.

Vera Webb ficou no jardim do palácio, tremendo. Como as coisas chegaram a esse ponto? Como poderia ser um dos camareiros, um de *seus* camareiros, o responsável por um ato tão terrível? Enquanto vivesse ela jamais se esqueceria daquele dia. Axel poderia tê-la prendido se quisesse. Ali, parada perto do jardim da cozinha, ela de repente se sentiu leve, como se o vento do outono pudesse levá-la com o resto das folhas que caíam, e carregá-la para longe.

Axel, enquanto isso, avançava pela cozinha.

— Saiam da frente! Saiam! Larguem isso aí! SAIAM! — Deixou um rastro de caos e confusão atrás de si enquanto abria caminho até a escadaria que ficava do outro lado.

Saltando os primeiros degraus, ele virou para falar com todos que o olhavam, espantados.

— Ouçam! Mais nenhuma comida sai desta cozinha até segunda ordem. Entenderam?

— Mas, senhor, e o almoço? — A pergunta veio do rapaz com quem Vera gritou antes.

— Não teremos almoço hoje. — O mar de rostos olhava para ele, todos curiosos. Ele não tinha mais tempo. — Vera explicará os detalhes — completou Axel, virando-se de costas.

Ele subiu o resto da escadaria de pedra até o longo corredor acima. Então viu que o último camareiro estava na outra ponta, marchando em direção à sala de refeições, com a bandeja suspensa. Axel tentou respirar rapidamente. Podia, afinal, chegar a tempo.

Ele correu para a frente, grato por estar mais em forma que qualquer membro da corte — inclusive Hal Harness e sua equipe de guarda-costas. Mas rapidez não era sinônimo de destreza e, na entrada do salão, por pouco ele não colidiu com o camareiro e a sopa que este carregava na bandeja. Parando para olhar o interior do salão, Axel fez uma rápida interpretação da cena à frente.

Os camareiros tinham quase acabado de servir a sopa. Ao longo da mesa, os potes repousavam, o conteúdo à espera, e curvas de vapor subiam pelo ar.

Por sorte havia uma etiqueta rígida quanto à forma como a comida era servida e consumida na corte: para que a refeição do Príncipe fosse sempre a mais fresca da cozinha, ele era o último a ser servido, mas o primeiro a comer.

Axel observou enquanto o camareiro com quem quase colidira anteriormente servia a sopa àqueles que ainda não a tinham recebido.

Não havia tempo para pensar; tinha que agir antes que uma nova tragédia se abatesse sobre a corte. Uma terrível visão de todos ali reunidos, caindo das cadeiras, passou diante de seus olhos. Ele marchou até o centro da sala.

— Príncipe Jared, Rainha Elin, e membros da realeza, companheiros dos Doze e todos vocês que servem a corte... Devo insistir que não permitam que nem uma gota de sopa toque suas línguas.

Fez-se um momento de silêncio espantado, seguido por uma reação tardia de sussurros, rapidamente crescendo em volume e intensidade.

— Axel, qual o significado disso? — perguntou Elin.

— Não posso garantir a segurança da comida — declarou para toda a mesa. — Então devo insistir para que não a ingiram.

— Mas por quê? — perguntou Kai Jagger, levantando os olhos da vasilha. — O que exatamente está dizendo, Axel?

Axel franziu o rosto. Não tinha tempo para dar uma longa explicação. Por que as pessoas não podiam simplesmente seguir as instruções que recebiam? Ele precisava encontrar William Maddox e fazê-lo reunir os camareiros.

— Axel. — Era Novah Chastain que se dirigia a ele agora. — Está dizendo que o Príncipe Anders foi envenenado?

Ele assentiu. Graças a Deus mais alguém nos Doze tinha uma inteligência afiada. Seus olhos avaliaram o salão, tentando desesperadamente localizar o chefe dos camareiros.

— É verdade? — perguntou Emelie Sharp, perto dele. — O Príncipe Anders foi morto por veneno?

— Pergunte a Elias! Estava no relatório dele.

— Bem, Sim. — Axel ouviu o Médico, agora no centro da atenção de todos, dizer. — Há poucas dúvidas quanto ao fato de que o Príncipe Anders foi morto por envenenamento. Mas não é certo que o veneno tenha sido administrado pela comida...

— "Mais provável" — gritou Axel, acima da conversa que aumentava em volume, notando que a irmã o observava com algo semelhante a divertimento. Ele olhou para Elias. — Você disse que o "mais provável" era que o veneno tivesse sido adicionado à comida. Quem quer que o tenha administrado teve fácil acesso ao prato do Príncipe. Exatamente da mesma forma como ele, ou ela, pôde mexer em uma dessas vasilhas de sopa.

Elin se pronunciou mais uma vez.

— Acha que agora estamos todos em perigo?

— Acho — respondeu Axel. — Acho, sim. — Por que não podiam simplesmente fazer o que ele mandava, em vez de o ocuparem com aquela enxurrada de perguntas que não ajudava em nada? — Preciso falar com William Maddox, o chefe dos camareiros. — Virou-se e se pronunciou acima do ruído das conversas: — Maddox! William Maddox, onde você está?

Sentiu um grande alívio quando um homem de cabelos brancos, vagamente familiar, ergueu a mão e, em seguida, começou a costurar o caminho pelas mesas até ele. Ao ver os cabelos e barba ralos de Maddox, meneou a cabeça, reconhecendo-o, afinal.

Axel deu as costas para os outros — que continuavam disparando perguntas sem sentido a ele — para falar com Maddox mais diretamente.

— Preciso que venha comigo — avisou Axel. — É uma questão de suma importância.

Maddox não protestou. Seria um indicador de culpa, ou apenas uma pessoa demonstrando um raro entendimento sobre a gravidade da situação?

— Siga-me — orientou Axel, virando-se para sair do salão. Pôde ouvir a crescente onda de pânico atrás dele e se sentiu grato por se retirar dali para a relativa quietude do corredor.

Na mesa principal, Kai Jagger levantou a colher.

— Príncipe Jared, peço desculpas pela quebra de protocolo, mas, dadas as circunstâncias, julgo não ter escolha a não ser iniciar minha refeição antes de você.

Todos assistiram com horror enquanto Kai mergulhava a colher na vasilha de sopa e levava o caldo de amêndoas até a boca.

— Isso é sábio? — perguntou Elin.

Sábio ou não, o Caçador-Chefe agora tinha se servido, engolido e enchia a colher outra vez. Antes que mais alguém pudesse protestar, ele repetiu a ação. Ao fazê-lo, repousou momentaneamente o talher.

— É nosso dever, não concordam, estimular a calma, em vez de instaurar o pânico na corte, como o Capitão da Guarda parece ter acabado de fazer?

Algumas pessoas assentiram, hesitantes, pela mesa.

Kai ergueu mais uma vez a colher:

— A sopa está ótima, meus amigos. Aconselho de coração que provem um pouco.

Quando ele pegou mais uma colherada, Novah Chastain fez o mesmo. Agora Logan Wilde repetiu o gesto. Cada um tomou uma colher. Logan fez que sim com a cabeça; Novah mergulhou a colher outra vez.

Ao redor da mesa central o resto do salão se aquietou enquanto os membros da corte os observavam.

Elias assistiu, sem ação.

— Isto não prova nada. Esses venenos não têm efeito imediato.

Se os outros ouviram, escolheram não dar atenção. Agora, Hal Harness também levava a colher à boca.

Os membros da família real ainda não tinham sido servidos. Elin chamou o camareiro, que ainda segurava a bandeja com o último recipiente.

— Eu e minha família estamos com fome — declarou a Rainha. — Gostaríamos muito de compartilhar desta deliciosa sopa.

Jared se inclinou em direção a ela enquanto o camareiro vinha servi-los.

— Esta é de fato uma boa ideia? — perguntou discretamente. — E se Axel e Elias estiverem certos?

Elin se dirigiu afiadamente a ele.

— Seu impetuoso primo está fechando a porta do estábulo depois que o cavalo saiu — falou Elin. — E Elias fez uma carreira em cima do excesso de cautela. Claro, você pode tomar sua decisão, mas eu vim aqui para almoçar, e não saio sem comer. — Ao ver Silvya encarando-a, sorriu. — Você também deveria experimentar comer alguma coisa, querida. Parece muito fraca.

Silvya abriu a boca, como se fosse falar, e, em seguida, claramente mudou de ideia. Afastou sua cadeira e, contendo um suspiro, cambaleou para fora do salão.

Jared voltou-se mais uma vez para a mãe.

— Devo... algum de nós deve ir atrás dela?

Elin balançou a cabeça, virando para fazer um aceno gracioso ao camareiro que tinha acabado de servir a sopa em sua vasilha, e agora se voltava para o Príncipe Jared.

— Não, meu caro filho. Tenho certeza de que Silvya simplesmente precisa descansar. Fique aqui e almoce. Podemos mandar uma bandeja para o quarto dela mais tarde.

Jared se virou e olhou para sua vasilha cheia de sopa, agora tépida e potencialmente fatal. Poucas vezes teve menos fome que naquele momento, mas sentiu todos os olhos em si mais uma vez. A sopa não parecia ter causado mal a mais ninguém... ainda. Mas, como novo Príncipe, era o alvo mais provável.

— Você precisa demonstrar mais força de caráter — aconselhou Elin. — Não me olhe assim! Não estou pedindo que vista a armadura e parta para a guerra; só que ponha uma colher de sopa na boca e um sorriso em seu belo, ainda que perturbado, rosto. Faça com que cada um dos presentes acredite que é a sopa mais gostosa que já provou. Mesmo que, na verdade, seja tão sem graça quanto é o padrão de Vera.

O Príncipe Jared pegou a colher e, movendo-se com tanta rapidez que ninguém poderia ter visto sua mão tremer, mergulhou-a na vasilha.

DOZE

SALA DA COZINHEIRA, PALÁCIO

— Simplesmente não posso acreditar que alguém de minha equipe seja o responsável — disse William Maddox a Axel.

— Entendo. Nenhum de nós gostaria de descobrir que acolhemos o assassino em nossas equipes. — As palavras do Capitão da Guarda não eram desprovidas de calor. — o que importa agora é identificar rapidamente o culpado para eliminarmos a ameaça de maiores ataques e cobrarmos o Preço do Sangue.

Maddox empalideceu ao ouvir isso. Conseguiu fazer um movimento fraco com a cabeça.

— A Cozinheira me disse que você tem uma equipe de camareiros — falou Axel. — É isso mesmo?

Maddox confirmou com a cabeça.

— Sim. Vinte e quatro. Conheço a maioria desde que eram garotos.

— A maioria — repetiu Axel. — Mas não todos?

— Não é incomum que as pessoas troquem de equipe na corte, como o senhor sabe. Sempre achei um ponto positivo no sistema de Archenfield o fato de ninguém precisar exercer o mesmo papel do nascimento até a morte.

Axel fez uma careta. Talvez as coisas fossem mais fáceis se fosse esse o caso. Pela pequena janela, observou o jardim da cozinha, onde Elliot Nash e sua equipe de apoio reuniram os camareiros para interrogatório.

— Gostaria que viesse comigo — pediu Axel a Maddox, gesticulando para a porta.

A luz do sol iluminava os jardins da cozinha, o perfume de sálvia e alecrim carregado pela brisa. Aquilo deixou Axel momentaneamente com fome, mas ele ignorou a sensação. Tinha trabalho a fazer antes de se permitir luxos como comida.

Os camareiros se reuniam em um grupo confuso, cercados por Elliot Nash e sua equipe. Ao ver Axel e William Maddox caminhando em sua direção, todos se calaram. Nash foi até seu comandante.

— Imagino que queira cuidar disso pessoalmente, senhor?

Axel assentiu.

— Sim, mas, primeiro, peça que seus homens e mulheres saiam do caminho.

Enquanto Nash dava a ordem, Axel passava os olhos pelo grupo de suspeitos. Como tinha observado na cozinha, não havia nada que sugerisse que um, e não outro, fosse culpado. Talvez a resposta estivesse no que Maddox lhe dissera antes: separar os que trabalhavam como camareiros desde a infância daqueles que foram transferidos de outras posições.

Enquanto os guardas de Nash se retiravam a um canto, Axel imediatamente viu que havia algo errado. Ele voltou-se para Maddox.

— Você disse que tinha vinte e quatro camareiros — falou o Capitão da Guarda.

— Tenho — respondeu Maddox, estreitando os olhos sob a luz do sol.

Sem nem um pouco da gentileza que havia antes em sua voz, Axel apontou:

— Experimente contá-los.

Maddox começou a contar.

— Deixe-me adiantar para você — interrompeu Axel, sentindo aquela pontada ácida e familiar de impaciência subindo pelo peito até a garganta. — Só há vinte e três. Está faltando alguém.

Maddox franziu o rosto.

— Sim, tem razão. — Ele deu um passo à frente, para se dirigir à equipe. — Onde está Michael?

— Ele disse que não estava se sentindo bem hoje de manhã — respondeu uma jovem. — Não se lembra...

— Michael, hein? — interrompeu Axel a tagarelice desnecessária da moça, endereçando-se a Maddox novamente.

— Michael Reeves — respondeu Maddox. — Mas não pode ter sido Michael. Simplesmente não...

— Leve-me aos aposentos dele — ordenou Axel, olhando por cima do ombro para Elliot Nash. — Não que eu tenha qualquer esperança de encontrá-lo lá.

Maddox bateu em uma pequena porta. Axel precisou curvar-se a fim de passar pelo corredor baixo que levava até ela, e se perguntou se Archenfield sempre teve camareiros pequenos, ou se era o tamanho dos aposentos que ditava a política de contratação.

— Não precisa bater! — avisou Axel, enquanto chutava a porta com sua bota. — É muito improvável que ele esteja aí.

Com Maddox à entrada, espantado, Axel atravessou o umbral e sinalizou para que Nash o seguisse. O quarto no sótão, dividido por uma viga larga, deixava a desejar em decoração, assim como em proporção. Era patético, na verdade. Ao menos, pelo lado positivo, não perderiam muito tempo na busca.

Havia uma pequena cama e uma mesa de cabeceira, sobre a qual uma vela, quase toda queimada, repousava em seu castiçal; além de um pequeno baú de madeira, que Axel chutou para abrir. A tampa voou, e o Capitão da Guarda se agachou, vasculhando as roupas sem graça e ásperas ali guardadas. Se antes estavam cuidadosamente dobradas, agora não mais.

— Senhor, veja isso — chamou Nash. Ele estava levantando o colchão fino da cama de Reeves. Na mão segurava um pequeno livro com capa de tecido. — Encontrei isso aqui.

Axel puxou o livro do funcionário. Mal podia acreditar nos próprios olhos: *Livro dos venenos*, leu. Virando as páginas, viu o emblema do Médico.

— O desgraçado deve ter roubado isso da biblioteca de Elias. — Fechou o livro e se virou bruscamente para se retirar. Ao fazer isso, bateu a cabeça na viga do teto. O impacto foi forte e doloroso, mas o choque, apenas breve. Enquanto se recuperava, Axel sentiu-se renovado, cheio de energia e propósito. — Parece que encontramos nosso culpado — disse ele ao assistente.

Nash assentiu sombriamente, permitindo que o colchão cinza e fibroso caísse novamente sobre o estrado da cama.

Axel se dirigiu a Maddox, que ainda permanecia na penumbra do corredor:

— Quando Reeves foi visto pela última vez por alguém de sua equipe?

— Não servimos o café hoje, entende? — respondeu Maddox, de um modo confuso e desconectado. — Foi tudo tão chocante. Aquelas horas depois que soubemos da morte do Príncipe Anders... tudo muito confuso. Mandei os camareiros de volta aos aposentos para que pudessem se recompor e orar...

— Sim, sim — interrompeu Axel. — Esqueça as orações pela alma eterna do Príncipe Anders, meu amigo. Você é a melhor fonte de informações para capturar esse assassino frio.

Maddox assentiu. Estava tremendo, os olhos molhados.

— De acordo com Jana, ele falou que estava passando mal quando ela e os outros voltaram para a área da cozinha.

— Quando foi isso? — exigiu Axel.

— Mais ou menos na hora que o Sino do Lacaio soou.

— O Sino do Lacaio. — Axel desviou a atenção de Maddox para Nash. — Isso foi há mais de três horas.

— Ele está fugindo durante todo esse tempo — observou Nash. — Dá para percorrer uma boa distância em três horas.

O rosto de Axel se acendeu com um novo propósito.

— Ele está na floresta — concluiu Axel, marchando para fora do quarto. — É o caminho mais curto para nossa fronteira mais próxima, o trajeto do falcão. — Deixando William Maddox, que não tinha mais utilidade, para trás, o Capitão da Guarda deu novas ordens a Nash, de forma bruta:

— Avise a Lucas. Quero nossos melhores cavalos selados e prontos. Encontre Jonas Drummond. Preciso da garantia do Lenhador de que as armadilhas da floresta estão armadas; vamos ver como nosso pequeno camareiro vai lidar com elas! E Kai Jagger, chame-o também. O Caçador-Chefe será bastante útil, tenho certeza. Diga a ele que traga os machados de guerra.

TREZE

FLORESTA

Michael Reeves ainda estava nas profundezas da floresta quando ouviu o primeiro cachorro latir. O ruído o chocou: indicava o fim do jogo. Ele sabia que deveria estar mais adiantado, mais próximo da fronteira àquela hora. Parou, cercado por um bando de sequoias gigantes, esperando para ouvir novamente o cachorro ou um de seus companheiros. Não queria escutar — claro que não —, no entanto, escutar poderia informar a que distância estava. Poderia fazer alguns rápidos cálculos.

Ele olhou para o mapa que segurava na mão esquerda. A mão que agora tremia. Colocou os dedos sobre o pulso esquerdo e apertou, fingindo — um velho truque — ser outra pessoa, alguém mais calmo, lhe dizendo que tudo ficaria bem. *Apenas olhe o mapa*, disse a si mesmo. *Já está quase lá. Mesmo com os cachorros e a cavalaria em seu rastro, você é capaz.*

O tempo tinha sido seu aliado até agora. Deixou os limites da corte ao soar o Sino do Lacaio; perto do campanário, sentiu cada uma das cinco batidas reverberando pelo corpo. E tinha avançado floresta adentro quando escutou as batidas subsequentes do Sino do

Poeta; parando, olhou para trás, na direção do palácio, em seguida se virou e prosseguiu. Mais tarde teve a impressão de ter conseguido ouvir as sete batidas do Sino da Falcoeira — suaves e doces como um pássaro cantando. Estava muito à frente na floresta para ouvir os sinos seguintes, mas a fuga parecia proceder exatamente conforme o planejado.

Tentara ao máximo não perder a noção do tempo, verificando o mapa para conferir a distância percorrida e, mais importante, a distância a percorrer. Mas, quanto mais prosseguia, mais entendia que, apesar de ter um mapa muito detalhado indicando a direção certa, a representação das distâncias no desenho não era muito precisa. E não havia clareza quanto a elevações. Havia muitos pontos, como aquele, em que a floresta apresentava uma subida íngreme, e ele não encontrava opção a não ser intensificar o esforço físico e subir.

Ainda não tinha ouvido outros latidos e agora começava a pensar se teria só os imaginado. Poderia ser seu estômago roncando? Há quanto tempo não comia? Alcançou o bolso, mexendo os dedos até encontrar um pedaço de pera seca. Era o último. Tinha planejado guardar para a continuação da viagem, do outro lado do Portão, mas alguma coisa agora o induzia a comer. Mesmo ao sentir o doce na língua, o prazer efêmero foi posto de lado por uma voz ameaçadora — uma voz familiar demais — dentro de sua mente. *Você vai precisar de toda a energia que esta comida oferecer, Michael. Qualquer vantagem que tenha alcançado está prestes a acabar.*

Ele baniu aquela voz desdenhosa. Não deveria controlá-lo ali. Estava no coração da floresta, longe dos corredores sussurrantes da corte. Ao seu redor tudo era suave, tranquilo e silencioso. Olhou o mapa novamente, dizendo a si mesmo que continuava na rota. Mas, em seu íntimo, sabia que o tempo se esgotava e, contra seus melhores instintos, sentiu as primeiras manifestações do pânico. Em seguida, como o cumprimento de uma promessa obscura, ouviu um cachorro latir uma segunda vez; não havia como confundir aquilo com um ronco de estômago, ou mesmo um trovão distante. Era um cachorro. Não estava perto, porém mais perto que antes.

Tinha duas opções. Ficar ali e ser dominado pelo pânico; ou começar a correr, como jamais correu antes. O ímpeto do movimento ofuscou o medo. Ele sempre soube que a tarefa à frente seria difícil. Agora, o fato de que havia chegado àquele ponto — àquele dia do juízo e àquela proximidade da fronteira — o encheu de renovada energia. Enquanto a floresta verde-azulada brilhava de ambos os lados, seus pés voavam sobre o chão musgoso, a cabeça pulsando com memórias de momentos anteriores desse dia: fechando a porta de seu quartinho apertado pela última vez; iniciando aquela longa jornada, a uma velocidade regular — não tão rápido nem tão devagar — pelo terreno do palácio; sendo parado perto das colmeias pelos guardas com máscaras de ferro e passando por um interrogatório de perguntas monótonas; o alívio quando se tornou claro que procuravam um estranho, e não algum conhecido da corte. Sua alegria ao prosseguir, passando pelo último deles, em direção ao acolhimento escuro e com aroma de pinhas da floresta.

Sorriu para si mesmo enquanto corria. Realmente parecia que a floresta estava ao seu lado. Agora que o coração trabalhava mais e mais, seus sentidos ficaram aguçados, mas nenhum mais que o olfato. Começou a respirar fundo o ar puro; era como se inalasse o verde e o doce para dentro de si, e se tornasse parte do ecossistema.

Em seguida ouviu o terceiro latido. Mais perto que antes. Uma proximidade alarmante. A perigosa ilusão de que a floresta era seu santuário lhe foi arrancada. *Continue correndo,* pensou ele. *É tudo que pode fazer agora.*

O solo continuava subindo, primeiro gradual, depois mais abruptamente. Michael percebeu não só pelo maior esforço dos músculos da perna, mas pela dificuldade de respirar. Quando parou, apenas por um instante, a fim de observar o caminho pelo qual tinha vindo, notou — com um momentâneo frisson de vertigem — que tinha de fato subido rapidamente para um ponto bem mais alto. E então, para seu horror, viu um borrão de movimento abaixo. Caçadores, cavalos e cães de caça.

Com o coração acelerado, ele se virou e continuou, tentando bloquear a música dissonante do grupo que avançava: os cascos batendo, os latidos, agora mais frequentes, os gritos urgentes de homens e mulheres.

Os troncos de árvore eram um borrão cúprico de cada lado. Ele disse a si mesmo para se concentrar nos bons pensamentos... como a recepção que teria do outro lado da fronteira. Como ficariam felizes em vê-lo depois de tanto tempo. Mesmo esse pensamento feliz foi rapidamente vencido quando antecipou o inevitável interrogatório nos portões. Sem diminuir o ritmo, levou uma das mãos ao peito, certificando-se de que os papéis dobrados continuavam no lugar. Tinha uma história bem ensaiada para acompanhá-los, e não havia razão para acreditar que fossem impedir sua travessia. Por que teria perdido tempo correndo se não acreditasse na própria capacidade de convencê-los? Por que forjou com tanta diligência aquela carta do chefe dos camareiros, no papel roubado com o símbolo oficial e o selo do palácio? Por que duvidar de si agora, quando estava tão próximo da libertação?

Foi então que notou o escassear das árvores. Sentiu-se leve, quase contente, ao ver o primeiro sinal dos portões à frente. E, de repente, sentiu os pés cederem.

Primeiro achou que tivesse tropeçado em uma raiz e perdido o equilíbrio. Então percebeu que o chão cheio de musgo da floresta se movia e um buraco se abria; sentiu o início da inevitável queda no abismo abaixo. Com um movimento ágil e desesperado que nascia do pânico, pulou para um lado, os dedos procurando desesperadamente uma raiz, uma pedra...

Ele sabia que havia armadilhas espalhadas pela floresta: o mapa havia alertado quanto às áreas que deveria evitar, e, além disso, fora avisado de que, quanto mais próximo dos portões, mais cuidado deveria ter. Se deu conta, então, da verdade do aviso. Tinha pisado apenas na borda de uma, mas foi o suficiente para fazê-lo perder o equilíbrio e tropeçar para o chão cheio de pontas de abeto.

Olhando para a armadilha, viu o quão pior poderia ter sido. O buraco era fundo: não havia como um homem pular ou escalar dali para fora. O buraco do inferno não o engolira, mas ele continuava atingido por ondas de pânico.

Levantando-se imediatamente, fixou os olhos na trilha à frente. Sem olhar para trás, pensou. Sem medo.

Correndo adiante, as árvores diminuíam ainda mais rápido agora. Percebeu que perdera o mapa. *Será que o papel foi sugado pelo buraco?* Não havia importância. Tinha sido bastante útil.

À frente ele viu vastos portões de madeira, tingidos quase de prata pelo sol. Havia uma placa de metal com um W maiúsculo, de Wynyard, a família que governava Archenfield. Era um poderoso lembrete, um marco da extensão do domínio Wynyard. Para Michael Reeves, a placa também dizia que estava quase cruzando a fronteira. Viu três guardas patrulhando a passagem suspensa do portão, as silhuetas dos arcos e das flechas contra o sol de Archenfield. *Não*, disse ele a si mesmo, com um rápido sorriso, *outro sol*. Pois, afinal, estava prestes a deixar Archenfield para trás.

Dava para ouvir o ruído dos cascos atrás de si. A equipe de caça se aproximava, mas ele ainda poderia conseguir. Precisava acreditar nisso. Era possível que pegassem uma trilha errada, e, nesse meio tempo, ele já teria falado com os guardas e seguido viagem. Tinha que manter a calma e se lembrar da própria história. *Vou visitar minha mãe que está morrendo. Mas como pode sair no dia do assassinato do Príncipe Anders? Saí ao nascer do sol, veja bem. É a primeira vez que ouço algo sobre o assassinato do Príncipe. Que notícia terrível. Que o Principado triunfe! Claro, posso voltar... apesar de a minha mãe possivelmente só ter mais uma noite, talvez poucas horas. Meu supervisor me deu permissão por escrito. Está tudo nesta carta que ele escreveu ontem à noite...*

Desacelerou agora que sabia que podia ser visto pelos guardas da fronteira. Era importante parecer indiferente, sem pressa. Será que deveria levantar as mãos para cumprimentá-los, ou isso pareceria muito arrogante?

Os três guardas olharam para ele, os arcos nas mãos, mas não apontados em sua direção. Ótimo. Devem ter visto por seu comportamento que ele não representava qualquer perigo. Pensou na adaga afiada que guardava na bota, caso houvesse algum problema. Sabia que poderia dar conta de três em uma luta. Já havia feito isso antes.

Estava próximo o bastante para distinguir as feições dos guardas ao se aproximar da última árvore da floresta — um majestoso carvalho de Archenfield. Talvez devesse cumprimentá-los, afinal. Um dos oficiais levantou a mão. Estava decidido, então. Michael Reeves levantou a mão para cima da cabeça enquanto dava mais um passo para a frente.

Alguma coisa se fechou em torno de seus calcanhares, e ele de repente se viu voando para cima, a cabeça se arrastando dolorosamente no tronco e nos galhos da árvore. Quando sua jornada tinha chegado ao fim, Michael se viu suspenso, de cabeça para baixo, em uma corda que pendia de um dos galhos mais altos do carvalho. Devia ter caído na última armadilha do Lenhador. O aceno do guarda não devia ter sido de boas vindas, mas uma distração.

Havia novos ruídos se aproximando, e também abaixo dele, enquanto o bando de cães surgia da mata e, por fim, encontravam sua presa. Michael se sentiu mal, por estar de cabeça para baixo e pelo medo, e ficou pior ainda quando os cães se apoiaram apenas nas patas de trás, trazendo os hálitos quentes e fétidos para perto de seu rosto. Os latidos reverberaram em seus ouvidos, exatamente como os sinos fizeram mais cedo.

Ouviu um estalo e se sentiu caindo um pouco, ficando pendurado mais para perto das bocas e dentes daqueles cães agitados. Será que o galho estava prestes a quebrar e deixá-lo cair nas enormes presas dos cachorros? Por enquanto, ele apenas girava lentamente. Sentia-se como alguma espécie de atração da Feira de Maio.

Agora via os guardas: o que tinha acenado para ele do alto do portão, e os outros no chão abaixo. Onde antes havia três, de repente agora existiam sete. Todos com os arcos retesados e apontados em sua direção.

— Não atirem! Quero ele vivo!

Conhecia aquela voz. O galho o fez girar novamente, dessa vez a tempo de ver Axel Blaxland, o Capitão da Guarda, desmontando do cavalo e marchando decidido para encontrá-lo.

CATORZE

CÂMARA DO CONSELHO, PALÁCIO

— Sei que está cansado — disse Logan Wilde ao Príncipe Jared. — Presenciei seu dia longo e difícil. Mas precisamos acertar isso. Em pouco menos de doze horas você estará na sacada do palácio, fazendo este discurso de verdade. Sua projeção vocal melhorou significativamente, mas você ainda não soa com a convicção necessária. Vamos tentar mais uma vez, do começo!

Jared franziu o rosto. Estava apavorado por ter que fazer o discurso no dia seguinte, mas, na verdade, achava cada vez mais difícil se concentrar em qualquer coisa além do que acontecia na câmara de interrogatório, na Masmorra. Será que Axel realmente havia capturado o assassino do irmão?

Ciente de ser observado por Logan mais uma vez, Jared olhou outra vez as linhas no papel, escritas com a caligrafia meticulosa do Poeta. As palavras eram tão elegantes quanto a letra. Talvez fosse aquele o problema. Olhando para cima, Jared se dirigiu a ele.

— Você fez um ótimo trabalho, Logan. Só não sei se consigo discursar.

Não pela primeira vez, Logan sorriu para confortá-lo.
— Você tem dúvidas. Entendo isso. Mas sei que consegue.

Jared saltou do palanque e foi até Logan, que estava no meio de uma fileira única de cadeiras; no lugar onde a plateia de milhares se reuniria para ouvi-lo no dia seguinte. Sentando ao lado do Poeta, Jared repousou cuidadosamente o roteiro na cadeira vazia entre eles.

— É que não parece o tipo de coisa que eu diria.

— Você fala como se isso fosse uma coisa ruim! — Logan riu. — Claro que não soa como você! Não me entenda mal, mas quando foi a última vez que preparou um discurso para uma ocasião oficial? Nunca, certo? Já eu... — Interrompeu-se e lançou uma piscadela a Jared.

— Obrigado — disse o garoto. — Pelo lembrete do quão mais qualificado é!

— Sou qualificado para escrever o discurso — respondeu Logan.

— Quanto a isso não há dúvidas. — Os olhos brilhantes encontraram os de Jared. — Mas, por favor, não duvide de que você é perfeitamente qualificado para ser o Príncipe.

— Mas será que sou? — Jared sentiu uma onda de pânico nas entranhas.

Logan balançou a cabeça.

— Está se esquecendo — disse o Poeta. — Não é assim que as coisas funcionam em Archenfield. O Príncipe Anders o *escolheu*, após cuidadosa reflexão, como Sucessor. Assim como você, nos próximos dias, após a mesma cautela, irá eleger o seu. É uma das muitas coisas que admiro em nosso Principado: o direito de governo é concedido a um indivíduo, em vez de ser hereditário.

Por um instante Jared sentiu-se confortado pelas palavras do Poeta. Em seguida, a frágil confiança começou a ruir mais uma vez.

— Como meu irmão poderia saber? Eu tinha 16 anos quando ele me escolheu como Sucessor. Como ele poderia ter certeza de que, quando a hora chegasse, eu seria a melhor opção para sucedê-lo?

— Anders sabia o que pensava — argumentou Logan. — Tenho certeza de que você sabe que havia outros na corte querendo esse papel. Havia pressão dentro da própria família.

Jared sorriu pesarosamente.

— Claro. Axel queria ser o Sucessor de meu irmão, exatamente como agora quer ser o meu. É a rota dele em busca do poder.

Ignorando a última observação, os olhos de Logan encontraram os do jovem Príncipe.

— Príncipe Anders sempre teve certeza, desde o começo. Não teve um instante de dúvida. Sabia que seria você.

— Quero que Edvin seja meu sucessor — revelou Jared.

— Edvin! — Logan fez uma careta. — Mas ele só tem... o quê? Catorze anos? Como pode confiar nele e em suas habilidades? — A careta do Poeta se transformou em um sorriso.

Jared sorriu.

— Muito engraçado. E entendi seu argumento. Então Anders teve razão em depositar a fé em mim. Mas quando vou começar a me sentir Príncipe? Quanto tempo vai demorar? Vai ser na coroação? Quando colocarem a coroa em minha cabeça?

Logan balançou a cabeça.

— Jared, você já é o Príncipe. Sua coroação será um momento glorioso em nossa história. As pessoas vão falar sobre isso por muitas gerações, pode acreditar em mim. Quanto ao momento em que vai começar a se sentir Príncipe, quem pode saber? — O Poeta se inclinou em tom de confidência. — Talvez só tenha que fingir até se tornar verdade.

Logan esticou o braço e pegou o discurso.

— Pode não achar que estas palavras foram escritas em sua voz, mas você ainda não encontrou sua voz. Vou ajudá-lo nisso, assim como ajudei Anders antes de você.

Ele pareceu subitamente cansado. Jared sentiu pontadas de culpa.

— Você foi um apoio enorme hoje — agradeceu Jared. — Tanto em termos práticos quanto emocionais. Eu realmente não poderia ter passado pelas últimas doze horas sem você.

— Claro que poderia, Vossa Alteza. — Logan dispensou rapidamente o elogio.

— Não, não poderia. Aprendi mais sobre o Principado nessas doze horas que nos últimos doze anos. — Encarou Logan. — Sei o quanto meu irmão se apoiava em você. Depois de hoje entendo muito bem. Sei como eram próximos, Logan, mas você teve que deixar de lado seus sentimentos para cuidar de mim. Sinto muito.

Logan inicialmente pareceu sem palavras.

— O senhor é uma pessoa muito gentil, Príncipe Jared. E tem razão. Havia um laço próximo entre seu irmão e eu. Vou sentir muito a falta dele. Mas, em momentos como este, talvez a melhor saída seja me ocupar. — Pausou. — Terei tempo o suficiente para contemplar minha perda uma vez que os eventos de amanhã tenham passado.

O Poeta se calou novamente. Preenchido por um novo senso de propósito, Jared pegou o discurso das mãos de Logan e caminhou decidido até o palanque.

— Povo de Archenfield — começou mais uma vez. Dessa vez, Logan sorriu encorajadoramente e fez um gesto afirmativo de cabeça enquanto Jared continuava com as palavras do Poeta, como se tivesse descoberto uma nova língua. Era tão emocionante quanto se tivesse aberto os braços e descoberto que conseguia voar.

Foi interrompido pelo barulho da porta de seus aposentos se abrindo.

— O Capitão da Guarda — anunciou Hal Harness, saindo outra vez enquanto Axel entrava no recinto, o rosto exibindo ao mesmo tempo júbilo e exaustão. Na mão direita trazia um rolo de pergaminho.

— Perdoe a interrupção — disse ele, parando entre o palanque e a fila de cadeiras. — Sei que está ocupado se preparando para amanhã, mas tenho notícias importantes a compartilhar com os dois.

Antes que Jared pudesse se mexer ou perguntar o que ele queria dizer, Axel continuou, o tom sobriamente triunfante:

— Resolvi o caso do assassinato do Príncipe Anders.

— Resolveu? — Jared sentiu um tremor de emoção atravessar o corpo. — Já?

— Precisávamos agir depressa — explicou Axel. — E o fizemos. O nome do assassino é Michael Reeves; ou, ao menos, esse é o nome pelo qual responde em Archenfield. Trabalha como camareiro, bem aqui no palácio. Foi assim que conseguiu envenenar a comida do Príncipe Anders.

Jared ouviu as palavras, mas teve dificuldades em absorvê-las. Percebeu que ainda se recuperava da notícia da morte do irmão. Parecia cedo demais, de algum jeito, desviar o foco do assassinato de Anders para o assassino. Mas Axel era impiedoso.

— Reeves é de Paddenburg. Veio para cá há quatro anos. Temo que ele fosse um acampado. — Ao ver a expressão confusa de Jared, Axel elaborou: — um agente inimigo que teve tempo de se estabelecer em nosso território enquanto espera instruções sobre sua missão.

Jared ficou sem ar, como se um pedregulho lhe esmagasse as entranhas.

— Está dizendo que havia um plano de longa data para assassinar meu irmão?

— Parece que sim. Sinto muito, primo. Sei que não é fácil ouvir isso.

A mão de Jared de fechou em um punho, as juntas brancas. Ele não sabia ao certo se conseguiria continuar de pé sozinho, sem apoio.

Logan foi o próximo a falar.

— Se Paddenburg está por trás dessa trama, o que planeja fazer em termos de vingança? É alguma coisa que devemos incluir no pronunciamento do Príncipe Jared amanhã?

Jared sentiu outra onda de pânico. Justo quando estava dominando as palavras do Poeta, Axel mudaria o roteiro? Ele teria que comunicar ao Principado, em seu segundo dia no comando, que os levaria à guerra?

Axel se virou para falar com o Poeta.

— Não acho que o Príncipe deva se referir diretamente a Paddenburg ou a um ataque revanchista em seu pronunciamento. Deixe como está enquanto consideramos nossas opções e prosseguimos com as investigações. O que ele pode falar é que o assassino já foi apreendido e o Preço do Sangue será pago — argumentou o Capitão da Guarda. — Acho que é isso que a multidão precisa ouvir, não acha?

Logan assentiu, já alcançando seus papéis e fazendo anotações.

Axel levantou o rolo de pergaminho em sua mão.

— Tenho a sentença de morte aqui — começou a caminhar para o palanque. — Príncipe Jared, só preciso de sua assinatura.

— Ele confessou? — perguntou Jared, enquanto o primo lhe apresentava a sentença e apontava os dois lugares nos quais sua assinatura era requerida.

— Não pode haver dúvida quanto à autoria — comentou Axel, com total confiança. — A autópsia confirmou que seu irmão foi envenenado e que o provável meio de transmissão foi a comida. Para envenenar o Príncipe Anders e mais ninguém, o veneno precisou ser acrescentado depois que o prato deixou a cozinha. É o camareiro, como sabe, que leva os pratos para o salão. Capturamos o fugitivo imundo na floresta, muito próximo ao portão de Paddenburg.

— Por quê? — perguntou Jared, enquanto Logan lhe entregava uma caneta. — Por que ele foi para lá?

— Para cruzar a fronteira, é claro — respondeu Axel. — É possível que ele tivesse algum cúmplice de um lado ou do outro. Jonas e eu colocamos equipes de busca em pontos-chave na floresta. As armadilhas foram ativadas. Se houver outro assassino por lá, ele ou ela não tem a menor chance.

— Isso é um conforto — comentou Logan.

Os dedos de Jared se fecharam em torno da caneta, e ele olhava para o primo.

— Você realmente acha que é possível haver outro assassino? — O garoto congelou. — Se houver, então este ainda virá atrás de mim.

Axel assentiu.

— É possível. — Não havia nada de tranquilizador nas palavras nem em seu tom de voz. — Tentei extrair isso do suspeito, mas ele se recusa a falar. O que só me deixa mais seguro de que se trata de um espião inimigo, cujo papel na trama foi concluído com sucesso. Certamente foi treinado a não ceder sob pressão. E, acredite em mim, apliquei considerável pressão.

— Não tenho dúvidas quanto a isso — afirmou Jared. — Ele realmente não vai falar nada?

Balançou a cabeça.

— Parece determinado a morrer como uma espécie de mártir. — Os olhos de Axel encontraram os de Jared. — Está tudo sob controle, Príncipe. — Ele tamborilou os dedos na sentença. — Tudo que precisa fazer é assinar seu nome. Deixe o resto comigo.

A ponta da caneta de Jared pairou sobre o pergaminho.

— Você não tem absolutamente nenhuma dúvida de que é esse homem o assassino de meu irmão?

— Nenhuma. Esqueci de mencionar que encontramos um livro sobre venenos no quarto dele, roubado da biblioteca particular do Médico. Evidentemente, tentou escondê-lo embaixo do colchão antes de fugir para a floresta.

— Um livro de venenos? — indagou Logan. Jared notou que o Poeta havia se levantado da cadeira e parara ao lado do Capitão da Guarda.

— Um livro de venenos — confirmou Axel. — Com feios rabiscos e impressões digitais gordurosas por toda a superfície.

A mão de Jared começou a tremer. Era demais para digerir. Podia sentir cada choque que havia sofrido ao longo do dia reverberando na mente e no corpo. A caneta escorregou da mão e caiu no chão.

Enquanto o Poeta se ajoelhava para recuperá-la, Jared sentiu a mão de Axel agarrar com firmeza seu braço.

— Sinto muito. Se houvesse algo que eu pudesse fazer para protegê-lo disso, faria. Você precisa descansar, primo. Encerrar este dia de horrores com uma boa noite de sono.

As palavras fizeram todo sentido.

Logan se levantou e estendeu a caneta em sua direção. Jared tremeu mais uma vez.

— Não entendo — falou o garoto. — Depois de tudo que você me contou... depois do que aquele... traidor frio fez com meu irmão, por que não consigo condená-lo à morte? O que há de errado comigo? Por que não consigo assinar?

Axel olhou para Logan em busca de apoio. Logan fez que sim com a cabeça.

— Como seu primo disse, foi um dia longo e difícil. Para todos nós que amávamos seu irmão, mas, acima de tudo, para você. Sua mente ainda está acelerada tentando acompanhar tudo que aconteceu, tudo que mudou. Mas já está quase acabando. Se assinar a sentença, Axel pode dar início às ações necessárias...

Axel o interrompeu, impaciente.

— O assassino de seu irmão será morto daqui a dois pores do sol. Conforme ordenado por Padre Simeon e seus antecessores, o prisioneiro terá dois dias e duas noites para apaziguar sua alma torturada. — O tom se tornou mais amargo: — Claro, se dependesse de mim, faríamos aqui e agora, com uma lâmina enferrujada.

Jared voltou-se novamente para Axel.

— Como vão matá-lo?

— Decapitação — respondeu Axel friamente. — É a maneira mais eficiente, segundo Morgan. Só lamento que o desgraçado não vá sofrer por muito tempo.

Os olhos de Jared buscaram os do Poeta.

— Você acha que devo assinar, não acha, Logan?

Ele assentiu.

— Você mesmo disse. Esse homem planejou e executou a morte de seu irmão a sangue frio. O Preço do Sangue deve ser pago. Archenfield exige isso. Sua família exige. Seu irmão...

— Tudo bem — interrompeu Jared, sem precisar de mais argumentos. Pegou a caneta e assinou rapidamente nos dois espaços requeridos. Apenas quando devolveu a caneta ao Poeta é que reparou como tinha assinado o próprio nome.

Jared, Príncipe de Toda a Archenfield.

Após um dia de golpes, ver essas seis palavras diante de seus olhos — em tinta preta — era, de certa forma, o maior de todos os choques.

Jared acordara como um mero mortal. Ia dormir no comando do Principado. E enviando o assassino do irmão à morte.

SEGUNDO DIA

QUINZE

O JARDIM DO MÉDICO

Asta sentiu o sol da manhã na nuca enquanto destrancava a porta do Jardim do Médico, que era cercado por um muro. Uma vez ali dentro, fechou a porta atrás de si. Estava cercada por quatro paredes altas de pedra. No lado oposto, situava-se a única outra entrada ou saída — a porta que levava ao Jardim da Cozinha, também cercado e de dimensões iguais, do outro lado.

Ela não demorou muito para encontrar o que estava procurando: tio Elias era meticuloso quando o assunto era rotular plantas. Em pouco tempo estava agachada sobre o chão de cascalhos, curvada diante do arbusto verde-azulado chamado sabina. Parecia bastante inocente, pensou Asta. Chato, até. Certamente não teria lhe chamado a atenção se não estivesse procurando. Contudo, aquela planta aparentemente inofensiva escondia um terrível poder. Todas as suas partes eram tóxicas.

Mesmo de onde se encontrava, era possível sentir o cheiro amargo das folhas. Se aquele fosse de fato o veneno utilizado para acabar com a vida do Príncipe Anders, o assassino devia ter tido muito trabalho para disfarçar o gosto pungente. Mas, lembrou Asta a si mesma, sabina era apenas uma das duas possibilidades cogitadas por Elias no relatório da autópsia.

Dos dois venenos, sabina era o de mais difícil obtenção, Asta sabia. Não era uma planta nativa de Archenfield, e, segundo tio Elias, aquele arbusto no Jardim do Médico era o único do Principado. Se a substância tivesse de fato sido empregada na contaminação do Príncipe, Asta conseguia entender muito bem a agitação do tio pela presença da planta em seu jardim.

O acesso ao jardim era proibido. A forma mais direta de entrar era pelo caminho dos fundos da Casa do Médico, através da porta que Asta destrancara. Mas só havia uma chave para tal porta, e Asta e o tio eram as únicas pessoas com acesso a ela. Isso não a levou a qualquer conclusão: Asta sabia que não existia a menor chance de o tio ter qualquer envolvimento com o assassinato do Príncipe Anders. Será que alguém poderia ter roubado as chaves temporariamente? Para isso, a pessoa em questão precisaria ter muita familiaridade com a disposição da Casa do Médico e com o lugar onde ele guardava as chaves.

Asta olhou para a outra porta no muro do jardim. Seria possível que alguém tivesse entrado por ali? De acordo com Elias, a porta entre o Jardim do Médico e o Jardim da Cozinha ficava trancada o tempo todo; e, mais uma vez, só ele tinha a chave. Havia, explicou o tio, razões muito boas para isso. No caso de uma emergência médica, a rota entre os dois jardins funcionava como um atalho da Vila para o palácio. O tempo economizado poderia, segundo ele, representar a diferença entre vida e morte.

Será que alguém poderia ter entrado no jardim por algum meio além das duas portas? Olhando para a altura dos muros, Asta balançou a cabeça. Seria possível se os muros fossem cobertos por hera ou alguma outra planta grossa o suficiente para ajudar na escalada. Mas as quatro paredes eram, talvez intencionalmente, lisas em ambos os lados. A única maneira realista de passar por cima do muro seria com o auxílio de uma escada muito alta, e Asta não conseguia conceber alguma forma de alguém apoiar uma escada do lado de fora, de dia ou de noite... algum patrulheiro do palácio certamente teria notado e investigado a atividade.

Não, decidiu ela, se alguém houvesse roubado a planta, *precisava* da chave do tio. O pensamento conduziu Asta a uma direção difícil. Apesar de todo mundo e mais alguns, da corte aos acampamentos, terem acesso à sala de cirurgia do Médico, apenas um pequeno círculo de colegas muito confiáveis podia chegar à casa e ao jardim. Na prática, ela falava do Conselho dos Doze. E era impensável que um deles pudesse ter feito isso, não?

Por que algum dos Doze mataria o Príncipe?

Asta voltou o olhar novamente para o arbusto de sabina. Como o resto da corte, ela ainda estava em choque com a prisão do camareiro na noite anterior. A acusação tinha sido bem construída, mas, na opinião de Asta, não era muito coesa. Para começar, não havia como o camareiro ter chegado à Casa do Médico — a nova moradia da jovem — sem ser notado e pegado a chave do tio.

Asta pensou mais uma vez nas discussões que teve com Elias a respeito do corpo do Príncipe. Os dois venenos cogitados provocavam efeitos similares. Em particular, ambos poderiam ter lhe causado a gangrena nos pés. O argumento em favor da sabina era fortalecido pelo fato de que o Príncipe, segundo Silvya, sofrera convulsões e vomitara antes de morrer. Por outro lado, ela também lhes contou que, nas últimas horas, ele alucinara terrivelmente: animais selvagens perseguindo-o pela cama e sangue correndo pelas paredes do palácio. Fantasias tão vívidas certamente poderiam ter sido provocadas por esporão do centeio.

Asta continuou avaliando mentalmente as propriedades de ambas as substâncias. Pelo que sua pesquisa revelara, sabina era um veneno de ação relativamente rápida, capaz de provocar a morte em questão de dez horas, ao passo que o esporão do centeio agia com mais lentidão e provavelmente seria fatal se administrado de forma cumulativa.

Esses pensamentos se reviravam em sua mente, conduzindo-a a todos os tipos de becos sem saída. Seria possível que uma combinação das duas toxinas tivesse sido utilizada? E, pensando bem, boa parte das informações nas quais ela e o tio basearam suas conclusões vinha de

Silvya. Seria possível que ela não estivesse contando toda a verdade? O simples ato de pensar nisso parecia traiçoeiro. Asta lembrou da conversa com a viúva do Príncipe e do medo de Silvya de que o veneno não tivesse sido destinado a Anders, mas a ela. Conforme sabia, a sabina possuía poderosas propriedades abortivas. Então ainda era possível que o Príncipe tivesse morrido por acidente e que o assassino não tivesse a intenção de matar Anders ou a esposa — apenas o bebê que não tinha nascido.

Balançando novamente a cabeça para tentar se livrar do turbilhão de pensamentos, Asta se ajoelhou para inspecionar mais de perto o arbusto, da ponta até o local em que as raízes desapareciam no solo argiloso de Archenfield. Ao fazê-lo, mal pôde acreditar nos próprios olhos: perto da base da planta, era possível notar que um dos galhos fora cuidadosamente cortado.

Enquanto seus batimentos aceleravam, Asta disse a si mesma que o pequeno corte não era prova conclusiva: tio Elias disse que havia muito tempo que não utilizava aquela planta como remédio, mas isso não significava que não a aparasse. Contudo, Asta sabia que quando se aparava uma planta — certamente ele a instruiu sobre o assunto — era preciso retirar um número par de galhos de ambos os lados, para mantê-la em equilíbrio. Olhou mais de perto para procurar outros sinais de corte, mas não encontrou nada.

Estava dividida; queria entrar e acordar o tio para compartilhar a mais recente teoria, mas, ao mesmo tempo, sabia que ele não aprovava que a sobrinha conduzisse a própria investigação sobre o assassinato:

"*... não cabe a nós contemplar quem era a vítima pretendida, ou o que causou o ataque. Minha função é estabelecer a causa de morte...*"

Ele foi muito claro. Mas isso não era tudo que ela tentava descobrir também; o que havia causado a morte do Príncipe Anders e quem era o responsável?

Era vital estabelecer a verdadeira cadeia dos eventos que levaram ao assassinato do Príncipe. Fazer isso não só resolveria aquele assassinato, como também evitaria mais ataques contra a corte; ataques que talvez já estivessem sendo planejados. Em primeira instância, descobrir a verdade poderia exonerar Michael; mas Asta sabia que o verdadeiro resultado de sua investigação poderia salvar a vida do Príncipe Jared. Essas noções a deixaram mais determinada a descobrir a verdade, aonde quer que aquilo a levasse.

— Elias! Elias Peck, é você?

A voz aguda de uma mulher a assustou, e, sob a fraca luz do sol, Asta levou um instante para localizar exatamente a origem. Voltou-se para a porta que ligava o Jardim do Médico ao Jardim da Cozinha. Do outro lado da grade metálica encontrava-se a formidável figura da Cozinheira.

— Ah, é você — observou Vera Webb, sem disfarçar a decepção da voz, enquanto Asta se levantava.

— Meu tio ainda está dormindo — comunicou Asta.

— Bem, que bom para ele — disse Vera. — Alguns de nós têm trabalho a fazer a esta hora.

Enquanto se aproximava da grade, Asta pôde ver que Vera segurava uma cesta com ervas recém-cortadas.

— Por que está acordada tão cedo, então? — perguntou a Cozinheira, examinando-a com desconfiança pela grade de ferro.

— Não consegui dormir — mentiu a jovem. — Meu tio vive testando meus conhecimentos sobre as plantas deste jardim, então pensei em começar a trabalhar cedo hoje.

— Que maravilha dispor de tempo — comentou Vera amargamente.

— Você também está se ocupando — observou Asta. A Cozinheira não tinha subordinados que pudesse mandar para colher ervas?

Como se pudesse ler os pensamentos de Asta, os olhos de Vera encontraram os dela.

— Achei melhor vir e colher as ervas pessoalmente hoje. Caso resolvam prender mais um membro de minha equipe antes do almoço.

Asta assentiu, de forma descompromissada.

— Presumo que saiba sobre a prisão? — continuou Vera. — Um de meus camareiros. Michael Reeves. O menino mais doce e gentil que alguém poderia encontrar. Mas graças a Axel Blaxland e a seu tio, ele está trancado na masmorra.

— Qual foi a participação de tio Elias nisso? — perguntou Asta, na defensiva.

Vera revirou os olhos.

— O relatório da autópsia — explicou a Cozinheira. — Seu tio disse ao Capitão da Guarda que a causa da morte do Príncipe Anders foi comida envenenada.

Asta deveria lembrar a Vera que Elias ofereceu diversas possibilidades quanto à natureza do envenenamento do Príncipe Anders? Não parecia haver sentido nisso.

— Fico pensando qual será a opinião do Príncipe Jared sobre isso. — Foi o que Asta acabou dizendo.

— O novo Príncipe assinou a sentença de morte — rebateu Vera. — Então eu diria que ele tem bastante certeza. Mas, na verdade, aquele menino tem tanta gente sussurrando ao seu ouvido, que não sabe se está indo ou vindo. Isso é coisa de Axel Blaxland. Ele queria uma solução rápida para a investigação, e Michael será morto amanhã, enquanto o verdadeiro assassino continua livre.

Amanhã à noite? Tão depressa?

Asta não estava gostando do que ouvia. Tinha muita familiaridade com o relatório de autópsia. Certamente não era conclusivo o suficiente para condenar um homem à morte; a não ser que houvesse evidências que ela, e talvez Vera, desconhecessem.

— Você parece muito certa de que o camareiro é inocente — argumentou Asta.

Vera assentiu.

— Quanto a isso, tem razão — falou a Cozinheira. — Comando a cozinha com rigidez. É praticamente impossível que alguém faça alguma coisa com a comida.

Ela pôde ver a dúvida nos olhos de Asta.

— Às vezes — continuou Vera —, você pode saber as coisas pelo instinto antes de saber na cabeça. Entende? E eu sei que meu menino não matou o Príncipe. Mas não posso provar. E ele perderá a cabeça antes do anoitecer de amanhã.

A Cozinheira havia se agitado tanto que seu rosto estava roxo como uma beterraba, mas ela agora suspirou, derrotada.

— Bem, é melhor eu ir e cuidar das preparações para o café da manhã — continuou a mulher. — Vou deixá-la com seus "estudos".

Enquanto a Cozinheira desaparecia de vista, Asta se virou e pressionou as costas na porta de ligação, investigando as quatro paredes do Jardim do Médico. Às vezes fazia bem olhar para as coisas sob uma nova perspectiva. Sua mente continuava preenchida pelo barulho dos protestos de Vera: sua garantia da inocência de Michael e a raiva de Axel e Elias.

Vera não era uma das criaturas mais adoráveis, mas isso não significava que sua opinião não merecia ser ouvida. Sob certos aspectos, a Cozinheira deu voz às dúvidas da própria Asta.

Não havia como negar que o camareiro teve contato direto com o prato do Príncipe Anders, nem que Michael tinha fugido para a floresta antes de ser preso. O comportamento dele foi, no mínimo, suspeito. Mas, mesmo assim, as coisas não faziam muito sentido.

Asta olhou em volta do jardim mais uma vez, mais convencida que nunca de que Michael não podia ter entrado naquele lugar. Certamente não sozinho. Teria que ter recebido ajuda de alto nível.

A Cozinheira parecia certa da inocência de Michael. Tão certa quanto Axel sobre a culpa dele. Mas no relatório de autópsia tio Elias não afirmara que o método tinha sido envenenamento por comida, apenas que era o mais provável. Ele também havia levantando outra forte possibilidade, à qual ninguém parecia prestar atenção: de que o veneno tivesse sido inserido pelo ferimento da perna do Príncipe Anders.

A Cozinheira podia muito bem estar falando a verdade: Michael podia não ter qualquer participação na trama. Mas, por qualquer que fosse a razão, o Príncipe Jared havia assinado a sentença de morte de um jovem, e ele seria executado ao por do sol do dia seguinte. Vera Webb tinha razão: não havia como atrasar ou reverter a decisão sem provas conclusivas. Asta resolveu naquele instante que encontraria alguma evidência. Precisava descobrir mais sobre o ferimento de caça do Príncipe Anders, e sabia exatamente a quem perguntar.

DEZESSEIS

GRANDE SALÃO, PALÁCIO

As cinco batidas do Sino do Lacaio ecoaram pelo palácio.
— Está na hora — disse Logan ao Príncipe.
Jared assentiu com a cabeça. Tinha ouvido a multidão se reunindo no terreno do palácio ao longo das últimas horas, e Edvin lhe trouxera relatórios lá de cima, de onde ficou observando discretamente os acontecimentos. Acompanhara as descrições do irmão com um senso crescente de condenação e náusea, recusando a oferta de subir e dar uma olhada pessoalmente.
— Está se sentindo preparado? — perguntou sua mãe.
— Não sei ao certo se algum dia vou me sentir pronto para isso — admitiu ele.
— Vai se sair bem — assegurou Logan. — Confie em mim. Vai acabar rápido.
Sua mãe lhe deu um beijo estalado na bochecha.
— Siga o roteiro de Logan, querido, e nada poderá dar errado.
Então se juntaram aos outros na sacada. De um dos lados de Jared estava Logan; do outro, o irmão e a mãe.

Enquanto a multidão abaixo do balcão avistava o novo Príncipe e sua equipe, o burburinho que precedera sua chegada se reduziu a um silêncio cheio de expectativa. Edvin e Elin chegaram para o lado, a fim de se juntarem aos outros membros da família real e aos Doze, que aguardavam. Enquanto isso, Logan e Jared continuaram lado a lado, andando até a beira da sacada.

Ao ver a multidão, Jared teve uma súbita vertigem. O povo cobria cada centímetro do terreno do palácio; seus rostos eram um borrão.

Enquanto o Poeta começava a falar, confirmando oficialmente a morte do Príncipe Anders, Jared se lembrou do conselho que lhe dera mais cedo:

— Encontre um rosto, em algum lugar no centro da multidão. Concentre-se apenas nele quando discursar. Esqueça de qualquer outro e imagine que está falando apenas com essa pessoa.

De repente, ele ouviu o som de palmas. Virou e viu que Logan já terminara de falar e agora gesticulava para que avançasse. Sua garganta parecia seca, e os braços, pesados enquanto ele avançava mais alguns passos. Não havia como voltar agora.

Ele olhou para a multidão, procurando aquele rosto. Aliviado, o encontrou. Era a sobrinha do médico; teria encontrado os olhos cinzentos e o cabelo vermelho em qualquer multidão. Ela sorriu para ele, exatamente como havia feito quando a viu ajudando o tio junto ao corpo de Anders. Agora, como na ocasião, havia algo naquele sorriso que lhe transmitia segurança.

Jared respirou fundo, em seguida começou a falar:

— Cidadãos de Archenfield — saudou os presentes. — Que bom ver tantos de vocês aqui hoje. Este é um dia triste na história do Principado, certamente o mais triste que já vivi, e é bom, eu acho, que estejamos juntos e nos ajudando com o luto.

Pôde sentir a multidão se apoiando em suas palavras com expectativa. Continuou concentrado naquele rosto, que continuava encarando-o atentamente.

— Meu irmão, o Príncipe Anders, está morto. Eu, minha família e toda a corte, estamos em estado de choque por isso, e sei que vocês também estão. — Fez uma pausa. — O Príncipe Anders estava apenas no começo de seu reinado. Em dois curtos anos ele conquistou muito para o Principado, assim como encontrou profunda felicidade com sua esposa, Silvya, em quem estou pensando muito hoje, e tenho certeza de que vocês também. — Olhou através da sacada para Silvya, notando que Elin havia pegado sua mão e a segurava com força. Meneando a cabeça, Jared se voltou mais uma vez para a multidão e encontrou a garota novamente.

— Nós, todos nós da família e da corte, achávamos que o Príncipe Anders fosse governar por muitos e gloriosos anos. Infelizmente, não foi esse o caso. Mas, apesar de seu tempo ter sido mais curto do que gostaríamos, o impacto foi grande. Anders, meu querido irmão, Archenfield jamais irá esquecê-lo.

Jared interrompeu o discurso. Apesar de repetir as palavras do Poeta, ainda sentia a emoção cortar sua voz. Os olhos agora estavam cheios de lágrimas, e ele sabia que precisava respirar para se recompor.

Ao fazê-lo, tomou consciência dos vivas que a multidão gritava. Os cidadãos de Archenfield mostravam seu apoio, dizendo a ele que não havia problema em estar triste. O barulho logo pareceu o de uma cachoeira, engolindo tudo. Era como se todos os homens, mulheres e crianças de Archenfield vibrassem em apoio aos dois príncipes, Anders e Jared. Quando Jared prosseguiu com o discurso, a voz saiu mais clara do que esperava:

— Quero que todos saibam que a investigação do assassinato de meu irmão já começou. Não se enganem: o Preço do Sangue será pago. E logo. Mas, enquanto esperamos os resultados da investigação oficial, não quero que nosso Principado, este belo Principado de Archenfield, viva sob a sombra do medo. Sim, por enquanto há questões não respondidas, mas as respostas estão sendo buscadas, e lhes contaremos assim que descobrirmos. A verdade é importante para mim, e não vou descansar enquanto não souber a verdade sobre o que aconteceu com meu irmão. E, quando isso acontecer, fiquem sossegados, compartilharei com vocês.

Pausou, procurando a moça. Ao encontrá-la um novo pensamento — fora do roteiro — lhe ocorreu, e pareceu correto verbalizá-lo.

— Este é um momento difícil para todos nós. Eu e minha família agradecemos muito por estarem aqui, demonstrando seu apoio. — Ele parou, em seguida sorriu e continuou: — Eu sei, graças ao meu irmão mais novo que espiava de uma das torres, que muitos de vocês estão aqui desde cedo. Devem estar cansados e famintos, e espero que aproveitem a comida que serviremos para vocês antes de retornarem a suas casas. — Outra pausa. — Não existe cura imediata para a dor que todos estamos sentindo agora, mas ela virá a todos nós.

Houve mais uma explosão de vibração, até que o Príncipe Jared levantou a mão para conter a algazarra.

— Vocês são muito gentis — elogiou ele. — Só tem mais uma coisa que quero lhes dizer. — Ergueu a cabeça, de modo que, quando voltou a falar, sua voz pareceu levantar voo para o céu e atravessar o reino. — Existia um Principado. Seu nome era Archenfield. Ainda há um Principado. Nada, nem ninguém, vai ameaçar o futuro de Archenfield. — Mais uma pausa. — Havia um príncipe, e ele se chamava Anders. Suas ações foram muitas e maravilhosas, e ele morreu com muitas promessas não cumpridas. Ainda há um Príncipe. Meu nome é Jared. E eu prometo continuar o trabalho de meu irmão e servir a vocês, e a Archenfield, até o fim dos meus dias.

Quando terminou de falar, os gritos eram longos e ensurdecedores. Olhando de volta para a multidão, o Príncipe Jared viu que mais uma vez a menina sorria para ele. Ousando olhar além dela, para outros rostos, viu que muitos outros ali sorriam para ele, enquanto os que não o faziam estavam perdidos em lágrimas.

Instantes mais tarde, quando os gritos não davam sinais de esmorecer, o Príncipe Jared levantou a mão em reconhecimento à resposta do povo. Neste momento, algumas pessoas começaram a jogar flores para cima, em direção à sacada. Foi uma visão mágica — o céu na frente do palácio de repente dançando com guirlandas de folhas e flores do princípio do outono. Jared ficou olhando enquanto as pétalas caíam como confete, unindo a todos por um glorioso instante.

O novo Príncipe olhou por cima do ombro e chamou Edvin para se juntar a ele. O irmão marchou até lá e se colocou ao seu lado. Os dois garotos levantaram as mãos em saudação à multidão. Jared olhou para o lado e viu Elin, Silvya e os outros assistindo da lateral. Será que tinham gostado de suas palavras? E da resposta da multidão? Esperava que sim. Tudo que podia dizer era que tinha feito seu melhor.

Finalmente, Logan Wilde deu um passo à frente e sinalizou que era hora de voltar ao palácio. Mas não antes de alguns membros ansiosos da multidão terem sido elevados nos ombros de amigos para oferecerem guirlandas de flores aos príncipes. Jared viu os olhares nervosos trocados entre o Poeta e o Chefe dos Guarda-Costas. O próprio Príncipe respondeu a estes com um sorriso e um aceno de cabeça. Em poucos momentos, seus braços — e os de Edvin também — estavam cheios de flores, e os dois homens mais velhos tiveram que admitir a derrota.

Os olhos de Jared percorreram a multidão uma última vez, em seguida ele virou e começou a retornar com o irmão para as portas da sacada. Ele e Edvin seguiram Logan para dentro, pesados com tantas flores.

Elin, Silvya, tio Viggo, tia Stella, prima Koel e os Doze esperavam ali dentro para os cumprimentar.

Quando as portas se fecharam, abafando os gritos que ainda emanavam da multidão lá fora, Logan foi o primeiro a se pronunciar.

— Bem — começou ele. — Acho que não podia ter sido melhor, não concordam?

Elin concordou com a cabeça, e Jared viu que a mãe sorria e continuava segurando a mão de Silvya. Agora Silvya também olhou para ele, estampando no rosto um sorriso tranquilo.

Tio Viggo deu um passo à frente.

— Não quero ser grosseiro — falou o homem. — Mas o Príncipe Jared não seguiu à risca o roteiro do Poeta. A não ser que tenham sido feitas mudanças tarde da noite, das quais não fomos informados.

Jared abriu a boca para responder, mas Logan foi mais rápido.

— Não, tem razão. O Príncipe Jared improvisou um pouco. Mas meu roteiro era apenas para guiá-lo. Acho que o que as pessoas queriam era ouvir seu novo Príncipe falar de coração e estabelecer uma conexão com eles. — Virou-se e meneou a cabeça para Jared. — Ele certamente conseguiu isso.

— Mesmo assim — disse lorde Viggo. — O discurso estava escrito por um motivo.

— Ele tem razão — corroborou Emelie Sharp, a Apicultora. — Todos nós temos nossos trabalhos a realizar, e existem razões pelas quais eles nos são confiados. Príncipe Jared, não quero ofendê-lo, mas o senhor não estava ali só por si e sua família. Falava em nome de toda a corte.

Jared fez que sim com a cabeça, sentido a euforia de ter terminado o discurso e a emoção da resposta da multidão se esvaindo.

Enquanto outros dos Doze e da família real ofereciam as próprias opiniões, o Príncipe Jared se voltou para Logan.

— Desculpe — falou o garoto. — Você escreveu um ótimo discurso, e sou verdadeiramente grato por isso. Espero que saiba que eu não o deixei de lado por nenhum motivo a não ser... apenas me pareceu a coisa certa a se fazer naquela hora.

— Eu sei disso — disse Logan, enquanto observavam os outros se bicando. — E digo sem qualquer dúvida que você fez a coisa certa — diminuiu a voz. — Alguns deles são terrivelmente literais em relação a tudo. — Em seguida limpou a garganta e voltou a falar normalmente. — E agora, posso sugerir que paremos de debater sobre esta que foi, sob todos os aspectos, uma apresentação fantástica e que ajudemos os dois jovens príncipes a se livrarem do fardo destas guirlandas rústicas?

DEZESSETE

JARDINS DO PALÁCIO

Asta encontrou Kai Jagger em uma clareira escondida nos jardins do palácio, na divisa com o bosque. O Caçador-Chefe estava sobre um montículo de grama, ao lado de uma cesta. O sol baixo o silhuetava, tão imóvel quanto uma estátua, como se estivesse em pose de guerreiro. Na mão esquerda trazia o que, à primeira vista, parecia uma arma com lâminas múltiplas: ao se aproximar, saindo do brilho imediato do sol, Asta viu que ele segurava, de fato, uma porção de pequenas machadinhas. Contou cinco delas, as lâminas afiadas brilhando ameaçadoramente com a luz.

Um assobio penetrante cortou o ar, fazendo-a pular. No mesmo instante, o Caçador agiu.

— Azuis — disse ele. Um segundo depois, lançou a primeira das machadinhas.

Em frente a eles, à distância de 30 metros, havia uma fila de bétulas. Asta assistiu às quatro últimas machadinhas do Caçador voarem pelo ar em rápida sucessão, cada qual encontrando sua marca no tronco de uma delas. Ela notou que havia alvos pintados em diferentes níveis das cinco árvores centrais; círculos coloridos em azul, verde, vermelho e amarelo. E, como não podia deixar de ser, cada uma das lâminas havia se enterrado em um dos círculos azuis.

Ela observou os dois membros da equipe do Caçador subirem pelos troncos para remover as machadinhas. Ficou tentada a se aproximar de Kai Jagger ali naquele instante, mas algo a fez esperar.

Os jovens fizeram um rápido trabalho em recuperar os objetos. Asta viu que Kai já se posicionava com uma nova leva de machadinhas na mão. A cesta devia estar cheia de armas mortais, ela se deu conta. Os colegas voltaram para a borda da fileira de bétulas. Agora um deles deu um assobio agudo.

— Vermelhos — respondeu Kai. Asta observou enquanto ele lançava as cinco lâminas seguintes pela clareira e em direção aos troncos. Mais uma vez, cada arma atingiu o alvo, dessa vez os círculos vermelhos. Não havia como duvidar de sua precisão, e Asta teve a sensação de que não gostaria de ser um animal fugindo da mira do Caçador.

Quando os subordinados de Kai entraram em ação novamente, Asta avançou.

— Senhor Jagger — cumprimentou ela, se juntando a ele na elevação.

Inicialmente Kai não respondeu; era como se estivesse em transe. Já estava com mais uma porção de machadinhas na mão.

— Senhor Jagger — repetiu ela, um pouco mais alto.

— Sim.

De repente os olhos dele estavam em Asta, e ela se sentiu como se encarasse uma fera selvagem. Lembrou-se de alguém lhe dizendo certa vez que, ao sentir seu cheiro, um lobo decide instantaneamente se você é amigo ou inimigo, e jamais muda o juízo inicial. Asta notou que os olhos do caçador eram tão violetas quanto as águas do fiorde, e a cor se tornava ainda mais impressionante pelo contraste com a pele morena e os longos cabelos prateados.

— Sinto muito por interrompê-lo — desculpou-se ela. — Sou Asta Peck, a sobrinha do Médico.

— Sei quem você é. — Ela o sentiu avaliando-a enquanto falava. Não foi uma boa sensação. — Faço questão de saber de todo mundo que entra na corte — prosseguiu o Caçador.

Kai mexeu singelamente as machadinhas na mão. Asta ficou imaginando se teria se colocado em uma situação de perigo.

— Por que veio me procurar? — perguntou ele.

— Para fazer algumas perguntas — respondeu ela. — Mas, se está ocupado, posso esperar.

Ele fez que sim com a cabeça, erguendo a mão livre. O recado não podia ter sido mais claro. Fique aí. Ouviu-se um novo assobio. Agora Kai Jagger desviou o olhar penetrante e gritou novamente:

— Amarelos.

Arremessou as machadinhas para as árvores. Os movimentos eram tão rápidos, tão sutis, que Asta não conseguia apreciar por completo sua habilidade. E, ainda assim, não foi nenhuma surpresa olhar para a clareira e ver que, mais uma vez, cada lâmina encontrou o alvo pretendido.

Sem pressa, Kai Jagger virou-se.

— Muito bem, Asta Peck. Você disse que tinha perguntas.

— Estou ajudando meu tio na investigação da morte do Príncipe Anders — começou ela.

— Você? — Penetrantes, seus olhos encontraram os dela. — É só uma criança. Que ajuda pode oferecer?

— Sou aprendiz de Elias — falou Asta. — Ele está me treinando.

Os olhos do caçador se estreitaram.

— As investigações do assassinato estão sendo conduzidas pelo Capitão da Guarda. Uma prisão já foi efetuada, e a sentença de morte, assinada. — Os pensamentos de Asta se voltaram para o camareiro, preso na masmorra, enquanto Kai continuava: — O trabalho do médico se completou quando ele entregou o relatório da autópsia.

— Ainda existem algumas dúvidas — argumentou Asta. — E achamos que você pudesse ajudar.

Kai continuou olhando-a.

— Os fatos me parecem muito claros nessa questão, caso para você não o pareçam.

Asta controlou os nervos. Antes que o Caçador pudesse levantar mais alguma objeção, ou mais uma machadinha, falou:

— Na véspera de sua morte, o Príncipe Anders saiu para caçar com você, certo?

Kai Jagger inicialmente não respondeu com palavras, em vez disso observou-a com seu olhar penetrante.

— Sim — falou afinal. — Saíamos para caçar com frequência. Nada de incomum nisso.

— Observamos um ferimento na perna direita do Príncipe durante o exame. Parecia um ferimento de caça.

Ela esperou pacientemente até que Kai respondesse.

— Você tem alguma pergunta?

— Tenho — confirmou ela, começando a se exasperar, apesar de saber que não devia. — Você se lembra se o Príncipe sofreu algum ferimento na última caçada?

— Não — disse Kai. Sua cabeça e seu corpo permaneceram perfeitamente parados.

— Não, ele não se feriu, ou não, você não se lembra? — pressionou Asta.

Ele ficou em silêncio por um instante, e ela teve quase certeza de que o tinha ofendido. Mas então ele respondeu:

— A primeira opção.

Asta ficou desolada. Tinha tanta certeza. Vira o ferimento com os próprios olhos e ouvira o tio apontar o machucado como um possível meio de transmissão do veneno. Se fosse esse o caso, mudaria tudo.

Kai virou-se e alcançou a cesta ao seu lado. Pegou mais cinco machadinhas.

— Verdes — disse ele. Asta sentiu o movimento do ar enquanto o caçador arremessava as cinco machadinhas seguintes para as árvores. Quatro dos cinco alvos foram atingidos, mas, para sua surpresa, o quinto lançamento foi malsucedido e a lâmina voou pelo vazio entre as duas árvores.

Ela pôde perceber pela expressão do Caçador que ele não estava contente.

— Tenho certeza de que isso não ocorre com frequência — comentou Asta.

Se ele a ouviu, não demonstrou qualquer indício disso.

— Como se chama esse jogo? — perguntou ela.

Isso chamou a atenção do homem.

— Não é um jogo — respondeu ele. — É importante manter meu olho treinado para a caça.

— Claro. — Ela franziu o rosto. — Mas que animais você caçaria assim?

Os olhos violeta de Kai Jagger encontraram os dela.

— Estas armas não são utilizadas em animais — esclareceu o Caçador.

Ela tremeu; a ameaça implícita nas palavras foi suficientemente clara.

— É melhor eu ir — disse ela. — Obrigada pela atenção. — Desceu do montículo, sentindo o olhar de Kai queimar suas costas enquanto se afastava. Não tinha dado mais de alguns passos quando, para sua surpresa, ouviu novamente sua voz.

— O Príncipe Anders sofreu um ferimento. Mas não na última caçada. Foi há mais de uma semana.

Asta parou onde estava. Se a informação de Kai fosse precisa, isso ainda poderia afetar as investigações. Pelo que o tio Elias dissera, o ferimento poderia ter sido usado para a aplicação de um veneno de atuação mais lenta — e o esporão do centeio era conhecido por ser significativamente mais potente em dosagens regulares.

Asta virou-se para o Caçador mais uma vez.

— Consegue se lembrar quem fez parte do time da caçada nesse dia?

Kai assentiu.

— Eu, o Príncipe Anders, Hal Harness e mais alguns guardas, Axel Blaxland, Elliot Nash, Jonas Drummond e Lucas Curzon. Estes foram os principais. E alguns membros de minha equipe, é claro.

Asta assentiu, fazendo um registro mental de cada um dos nomes.

— O Príncipe havia atirado em um cervo. Mas o animal não morreu imediatamente. Fiquei surpreso; acho que ele também. Normalmente o Príncipe Anders tinha uma mira impecável.

Asta absorveu as palavras. Teria sido puro acaso o fato de que o Príncipe não estava cem por cento bem? Ou isso poderia sugerir alguma preocupação?

— A criatura ficou gravemente ferida — continuou Kai. — Estava se debatendo, e o Príncipe Anders correu em sua direção, na intenção de encerrar seu sofrimento rapidamente. Mas, quando chegou perto, o animal teve um súbito impulso final de adrenalina. Acontece às vezes, mas aquilo pegou o Príncipe de surpresa. O cervo o atacou, e um dos chifres cortou superficialmente sua perna antes que eu conseguisse chegar e matar o animal.

Asta meneou a cabeça.

— De acordo com Elias, a primeira vez que ele viu o ferimento foi na autópsia. Não foi sério o suficiente para exigir atenção médica?

— Não — respondeu Kai.

— Quem cuidou dos curativos? — perguntou Asta.

Kai cerrou os olhos mais uma vez.

— Eu. Não é preciso ser o Médico para se fazer um curativo. Até onde iria? Devo pedir a atenção de seu tio se espetar o dedo em uma roseira?

Asta ignorou a provocação e insistiu.

— Você aplicou alguma espécie de remédio antes de fazer o curativo?

Kai balançou a cabeça.

— Não. Não houve necessidade. E o Príncipe Anders não queria causar nenhuma comoção.

— Você acha que algum dos seus companheiros de caça pode ter oferecido um remédio? — perguntou Asta. — Talvez alguma espécie de pomada?

Kai balançou a cabeça.

— Não teria como saber — respondeu o Caçador.

Asta notou pelo tom de voz que ele decidira encerrar aquela linha investigativa. Ela franziu o rosto. As informações foram úteis, mas, no momento, só a levaram a um beco sem saída. Se fosse adiante com a teoria de que o Príncipe Anders tinha sido envenenado por alguma substância aplicada no ferimento, então teria que achar mais respostas em outro lugar. E precisava agir depressa, agora que uma prisão havia sido efetuada, e uma sentença de morte, decretada e assinada.

— Asta!

Daquela vez não foi o Caçador que se dirigiu a ela, mas Elias. Seu sangue correu frio. Como ele a encontrou? Ela não tinha o direito de estar nessa área do palácio, e pôde perceber que o índice de fúria do tio era alto, apesar de ele só ter proferido as duas sílabas de seu nome.

Hesitante, ela virou para vê-lo marchando em sua direção, mas ficou surpresa quando ele foi interceptado pelo Caçador.

— Peck! — gritou Kai Jagger. — Eu estava acabando de responder suas perguntas. — Asta viu os olhos do tio desviando para ela, depois novamente para o Caçador. — E apreciaria — continuou Kai — se, na próxima vez que tiver a ousadia de imitar Axel e questionar mais algum dos Doze, fosse homem o suficiente para fazê-lo pessoalmente, não que mandasse sua aprendiz!

Asta ficou observando para ver como o tio responderia. Elias não combateu fogo com fogo, apenas fez um gesto de cabeça, de modo apaziguador, e ela não teve a menor dúvida de que iria receber a força total de sua ira assim que estivessem a sós. Sentiu a própria raiva contra Kai crescendo.

— Sinto muito pelo seu incômodo — disse Elias. — Isso não se repetirá. — A voz se tornou mais fria na medida em que se virou. — Asta, você vai me acompanhar até a Vila agora.

Ela teve consciência de Kai Jagger observando seu desconforto com claro divertimento. Tudo bem. Deixe que ele fique convencido e se sinta superior. Independentemente do que pensasse a seu respeito, ela havia conseguido extrair informações muito úteis dele.

— Vamos, Asta! — chamou Elias, tentando pegar seu braço, mas ela o repeliu. Iria com ele, mas não seria arrastada como uma criança de castigo.

Ao ver isto, Kai Jagger sorriu e balançou a cabeça, em seguida se voltou para a cesta e pegou mais algumas armas brilhantes.

Asta sentiu o hálito quente do tio na orelha enquanto ele a levava para fora do alcance auditivo do Caçador.

— Lembre-se de qual é seu lugar, Asta Peck. Se voltar a me constranger dessa forma, lhe mando direto para os acampamentos, sem pensar duas vezes.

Ela balançou a cabeça afirmativamente, tremendo com o aviso sombrio do tio Elias. Não podia voltar aos acampamentos, não agora. Havia muito em jogo.

— Azuis!

Asta ouviu o grito de Kai Jagger. Em seguida o ruído de machadinhas cortando o ar.

Ela não conteve uma olhada por cima do ombro. Daquela vez o caçador conseguira acertar todos os alvos. Ela não se surpreendeu. No breve período que passou com ele, formou uma imagem de alguém que sempre conseguia exatamente o que queria. Um novo pensamento invadiu sua mente. Quantas criaturas o Caçador havia levado à morte? E será que o Príncipe era uma delas?

DEZOITO

GALERIA LONGA, PALÁCIO

Jared foi percorrendo o palácio; Hal Harness cinco passos atrás. Era curioso o fato de ter se acostumado a ver o Guarda-Costas grudado a ele o tempo todo, como que por uma corda invisível.

Através das janelas Jared observou a luz desbotando do céu: terminava seu segundo dia como Príncipe. Ele já sentia que embarcara em uma viagem importante. Acostumar-se a ser seguido por onde quer que fosse era apenas uma pequena parte disso.

Enquanto continuava seu caminho, um sino começou a soar. Ele contou cada batida, todas as treze. Era difícil se desfazer de tais hábitos infantis. Jared e Edvin sempre brincaram um com o outro por causa do Sino do Carrasco — o penúltimo do dia. Mas ele sabia que não podia voltar àquela inocência perdida. Agora, quando pensava no Sino do Carrasco, lembrava-se da sentença de morte que havia assinado na noite anterior. E na execução do assassino, marcada para o soar do mesmo sino na noite seguinte.

Os últimos dias o deixaram com um senso aguçado de que o Principado era uma máquina, e cada membro do Conselho dos Doze, um componente-chave da engrenagem. De fora, parecia que o Principado se governava sozinho, mas isso era apenas por causa das especialidades e da diligência de cada um. Enquanto Sucessor, jamais se dera conta disso. Havia participado de reuniões com os Doze, frequentemente perdido em devaneios, com a sensação de que as discussões pouco impactavam sua vida ou preocupações. Havia se submetido ao rigor dos treinamentos — desde arco e flecha a navegação celestial — com variados graus de interesse e entusiasmo. Antes, claro, houve momentos de satisfação e compreensão, mas, na verdade, foi como se, nos últimos dois dias, um véu tivesse sido tirado de seus olhos. Jared também tinha plena consciência de que, por mais que muito já tivesse sido revelado, ainda estava apenas no início de sua jornada de descoberta.

Chegou ao seu destino. Os aposentos da mãe estavam protegidos, é claro, pelo guarda-costas da Rainha, que, ao ver o novo Príncipe se aproximando, inclinou a cabeça em cumprimento e abriu o primeiro de dois jogos de portas para anunciar a chegada de Jared.

Ele se virou para trás, olhando para Hal.

— Espere aqui — disse ele. Ao ver o homem hesitar por um instante, acrescentou: — É pouco provável que eu sofra algum mal nas mãos de minha mãe.

Hal voltou obediente ao corredor enquanto o Príncipe Jared entrava na suíte da Rainha. Foi a própria Elin que escolheu o título de Rainha, e não de Consorte do Príncipe, no início do reinado do Príncipe Goran. Nem Goran nem ninguém achou adequado desafiá-la. Ela manteve o título durante o governo do Príncipe Anders e estava pronta para continuar durante o reinado de Jared. *Totalmente apropriado*, pensou ele; durante todo o turbilhão de todas as mudanças sofridas pelo Principado, a Rainha Elin era a única a se manter constante — tão firme quanto o carvalho mais resistente de Archenfield.

Ele a encontrou, conforme esperado, no primeiro quarto. O cômodo servia como escritório e sala de visitas. Ali havia uma escrivaninha — um pouco menor e mais elegante que a que ele possuía nos próprios aposentos —, onde frequentemente a Rainha podia ser encontrada, escrevendo cartas cuidadosamente redigidas em caligrafia perfeita. Agora, no entanto, Elin estava sentada do outro lado, perto da janela, em frente a seu cavalete. Todos os dias, àquela hora, assumia a mesma posição e dedicava à pintura a hora anterior à refeição da noite. Algumas de suas telas cobriam a parede acima da lareira. Eram, em geral, cenas bucólicas retratando Archenfield em sua beleza natural rica e diversa.

Elin no momento estava concentrada em moer pigmentos com um pilão, para preparar, sem dúvida, mais uma mistura de tinta.

— Jared — disse ela, reconhecendo a presença do filho sem desgrudar os olhos da tarefa. — Obrigada por vir me ver. Sente-se.

Ele avaliou suas escolhas e começou a se mover em direção a uma cadeira convidativa perto da lareira.

— Não! — exclamou ela. — Sente-se aqui, onde posso vê-lo. No assento da janela.

Ele refez os passos e ficou onde ela indicara.

— Não vou bloquear sua visão? — perguntou ele.

— Não — respondeu ela, decidida. — Estou pintando de memória. — Olhou para ele, depois voltou ao que estava fazendo, e começou a derramar uma lenta cachoeira de óleo de linhaça no pigmento recém-moído.

— Você parece cansado — observou ela, apesar de certamente só ter tido uma oportunidade muito breve para fazer uma avaliação.

— Suponho que sim — respondeu ele, se acomodando no assento da janela. — Foi mais um longo dia...

— Mas você enfrentou tudo — emendou ela, mexendo a tinta vigorosamente. — Você fez o que era exigido de você. E fez bem.

— Obrigado, mãe — agradeceu ele. — Sei que alguns dos Doze acham que eu devia ter seguido mais o roteiro.

— Ah, sim, nunca se sabe quando um deles vai atirar o livro de regras em você. Ou, qual deles o fará. — Cuidadosamente, ela colocou na paleta uma porção da tinta que havia misturado, de um vermelho vibrante. — Não se preocupe demais, querido — continuou. — Lembre-se, eles estão aqui para nos servir. Por mais que às vezes pareça o contrário.

Sorriu para o filho, os grandes olhos radiantes à luz das velas. Ele sentiu o impacto da forma como ela fazia as pessoas se sentirem quando resolvia lhes dar sua total atenção: abençoado, de alguma forma, como se tivesse o poder de conquistar novos mundos, ou voar com a facilidade de um dos falcões de Novah. Durante a juventude, não houve muitas ocasiões em que Jared tivesse recebido total atenção da mãe: ela, por necessidade, mantinha o foco em Anders. Mas o pragmatismo era sua principal característica, e, com a morte de Anders, Jared supunha que se interessaria mais por ele.

— O segredo — disse Elin, passando o pincel pela paleta — é dar um passo de cada vez. Mas é sempre bom estar um passo à frente dos Doze. — Usando a nova cor na tela, continuou: — Amanhã, por exemplo, você deve anunciar a escolha de seu Sucessor.

— Já tomei minha decisão — afirmou ele, inclinando-se, decidido, para a frente. — Será Edvin.

— Não — respondeu ela, com a mesma firmeza de quando ele escolheu a cadeira errada para se sentar. — Apesar de suas motivações serem louváveis, Edvin não suportará. De jeito algum.

— Sei que ele é jovem — começou Jared. — Assim como eu, quando Anders me escolheu.

— A questão não é a juventude de Edvin — explicou a mãe, girando o pincel no pote de terebintina, e o cheiro pungente imediatamente tomou o recinto. — Não se trata do que seu irmão tem ou não tem a oferecer. O fato é que só existe um candidato viável a Sucessor. — Parou de mover o pincel e olhou mais uma vez nos olhos do filho. — Seu primo Axel.

— Mãe!

— Não utilize esse tom, Jared! — Como se ele tivesse voltado a ser criança e estivesse protestando contra a hora de dormir.

— Mas eu sequer *gosto* do primo Axel! E não sei se o conheço bem o suficiente para confiar nele.

Elin sorriu de forma indulgente.

— Conheço Axel Blaxland e também não sei ao certo se confio plenamente nele. A questão é justamente essa. — Ela limpou a terebintina do pincel, em seguida o mergulhou em uma outra poça de cor da paleta, um tom rico de azul. — Existe uma tensão em Archenfield há tempos. Meu irmão e seu clã estão desesperados para assumir o Principado.

Jared estava confuso.

— Então sua resposta é ceder o poder a eles?

Elin balançou a cabeça.

— Minha resposta é dar a eles um sinal, para fazer com que pensem que estamos aproximando-os do alvo. Já fizemos isso uma vez, quando seu pai nomeou Axel como Capitão da Guarda. Agora temos que puxar seu primo para ainda mais perto, para que ele pense que está quase tocando a coroa.

— Se ele se tornar meu Sucessor, ele *estará* quase tocando a coroa.

— Só se você morrer — respondeu Elin, com segurança. — Coisa que não vai acontecer. — Ela olhou nos olhos dele mais uma vez. — Certamente não pretendo perder dois filhos consecutivamente. Não, você é jovem e saudável, e tem um longo reinado à frente. Colocaremos Axel nessa posição por enquanto e, depois, em dez anos ou menos, reconsideraremos. Temos meios a nosso dispor. Então, talvez, você possa colocar Edvin nessa posição para consolidarmos a linhagem Wynyard. Ou, claro, podemos considerar o filho de Silvya e renovar a aliança com Woodlark.

Jared ouviu as maquinações da mãe.

— Você fala sobre todas essas coisas, sobre todos nós, como se fizéssemos parte de um jogo de xadrez.

— Falo? — perguntou a Rainha, pensando rapidamente na questão. — Bem, suponho que de certa forma, sim. Só que muito, muito mais importante que um jogo. — Ela examinou a tela, com o pincel no ar. — Então, estamos de acordo, Axel será nomeado seu Sucessor.

— Presumo que sim — respondeu Jared lentamente. Uma coisa era enfrentar o Conselho dos Doze, mas outra, totalmente diferente, era enfrentar a força da natureza que era sua mãe.

— Tem que ser assim — garantiu Elin. — E tem que ser amanhã.
— Tudo bem — concordou ele. — Teremos uma reunião dos Doze amanhã. Posso anunciar minha decisão.
— Ótimo! — exclamou ela, mergulhando mais uma vez o pincel e prosseguindo o trabalho na tela.
— Estou curioso — disse Jared. — O que está pintando? — Ele se inclinou para perto.
— Não — cortou ela, levantando a mão livre. — Ainda não terminei.

Ele não teve certeza se ela estava se referindo ao quadro ou à conversa.

— Como está Silvya hoje? — perguntou Elin. — Você a viu?
— Não desde o discurso — revelou ele. Na verdade, não tinha prestado muita atenção nela na ocasião, pois tinha outras coisas e pessoas em mente.
— A pobre coitada está muito abalada — comentou Elin.
— Compreensível — emendou Jared.

Sua mãe aparentemente se recusou a embarcar naquele debate, voltando a pintar.

— Tenho certeza de que ela se sente muito sozinha — afirmou Elin, após uma pausa. — Nunca enxergou Archenfield como seu lar. Já viu como olha saudosa para a janela, em direção às montanhas? Sem dúvida, pensando no que há além.
— Não — respondeu ele. Jared percebeu que nunca tinha prestado atenção o suficiente na cunhada para fazer essa observação. Ficou surpreso por sua mãe tê-la feito, mas estava começando a se dar conta de que pouco escapava à percepção de Elin.
— Bem, posso lhe garantir, Jared, que é isso que ela faz. E se ela sentia saudades de casa antes de perder o marido, imagine agora. O bebê crescendo em sua barriga só piora as coisas. Ela está pensando em Woodlark, pode apostar.
— Talvez fosse gentil permitir que ela visite a família? — sugeriu Jared.
— Acho que não. — Elin estremeceu só de pensar. — Não agora. Eles virão, é claro, para o funeral de Anders, e ficarão para a coroação.

Mas não existe qualquer hipótese de Silvya cruzar as fronteiras agora, não com a mais recente adição à nossa árvore genealógica crescendo dentro dela.

Elin falava, pensou Jared, como se Silvya fosse apenas um receptáculo para o filho de Anders. Ele se viu com pena da cunhada. Fez um registro mental de procurá-la durante o jantar para perguntar como estava. Alguém precisava lhe mostrar alguma gentileza básica.

— Você deveria se casar com ela — aconselhou Elin.

— O quê? — Chocado, Jared viu os olhos da mãe brilhando sobre a tela.

— Você deveria se casar com ela. Dessa forma, ela permanece na posição de Consorte do Príncipe e mantemos o bebê seguro em nosso meio.

Os olhos de Jared se estreitaram.

— Muito romântico — respondeu ele. — Mas confio que, quando chegar o momento, posso escolher minha noiva.

— Escolher? — Elin riu. — Sério? Você acha que foi isso que seu irmão fez? Sei que Logan foi muito bem-sucedido na tarefa de semear a história de conto de fadas de Anders e Silvya, mas eu não fazia ideia de que você tinha acreditado nisso.

Jared estava nervoso.

— Está me dizendo que não foi um romance de conto de fadas?

Elin balançou a cabeça.

— Eu jamais diria isso. Quando seu irmão pôs os olhos na beleza de Woodlark, como poderia ter acontecido algo que não um conto de fadas? — Ela sorriu. — Realmente importa quem era o dono da caneta que escrevia a narrativa?

Mais uma vez, Jared teve a sensação de que as mãos ágeis da mãe pairavam sobre um grande tabuleiro de xadrez. Ele e seus irmãos; Silvya e Axel; todos eram apenas peças a serem movidas para satisfazer suas jogadas de poder.

Justo quando pensou que finalmente a entendia, não tinha tanta certeza de que desejava ir adiante.

— Vejo que está moralmente indignado — constatou Elin. — Não tente negar! Seu rosto é de fácil leitura, Jared. Isso também é uma coisa em que precisamos trabalhar. Falarei com Logan.

— Não — pediu ele, levantando-se. — Não fale com Logan! Pare de tentar me manipular... farei o que quer em relação a Axel, mas para por aí. Não sou sua marionete.

— Claro que não, querido — respondeu a mãe com calma, repousando o pincel. — Está cansado. Você mesmo disse isso antes. Por isso está reagindo com tanto exagero. Certamente não estou tentando manipulá-lo, só quero compartilhar o benefício de minha experiência. Afinal, você não é o primeiro Príncipe de Archenfield que coloquei no trono. Se eu não puder lhe oferecer conselhos, quem poderá?

Talvez estivesse certa. Talvez ele estivesse exagerando em decorrência do cansaço. Talvez ela não tivesse falado sério quando sugeriu que se casasse com a viúva do irmão.

Não podia, podia?

— Acabei — anunciou a Rainha. — Pode dar seu veredicto.

Ele demorou um instante para perceber que Elin se referia ao quadro. Ela analisava a pintura com um olhar crítico. Jared se aproximou, e, finalmente, o quadro foi revelado. Era o retrato de um cervo. O animal tinha sido ferido. Jared viu a flecha do caçador enterrada em sua lateral e o rastro de sangue.

— O que você acha? — perguntou ela. — Seja franco. Sempre sou receptiva a críticas.

— Está muito bom — respondeu o jovem. Apesar de o objeto ser questionável, não havia como questionar a técnica artística por trás da cena.

— Acha mesmo? — Ela se levantou. — Celebra o instante em que você descobriu que seria o novo Príncipe de Archenfield. Kai Jagger foi gentil o bastante para me descrever a cena. Embora eu saiba qual é a aparência de um cervo ferido! Já atirei em muitos deles. — Olhou da pintura para Jared. — Mas esta não é para ser uma cena de natureza — revelou ela. — É simbólica. O cervo representa a corte de Archenfield. Sofreu um ferimento muito próximo ao coração, mas continua se mexendo. Apesar de sentir dor e sangrar, sabe que não lhe resta escolha a não ser lutar.

Os olhos de Jared foram agredidos pelo vermelho vibrante que ela preparou para o sangue do animal: a cor o transportou de volta àquele instante. Mas, é claro, não foi sua flecha a que derrubou o animal. Ele se perguntou quem havia enfeitado a verdade: o Caçador ou a própria Elin.

— Fiz para você — disse ela, entrelaçando o braço no dele. — Espero que considere um presente inspirador.

— Obrigado, mãe — respondeu ele automaticamente. Teria que encontrar um lugar adequado onde pendurá-lo: algum lugar que raramente visse. Tanto a imagem quanto a explicação da mãe o deixaram desconfortável.

Elin não pareceu notar a reação.

— Bem — disse ela. — De repente fiquei com fome. Às vezes pintar esgota meus recursos. Se me dá licença, vou me lavar e me trocar para o jantar.

Deu um beijo nele, os lábios leves como as asas de uma borboleta em sua bochecha. E então se retirou e foi para o cômodo anexo.

Jared ficou sozinho, na companhia apenas da arte sombria da mãe.

DEZENOVE

MASMORRA

Morgan Booth sorriu enquanto as últimas batidas de "sua" hora extinguiam-se. Um senso de paz e regresso à casa sempre o invadia quando descia os degraus gelados de pedra para a Masmorra. Sim, essa era a parte mais fria do complexo palaciano. Não era o lugar a ser frequentado por quem gostava de pisar em tapetes ricamente decorados — ou qualquer tipo de tapete, na verdade. Nem, pensou ele enquanto descia com um lampião na mão, era possível encontrar, no frio e na umidade subterrâneos, obras de arte, ou móveis elegantes de madeira talhada, como certamente existiam nos quartos, nas suítes e nos corredores acima. Tais ornamentos importavam pouco ao Carrasco. A Masmorra era a única parte do palácio que podia chamar de sua. E apesar de ali embaixo cada viga e tijolo ser tão verdadeiramente propriedade do clã Wynyard quanto lá em cima, ele ainda sabia que a humilde família Booth podia chamar o lugar de seu.

Aos 20 anos, Morgan era, sem dúvidas, jovem demais para integrar o Conselho executivo. Havia herdado o papel de carrasco do pai, Atticus Junior — que por sua vez assumira após a morte do próprio pai, Atticus Pai. A transmissão da função de geração a geração de uma mesma família registrava Morgan Booth como único no atual Conselho dos Doze, mas ele não herdou a posição de forma passiva; longe disso.

Ganhou a posição em virtude de uma das últimas e decisivas batalhas da guerra contra a Eronésia. A mesma que reclamou não apenas o Príncipe Goran, mas também Atticus Booth Junior. Foi uma batalha na qual Morgan, à época com apenas 18 anos de idade, se destacou: a tranquilidade e o apetite por violência que demonstrou no campo de batalha tornaram a sucessão do cargo de executor bem clara, assim lhe dissera o Príncipe Anders.

Apesar de tanto o pai quanto o avô estarem mortos, Morgan frequentemente sentia as presenças de ambos ali na Masmorra. Ocorreu-lhe que eles também tiveram um forte senso de pertencimento àquele lugar e optaram por jamais deixá-lo.

Talvez por isso ele gostasse mais da Masmorra quando vazia, exceto por esses fantasmas joviais. Ninguém diria que Booth era um solitário — era possível vê-lo fumando com o Capitão da Guarda, com o Lenhador, ou com os membros da patrulha noturna —, mas, mesmo assim, ele valorizava as horas de quietude e solidão. Permitia que pensasse e lesse.

Tinha, em curtos dois anos, acumulado uma grande biblioteca ali embaixo. Isso se devia em grande parte à Rainha Elin. Quando começou a exercer a função, Morgan foi convidado pela Rainha a visitar sua Biblioteca, lá em cima, na ala leste, e, após ser muito questionado sobre os assuntos de seu interesse, foi enviado de volta com os braços tatuados carregados de livros.

A Rainha ficou muito alegre quando retornou dentro de poucas semanas, contando que havia lido não só uma, mas todas as suas recomendações. Ingressaram em um debate animado sobre os méritos de cada um dos livros. Ela insistiu que ele ficasse com os favoritos, considerando que vivia em uma constante batalha perdida em busca de espaço nas prateleiras da própria biblioteca.

Em um curto período, o Carrasco se tornou um dos favoritos da Rainha. Durante o chá em sua biblioteca, ela perguntava o que ele lera e o que gostaria de ler em seguida. As escolhas dela raramente deixavam de intrigá-lo — apesar de ele não se encantar tanto por romances quanto por histórias, biografias e, seus favoritos, diários sobre aventuras e expedições.

Morgan guardava sua crescente coleção de livros em uma prateleira de madeira que construíra a partir de um carvalho de Archenfield. Estava posicionada junto à parede, à direita de sua bancada de trabalho. Parado agora diante dos livros, ele passou os dedos pelas familiares lombadas; de certa forma, era como cumprimentar velhos amigos. Havia um em particular que estava ansioso para encontrar. A luz do lampião iluminou os títulos de cada um. Lá estava! Esticando a mão, pegou o pequeno livro e, voltando à bancada, repousou o volume. Seria útil mais tarde, depois que seus trabalhos estivessem completos.

Então usou o lampião que trouxera para acender outro na bancada e, assim, enxergar com clareza o que fazia... não era sábio mexer com machados sob pouca luz. Lá estavam eles, suas belezinhas! Quando a chama da segunda vela ganhou força, o conjunto de machados de diferentes tamanhos sobre a superfície foi iluminado. Mais uma fileira de amigos, pensou, esticando a mão e fazendo sua escolha.

Apreciando o toque familiar do cabo gasto de nogueira, ele repousou cuidadosamente o machado, de modo que a lâmina convexa ficasse um pouco para fora da bancada. Pressionou com cuidado a cabeça do polegar contra ela. Afiada, mas não o suficiente. Sem problemas, ele sabia exatamente o que fazer.

Primeiro examinou a lâmina, procurando sinais de dano. Havia um pequeno defeito, e ele pegou um pedaço bruto de arenito para consertá-lo. Foi muito suave ao passar a lâmina na pedra, como se fosse um dos lacaios esfregando as nucas dos cavalos ou dos cachorros, no complexo dos estábulos. Após se dedicar a isso por um tempo, parou, observando a lâmina. O defeito sumiu. Satisfeito, repousou o arenito.

Em seguida afiaria o gume. Pegou outro pedaço de pedra para isso, passando o dedo na superfície a fim de se certificar de que aquela era a indicada. Se a pedra efetuaria melhor o trabalho seca ou molhada, era uma questão de preferência; Booth escolhia molhar, mergulhando-a em uma bacia por alguns instantes.

Sacudindo o excesso de líquido, passou a pedra pela lâmina do machado em treinados movimentos circulares, como outrora vira o pai e o avô fazendo naquele mesmo local. De baixo para cima com a pedra. Enquanto fazia seus círculos suaves, lembrou-se da primeira vez em que fez isso, a mão grande do pai guiando a sua enquanto a pedra corria sobre o metal gelado.

— Suave, Morgan. Mais suave que isso. — Quando a mão do pai soltou a sua e permitiu que ele concluísse sozinho o trabalho, o menino quase explodiu de orgulho.

Aquela lâmina não precisava de mais trabalho: estava afiada o suficiente para aparar seu bigode e a barba. Ele repousou a pedra e finalmente pegou um estropo de couro gasto. Passou-o nos mesmos pontos que a pedra já havia percorrido, até eliminar cada carrapicho de metal da ponta da lâmina.

Deixando o estropo de lado, inspecionou o trabalho. Perfeito. O machado estava pronto. Satisfeito, Morgan pensou em pegar uma bebida e se sentar para ler.

Ao puxar a tampa da garrafa de aquavita, ouviu um ruído pelo corredor. Devia ser o prisioneiro. O Carrasco balançou a cabeça; estava tão ocupado com o trabalho e tão perdido nos próprios pensamentos que se esqueceu de que tinha companhia.

Tirou a mão da aquavita e em seu lugar pegou o primeiro lampião, afastando-se da área de trabalho em direção às celas. Booth se lembrava de ocasiões em que todas as celas eram habitadas. Mas parecia que fazia muito tempo. A paz chegou a Archenfield sob o comando do Príncipe Anders e se provou duradoura. Até então. Naquele dia só havia um prisioneiro, mas, se Axel estivesse certo e um dos Estados vizinhos estivesse na ofensiva outra vez, a Masmorra provavelmente voltaria a ficar cheia, como nos tempos do pai e do avô. Não era uma possibilidade que Morgan apreciasse — os sons e os cheiros de tantos em seu domínio —, mas conviveria com o fato se fosse preciso.

E, pelo lado positivo, poderia usar os machados com mais frequência.

A planta da Masmorra era semelhante à dos andares acima, sendo o salão circular uma abertura de um corredor onde, acima, a torre oeste do palácio começava. Abaixo da torre encontrava-se o casulo central das celas, segmentado como uma laranja. E em um desses segmentos estava o prisioneiro.

A luz na cela era fraca — a vela do lampião do prisioneiro já queimara quase completamente desde a última vez em que Morgan o checou. O Carrasco repousou o próprio lampião no chão na frente da cela, em seguida girou a chave para entrar.

Michael Reeves estava sentado na prateleira de pedra que servia, caso desejasse, como cama. Ele havia se enrolado no cobertor de lã que lhe fora oferecido. Ainda assim, tremia.

— Posso beber um pouco de água? — pediu o prisioneiro.

Booth notou que a garrafa de barro que deixara ali mais cedo estava vazia. Ele assentiu. Pegando a garrafa, se retirou da cela sem se incomodar em trancar a porta outra vez. Havia guardas nas portas da Masmorra, facilmente acionados com um assobio. Michael não tinha para onde correr. E, se tentasse alguma coisa, Morgan Booth era bem rápido quando a ocasião exigia.

Encheu a garrafa com água fresca e, em seguida, num impulso, pegou a aquavita e uma taça para si. Ao retornar para a cela, viu que Michael estava na mesma posição. Colocou a água ao lado dele. Deixando-o se ajeitar, retirou a tampa da aquavita e tomou um gole.

— Você está um horror — observou o Carrasco. — Seria de imaginar que seus mestres em Paddenburg tivessem lhe preparado melhor.

Michael tomou um gole de água.

— Quantas vezes preciso repetir? Não tenho mestres, além do chefe dos camareiros. Não tive nada a ver com o assassinato do Príncipe.

Morgan sorriu um sorriso de esguelha e tomou um gole da bebida.

— Claro que não — ironizou ele.

Permaneceram na cela, sem que nenhum dos dois iniciasse qualquer conversa por mais um tempo.

— Quer saber? — disse Morgan, afinal. — Vou fazer algo por você. Voltou para a mesa e pegou o livro que havia marcado mais cedo. Voltou para a cela e lhe entregou o volume. Michael foi pego de surpresa.

Morgan deu de ombros.

— Algumas pessoas fazem um grande alarido com a última refeição. Minha opinião é: que diferença faz a comida que põe na boca pela última vez? Só vai evacuá-la novamente. — Olhou nos olhos do prisioneiro. — Já o último livro que lê; bem, esse pode exercer algum impacto em sua alma.

Sem esperar para ouvir a resposta do prisioneiro, pegou a garrafa de aquavita e, fechando e trancando a cela, voltou para a mesa. Outro livro lhe veio à mente. Este não ficava na prateleira, mas em uma gaveta acima da bancada de trabalho, onde estaria mantido sempre próximo. Esticou o braço, abriu a gaveta e retirou o precioso volume enquanto enganchava a perna no velho banco atrás de si, arrastando-o para a frente e se sentando.

O livro com capa de tecido era na verdade um caderno, preenchido, à mão, com nomes que contavam a própria história particular de Archenfield. Morgan continuou virando as páginas, sorrindo ao, mais uma vez, ver as letras do avô e, depois, do pai. Então chegou às páginas preenchidas com sua letra. Finalmente, encontrou uma página em branco.

Alcançou a gaveta para pegar a caneta do avô e um pote de tinta. Mergulhou a ponta na tinta e fez a anotação na página atual do livro. Ali escreveu a data do dia seguinte e apenas duas palavras.

Michael Reeves.

Morgan Booth serviu mais um gole de aquavita, prometendo a si mesmo que aquele seria o último da noite, e esperou a tinta secar.

TERCEIRO DIA

VINTE

JARDINS DO PALÁCIO

Asta parou por um instante, levantando os olhos para o palácio, admirada. Era realmente uma construção maravilhosa, e ficava ainda mais bonita ao sol da manhã. As pedras das paredes pareciam brilhar com uma luz alaranjada, se aprofundando no vermelho ardente da hera americana que cobria boa parte da frente do palácio. As torres leste e oeste, com seus baluartes serrilhados, se erguiam altas sobre os telhados, pontuadas por janelas gradeadas e fendas finas. Os olhos de Asta pararam na sacada que se curvava para fora do terraço, de onde o Príncipe Jared fizera seu discurso apaixonado no dia anterior. A sacada agora estava vazia, mas ela ainda conseguia imaginá-lo ali, e um tremor trespassava seu corpo quando lembrava as palavras e a intensa conexão entre o novo Príncipe e a multidão reunida abaixo.

Na véspera não havia mais que um centímetro livre enquanto as pessoas brigavam por um bom lugar para escutá-lo. Agora, quase sozinha, Asta se aproximava dos degraus que levavam ao terraço e à entrada do palácio.

Reconhecendo a presença dos guardas enquanto continuava seu caminho, ela não pôde deixar de pensar na jornada que fizera no último ano. Foi como se seu tio Elias tivesse estendido uma bem-intencionada mão sobre os campos e fiordes e permitido que ela pulasse da casa rústica para o coração pulsante do Principado. Asta se sentia verdadeiramente em dívida com ele. E isso tornava o que estava prestes a fazer ainda mais inconcebível.

Tinha ido ali naquela manhã para solicitar uma audiência privada com o Príncipe Jared. Queria conversar sobre o inquérito oficial do assassinato de seu irmão e dividir com ele a convicção de que a investigação seguira um rumo equivocado.

A confiança prévia começou a se esvair. Quem era ela, uma pessoa sem posição ou título, para questionar a investigação oficial? E se o Príncipe Jared pedisse que ela apresentasse evidências concretas? Até o momento não havia nenhuma. Tudo que tinha eram seus pensamentos e sentimentos. E o relatório da autópsia de Elias, lembrou a si mesma. Pois foi o Médico quem levantou a possibilidade de dois venenos terem sido usados e pensou nas diversas maneiras pelas quais ambos poderiam ter sido administrados. Asta queria ter certeza de que Jared tivesse conhecimento disso tudo: que ele soubesse como seria difícil um camareiro obter sabina quando o único lugar em que a planta crescia era no Jardim do Médico, um lugar trancado e cercado por muros. Ela também achava importante que ele soubesse do ferimento sofrido pelo Príncipe Anders uma semana antes de sua morte, e que alguém — alguém em uma posição mais elevada que a de um camareiro, com mais acesso a ele — poderia ter administrado o veneno através daquela mesma ferida. Ela conhecia os nomes dos membros da corte que participaram da expedição de caça com o Príncipe Anders e, caso Jared solicitasse a lista, não hesitaria em oferecê-la. Então, em última análise, tudo que estava fazendo era checar se o Príncipe conhecia todos os detalhes do relatório da autópsia. Certamente o tio não ficaria bravo por isso, certo?

Ela fez uma careta só de pensar. Lembrou-se de como ele ficou irritado quando a flagrou fazendo perguntas ao Caçador. Isso era dez vezes, ou melhor, cem vezes pior.

O primeiro desafio, é claro, seria o Príncipe sequer concordar em recebê-la. Ela não conhecia a fundo os procedimentos do protocolo do palácio e, é claro, não ousou perguntar a Elias, nem indiretamente, sobre o assunto, porque ele perceberia o que ela estava planejando. Em seu bolso trazia algo que esperava garantir a entrada nos aposentos do Príncipe. Mais especificamente, em seu bolso estava uma pequena bolsa de veludo contendo um dos pertences do Príncipe Anders: a corrente de ouro com três pingentes, removida durante a autópsia.

Asta sabia que Elias devolveria a corrente a Jared em algum momento entre a autópsia e o funeral, então só estava acelerando o processo, disse a si mesma; apesar de saber muito bem que o tio não enxergaria as coisas da mesma maneira.

Considerou os três pingentes — o frasco com uma porção das cinzas do Príncipe Goran; um medalhão tubular, que guardava um minúsculo bilhete de amor de Silvya; e o terceiro item, a chave misteriosa. O primeiro item era, ela entendia, uma longa tradição de Archenfield. O segundo, um símbolo do amor entre o Príncipe e a mulher. Mas o terceiro, a chave, era mais enigmática. Seria esse também meramente um souvenir — talvez mais um presente de Silvya? Ou teria alguma aplicação mais prática?

Asta lembrou a si mesma que não deveria se preocupar com nada daquilo: os objetos só eram úteis como moeda de troca por uma audiência com o Príncipe. E, de fato, ela se sentia quase culpada por tê-los consigo. A culpa não era por ter pegado o colar nos aposentos do tio, mas por estar carregando objetos tão particulares e pessoais que até poucos dias eram usados sobre o coração pulsante do Príncipe, agora morto, de Archenfield. Pensando bem, ela disse a si mesma que era totalmente correto passar os preciosos itens do falecido Príncipe rapidamente aos cuidados do irmão.

Com esses pensamentos turbilhando na cabeça, ela percebeu que havia chegado à varanda do palácio. Olhando para a entrada principal, respirou fundo. Era agora ou nunca. Esticou a cabeça e foi até a porta que levava ao grande salão.

Antes que pudesse entrar, no entanto, Asta foi detida por uma figura que saía pela mesma porta. Silvya! Ela usava uma roupa muito diferente da que vestia no último encontro das duas, dois dias antes, mas estava elegante como nunca. Naquela manhã, os claros cabelos dourados estavam cuidadosamente presos em um coque. Vestia um casaco justo — predominantemente creme, mas bordado com fios dourados que formavam contornos de borboletas e abelhas —, calças de equitação e botas longas de montaria. Vinha acompanhada por dois cachorros brancos, que se moviam com a mesma graça da dona. Ao vê-la, Silvya imediatamente esboçou um sorriso beatífico.

— Bom dia, milady — cumprimentou Asta, por pouco não se esquecendo da forma correta de tratamento.

— Ora, isso é perfeito! Estamos prestes a sair para uma bela caminhada. Não quer nos acompanhar?

Asta hesitou. Seria uma impertinência recusar o convite, mas não suportava a ideia de ser desviada da intenção de obter uma audiência privada com o Príncipe Jared: precisou de muita coragem para chegar até ali. Ficou imaginando se a súbita aparição de Silvya podia ser um sinal de que fora uma ideia tola procurar o Príncipe.

— Decidi acolher uma tradição de minha mãe — explicou Silvya, marchando pela varanda, como se fosse a dona do local, o que, de certa forma, supunha Asta, ela era. — Minha mãe me disse que nos meses que antecederam meu nascimento, todo dia caminhava pelas lindas paisagens de Woodlark para que, mesmo antes de deixar o útero, eu pudesse sentir parte da beleza do mundo como um todo, e de Woodlark em particular. — Suas mãos agora se apoiavam levemente nas grades que percorriam a frente da varanda, e Silvya olhava saudosa para as montanhas distantes, tingidas de azul. — Ainda não posso oferecer Woodlark a meu bebê, mas Archenfield tem sua própria beleza. — Ela se virou para encarar Asta mais uma vez. — Então, veja só, você precisa nos acompanhar em nosso lindo passeio inaugural!

Enquanto Silvya dizia isso, um dos cães brancos esticou a cabeça para encostar com o focinho na cintura de Asta.

— Viu? — disse Silvya. — Talitha também quer que você nos acompanhe!

— Adoraria acompanhá-la, milady — disse Asta. Em sua mente, uma voz avisou que parasse por ali e acompanhasse a nova amiga aonde ela quisesse. Mas tal voz foi desbancada por outra, mais insistente e, antes que se desse conta, Asta acrescentou: — Mas vim aqui para encontrar e falar com o Príncipe Jared.

Arrependeu-se das palavras mesmo antes de saírem de sua boca. Mas Silvya não pareceu ofendida. Afagando a gêmea de Talitha, sorriu para Asta.

— Certamente não terá a sorte de encontrar o Príncipe Jared neste momento. Haverá uma reunião dos Doze esta manhã, e ele estará ocupado se preparando.

— Ah — disse Asta, instantaneamente desanimada. — Há alguém com quem eu possa falar sobre encontrá-lo? Não precisarei de muito de seu tempo.

A cabeça elegante de Silvya parou momentaneamente, os olhos encontrando os de Asta.

— Jared é Príncipe de Toda a Archenfield agora — explicou Silvya. — Não pode tomar nem um pouco de seu tempo. É assim que funciona. Acredite em mim, fui casada com o último deles.

— Claro — respondeu Asta, a mão em seu bolso apalpando o contorno da chave de Anders, como se aquilo pudesse ser uma espécie de talismã. — Mas realmente só preciso de cinco minutos. Dez, no máximo.

Silvya balançou a cabeça.

— Venha comigo — pediu ela, entrelaçando o braço no de Asta. — Meu Deus, não é que o sol destaca os tons de cobre em seu cabelo? Daria tudo por essa cor! Eu e você vamos caminhar juntas para o fiorde. Simplesmente não aceito não como resposta. A manhã está linda e...

Antes que pudesse terminar de falar, o Sino do Lenhador começou a soar. Silvya franziu o rosto, levando a mão à testa.

— Os incessantes sinos de Archenfield realmente me dão nos nervos. Em minha terra natal, temos relógios e, em consequência disso, muito menos dores de cabeça. — Com uma leve risada, ela puxou Asta da entrada do palácio, descendo por uma escada de pedra e conduzindo-a, pelo lado leste, aos jardins dos fundos. Os dois cães brancos seguiram entusiasticamente.

Silvya conduziu a moça por uma trilha de cascalhos cercada de ambos os lados por gramados bem-cuidados e arbustos em formato de pirâmides. Seguindo Silvya por um portão de pedra no final da trilha, Asta se viu em outro jardim, mais formal, nos fundos do palácio. À frente havia um chafariz bem-ornamentado, as águas iluminadas pela luz da manhã.

— Vamos, meninas! — chamou Silvya.

Asta olhou em volta, para ver se Silvya estava acompanhada por suas criadas naquela manhã. Torceu para que estivessem a sós; e, de fato, este foi o caso. Sentindo-se um tanto tola, ela percebeu que as meninas às quais Silvya se referira foram as duas cadelas.

Silvya se sentou à beira do chafariz, girando a mão em pequenos círculos e incentivando as cadelas a beber água. Asta se aproveitou da distração para se virar e observar o palácio. Não estava acostumada a vê-lo por este ângulo.

— Quais são os aposentos do Príncipe? — perguntou ela, tentando fazer a pergunta soar o mais inocente possível, mas fracassando claramente, a julgar pelo menear de cabeça de Silvya.

— Temo que esteja desenvolvendo uma obsessão doentia — falou a nobre. Mesmo assim, apontou para uma fileira de janelas gradeadas no centro do primeiro andar. — Aquela é a suíte do Príncipe Jared se precisa saber. Mas eu não recomendaria que arremessasse cascalhos para chamar sua atenção. Mesmo que sua mira seja perfeita, esse tipo de atitude é muito condenável.

Asta olhou para cima, na direção das janelas do Príncipe, enquanto protegia os olhos com uma das mãos a fim de filtrar a intensa luz solar que os vidros refletiam. Gostaria de conseguir enxergar o interior, mas a luz era tão forte que formava um espelho de vidro. Ela estava prestes a desviar o rosto quando, de repente, a luz se mexeu e uma figura se revelou em uma das janelas para as quais Silvya havia apontado. O coração de Asta começou a acelerar. Tratava-se de ninguém menos que o Príncipe Jared.

Ele olhava o jardim; a atenção parecia atraída pelo chafariz e a pequena reunião que ocorria ali. Antes que pudesse se conter, Asta se viu acenando.

Atrás de si, ouviu Silvya abafar uma risada.

Mas, para espanto de Asta, o Príncipe Jared retribuiu o aceno. Era inacreditável! Enraizada onde estava, ficou olhando para a janela. Então o Príncipe sumiu, tão repentinamente quanto aparecera, para ser substituído por outra figura cuja atenção também fora atraída pelo grupo.

— Aquele é Logan Wilde?

— Isso mesmo — respondeu Silvya. — Provavelmente está nos amaldiçoando por termos distraído o Príncipe por um precioso instante.

O Poeta as encarou por alguns segundos, então desapareceu, entrando no quarto. Um novo raio de sol deixou a janela espelhada outra vez. Asta virou para Silvya, que havia se levantado e claramente estava pronta para continuar.

— O que exatamente o Poeta faz? — perguntou Asta.

Silvya sorriu.

— Seria mais fácil perguntar o que o Poeta não faz! Ele é o braço direito do Príncipe. Frequentemente tinha a sensação de que ele passava mais tempo com meu marido que eu.

— Mas qual é o trabalho dele de fato? — insistiu Asta. — Não é apenas escrever poesia, certamente?

Silvya balançou a cabeça.

— Já foi, outrora. Mas o papel se desenvolveu com o tempo. Agora é muito relacionado a comunicados, tanto na corte quando no mundo lá fora. O Poeta escreve os discursos do Príncipe; certamente teve participação no pronunciamento que o Príncipe Jared fez ontem, mas seu papel é muito mais integrado que isso. Ele é mais um conselheiro político, um diplomata, podemos dizer.

— Ah — disse Asta, percebendo que ainda havia muito sobre a corte que desconhecia. Talvez sua amizade incipiente com Silvya pudesse ajudar a corrigir um pouco isso.

Quando chegaram ao fim daquela parte do jardim, viraram à esquerda e entraram em um longo caminho cheio de mudas.

— Que bonito! — exclamou Asta. — Isso deve ter sido plantado há pouco tempo.

— Há um ano, para ser exata — explicou Silvya, e parte da alegria deixou sua voz. — Foi para nosso casamento. — Esticou os braços. — À esquerda, são mudas de limão, nativas de Woodlark e presente de meus pais. À direita, você vê amoras de Archenfield. A ideia era que as duas plantas se entrelaçassem na medida em que cresciam, representando a força dos laços entre minha terra natal e a de meu marido. Eventualmente, uma abóbada de folhas cobrirá o caminho.

Repreendendo-se silenciosamente por ter tocado no assunto, Asta lutou para encontrar uma resposta adequada.

— Que ideia adorável! — elogiou ela.

— A princípio, sim — respondeu Silvya secamente. — Só é pena que meu marido não tenha vivido o suficiente para ver as árvores crescerem até a altura do ombro.

— Não, é claro — emendou Asta, a voz baixa, desejando poder apagar todos os rastros daquela conversa e que a trilha não fosse tão longa.

Silvya deu de ombros e suspirou.

— Anders não viveu para ver as árvores atingirem maturidade, mas pelo menos o filho dele irá.

— O filho? — Asta voltou-se para ela. — Como sabe que seu bebê é um menino?

— Archenfield precisa de mais um príncipe — respondeu Silvya. Tinha olhos tão azuis quanto a vista dos topos das montanhas. — E não sou nada senão uma boa serva de Archenfield. — Ajeitou uma mecha de cabelo atrás da orelha e continuou andando.

Caminharam pela trilha em silêncio, Asta buscando, desesperadamente, resgatar a alegria prévia da companheira de passeio. Silvya parecia perdida em pensamentos, e, pela expressão em seu rosto, não eram bons pensamentos em que se perder. Asta sentiu um enorme alívio quando saíram do caminho de mudas e Silvya abriu um portão que desembocava em uma trilha ao longo da margem do rio. Ao atravessarem-no, Silvya voltou-se para Asta.

— Fiquei feliz por tê-la encontrado hoje. Na última vez em que nos vimos, temo que eu possa ter transmitido uma impressão errada sobre meu casamento.

— Como assim? — Asta ficou imediatamente intrigada.

— Acho que passei a ideia de que fosse um casamento político, e não romântico. No entanto, por mais que tenha existido um elemento pragmático em nossa união, e no começo certamente houve, era muito mais que isso. Eu e Anders nos amávamos muito profundamente. — Silvya balançou a cabeça. — É estranho tentar explicar um casamento a alguém que o vê de fora.

As duas jovens chegaram à pequena ponte de madeira que atravessava o rio. Pararam ali enquanto Silvya permitia que as duas cadelas brincassem na água.

— Por algum motivo sinto que devo explicar as coisas a você — disse Silvya. — É como se você fosse aprendiz do Padre, e não do Médico. Você é quem ouve minhas confissões, Asta Peck. — Sorriu suavemente.

Asta balançou a cabeça.

— Não precisa me explicar nada, milady — respondeu Asta. — A senhora é a Consorte do Príncipe. Eu não sou ninguém.

— Não diga isso! — repreendeu Silvya. — Você é minha amiga. Ao menos, espero que seja. — Esticou o braço e pegou a mão de Asta.

— Sim — disse a menina, surpresa, porém contente com a demonstração de afeto. — Sou sua amiga. — Enquanto Silvya recolhia a mão, ela acrescentou: — Mas já sabia que seu marido a amava muito.

— Sabia? Como?

Asta respirou fundo, pensando se deveria seguir seus instintos ou não. Decidiu que deveria. Silvya havia se aberto com ela; devia isso a ela.

Alcançando o bolso, retirou a bolsa de veludo que trouxera consigo.

— O que é isto? — perguntou Silvya, enquanto Asta repousava a bolsa no corrimão de madeira.

— O motivo pelo qual eu queria me encontrar com o Príncipe Jared esta manhã era para devolver estes três itens — disse Asta, editando a verdade apenas um pouquinho. — Pertenciam a seu marido. Eu e meu tio os encontramos durante nosso exame.

Silvya assentiu, a atenção fixa na mão de Asta, que levantava a corrente com os três objetos — o frasco, o medalhão e a chave — da bolsa.

O dedo pálido de Silvya tocou o frasco.

— As cinzas do pai dele. — Franziu o nariz. — Uma tradição particularmente repugnante de Archenfield, em minha opinião.

— Concordo — endossou Asta, com um aceno de cabeça.

— Vão me dar um frasco com as cinzas do Próprio Anders, você sabe, depois da cremação.

— Vai usá-lo? — indagou Asta.

Silvya balançou a cabeça.

— Não, acho que não. Mesmo sabendo que a mãe dele vai me condenar por não o fazer. — Sua atenção se desviou. — O que é esta chave?

— Não sei — respondeu Asta, um pouco desapontada. — Achei que talvez a senhora soubesse.

— Não — disse Silvya. — Nunca a vi antes. Não parece com nenhuma das chaves do palácio.

Pensando no que fizera, Asta percebeu que fora longe demais. Porque, se Silvya nunca tinha visto a chave que Anders carregava em uma corrente em volta do pescoço — a chave que provavelmente repousava sobre seu coração enquanto ele caminhava —, será que talvez o Príncipe guardasse segredos da esposa? Mas Asta não teve a presença de espírito de parar por ali. A conversa com Silvya, sua nova amiga, era como a água do rio que corria abaixo delas. Impossível de conter.

— Você me disse antes que sabia que meu marido me amava muito — disse Silvya. — Não vejo como esta coleção de objetos possa prová-lo. A não ser que algo esteja me escapando?

Asta cutucou o medalhão tubular.

— O medalhão? Foi um presente da Rainha Elin, acho. O que isso prova?

Sorrindo, Asta girou a tampa do medalhão até soltá-la. O rolo de papel em seu interior foi revelado. Asta o retirou cuidadosamente, colocou o bilhete sobre a bolsa de veludo e o desenrolou para que Silvya visse.

— Ele sempre carregava isto consigo. É um bilhete de amor que a senhora escreveu. Deve concordar que o fato de que ele o guardava consigo, tão perto do coração, prova o quanto a amava, não?

Leve este bilhete com você e lembre-se de como levo comigo seu coração.

Foi enquanto Silvya olhava o bilhete, os dedinhos alisando inconscientemente as bordas curvas, que Asta percebeu o terrível erro que cometera. Mesmo antes que ela falasse, pôde ver nos olhos de Silvya a ferida que lhe causara.

— Eu... não entendo — gaguejou Silvya. — Não escrevi isto.

— Se a senhora não escreveu... — começou Asta. Por que, por que dizia aquilo em voz alta? — Então quem foi?

VINTE E UM

CÂMARA DO CONSELHO, PALÁCIO

— E agora, a principal ordem do dia. — Naquele momento, Axel Blaxland tinha a palavra na câmara do Conselho. — Refiro-me à execução de Michael Reeves, o assassino do Príncipe Anders, esta noite.

O clima estava mais controlado que nos dois dias anteriores, quando os Doze ainda lutavam para absorver o choque do assassinato do Príncipe Anders. O profundo luto experimentado pelos Doze, em volta da mesa, e pela família real, sentada no palanque, ainda era recente; contudo, os negócios do Principado não podiam esperar. Era hora de agir.

Kai Jagger levantou a mão antes de se colocar de pé.

— Estamos cometendo um erro em não fazer uma execução pública? — perguntou ele.

— Chegamos a esse ponto!? — exclamou Vera Webb. — Voltamos aos tempos da barbárie?

— É uma pergunta justa, Kai — respondeu Axel, ignorando o ataque da Cozinheira. Ele se voltou para o Poeta. — O que você acha, Logan? É nosso especialista nesses assuntos.

Jared pôde ver que Vera espumava, murmurando algo em voz baixa para o Padre Simeon, sentado ao seu lado. O Príncipe ficou feliz em ver que ao menos a relação entre o Capitão da Guarda e o Poeta parecia mais estabilizada.

— Confesso que estou dividido — disse Logan. — Não há dúvidas quanto ao fato de que as pessoas precisam ver que o assassino será executado, e logo. Os súditos do Príncipe Jared precisam saber que o Preço do Sangue pelo assassinato do Príncipe Anders foi pago. Só então poderão seguir com suas vidas e permitir que façamos o mesmo com as nossas.

— Mas precisam testemunhar a decapitação? — perguntou Novah Chastain.

Logan meneou a cabeça para a Falcoeira.

— Compartilho de sua cautela. Essa é uma situação potencialmente explosiva, e há muitas emoções em jogo.

— Não estou sendo cautelosa — rebateu Novah. — Só acho que certos eventos não precisam ser testemunhados pelos olhos de todos.

— Ora, Logan! — exclamou Axel, impacientemente. — Dê-nos uma decisão firme, seja ela qual for. Você é ou não o especialista em opinião pública?

O Poeta resistiu a morder a isca.

— Precisamos de um equilíbrio, em minha opinião, entre a rápida demonstração forte de justiça e o cuidado de não correr o risco de manchar o palácio e o Príncipe Jared, logo no início de seu reinado, com sangue.

Jonas Drummond balançou a cabeça.

— Está enganado. O povo precisa associar o palácio a sangue e ao pagamento do Preço do Sangue.

— Há um perigo, caro Lenhador — avisou Logan. — De que as pessoas temam a nós, e não ao inimigo externo. Temos que renovar a confiança na corte e consolidar a crença no Príncipe. Nesse momento, estão lidando com o fato de que um assassino pôde se infiltrar nas profundezas do Principado e matar seu soberano. — Logan olhou para Jared. — Ontem, o novo Príncipe fez um belo trabalho ao tratar da dor e da confusão das pessoas, mas foi apenas o começo. Precisamos reforçar a mensagem de que o Principado está seguro mais uma vez, eles estão seguros, e ninguém vai ameaçar o Príncipe Jared. Lembrem-se de que faz apenas dois anos que eles perderam os próprios pais e os próprios filhos. A guerra é uma fogueira que atinge todos os homens, mulheres e crianças do território.

Axel interrompeu novamente.

— Estou confuso, Logan. Execução pública ou privada? E aceito uma resposta de apenas uma palavra. Daqui a pouco é hora do almoço, não, Vera?

Vera Webb lançou um olhar sombrio a Axel. Jonas Drummond e Morgan Booth riram. O Príncipe Jared começava a enxergar as linhas divisórias entre os Doze, e a entender como isso poderia influenciar na votação de qualquer assunto de governo. Precisava ter isso em mente.

Jared ficou impressionado com a calma de Logan conforme continuava.

— A próxima vez em que o povo se reunir deverá ser para o funeral do Príncipe Anders, e depois, no dia seguinte, para a coroação do Príncipe Jared. Dessa forma, podem associar seguramente o palácio à ordem, ao controle e à continuidade. Uma execução pública poderia, dadas as circunstâncias, ser, na melhor das hipóteses, uma distração, e, na pior, uma perturbação.

Enquanto Logan sentava, Axel revirou os olhos.

— Obrigado pela análise tão completa.

Balançando a cabeça, Jonas opinou mais uma vez.

— Discordo totalmente de você, Logan. A execução é um momento de catarse. Não há melhor forma de mostrar que o Preço do Sangue foi pago que exibindo o sangue do assassino ao cidadão comum.

Elias Peck foi o próximo a se manifestar.

— Concordo com Logan — disse ele. — Em meu entendimento, lidamos aqui com uma ameaça potencialmente maior, vinda de Paddenburg. Então as pessoas que realmente precisamos impressionar são as da corte de Paddenburg.

— E que maneira melhor de impressionar Paddenburg — rebateu Jonas — que cortar a cabeça de Michael Reeves?

— Por que parar por aí? — sugeriu Morgan Booth, com um brilho nos olhos. — Por que não enviamos à corte de Paddenburg, e a cada um de nossos vizinhos, aliás, um pedaço do corpo do assassino?

Axel sorriu para seu camarada.

— Ninguém gosta mais de teatro que você, Morgan!

O Carrasco deu de ombros e levantou as mãos.

— Não posso negar.

Emelie Sharp assentiu.

— Devo dizer que gosto mais dessa ideia que da execução pública. Isso deixaria bem claro qual é nosso humor.

Logan abafou um suspiro.

— É fácil falar. Mas não é uma boa diplomacia.

— Até onde sei, a diplomacia foi para o buraco quando Paddenburg decidiu matar o Príncipe Anders — rebateu Emelie.

O sacerdote, Padre Simeon, limpou a garganta antes de entrar na discussão.

— Acho que corremos o perigo de, ao nos apressarmos demais, tomar decisões precipitadas. Ainda não existe oficialmente uma inimizade com Paddenburg. — Olhou suplicante para Jared. — Sei que, em virtude das origens do assassino, suspeitamos que ele seja apenas um peão em um jogo maior; mas não seria melhor esperar até termos provas incontestáveis que autorizar um gesto excessivamente hostil?

— Eu concordo. — As palavras do Lacaio foram suaves, quase despercebidas. Principalmente quando a voz afiada de Emelie as cortou.

— Combater fogo com fogo, e sangue com sangue — argumentou ela. — Essa é minha política.

— A minha também — concordou Axel.

— Pode ser — concedeu o Padre Simeon. — Mas no momento essa não é a política oficial desta corte. Certamente não me lembro...

Emelie o interrompeu novamente.

— Pensei que você fosse favorável, Padre — ironizou ela. — Está escrito no Velho Testamento.

O sacerdote franziu a testa e balançou a cabeça.

Novah se dirigiu firmemente a Emelie.

— Você não se cansa de ouvir a própria voz?

— Raramente — respondeu Emelie. — Vejo como minha responsabilidade, em troca de meu assento à Mesa do Príncipe, fazer contribuições úteis.

— Ah — disse Novah, diminuindo a voz para causar efeito. — Me perdoe. Não percebi que era isso que estava fazendo.

Houve alguns sorrisos ao redor da mesa. Ao que parecia, não era apenas a Falcoeira que estava cansada da Apicultora.

Jared decidiu que aquele era um momento oportuno para assumir o controle do debate.

— Vamos tentar manter o foco da discussão — falou o Príncipe. Teve consciência de que todos os olhos se voltavam para ele, inquisidores. Controlando os nervos, prosseguiu: — Ouvimos uma grande variedade de opiniões quanto à execução ser pública ou privada. Para que eu saiba exatamente como todos pensam, gostaria de concluir este assunto com uma votação aberta dos Doze. Isso orientará minha decisão.

Com o canto do olho, Jared viu sua mãe, no palanque, efetuar um leve aceno de cabeça em aprovação à forma como havia retomado o controle. Jared voltou a atenção para a Mesa do Príncipe.

— Boa ideia — disse Axel, voltando-se para a assembleia. — Todos em favor da execução pública do assassino, por gentileza, levantem a mão e digam "eu".

Quatro mãos e vozes se manifestaram: o Caçador, o Lenhador, o Carrasco e o Guarda-Costas. A estes, Axel se juntou.

— Cinco de nós favoráveis à execução pública — observou o Capitão da Guarda. — Agora os que preferem uma execução privada.

Muitas mãos se levantaram, e ouviu-se um segundo coro, mais alto, de "eus".

— Sete em favor de execução privada — contou Axel. — Maioria. — Olhou para Jared.

Jared assentiu.

— Minha decisão se baseia na maioria. O assassino do Príncipe Anders sofrerá uma execução privada. — Axel não pareceu, Jared notou, muito perturbado por ter perdido a votação.

O Capitão da Guarda virou-se para o Carrasco.

— Sugiro que nos encontremos separadamente depois desta assembleia para confirmarmos os detalhes.

— E a sugestão do Carrasco? — insistiu Emelie. — De entregarmos partes do corpo às cortes vizinhas?

Axel olhou para ela.

— Não estou dizendo que não entendemos o apelo dramático do gesto — reconheceu Axel. — Mas acho que, como observou o Poeta tão prolixamente, temos que avançar com a investigação antes de arriscarmos um gesto tão provocador.

— Não é de seu feitio tanta cautela — observou Jonas.

— Existe uma diferença entre efetuar ações decisivas e ações inflamadas — observou Axel. — Os próximos dias definirão o modo como Archenfield será percebida tanto interna quanto externamente. Certamente não me oponho a tomar decisões difíceis e a executar gestos fortes, mas acho prudente dispor de mais fatos antes disso.

— Concordo — afirmou o Príncipe Jared. — Vamos ouvir novos relatórios de nossos espiões.

— Sim! — concordou Logan. — Por que estão demorando tanto? Precisamos dos relatórios.

— E os teremos — completou Axel, claramente irritado. — Mas lembrem-se de que dependo de cavalos e falcões. Não posso simplesmente estalar os dedos e acelerar o processo, por mais que o deseje.

Logan balançou a cabeça. Jared percebeu que a velha inimizade retornara, e com força.

— Concordo com o Capitão da Guarda — disse Novah Chastain. — Temos que esperar até conseguirmos mais informações.

— Isso, isso — ponderou Elias.

Lucas apenas fez um gesto afirmativo com a cabeça.

Emelie Sharp encostou-se no assento da cadeira, derrotada, mas balançando a cabeça para demonstrar sua reprovação.

Axel voltou-se para Jared.

— Bem, chegamos a uma decisão por maioria sobre a execução. Acho que concluímos a pauta do dia.

— Ainda não — disse Jared, feliz em ver a expressão de surpresa no rosto do primo. — Ainda temos um assunto oficial.

— Ninguém me avisou — disse Axel, consultando seus papéis.

O Príncipe Jared se levantou:

— Resolvi que é hora de nomear meu Sucessor.

Axel não foi o único espantado pelo anúncio-surpresa do Príncipe. De repente todos se sentaram eretos e ficaram mais atentos, tanto em torno da Mesa do Príncipe quanto no palanque real.

— Minha escolha é muito simples — continuou Jared, mais uma vez ciente dos olhos de sua mãe observando-o. — E fico feliz em apontar Axel Blaxland como meu Sucessor.

Com essas palavras houve uma breve explosão de aplausos, mas, sem qualquer surpresa, o som não emanou de todos os cantos. Sem demonstrar abalo por isso, Axel se levantou enquanto Jared estendia a mão ao primo. Sorrindo sem disfarçar o deleite, Axel se ajoelhou e beijou a mão do Príncipe. Aquela era, ele sabia, a resposta tradicional do Sucessor, mas, mesmo assim, foi um choque ver o arrogante Axel ajoelhado.

Jared olhou por cima de Axel para o palanque. A mãe sorria serenamente — por que não o faria, quando ele seguiu à risca suas instruções? Ao lado dela, contudo, Edvin exibia uma expressão de difícil interpretação: os olhos do irmão mais novo pareciam fixos em algo ao longe, como se estivesse fitando uma margem distante, que só ele enxergava.

Desviando o olhar, Jared aproveitou a oportunidade para falar com seu novo Sucessor e com a assembleia.

— Primo Axel, sei que me deixará muito orgulhoso, assim como a corte, no papel de Sucessor. Você foi um Capitão da Guarda eficiente e inabalável, tanto para meu pai quanto para meu irmão e, agora, para mim. Ninguém trabalhou mais pela segurança do Principado. Apesar de ainda estarmos todos em choque pelo que aconteceu aqui há dois dias, que sua nomeação deixe claro, para você e para todos os outros, que nem eu nem minha família o responsabilizamos por nada. E, quando falo em família, quero dizer que não deve mais haver qualquer divisão entre os clãs Wynyard e Blaxland. Espero que sua nomeação demonstre que o vejo mais como irmão que primo.

Jared já havia se voltado para Axel ao declamar a parte final do discurso que Logan preparara mais cedo, naquela manhã. O Príncipe viu o impacto das palavras do Poeta. A face de Axel sempre parecia carregada de ambição e determinação, mas agora que um de seus desejos mais profundos e antigos fora finalmente alcançado, definitivamente houve uma mudança em suas feições. Ele parecia quase perdido nas próprias emoções, fortes e súbitas.

— Não vou decepcioná-lo, primo — garantiu o novo Sucessor.

Jared estendeu a mão para Axel novamente.

— Sei que não — falou o Príncipe.

Jared foi distraído pelo movimento no palanque. Viu que Edvin havia se levantado, apesar do esforço de sua mãe em dissuadi-lo, e descia da plataforma. Edvin encarou o irmão com um olhar distante e ferido, em seguida virou-se e se retirou.

Jared ficou dividido. O que mais queria fazer era segui-lo, mas não podia. Ainda não. Havia outros assuntos urgentes a ser concluídos. Fazendo o melhor que podia para afastar o irmão de seus pensamentos, voltou-se novamente para os Doze.

— Vocês devem estar imaginando como Axel poderá ocupar duas cadeiras à Mesa do Príncipe. — Como previsto, o comentário chamou a atenção de todos. — Em circunstâncias normais, ao se tornar meu Sucessor, Axel seria imediatamente destituído do cargo de Capitão da Guarda. Mas estas não são, de jeito algum, circunstâncias normais, e tenho certeza de que falo por todos vocês quando sugiro que Axel deva permanecer como Capitão da Guarda, pelo menos até que o atual perigo passe.

Houve meneios de cabeça e alguns "sim" e "claro" pela mesa.

— Fico feliz em ver que parecem concordar comigo — prosseguiu Jared, seguindo o roteiro de Logan. — Porém, mais uma vez, acho importante pedir que votem. — Respirou fundo antes de continuar: — Todos em favor de Axel continuar como Capitão da Guarda, além de meu Sucessor, por favor, digam "eu" e levantem a mão direita.

Ao redor da mesa, a maioria das mãos subiu rapidamente, mas três hesitaram: a Cozinheira, a Apicultora e a Falcoeira. Jared trocou um breve olhar com Logan.

Tudo aquilo foi, como antecipou o Poeta, um bom exercício de averiguação dos fatos. Não era difícil perceber por que Vera Webb hesitava em apoiar Axel. Ela evidentemente resolveu utilizar o voto para firmar sua posição — tinha esse direito, e Jared não podia culpá-la, dadas as circunstâncias. Com isso só restavam Novah e Emelie, cujas mãos permaneciam abaixadas. Apesar de a votação não exigir unanimidade, apenas maioria, o Príncipe Jared queria entender quais eram as objeções. Havia muitas orientações não saudáveis naquela câmara.

— Emelie — disse Jared, olhando para a Apicultora. — Você tem alguma preocupação que gostaria de dividir com o resto dos Doze?

Ela assentiu, necessitando de pouco estímulo para compartilhar seus pensamentos:

— Cada assento à Mesa do Príncipe corresponde a um voto. Quero saber se enquanto ocupa duas cadeiras, ainda que temporariamente, Axel tem dois votos.

Jared meneou a cabeça, ciente de que a questão perceptiva de Emelie havia perturbado alguns de seus colegas, até então mais relaxados.

— Obrigado — agradeceu o Príncipe. — Fico feliz com a oportunidade de tratar a questão. Não há precedentes no Livro da Lei, porque essa situação jamais aconteceu. — Ele desviou os olhos dos de Emelie para os de Axel e continuou: — O que proponho é que, por agora, Axel só tenha um voto.

— Nesse caso, eu apoio — acatou Emelie, levantando a mão para se juntar aos outros.

Jared voltou a atenção para Novah Chastain cuja mão continuava abaixada.

— Novah, o que eu disse a Emelie oferece a segurança que procura, ou existe mais alguma questão que devemos tratar?

Novah olhou nos olhos de Jared. Sustentou o olhar do Príncipe por um momento antes de se pronunciar:

— Não posso apoiar sua escolha de Sucessor, Príncipe Jared — declarou ela.

— Sinto muito por isso — respondeu Jared.

— Sei que existiram bons motivos pelos quais o Príncipe Anders não fez de Axel seu Sucessor.

Esse comentário ousado causou reação pela mesa. Ninguém pareceu mais chocado que o próprio Axel.

Jared olhou fixamente para a Falcoeira.

— Tem algo mais a dizer?

Ela considerou por um momento, em seguida assentiu lentamente.

— Suponho que eu só queira a certeza de que o senhor tomou essa decisão de forma independente, e não apenas cedeu a pressões de família. — Ela olhou para o palanque, e Jared sabia que Novah não se referia apenas à mãe naquele instante, mas também aos pais de Axel, lorde Viggo e lady Stella, que não tinham acesso às reuniões dos Doze.

O Príncipe Jared não se virou.

— Novah — começou ele. — Sou novo neste cargo, e, apesar de ter passado dois anos sentado a esta mesa, eu e você ainda não nos conhecemos muito bem. Mas posso lhe garantir de que a razão, a única razão, pela qual escolhi Axel Blaxland como meu Sucessor é porque o considero o melhor para o papel.

Sua convicção pareceu pegá-la de surpresa. Jared, por sua vez, se surpreendeu ao ouvir aplausos eclodindo pela mesa. Ao cessarem, Novah lhe falou.

— Você é nosso novo comandante, Príncipe Jared — disse ela. — Se esse é, em sua opinião, o melhor caminho para o progresso de Archenfield, que assim seja. — Um momento se passou depois que acabou de falar até que levantasse a mão, afinal.

— Muito bem, então — disse Jared, ansioso para encerrar a reunião. — A votação é unânime entre os Doze. Obrigado a todos. Confirmo que Axel Blaxland é agora meu Sucessor, assim como meu Capitão da Guarda, e dispõe de um voto nesta mesa.

Mais uma onda de aplausos. Jared passou os olhos pelas pessoas e viu Logan dar uma piscadela rápida em sua direção, aprovando a conduta adotada com Novah. Em seguida olhou para o palanque, de onde Elin acenou discretamente com a cabeça. Então o assunto estava concluído. Jared fez o que tinha que fazer. E, com sorte, conseguiu convencer os Doze de que se tratava de sua vontade.

Ao ver a mãe sozinha no palanque, seus pensamentos voltaram para Edvin. Precisava encontrá-lo e explicar ao irmão o verdadeiro estado das coisas.

Mas, ao se virar, deu de cara com Axel.

— Primo — disse seu capitão. — Irmão. Agradeço pela honra. Os Blaxland também o fazem. Hoje você iniciou uma nova era na história de Archenfield. Juntos governaremos esta nação como jamais se fez.

Jared não se surpreendeu pelas palavras de Axel. Não precisava de confirmações da sede de poder do primo. Era uma sede insaciável, mas que ele — e talvez somente ele — agora precisava controlar. Sorrindo para Axel, Jared balançou a cabeça.

— Só pode haver um governante em Archenfield. Eu sou o Príncipe, e sua principal responsabilidade é me aconselhar e me apoiar. — Sorriu. — Mas confio, primo, que você será um ótimo segundo homem.

VINTE E DOIS

TORRE OESTE, PALÁCIO

Com algum esforço, Jared abriu a porta e, aos tropeços, entrou no teto circular da torre oeste. Viu, aliviado, uma figura de pé nos baluartes. Trajando seu casaco escuro, Edvin parecia uma versão gigante de um dos falcões de Novah, empoleirado na beira do palácio, contemplando o mundo que se abria diante de seus olhos.

Hal Harness ficou na porta.

— Devo sair ou esperá-lo aqui dentro, Vossa Alteza?

— Por favor, espere na escada — gritou Jared, tentando soar acima da ventania. — Preciso conversar em particular com meu irmão.

O Príncipe virou-se e, com a cabeça abaixada contra o vento, caminhou cuidadosamente pelo telhado tempestuoso. Seu irmão não se virou para olhá-lo. Certamente havia escutado seus gritos ou percebido os passos no cascalho — espalhado para deixar o telhado escorregadio um pouco mais seguro? Talvez Edvin estivesse envolvido demais nos próprios pensamentos. Ou simplesmente queria punir o irmão.

Edvin era alto e esguio para um menino de 14 anos; até um pouco mais alto que Jared. O mais jovem sobrevivente da linhagem dos

Wynyard parecia decididamente frágil ali, no baluarte, os longos cabelos louros e o casaco azul-metálico esvoaçando.

Enquanto Jared subia para se juntar ao irmão, sentiu-se tomado pelo súbito medo de que Edvin se atirasse. Enquanto o pensamento se tornava vívido demais em sua mente, ele esticou a mão para o irmão em um último e desesperado esforço de salvá-lo. Foi então que Edvin virou e o encarou, fazendo a tola fantasia se revelar apenas excesso de imaginação — e um sinal de que Jared lidava com uma quantidade insalubre de adrenalina correndo pelas veias. Seu irmão podia ser alto, e talvez pouco acostumado à nova medida, mas conhecia os baluartes do palácio tão bem quanto as próprias feições; seus passos, com aquelas botas pesadas de inverno, eram firmes como uma pedra.

— Achei você! — exclamou Jared, sorrindo aliviado.

— O que o faz pensar que eu queria ser achado? — Edvin não retribuiu o sorriso do irmão. Após um instante avaliando o rosto de Jared, virou-se e voltou a encarar o vazio.

Jared tentou outra abordagem:

— Eu deveria ter imaginado que você estaria aqui se tivesse parado para pensar por um instante. — Dessa vez, foi recebido com silêncio. Ainda não estava pronto para desistir. — Você se lembra de quando fizemos nosso acampamento aqui? Quantos anos tínhamos? Talvez 7 e 9? Vivíamos montando acampamento em vários pontos do palácio, mas acho que o daqui foi o melhor. — Então suas palavras, e a memória evocada por elas, conseguiram despertar a sombra de um sorriso.

— Eu tinha 6, e você, 8 — corrigiu Edvin.

Jared assentiu, continuando.

— Passamos horas longe, completamente envolvidos na brincadeira. Nosso pai mandou os guardas varrerem os limites do palácio até nos encontrar. Vimos as patrulhas daqui de cima, mas este foi o único lugar onde não pensaram em procurar.

— Ele ficou louco de raiva — lembrou Edvin, os olhos arregalados. — Disse que foi "extremamente irresponsável". Que não éramos meninos comuns; éramos príncipes e tínhamos que nos comportar como tais. — Sorriu, mas apenas brevemente. Balançou a cabeça. —

Foi impressionante que sequer tenha notado nosso desaparecimento. Ele tinha saído com Anders; Anders, o Menino de Ouro. Treinando o aprendiz de príncipe em caça ou arco e flecha, ou qualquer que fosse a tarefa do dia.

Jared fez que sim com a cabeça.

— O pobre Anders nunca teve um momento apenas dele, não é mesmo? Enquanto eu e você tínhamos todo o palácio e terreno externo para nossos jogos de soldados e espiões, aliados e assassinos. — Colocou a mão no ombro de Edvin, absorvido pelas memórias felizes que compartilharam na infância, e sentindo a necessidade de reacender aquela proximidade.

Edvin virou o rosto para Jared. Foi um choque, mais uma vez, ver o quanto era parecido com seu falecido irmão. Eram como dois frutos de uma mesma árvore. No entanto, sempre foram Edvin e Jared os mais unidos, por idade, proximidade e circunstâncias. Anders sempre foi o estranho no ninho daquele clube exclusivo.

— Tudo mudou, não mudou? — A voz de Edvin interrompeu seus pensamentos. — Agora temos assassinos de verdade a combater. Anders está morto, e não é nenhum jogo. E você é o Príncipe, sem ter um tempo só seu.

— Você parece irritado — observou Jared, retirando a mão do ombro do irmão. — Edvin, está com raiva de mim?

Edvin deu de ombros. Apesar de ter continuado em silêncio, a linguagem corporal ofereceu a Jared uma resposta clara.

— Precisava vê-lo — disse Jared ao irmão. — Você saiu da câmara tão de repente depois que anunciei Axel como meu Sucessor... Queria me certificar de que você está bem e de que entende meus motivos.

Edvin deu de ombros outra vez.

— Por que eu deveria me importar com isso? — perguntou Edvin.

— Eu entenderia se você se importasse — falou Jared, cuidadosamente. — Minha intenção era contar antes da reunião, mas não tive oportunidade. Passei horas com Logan Wilde, me preparando para a assembleia. Edvin, você sempre foi minha escolha para Sucessor, minha única escolha. Tenho certeza de que sabe disso. Mas, ontem à noite, fui convocado aos aposentos de nossa mãe, e ela me disse com clareza que eu tinha que escolher Axel. Pelo bem de nossa família e para minimizar uma ameaça incipiente dos Blaxland.

Edvin sorriu, mas sem qualquer traço de humor.

— "Uma ameaça incipiente"? Ouça sua voz, meu irmão. Como se tornou um deles depressa.

— Isso não é justo! — exclamou Jared, irritado. Edvin não imaginava tudo que ele teve que enfrentar nos dias tumultuados desde a morte de Anders. — Quer saber, talvez você *seja* jovem demais para ser Sucessor.

— Tenho exatamente a mesma idade que você tinha quando Anders o nomeou.

— Sim. — Jared não tinha como negar isso. — E eu era jovem demais. Não estava pronto para assumir a responsabilidade. Quantas vezes já me ouviu dizer isso?

Edvin ignorou a pergunta e fez outra:

— E agora está pronto para ser Príncipe?

Foi a vez de Jared dar de ombros.

— Não tenho muita escolha, tenho?

— Suponho que não. — Edvin contraiu os lábios. — Realmente não me importo que tenha escolhido Axel. Certamente sabe que essas coisas não importam para mim.

— Bem, foi o que pensei — respondeu Jared, confuso. — Mas quando você saiu irritado da sala do Conselho...

— Não saí irritado. Não seja tão dramático!

— Edvin, você marchou para fora do recinto assim que eu falei o nome de Axel. Depois veio aqui para cima, e estou procurando por você desde então. Agora que o encontrei, bem, você não parece muito feliz em me ver.

— Talvez eu só quisesse um tempo sozinho. — Edvin deu as costas para ele.

Jared seguiu seu olhar. Fazia muito tempo que não subia até ali, e tinha se esquecido da vista incrível que aquele ponto oferecia: o terreno do palácio, com as diversas paisagens de campos, fiordes e montanhas além.

— Para sua informação, a razão pela qual me retirei não teve nada a ver com você ou Axel, ou quem será seu Sucessor — prosseguiu Edvin. — A verdade é que eu nem ouvi o anúncio. Estava pensando em Anders e em como nada disso importa. Tudo que ouvi naquela sala foi barulho; tudo que vi foram pessoas fingindo que são importantes quando, na verdade, nenhum deles o é. Nenhum de nós, nada disso tem a menor importância. Vamos todos morrer, por causas naturais, por um golpe de um assassino; até lá, só estamos matando tempo. Não temos controle sobre nosso destino, não mais que os zangões das colmeias de Emelie.

Jared franziu o rosto.

— Não sei se concordo totalmente com isso.

— Concorde ou não — falou Edvin. — Dá no mesmo. Tenho direito a minhas opiniões, e, se você não gosta, bem, então pode se retirar e procurar a própria torre.

Por algum motivo, aquilo fez Jared rir. Não pôde se conter. E o mais estranho foi que, apesar de sua risada inicialmente tê-lo irritado ainda mais, depois Edvin o acompanhou. Logo os baluartes ressoavam com o som da risada misturada dos irmãos.

— Pode se retirar e procurar a própria torre! — repetiu Jared.

— Temos várias aqui — disse Edvin, com um sorriso. — Pegue a torre leste. A vista de lá é horrível, comparada à daqui.

A risada dos irmãos terminou tão subitamente quanto começou. Mais uma vez, fez-se silêncio entre os dois.

— Você me perguntou se eu estava irritado com você — disse Edvin. — Então, serei sincero. Sim, estou irritado.

Jared começava a ficar impaciente.

— Mas você disse que não se importava...

— Não com a coisa do Sucessor — interrompeu Edvin. — Esqueça tudo sobre o sucessor! Estou irritado porque você não parece nem um pouco incomodado com o fato de que nosso irmão está morto, de que ele foi assassinado. Sei que vocês não eram próximos, Jared, mas mesmo assim. Ele era sangue do nosso sangue.

— É isso que você realmente pensa? — Jared ficou espantado. — Que não estou chateado?

— Você não dá nenhum sinal de que esteja. Parece uma máquina. O príncipe Anders está morto. Sem problema. Mande o Príncipe Jared pegar a coroa e continuar governando o Principado.

Jared balançou a cabeça, profundamente chocado.

— Você me conhece melhor que isso.

— Achei que conhecesse — respondeu Edvin, triste. — Achei que o conhecesse como meu livro favorito, da primeira à última linha, mas, nas últimas 48 horas, fui obrigado a rever meus conceitos.

Jared ficou calado diante do último e mais profundo ataque do irmão.

— Pelo menos não tenta negar — disse Edvin.

Jared sentiu uma onda de raiva crescendo dentro de si.

— Negar? — disparou o Príncipe. — De que adiantaria, quando você já tem uma opinião formada? Você, que alega me conhecer melhor que qualquer outra pessoa neste palácio, neste mundo! — Balançou a cabeça. — Você tem alguma ideia do que foram as últimas 48 horas para mim? As coisas que tive que absorver! Desde fazer um discurso para milhares de pessoas daquela sacada, ali, até conduzir reuniões com pessoas, muitas das quais, ao que parece, não se suportam; combater as ambições do primo Axel e a agenda um tanto diferente de nossa mãe; assinar uma sentença de morte e aceitar que a paz que nosso irmão trouxe a Archenfield pode estar chegando ao fim? Você imagina o que é não ter um minuto para si? E depois passar a noite acordado por medo de ter tomado as decisões erradas no dia anterior e, mais ainda, das decisões que terá que tomar no dia seguinte? E você nem pode pensar no quanto se sente mal por dentro, ou do quanto está arrasado pela perda de seu irmão, porque se alimentar esse pensamento, por um segundo que seja, isso pode fazer com que tudo caia em ruínas a seu redor e o impeça de fazer o mínimo que possa para honrar seu irmão, seu pai e o Principado a quem jurou serviço! — Jared respirou rapidamente antes de prosseguir: — E enquanto passo por toda essa animação, você fica aqui e me julga. Logo *você*!

— Desculpe — pediu Edvin, e pela primeira vez sua voz falhou.

— É apenas uma palavra — respondeu Jared irritado, afastando-se.

— Jared, peço desculpas de verdade — insistiu Edvin, com a voz trêmula.

Sentindo-se quente de raiva, Jared saltou do baluarte.

— Espere! — Edvin o seguiu. — Por favor, vamos conversar.

— Não temos mais nada a dizer! — disparou Jared. — Perdi um tempo precioso vindo atrás de você. Tenho mais mil e uma coisas urgentes para fazer, e você deixou sua posição bem clara. — Sua raiva se transformou em tristeza. — Sabe, achei que tivesse perdido um irmão, mas agora vejo que perdi dois. Obrigado. — Suspirou. — Muito obrigado. Agora sei o que é estar totalmente sozinho.

VINTE E TRÊS

FLORESTA

Jared ficou surpreso ao se ver no coração da floresta. Percebeu que seus pés percorreram o palácio e a floresta automaticamente enquanto a cabeça processava todos os pensamentos ruins que se formaram ao longo dos últimos dias. Também notou que, pela primeira vez em três dias, estava completamente sozinho.

— Hedd! — chamou ele. — Venha cá, rapaz!

Jared ficou parado, atento a pistas sobre a localização de seu companheiro canino. Ouviu folhas se mexendo, em seguida um graveto se quebrando, então viu um borrão de pelos prateados. O lébrel irlandês corria em sua direção.

— Bom menino! — elogiou Jared, enquanto o cachorro parava a seu lado. Sabia que podia confiar em Hedd: o cão amava explorar todos os odores ocultos da floresta, tão fascinantes para ele, mas sempre voltava quando ouvia um chamado ou um assobio. Principalmente em dias como aquele, quando o bolso de Jared estava cheio (graças a Vera Webb) de tiras de frango cozido. Hedd sabia exatamente como funcionava o sistema, e já estava sentado diante do dono, abanando o rabo em expectativa.

— Pronto — disse Jared, oferecendo um pedaço de carne, que o cão lambeu entusiasmadamente de sua mão. — Chega. — avisou ao cão, quando Hedd continuou ali parado esperando um segundo agrado. — Pode ganhar outro mais tarde. Vamos em frente!

Não conseguia acreditar no quanto se sentia livre ali. Talvez tivesse alguma coisa a ver com a altura das sequoias. Elas o cobriam com sua cor e aroma, e o faziam se sentir como um anão diante de seu tamanho. Jared percebeu que alguém poderia entrar na floresta com um senso de importância por ser Príncipe; mas bastava caminhar entre aquelas árvores majestosas por alguns minutos para encarar tudo sob nova perspectiva.

Enquanto seguia caminho, notou a luz baixa do sol da tarde cortando as árvores. Lembrou-se de já ter caminhado com o Lenhador por esse mesmo canto de sua adorada floresta havia algum tempo. Na ocasião Jonas lhe contou que algumas daquelas árvores tinham mais de três mil anos de existência. Viram as idas e vindas de muitos Príncipes, ponderou Jared, e ficou imaginando quantos outros novos governantes encontraram um santuário muito necessário à sombra verde da floresta.

Ao chegar na próxima sequoia, pressionou a palma da mão contra o tronco. Havia algo profundamente calmante em criar uma conexão com a força e a idade da árvore. Quando retraiu o braço, ficou satisfeito em ver a marca que o tronco deixou em sua pele. Traduzia uma espécie de irmandade, apesar de temporária, porque logo via a carne da pele voltar a ficar lisa.

Hedd correu para perseguir um novo rastro, deixando Jared sozinho. Ou será que não? Ele ouviu um graveto estalar, mas veio da direção oposta do caminho seguido por Hedd. Jared estacou, acionando todos os seus sentidos. Teve a certeza de ouvir Hedd farejando o gramado à esquerda. O graveto definitivamente havia quebrado no lado direito. Mesmo assim não ouviu mais nenhum ruído. Talvez fosse apenas outro animal da floresta, ou alguém da equipe de Jonas. O Príncipe continuou.

Não tinha avançado muito quando viu uma figura sombreada se mover entre os troncos de duas árvores. Talvez não tivesse visto o que era pelo fato de o sol baixo agredir seus olhos por um buraco na folhagem logo à frente, o que o fez virar a cara instintivamente. Claro que tinha sido seguido! O Poeta até podia tê-lo deixado sair do palácio, mas não estava prestes a deixar o novo Príncipe vagar livremente. Jared não conseguiu se irritar.

— Hal! — chamou Jared. — Sei que está aí. Pare de se esconder nas sombras e apareça!

Esperou. Podia sentir sem sombra de dúvidas que não era o único humano naquela parte da floresta.

— Hal! Pare com essa brincadeira!

Certamente seu guarda-costas teria aparecido na primeira chamada, quanto mais na segunda. Jared sentiu um tremor gelado atravessar o corpo. Se não era Hal Harness que estava escondido nas sombras, então quem seria? Percebeu que tinha sido precipitado em passear na floresta sozinho — não que atualmente fosse a algum lugar sem uma adaga. Assobiando para chamar Hedd de volta, Jared alcançou o cabo da arma, que estava acima do cinto.

Para sua frustração, Hedd não voltou imediatamente dessa vez. Será que alguma coisa — ou alguém — o deteve? Com um súbito medo paralisante, Jared observou a figura sombreada emergir de trás de uma árvore à direita. Ele se preparou, sentindo a adrenalina subir mais uma vez, a adaga firme na mão.

A figura se aproximou. Pela silhueta, pôde ver que se tratava de uma menina. Ela trajava um longo casaco, o colarinho levantado contra o frio do outono, e botas. Ao caminhar para a luz, Jared viu os cabelos vermelhos como chamas. Então soube imediatamente quem era, e que não apresentava qualquer ameaça. Seus olhos cinzentos encontraram os dele enquanto caminhava em sua direção.

— Não sou Hal, Vossa Alteza — disse ela, passando a mão pelo cabelo selvagem.

Ele assentiu, sorrindo suavemente para ela.

— De fato não é.

Ela tentou acenar com a cabeça para a mão do Príncipe.

— Poderia guardar essa adaga, Vossa Alteza? Não represento qualquer perigo.

Ao colocar a adaga de volta na bainha, olhou para ela.

— Estava me seguindo, não estava?

Ela fez que sim com a cabeça, culpada.

— Sim, temo que sim. Desde os jardins do palácio.

— Por que, posso perguntar?

— Não tive muita escolha, Príncipe Jared. Precisava falar com o senhor, e é impossível conseguir uma audiência no palácio.

— Parece que estamos em desvantagem. Você sabe meu nome, mas...

— Ah, sim, perdão, Vossa Alteza — pediu a garota. — Sou Asta Peck. — Estendeu a mão.

Na verdade, deveria ter feito uma reverência, pensou Jared enquanto apertavam as mãos, mas ficou mesmo aliviado porque ela não fez. Teria sido formal demais, ainda mais naquele lugar. A mão dela era agradavelmente fria, como as pedras no fiorde.

— Eu é que devo me desculpar — respondeu, olhando nos olhos dela. — Deveria saber seu nome. Ando vendo-a com cada vez mais frequência. — Pensou em como o sorriso da jovem o havia guiado duas vezes em momentos de pressão. — Você é a sobrinha de Elias, certo?

Ela fez que sim com a cabeça.

— Sobrinha e aprendiz. Só estou na corte há seis meses.

Ele sorriu.

— Bem, parece que você e eu somos dois peixes fora d'água, Asta Peck.

Ela pareceu surpresa pelas palavras, mas retribuiu o sorriso. Foi então que Hedd voltou correndo de seu último passeio. Mas, para surpresa de Jared, apesar do apelo de mais pedaços de frango, Hedd passou pelo dono e correu para Asta.

— Olá — cumprimentou ela, afagando-o no pescoço, bem onde o cão gostava. — Qual é seu nome?

— Asta, este é Hedd.

— Hedd? — Ela franziu o nariz. — É um nome curioso para um cão de caça.

— Eu sei — falou Jared. — Escolhi em homenagem a um dos lacaios. Eu meio que o idolatrava na época.

Asta o olhou, ainda acariciando Hedd.

— Você... um príncipe, idolatrava um dos lacaios?

Jared deu de ombros.

— Eu era novo, e esse lacaio parecia capaz de fazer todos os cachorros executarem truques incríveis. Eu e meus irmãos ficávamos muito impressionados. — Ele fez um leve gesto com o indicador, pedindo segredo. — Mas guarde para si a informação.

— Veremos — respondeu Asta, ousando sustentar o olhar do Príncipe.

Jared de repente se sentiu meio sem jeito. Estava começando a se acostumar a ser encarado pelos membros da corte; de algum jeito o olhar daquela menina, extremamente bonita, era muito mais enervante.

— Então, queria me ver? — perguntou ele, conduzindo as coisas a um terreno mais seguro. — Por que não nos acompanha em nossa caminhada?

Ela assentiu, animadamente, soltando Hedd e acompanhando o ritmo de Jared. O Príncipe notou que, em vez de correr para investigar novos odores, Hedd optou por trotar ao lado de Asta. Balançou a cabeça para essa clara demonstração de devoção instantânea. Por outro lado, entendia o comportamento do cachorro.

— Então, o que era tão importante que a fez me perseguir para o meio da floresta?

Asta respirou fundo.

— É sobre a investigação do assassinato de seu irmão — revelou Asta.

Claro que era. Apesar de ter desejado com cada célula do corpo que a bela estranha quisesse algo que pudesse distraí-lo, de algum jeito Jared sabia que não seria o caso. Parecia que o santuário oferecido pela floresta era ilusório: cada canto do Principado estava manchado pelo assassinato do irmão.

Ele olhou para Asta. Ela claramente entendeu o gesto como um convite a que prosseguisse.

— Andei fazendo algumas investigações por minha conta. E, bem, tenho algumas dúvidas que achei que deveria compartilhar com Vossa Alteza antes que executasse o homem errado.

Isso era demais para absorver.

— Conduziu sua própria investigação? Como? Por quê? E como pode ter certeza de que o homem errado está para ser executado?

— Não posso ter certeza — admitiu Asta, ignorando as primeiras perguntas do Príncipe e pulando direto para a última. — Ainda não. Mas certamente posso apontar erros significativos na acusação. E, depois do que disse em seu discurso ontem de manhã, bem, eu sabia que precisava encontrá-lo e conversar com o senhor...

Por um instante, Jared se viu de volta à sacada do palácio, olhando nervoso para a população abaixo, mas encontrando Asta, e apenas ela. Os cabelos ruivos, os olhos grandes e cinzentos, que então pareceram faróis para ele, exatamente como agora.

— ...vim até o palácio para tentar conseguir uma audiência hoje pela manhã, mas encontrei a viúva do Príncipe, e ela me disse com total segurança que eu não conseguiria encontrá-lo de jeito algum.

A mente de Jared estava acelerada. Ele mal sabia por onde começar.

— Você falou com a mulher de meu irmão? Claro que sim... lembro que acenou para mim do chafariz — interrompeu-se. — Há quanto tempo conhece Silvya?

— Não muito — respondeu Asta, percebendo o quanto se sentiu imediatamente confortável com o Príncipe, apesar da vasta distância entre as posições de ambos. Tirou uma mecha de cabelo dos olhos enquanto seguiam andando. — Meu tio ofereceu meus serviços para que eu me sentasse com ela dois dias atrás, durante a reunião dos Doze. — Enrubesceu. — Acho que ele, e os outros também, estavam preocupados com a segurança pessoal dela. Não apenas do mal que alguém poderia lhe infligir, mas do que ela poderia fazer a si mesma.

Jared arregalou os olhos ao ouvir isso. Asta continuou:

— Ela parece gostar de minha companhia. Quando nossos caminhos se cruzaram pela manhã, acabamos fazendo uma caminhada juntas. E existem algumas coisas que ela me contou, bem, não exatamente me contou, mas são coisas que realmente acho que Vossa Alteza precisa saber. Presumindo, é claro, que ainda não saiba.

Jared parou, levantando a mão.

— Certo — disse ele. — Você precisa desacelerar.

— O senhor consegue alcançar meu ritmo — comentou Asta.

— Não seu ritmo de caminhada! — exclamou Jared. — Mas o da fala! Parece que você tem muito a me dizer, mas precisa me ajudar a encontrar um caminho aqui. Comece pelo começo. Vamos nos concentrar no assassino, o camareiro...

— O *suposto* assassino. — Asta o corrigiu.

— Tudo bem — admitiu Jared. — Mas sua culpa realmente parece indiscutível.

— De certa forma, sim — concordou Asta. — Existe a trindade nada santa de evidências, certo? A primeira é que ele teve acesso ao prato de seu irmão. A segunda, o livro de venenos de meu tio encontrado no quarto dele. A terceira, a fuga pela floresta. Ah, e também, o fato de que é um imigrante de Paddenburg, nação que pode ou não ter lançado um ataque contra Archenfield.

Jared assentiu.

— Como eu disse: bem conclusivo — disse ele.

— Claro — concedeu Asta. — Mas pode parecer que seja isso porque alguém se empenhou muito em nos desviar do que aconteceu de verdade.

— Você acha que o verdadeiro assassino armou para o camareiro?

— Acho que é uma possibilidade que nós devemos considerar — ponderou Asta. Havia um completo destemor na forma como ela dizia "nós". Jared gostou, da mesma forma que gostou do fato de ela não ter lhe feito uma reverência. — Tudo volta ao relatório da autópsia que eu e meu tio preparamos. Vossa Alteza leu?

Jared não respondeu instantaneamente. Ela interpretou o silêncio como resposta.

— Tudo bem — disse ela. — Digo, eu não sabia ao certo como essas coisas funcionavam. Apesar de ter imaginado que o senhor estaria tão ansioso quanto todo mundo para saber o que levou ao assassinato de seu irmão.

— Estou — respondeu o Príncipe, com raiva. — Claro que estou! Mas a investigação do assassinato está sendo conduzida pelo Capitão da Guarda. Me foi dito que ele leria o relatório em meu lugar.

— Faz todo sentido — respondeu Asta, percebendo que tinha ido longe demais. — Digo, de certa forma Vossa Alteza está perto demais de tudo para conseguir ser objetivo. Por isso hesitei em vir falar ao senhor. Mas estou feliz em ter vindo.

Jared fez que sim com a cabeça. A raiva que sentiu anteriormente já sumia.

— Acho que eu também. Fale-me sobre a autópsia.

Asta não perdeu tempo.

— Meu tio identificou dois venenos que podem ter sido usados em seu irmão. Pode ter sido qualquer um deles, ou uma combinação dos dois. De acordo com a acusação contra Michael Reeves, o veneno teria sido conclusivamente a sabina, uma planta que não cresce em Archenfield. Só existe no Jardim do Médico, que, apesar de estar próximo ao Jardim da Cozinha, não pode ser facilmente acessado por um camareiro. — Ela parou subitamente, olhando para o Príncipe Jared, esperando que a alcançasse.

— Certo — disse ele. — Então está dizendo que o veneno utilizado não foi sabina? Ou outra pessoa precisaria entrar no Jardim do Médico, alguém com mais fácil acesso?

— Coloco as duas hipóteses como possibilidades — disse Asta. — Ao ver o olhar de frustração de Jared, acrescentou: — Exatamente como meu tio fez no relatório. Ele não afirmou que o veneno utilizado foi sabina. Temo que tenham se apoiado nisso para fortalecer a acusação contra Michael Reeves.

— A acusação já era muito forte desde o começo — comentou Jared. — Não se pode discutir que ele teve acesso à comida de meu irmão; ou que ele tinha o livro de venenos. Nem que fugiu antes que alguém o tivesse enquadrado.

— Certamente não discuto o acesso que ele teve à comida de seu irmão. Claro que teve, mas também o tiveram muitos outros que trabalham na cozinha, inclusive a Cozinheira. E existe a possibilidade de que seu irmão não tenha sofrido envenenamento por comida, já vou chegar a essa parte. Quanto ao livro de venenos, este facilmente poderia ter sido colocado lá pelo verdadeiro culpado. E, ao passo que Michael não se ajudou fugindo, não seria possível que ele soubesse que sua origem seria descoberta, e qual seria o desdobramento provável quando soubessem que ele era de Paddenburg?

— Suponho que sim — respondeu Jared, não muito feliz com o retrato do sistema judiciário de Archenfield pintado por Asta. Um pensamento rapidamente se conectou a outro. — O que quis dizer quando falou da possibilidade de que meu irmão não tenha sido envenenado pela comida?

Asta meneou a cabeça mais uma vez.

— Falei com a Cozinheira...

— Claro que falou! — interrompeu Jared.

— Ela não acredita que o veneno possa ter sido administrado em sua cozinha — concluiu Asta.

— Claro — disse Jared. — Mas dá para entender por que ela acharia isso.

Asta fez que sim com a cabeça rapidamente.

— Outra possibilidade levantada na autópsia foi a de que o veneno tenha sido aplicado em uma ferida. Na semana passada, seu irmão fez uma expedição de caça...

— Nada de estranho nisso — observou Jared.

Asta olhou para ele, se perguntando se poderia ousar repreender um príncipe por interrompê-la tanto assim.

— Durante essa expedição, seu irmão sofreu um incidente com um cervo e se feriu. E, apesar de ter sido um ferimento superficial, poderia ser o meio ideal para que alguém o envenenasse, aos poucos, talvez com uma pomada.

Jared sentiu como se sua cabeça fosse explodir.

— Você encontrou essa pomada?

— Não — respondeu Asta. — Ainda estou procurando. Mas quando falei com Kai Jagger... — Ela parou, talvez esperando outra interrupção. Não aconteceu. — Quando conversei com o Caçador, ele me falou quem estava com seu irmão no time de caça: o próprio Caçador, o Guarda-Costas do Príncipe, o Capitão da Guarda e seu assistente, o Lenhador e o Lacaio-Chefe.

Jared balançou a cabeça.

— Você certamente andou ocupada! — Apesar de terem sido palavras leves, traíam seus verdadeiros sentimentos. Ele pensava em quantos dos Doze participaram da caçada, incluindo o homem que havia apontado, mais cedo, como seu Sucessor. — Se ao menos eu tivesse ido com eles nesse dia, eu poderia saber o que aconteceu — continuou.

Asta não perdeu tempo.

— Por que não participou da caçada?

— Já fui a muitas expedições de caça na vida; sim, sei que devo acolher todas as atividades da corte, mas tem um limite! — Sorriu. — Em vez disso, trouxe os cachorros para cá, para o coração da floresta, dando a Anders e seus companheiros um perímetro extenso. Nós nos divertimos muito, não foi, Hedd?

Afagou o cachorro embaixo do queixo, em seguida olhou para Asta enquanto ela absorvia o que ele havia acabado de contar. Se perguntou se seria pressionado ainda mais, e se continuaria compelido a responder qualquer pergunta que ela lhe fizesse. Para alívio do Príncipe, Asta apenas sorriu. Eles continuaram a caminhada em um silêncio amistoso.

O Príncipe Jared parou onde estava; percebeu para onde as perguntas de Asta levavam:

— Está dizendo que, em sua opinião, meu irmão foi assassinado por um dos Doze?

O rosto de Asta estava no nível do dele.

— Sim, acredito que seja isso que estou dizendo.

— Você faz alguma ideia da traição que é pensar, quanto mais dizer, uma coisa dessas?

Asta ruborizou, mas não se esquivou.

— Sou nova na corte — falou ela. — Não tenho facilidade com protocolos.

— Não brinca!

Ela pareceu melancólica.

— Meu tio vive me dizendo que preciso ser mais cuidadosa. Mas a verdade é importante para mim. E acho que para Vossa Alteza também. Foi o que disse na sacada. — Ela fez uma pausa. — Acreditei em sua palavra. Foi um erro meu?

Ele soltou um suspiro.

— Não. Não, você fez a coisa certa ao me procurar e me contar o que sabe. Mas, Asta, precisa me escutar. Para sua segurança, não deve compartilhar esses pensamentos e teorias com mais ninguém. Só comigo, entendeu?

Asta assentiu. Dessa vez, se permitiu dar um pequeno sorriso, nascido do alívio.

— Com quem mais eu precisaria falar, agora que tenho a atenção do Príncipe?

Jared sorriu com a piada. Em seguida seus pensamentos voltaram àquela confusão.

— Você disse que conversou com Silvya? Que queria me dizer algo a respeito dela?

— Sim — confirmou Asta, com a testa franzida. — É tudo muito confuso. Durante nosso primeiro encontro, ela estava muito sensível. Compreensível, considerando o que estava enfrentando. Mas, naquele dia, ela me disse que o casamento com seu irmão... — Asta não continuou, olhando para longe.

— Então? — pressionou Jared.

— O que estou prestes a falar ultrapassa os limites — explicou a jovem.

— Eu também acho — concordou Jared. — Mas o tempo não está do nosso lado. Se você acha que é algo que preciso saber, conte. Não tente procurar maneiras de me poupar.

Ela assentiu.

— Bem, Silvya me contou que o casamento não era um conto de fadas, como as pessoas diziam. Então, hoje de manhã, ela se demonstrou muito preocupada em retirar o que disse e me garantir que eram apaixonados, que apesar da união ter começado por motivos políticos, acabaram desenvolvendo sentimentos um pelo outro.

— Talvez ela estivesse cega de dor quando a viu pela primeira vez? — sugeriu Jared.

— Não. — Asta balançou a cabeça. — Acho que não.

Jared se espantou com a força da resposta.

— Você parece muito segura disto — disse ele.

— Durante a autópsia, removemos a corrente que seu irmão usava no pescoço. Havia nela três pingentes: um frasco com cinzas de seu pai, uma chave e um medalhão. Quando abrimos o medalhão, encontramos um bilhete de amor, que presumimos ser de Silvya para Anders.

— O que quer dizer com "presumimos" que fosse dela? Quem além da esposa de meu irmão teria lhe enviado tal bilhete?

Asta deu de ombros.

— Essa é a questão — revelou ela. — Quando mostrei a Silvya o bilhete, ela ficou chocada. E disse que não tinha escrito aquilo.

Jared perdeu a fala por um momento.

— Está com esse bilhete? Posso vê-lo?

Asta balançou a cabeça.

— Silvya o pegou. E a chave. Ainda não sei o que ela abria.

Jared meneou a cabeça, ruminando.

— É uma pena não ter o bilhete — disse ele. — Mas diga-me, a chave parecia com algo assim? — Alcançando embaixo do colarinho da camisa de linho, ele puxou o próprio cordão e revelou um frasco, idêntico ao do irmão. Ao lado, brilhando à luz do sol, havia uma chave.

— É idêntica — confirmou Asta. — O que ela abre?

— Não é idêntica — explicou Jared. — Mas muito parecida. Cada um de nós recebeu uma; Anders, eu e Edvin. São chaves de nossas próprias casas de banho, no fiorde. É uma tradição que vem desde os tempos de meus tataravôs. O pensamento é de que existem poucos lugares no Principado em que um membro da família real pode dispor de verdadeira privacidade. Então cada um de nós recebeu uma casa de banho. São pequenas, mas tratam-se de locais, próximos ao fiorde, onde podemos ir para ficarmos sozinhos, longe do barulho e dos olhares vigilantes da corte.

— Ou ficar com alguém com quem não querem ser vistos na corte. — As palavras saíram da boca de Asta antes que pudesse reformular a frase.

Jared não contestou.

— Suponho que sim — disse o Príncipe, soltando o cordão para dentro da camisa outra vez.

— Existem cópias dessas chaves? — perguntou Asta. — Acho que pode ser útil dar uma olhada na casa de banho de seu irmão.

— Não existem cópias. Faz parte do plano de mantê-las privadas. — Jared franziu o rosto. — Mas me perdi. O que a casa de banho tem a ver com o envenenamento de meu irmão?

— Parece que a vida pessoal de seu irmão estava longe de ser clara — comentou Asta. — Independentemente de quais fossem seus verdadeiros sentimentos por Silvya, me parece certo que ele estava envolvido romanticamente com mais alguém. Por que carregaria um bilhete de amor no medalhão, sempre perto do coração? — Ela olhou nos olhos de Jared. — Não consigo deixar de imaginar se o assassinato de seu irmão foi, na verdade, um "crime passional", e não um ataque político. Será que ele pode ter sido morto simplesmente porque alguém descobriu o caso?

Jared agora fez uma pergunta para Asta.

— Sei que é uma pergunta pavorosa, mas... Você acha que Silvya poderia ter matado Anders?

— Acho — respondeu Asta, lentamente, se perguntando por que não tinha chegado sozinha a tal conclusão. — Mas lembre-se, ela só descobriu a traição hoje de manhã, quando eu tolamente entreguei o bilhete.

— Tolamente, não. — Jared balançou a cabeça. — Foi um movimento brilhante de sua parte, ainda que não intencional. Mas... e se

Silvya estivesse fazendo um teatro, um teatro exagerado ao reagir ao bilhete mostrado por você? Pelo que me disse, parece que ela sabia que o casamento estava longe de ser perfeito. E hoje aproveitou uma oportunidade para retirar o que disse. O bilhete deu a oportunidade de demonstrar surpresa, mas só podemos imaginar quais foram seus verdadeiros sentimentos. Talvez aquilo só tenha confirmado o que ela já sabia, o que já sabia há tempos.

— Céus! — exclamou Asta. — Acho que não sou uma boa influência para o senhor. Achei que eu estivesse violando todos os códigos da corte, sugerindo que o assassino de seu irmão pudesse ser um dos Doze. Mas agora Vossa Alteza mesmo está apontando o dedo para membros da família real, de sua família?

Jared assentiu.

— Você está me fazendo questionar tudo que achei que soubesse, é verdade, mas não foi um desserviço — pausou, pensando. — Silvya teria muitas oportunidades de envenenar Anders, pela comida ou pelo ferimento.

Asta engasgou, seu rosto ficando pálido.

— O que foi? — perguntou Jared, imaginando se alguma hora conseguiria acompanhar o ritmo acelerado daquela mente.

— Acabei de me lembrar de mais uma coisa que Silvya me disse na primeira vez em que nos encontramos. Ela disse que, por causa da gravidez, não estava conseguindo comer muito. Então, como ela e Anders queriam guardar segredo sobre o bebê, ele se oferecia para comer a comida dela, além da dele.

— Teria sido a oportunidade perfeita — concordou Jared.

— Mas neste caso, por que ela teria me contado? — argumentou Asta.

Jared balançou a cabeça.

— Não sei responder — disse ele. — Mas, se tudo que me disse é verdade, e não vejo motivos para não acreditar em você, então temo que meu irmão e a esposa estivessem numa situação muito complicada. Apesar de a tal situação ter sido provocada por eles mesmos.

— E o que faremos em seguida? — perguntou Asta.

— Não temos provas suficientes para acusar Silvya — avisou Jared. — Preciso pensar mais sobre tudo isso.

— E eu tenho que voltar para meu tio, antes que ele comece a desconfiar — disse Asta.

Jared assentiu.

— É hora de voltar ao palácio. — Olhou em volta para ver se Hedd continuava a acompanhá-lo. — Bom menino, vamos lá! — Pegou mais um pedaço de frango do bolso para recompensar o bom comportamento.

— E nos encontramos de novo, Alteza? — Pela primeira vez, Asta soou insegura. — Digo, presumo que queira me encontrar de novo?

O Príncipe Jared fez que sim com a cabeça.

— Claro que preciso encontrá-la novamente. O que Silvya lhe disse sobre ter acesso a mim é bobagem. Basta ir ao palácio quando quiser e requisitar uma audiência... — Jared enrubesceu um pouco e se apressou em corrigir a própria pompa. — É só ir ao palácio e falar que quer me encontrar.

— Não seria melhor se eu tivesse um jeito de chegar ao senhor sem que nosso encontro fosse amplamente conhecido? — perguntou Asta.

Jared afirmou com a cabeça.

— Está um passo à minha frente, mais uma vez. Quando retornarmos ao palácio, lhe mostrarei um caminho privado para acessar meus aposentos. — Sorriu. — Claro, mesmo assim terá que aturar meu guarda-costas. Ele nunca me deixa só.

— Exceto por agora — respondeu Asta. — Ele se chama Hal, certo? O senhor achou que eu fosse ele. Onde ele está?

— Provavelmente à espreita no matagal — respondeu Jared. Ainda não conseguia acreditar que o Chefe dos Guarda-Costas não o tinha seguido até a floresta; se seguiu, não emitiu qualquer ruído, e Hedd não o farejou.

Um pensamento sombrio passou pela cabeça de Jared. Será que havia chance de que Hal estivesse ali e tivesse escutado parte da conversa muito particular, e potencialmente devastadora, que tiveram?

Seus pensamentos foram interrompidos pelas batidas do Sino do Sacerdote.

— Vamos, Asta — disse Jared, com a urgência renovada. — Temos que ir. O camareiro será executado daqui a uma hora. Preciso encontrar o Capitão da Guarda e avisar que as coisas talvez não sejam o que parecem.

O rosto de Asta se desfez em alívio.

— Que ótima notícia — disse ela. — Mas como vai contar a ele o que sabe, sem dizer de onde veio a informação?

— Deixe isso comigo — respondeu Jared. — E confie em mim.

— Eu confio — afirmou a garota.

— E eu em você, por algum motivo — revelou o Príncipe Jared. Ficou grato em ver que suas palavras a fizeram sorrir.

A luz começava a desbotar do céu enquanto voltavam ao palácio.

Jared se despediu de Asta. Ficou surpreso ao constatar o quão sozinho se sentia ao vê-la desaparecer pela trilha em direção à Vila. Apesar de ter vindo falar com ele sobre o assassinato de seu irmão, e de boa parte da conversa ter percorrido territórios sombrios, o que ele extraiu do encontro foi um senso de companheirismo. Ambos foram arremessados em mundos novos. Talvez pudessem se ajudar? Também foi bom ter a oportunidade de conversar com alguém de idade próxima. E o fato de que ela tinha os olhos cinzentos mais hipnotizantes não atrapalhava.

O encontro com Asta certamente restaurou sua confiança; Jared percebeu que precisaria de cada pedacinho daquilo para atacar Axel. *E não existe hora melhor do que agora*, pensou ele, com um singelo suspiro. Se perguntou onde Axel estaria. Em seu escritório no palácio, ou na casa do Capitão da Guarda, na Vila dos Doze.

Não teve que passar muito tempo imaginando, pois, ao entrar no território do palácio, logo viu Axel. Ele vinha da direção da Masmorra, Jared notou.

— Primo Jared — chamou Axel. — Onde esteve? Estava prestes a enviar uma equipe de busca.

— Fui caminhar — disse Jared, sem querer se estender sobre seu desaparecimento temporário. — Mas estou muito feliz em vê-lo agora. Precisamos conversar sobre sua investigação.

— Claro — respondeu Axel. — Vamos aos seus aposentos ou aos meus?

— O que tenho a dizer não vai demorar — avisou Jared. — Quero adiar a execução. Tenho razões para duvidar que o camareiro seja o assassino de meu irmão.

O rosto de Axel empalideceu.

— Que razões? As acusações contra ele são muito claras.

Jared balançou a cabeça.

— Não acho que sejam — refutou o Príncipe. — Mas antes que eu entre em detalhes, preciso assinar alguma coisa para atrasar as ordens da sentença de morte?

— Temo que seja tarde demais, Príncipe Jared — respondeu Axel.

— Tarde demais? Certamente os papéis podem ser preparados a qualquer hora. Vou falar com Logan.

— Não, Príncipe Jared, precisa me escutar. Não pode assinar nada para reverter a sentença de morte porque o prisioneiro foi decapitado há uma hora. Eu estava lá quando o Carrasco empunhou o machado.

— O quê? — Jared sentiu o corpo inteiro começar a tremer.

— Por isso eu estava lhe procurando. Decidi adiantar a execução.

— Você decidiu... *Por quê?* — O rosto de Jared enrubesceu. — Não era uma decisão sua.

— Na verdade, era sim — respondeu Axel. — O Carrasco e eu tomamos a decisão juntos. Claro que o procuramos, mas você não estava em lugar algum.

— Então resolveu adiantar a execução assim mesmo.

— Sinto muito — desculpou-se Axel.

— Não, não sente. — Jared balançou a cabeça, sentindo a raiva percorrer seu corpo.

— Você precisa me dizer o que acha que sabe — declarou Axel. — Por que, de repente, decidiu que o prisioneiro cuja sentença de morte você mesmo assinou não era culpado?

— É você que *me* deve uma explicação — disse Jared, com firmeza. — E não o contrário.

O rosto de Axel se anuviou.

— Faço concessões constantemente a você — disse ele. — Você é um menino de 16 anos, com muito pouco entendimento de como funciona o Principado. Vivo lhe dando o benefício da dúvida, primo, mas temo que você esteja começando a testar minha paciência.

— Não fale assim comigo — rebateu Jared. — Lembre-se de que sou seu Príncipe, e comece a me tratar como tal.

— O tratarei como Príncipe quando começar a se comportar como um!

Balançando a cabeça, Axel Blaxland se virou e voltou pela direção em que viera.

Jared percebeu que não tinha poder para fazer qualquer coisa a respeito daquilo.

VINTE E QUATRO

APOSENTOS DO PRÍNCIPE, PALÁCIO

Jared estava sentado à mesa, a cabeça apoiada nas mãos. Mechas do cabelo escuro caíam por entre seus longos e graciosos dedos. Estava assim havia séculos, tão imóvel quanto uma das imagens em mármore de seus ancestrais, no jardim das estátuas.

Logan há muito desistira de enredá-lo em alguma conversa; o único ruído no recinto era o das batidas abafadas da persistente chuva do outro lado da janela gradeada. A noite parecia terrível, uma daquelas em que agradecia por estar dentro do palácio... e perto de uma lareira acesa.

Jared pensou no que Asta lhe contara sobre a expedição de caça do irmão. Axel estava presente. Axel teve acesso ao ferimento. Jared estremeceu. Como ele podia saber se Axel Blaxland, seu primo, o homem que ele mesmo havia nomeado Sucessor — contra os instintos mais fortes — não era o verdadeiro assassino? E se fosse, não era nenhuma surpresa que quisesse fazer "justiça" tão rapidamente. Michael Reeves pode ter sido um simples bode expiatório.

O cotovelo direito de Jared estava encostado em uma bandeja intocada de comida, enviada da cozinha a pedido de Logan há mais de uma hora. O pão fora cortado em pedaços, e alguns bocados, amassados em pequenas bolas graças a uma descarga de raiva. A sopa de carne, intacta, tinha uma camada nada apetitosa de gordura se formando na superfície. A imagem fez com que os pensamentos de Logan vagassem para o gelo do inverno, que ficaria mais ou menos daquele jeito sobre o fiorde ao longo dos meses seguintes.

Logan caminhou em volta da larga mesa de carvalho e, esbarrando em Jared, aproximou-se da janela gradeada atrás deste. O Poeta ficou ali por um instante, observando a chuva torrencial e sentindo o frio que permeava o vidro fechado, em seguida esticou o braço e puxou as cortinas, afastando a escuridão, o frio e a umidade. Virando novamente, Logan viu que o Príncipe não mexera um músculo sequer.

Apertou gentilmente o ombro de Jared. Foi o menor dos gestos, mas pareceu trazer o Príncipe de volta à vida.

— Só me responda uma coisa, Logan. Sou ou não sou o Príncipe de Toda a Archenfield? — Jared tirou as mãos do rosto e olhou para Logan com olhos perturbados e vermelhos.

— É — afirmou Logan. — Claro que o senhor é o Príncipe. É uma pergunta estranha se me permite observar.

— Não, não é — argumentou Jared. — Pois, se sou mesmo o Príncipe, como meu primo, o Capitão da Guarda, tem o direito de agir sem minha autorização?

A cabeça de Logan se inclinou em direção a ele.

— Pode ser mais específico?

Jared assentiu, a raiva evidente em seu rosto antes mesmo que ele falasse.

— Por que voltei de minha caminhada esta tarde e descobri que Axel havia comandado a execução de Michael?

— O rapaz da cozinha?

— O camareiro. E ele tinha nome.

— Sim, certo. — O Poeta concedeu, calmamente. — O senhor sabia que ele seria executado. Assinou a sentença de morte há duas noites...

— Pôs a mão no bolso. — Com esta caneta.

— Sei disso! E também sei que o fiz sob pressão de Axel, e sua também, para falar a verdade. — Logan franziu o rosto, preparado para responder, mas Jared prosseguiu: — O que estou dizendo que é Michael não tinha que ser executado até o por do sol de hoje. Quem deu a Axel o direito de adiantar a execução?

— Bem, Axel é Capitão da Guarda. Certamente esta questão se enquadra nas responsabilidades dele e de Morgan Booth. Tenho certeza de que houve razões práticas para tal decisão, e posso descobrir quais foram se o senhor assim desejar. Mas deve perceber que você agora é o Príncipe, e não pode simplesmente desaparecer por horas e horas.

— Sim, obrigado — disse Jared. — Isso está evidentemente claro.

Os olhos de Logan encontraram os do Príncipe.

— Por que isso é tão importante para você?

Jared encarou o Poeta com clara frustração.

— É importante porque fui até Axel pedir que protelasse a sentença de morte. Mas cheguei tarde demais. Michael já estava morto.

— Você quis desistir da execução enquanto o Carrasco afiava a lâmina? — Logan estreitou os olhos. — Isso é incomum, para dizer o mínimo. — Diminuiu o tom de voz: — O que, fico a imaginar, o fez tomar essa decisão?

Jared acenou a mão.

— Isso é outra história. O que estou tentando entender é onde meus poderes acabam e os do Capitão da Guarda e do resto de vocês, do Conselho dos Doze, começam.

O Poeta assentiu.

— Entendo sua confusão e sua compreensível frustração. Suponho que nós achamos que, como Sucessor, você tivesse observado o funcionamento dos Doze. Mas, é claro, as perspectivas de Sucessor e Príncipe são significativamente diferentes. Por exemplo, você agora é encarregado de tomar decisões sobre vida e morte.

— Sou mesmo? — perguntou Jared, sinceramente confuso. — Sou mesmo? Ou não passo de uma marionete do Conselho?

— O Conselho está aqui para apoiá-lo — afirmou Logan. — Nos bons momentos e, sobretudo, nos de crise. E, Príncipe Jared, Archenfield certamente nunca viu um momento de crise como o presente. A forma como o senhor conduziu os últimos dias foi um verdadeiro milagre. Se alguém tinha alguma dúvida quanto a sua capacidade de governar, você acabou definitivamente com elas.

— Isso é muito lisonjeiro... — começou Jared, mas foi interrompido.

— O crédito deve ser dado a quem merece. Por mais duvidosa que seja a reputação dos Poetas, meu trabalho não é lisonjeá-lo. — Logan fez uma pausa. — Minha função, como a do resto dos Doze, é ajudá-lo a ser o melhor governante que puder. Mas é uma via de mão dupla. Você precisa confiar em nós e em nossa experiência. Todos temos papéis e responsabilidades. Então, no tocante a essa investigação, o senhor faria bem em permitir que o Capitão da Guarda trabalhe como achar conveniente.

Enquanto o Poeta concluía, o Príncipe o encarou silenciosamente por um tempo antes de voltar a falar:

— Logan, posso confiar em você?

O Poeta franziu o rosto.

— Príncipe Jared, gostaria que já soubesse a resposta.

— Sim, é claro. Mas preciso ter certeza. Preciso lhe contar algo em segredo.

Logan fez que sim com a cabeça.

— Isso não pode deixar essas quatro paredes. Não pode chegar aos ouvidos de nenhum outro membro do Conselho nem de minha mãe, ou de Edvin...

O Poeta assentiu.

— Qualquer coisa que me conte ficará exclusivamente entre nós dois.

Jared pausou antes de falar.

— Não tenho certeza de que confio em meu primo.

Logan soltou um suspiro.

— Mas você acabou de nomeá-lo seu Sucessor.

— Sim — respondeu Jared. — Tenho dolorosa consciência disso.

— Bem, sinto muito por saber que pensa assim. Não ajuda em nada ter dúvidas, além de tudo. Mas sejamos claros: está dizendo que não confia na habilidade de Axel de investigar o assassinato de seu irmão, ou simplesmente que não confia nele?

Jared considerou cuidadosamente a distinção.

— Talvez as duas coisas.

Logan balançou afirmativamente a cabeça. Esta era uma informação explosiva e precisava ser trabalhada com o devido cuidado.

— Preciso de um tempo para refletir.

— Certo, tudo bem.

— E precisarei saber por que você perdeu a confiança na investigação de Axel sobre o assassinato de seu irmão. O que o levou a decidir protelar a sentença de Michael?

As pálpebras de Jared tremeram.

— Conversaremos sobre isso, mas não hoje. Estou exausto, para ser sincero, e de repente me bateu uma fome danada.

Aquele, pelo menos, era um problema que Logan podia resolver prontamente.

— Por que não levo essa bandeja e trago uma nova?

— Obrigado — disse Jared. — Mas talvez possam me dar outra coisa que não outra porção desta sopa gordurosa? Já vi poças de lama mais tentadoras em pântanos.

O Príncipe e o Poeta trocaram um sorriso. Logan levantou a bandeja e a levou até a porta. Equilibrando-a no quadril, utilizou a outra mão para girar a maçaneta; era uma manobra que os serventes de câmaras executavam com grande proficiência. Repetiu o procedimento com a segunda de duas portas e foi para o corredor.

Quando a segunda porta se abriu, uma figura passou para o quarto do Príncipe, fazendo Logan perder o equilíbrio e o conteúdo da bandeja quase cair no chão.

— Quem é essa? — perguntou Logan a Hal Harness, enquanto o Guarda-Costas do Príncipe se juntava a ele na entrada. — Como pôde deixar que isso acontecesse?

— É a aprendiz do Médico, Asta Peck. Estava discutindo comigo, querendo entrar, eu disse que não, seguindo suas instruções de que ninguém deveria incomodar o Príncipe. Certamente ninguém do gabarito dela.

— Bem, ela está com o Príncipe agora — disse Logan, com evidente desdém.

— Pode ser facilmente removida — falou Hal, aproximando-se da porta fechada. Seus ombros largos empurraram a frágil figura do Poeta.

— Fique aqui — mandou Logan. — Eu cuido disso. Por favor, peça outra bandeja de comida. E nada desta sopa horrorosa! É um jantar para um Príncipe, e não restos para um porco!

Entregando a bandeja indesejada a Hal, Logan abriu a primeira porta, depois a segunda. De volta ao cômodo, viu Asta no centro do tapete, confrontando furiosamente o Príncipe Jared, que havia se levantado. A grossa mesa de carvalho formava uma barreira entre os dois.

Ela estava com o rosto vermelho e molhado. A primeira impressão de Logan foi de que ela estivesse chorando, mas depois notou que os cabelos e as roupas também estavam molhados. Claro, a chuva. Claramente ela fora pega desprevenida enquanto vinha até o palácio.

— Como pôde? — perguntou a Jared, a voz crua, cheia de emoção.
— Disse que teria misericórdia! Como pôde?

Logan registrou o impacto que causaram no Príncipe as palavras da jovem e sua presença: Jared não teria parecido mais machucado se ela o tivesse socado no estômago. Do que ela estava falando? E como ousava se dirigir ao Príncipe daquela forma?

— Eu disse que falaria com o Capitão da Guarda sobre as coisas que você me contou — respondeu Jared, olhando de Asta para Logan.

Logan ficou impressionado com a calma do Príncipe diante da visitante inesperada: ele parecia ter se transformado desde o instante em que o Poeta deixara o recinto.

O olhar de Asta estava fixo em Jared.

— Sim, e eu, tolamente, acreditei em sua palavra. Pensei que tivesse dito que pensaria a respeito e chegaria à única decisão decente e honrada! — Seu rosto ardia em fúria, e ela ainda não tinha acabado.
— Vejo que me enganei com o senhor, Príncipe Jared, não foi?

Jared saiu de trás da mesa e se colocou diretamente à frente dela.

— Asta, é mais complicado que pensa.

Logan assentiu em aprovação; Jared estava agindo cem por cento como um Príncipe.

Asta, no entanto, não parecia nem um pouco impressionada.

— Não é nada complicado, Vossa Alteza — refutou ela, com a voz baixa. — É a coisa mais simples do mundo. É a verdade.

Suas palavras tiveram impacto: era evidente que o Príncipe Jared perdia o controle. De repente, ele voltou a ser um menino. Logan ficou perturbado. Que história aquela menina tinha com o Príncipe? Como dispunha desse poder em deixá-lo vulnerável? E, mais importante, como não fora notada pelo Poeta até agora?

— Seu silêncio fala alto — disse Asta a Jared.

Isso bastou. Estava claro que Jared já não tinha mais nenhuma defesa. Logan deu um passo à frente.

— Já falou o que queria — disse o Poeta. — Agora está na hora de se retirar.

Teimosa, Asta não se moveu, os pés enraizados no lugar.

— Devo convocar o Guarda-Costas do Príncipe para levá-la de volta à Vila? — perguntou Logan.

Asta olhou por cima do ombro.

— Isso seria muito digno, não?

Em resposta, Logan deu de ombros casualmente, passou por Asta e começou a se ocupar com alguns papéis na mesa do Príncipe. Ela certamente entenderia o recado: temos assuntos a tratar, assuntos que vão muito além de sua compreensão ou de sua importância.

Logan percebeu que a jovem suspirou, e, em seguida, ouviu o estalo de suas botas enquanto ela voltava para a porta.

O barulho seguinte foi a voz grossa de Hal Harness.

— Não, você não pode fazer a porta bater. Pode ir!

A porta foi fechada discreta, mas firmemente atrás da intrusa.

Logan derrubou os papéis que segurava, e voltou-se novamente para Jared, parado no centro da sala.

— O que foi isso?

— Achei que tivesse sido autoexplicativo.

— Aquela menina parece estranhamente envolvida com assuntos oficiais. A razão pela qual mudou de ideia quanto a Michael Reeves foi algo que ela disse?

Jared não podia negar.

— Ela tem algumas ideias sobre o assassinato de meu irmão e as compartilhou comigo. E nem todas são sem sentido, em minha opinião.

Fez-se uma pausa.

— Você precisa ter muito cuidado — alertou Logan. — Não é uma boa ideia permitir que alguém de fora opine em uma investigação dessa magnitude.

— Não — rebateu Jared. — Porque toda a nossa equipe está fazendo um ótimo trabalho, não é mesmo?

— Ela o perturbou — declarou Logan. — Sugiro que fique longe dela por enquanto. Deixe que outros lidem com suas hipóteses.

— Realmente não acho que tenhamos nada a temer em relação a Asta.

— Mesmo assim...

— Tudo bem! Já deu sua opinião! — Jared bateu na mesa. A força do impacto fez os papéis e os outros itens saltarem.

O Príncipe Jared se surpreendeu com a força do próprio ataque. Quando se virou novamente para Logan, não havia mais raiva em seu rosto.

— Desculpe. Estou cansado e irritado. Agora preciso ficar sozinho com meus pensamentos.

Logan assentiu.

— Tenho alguns assuntos para resolver. Se precisar, me chame. A qualquer hora, para falar sobre qualquer assunto, estou aqui para ajudar.

— Eu sei — respondeu Jared. O Príncipe esticou a mão e se apoiou no ombro do Poeta. — Francamente, Logan, não sei o que teria feito sem você ao longo dos últimos dias.

— É para isso que estou aqui. Para isso que todos estamos aqui.

Jared fez que sim com a cabeça. Voltou para a cadeira atrás da mesa, sentou e fechou os olhos, fatigado.

Logan ficou ali parado por um instante, no centro da sala, observando o Príncipe Jared, como frequentemente havia feito com o Príncipe Anders, naquele mesmo lugar. Logan sabia que o novo Príncipe ainda se sentia um invasor nos aposentos do irmão. Desconfiou de que talvez continuasse se sentindo assim por algum tempo. O novo Príncipe de Archenfield era consideravelmente mais sensível que seus dois antecessores.

Apesar de os olhos de Jared estarem fechados, seu rosto estava longe de parecer em paz. Claramente a visita da garota o perturbou. Era hora de investigá-la. E então decidir se seria necessário tomar medidas preventivas.

O Poeta se apressou até a porta da sala, abrindo-a silenciosamente, e, em seguida, olhou mais uma vez para o Príncipe em repouso. Logan sorriu para si mesmo. "O Príncipe em Repouso", como se tivesse feito uma peça de arte para as paredes do palácio. Bem, contanto que não fosse pintada pela Rainha Elin... Logan balançou a cabeça enquanto se afastava suavemente, com cuidado para não interromper o descanso tão necessário do Príncipe.

QUARTO DIA

VINTE E CINCO

CASA DE BANHO DO PRÍNCIPE ANDERS

Asta ficou surpresa em encontrar a porta da casa de banho do Príncipe Anders semiaberta, balançando para a frente e para trás com o vento da manhã. Provavelmente Silvya fora até lá antes dela; talvez logo após ter pegado a chave, na manhã anterior. O fato de não ter se incomodado em trancar a porta depois de sair dizia muito scbre seu estado mental. Enquanto Asta estava parada na entrada da pequena casinha de madeira, sentindo na nuca o ar frio que emanava do fiorde, perguntou-se quanto tempo Silvya tinha levado para deduzir o que a chave no cordão do Príncipe Anders abria. Talvez sempre soubera, e a questão tenha sido simplesmente recuperar a chave.

Asta tinha a sensação de que nas últimas 24 horas todas as suas ideias sobre qualquer assunto relacionado ao assassinato do Príncipe Anders tinham sido reviradas do avesso. Tinha ido à procura do Príncipe Jared para dividir suas suspeitas ainda incipientes, mas na conversa surgiram novas possibilidades, ainda mais perturbadoras. Será que a própria Silvya poderia ser a assassina? Pior — se é que era possível conceber algo "pior" naquele cenário — será que Silvya poderia ser uma assassina fria e calculista, no centro de uma complexa e implacável trama de Woodlark?

Asta tinha dormido mal depois de deixar os aposentos de Jared e caminhar até a Vila na chuva. Ela sabia que não tinha administrado bem o segundo encontro com o Príncipe, mas ficara muito chocada ao saber da execução do camareiro, principalmente depois das garantias de Jared. Sua postura no palácio foi diferente da que teve na floresta. Claro, no palácio não estavam sozinhos, e sem dúvida ele não se sentiu tão livre para conversar.

Percebeu na luz fria da manhã que tinha exagerado — e muito possivelmente arruinado o recente laço entre ambos —, mas não conseguia superar com facilidade o fato de que um homem provavelmente inocente tinha sido executado. Com o consentimento do novo Príncipe. Deitada, ouvindo o canto matutino dos pássaros, Asta se deu conta de que na primeira oportunidade teria não só que retomar suas investigações, como precisaria arranjar algumas provas para levar ao Príncipe Jared.

Tomada por um novo senso de propósito, abriu a porta da casa de banho e entrou. O local consistia de um cômodo principal, com uma câmara de banho, menor, ao fundo.

O cômodo principal era disposto tal como uma sala simples, com um divã largo — oferecendo espaço amplo para dois — e mais duas poltronas. Havia também algumas mesas: uma alta, atrás do divã, e outra baixa no centro da sala, sobre um tapete estampado. Evidentemente, até pouco tempo havia um vaso de rosas vermelhas na mesa mais central, no entanto o vaso fora derrubado. As perfumadas rosas encontravam-se espalhadas sobre a mesa em uma poça d'água que, por algum motivo, fez com que Asta pensasse em lágrimas.

Na parede havia algumas pinturas, quase todas aquarelas, assim como um par de chifres de cervo e uma caixa de vidro com um peixe empalhado. Asta notou que, atrás da cadeira, uma urna grande contendo varas de pesca também caíra. Em uma das paredes havia uma estante, pequena, porém elegante, abarrotada de livros, apesar de ela agora ter percebido que muitos também estavam espalhados pelo chão. A impressão geral era de uma simplicidade confortável e afluente. A sala não tinha a formalidade das câmaras do palácio, mas, mesmo assim, estava longe de ser rústica; Asta sabia o que era crescer em uma casa verdadeiramente rústica.

A sala também era definitivamente um espaço íntimo. O Príncipe Jared havia lhe contado que a ideia por trás das casas de banho era oferecer aos Príncipes um local de privacidade e tranquilidade, longe da corte. Mas, olhando em volta, Asta teve a certeza de que o Príncipe Anders utilizava aquele santuário para encontrar com quem quer que tivesse escrito o bilhete de amor. Havia alguma coisa no local que, apesar dos toques enfaticamente masculinos, emanava feminilidade. Talvez a manta sobre o divã para oferecer conforto, e o vaso de rosas, apesar de agora estar derrubado.

As rosas fizeram Asta pensar na mãe. Poucas coisas alegravam sua mãe tanto quanto as ocasiões em que o pai lhe dava flores do campo em lembrança do aniversário de nascimento ou de casamento. Ao pensar daquela forma nos pais, Asta sentiu uma pontada súbita de solidão e cansaço.

Combatendo essas emoções, ela se forçou a prestar atenção novamente ao recinto. À primeira vista achou que os sinais da bagunça — o vaso derrubado, os livros espalhados — poderiam simplesmente ser consequência do fato de a porta ter sido deixada aberta e do vento forte que vinha do fiorde. Agora, ao olhar mais de perto, teve a impressão de que aquela não era toda a verdade. As áreas desarrumadas eram de alguma forma contidas demais, específicas demais.

Atravessou a sala, fechando a porta para bloquear o ruído insistente do vento e assim ter uma melhor noção das coisas. Prática como sempre, ela olhou em volta à procura de alguma coisa para secar a água derramada da flor. Resolveu que a manta seria a melhor opção, apesar de parecer quase um sacrilégio utilizar aquele tecido fino para tal.

Asta limpou a água e colocou as rosas de volta no vaso, onde ainda havia uma quantidade mínima de água. Ao fazê-lo, sentiu o perfume almiscarado das rosas selvagens. O cheiro era tão forte que preenchia toda a pequena sala, e não de um jeito exatamente agradável. Asta percebeu que apesar de as flores ainda parecerem vibrantes, estavam prestes a murchar.

Em seguida voltou a atenção para a urna que continha as varas de pesca. Ajeitou-a, percebendo que poderia facilmente ter sido derrubada por acidente enquanto alguém — Silvya — passava entre o divã e a prateleira.

Seguindo cuidadosamente naquela direção, ela agachou sobre a pilha de livros espalhada sobre o tapete. Foi doído ver livros maltratados daquele jeito. Tolice, na verdade, pois livros eram apenas objetos inanimados, não eram? Mesmo assim, começou a pegar um volume de cada vez e fechá-los adequadamente, empilhando-os ao seu lado.

Ao levantar os livros, no entanto, notou, escondidos entre eles, alguns pedaços finos de papel, com uma caligrafia familiar. Pegou um com a mão trêmula. Era mais um bilhete, escrito com a mesma letra que havia no recado do medalhão do Príncipe Anders.

Um dia, ficaremos juntos... em público, como ficamos em segredo.

O bilhete era praticamente idêntico ao anterior, em tamanho e aparência. A única diferença significativa era que o outro fora enrolado para caber no medalhão, ao passo que aquele continuava esticado.

Repousando o bilhete cuidadosamente na mesa baixa, Asta pegou mais alguns livros, encontrando outro papel entre eles.

Você me diz que sou seu mistério, mas vou compartilhar todos os meus segredos com você, meu amor.

O coração de Asta começou a acelerar, mas não por qualquer senso de romantismo. Em um súbito impulso, foi até a prateleira e selecionou um livro de forma aleatória. Pegou-o e deixou as páginas se abrirem. Ao fazê-lo, conforme esperava, outro pedaço de papel caiu no tapete. Era mais um bilhete de tamanho semelhante.

Pegou mais um livro e o suspendeu. Outro bilhete caiu no chão. Mesmo tamanho, mesma letra. Não se incomodou em lê-lo antes de escolher outro. O mesmo aconteceu. E lá veio outro, mesma caligrafia. Não era de se surpreender que o papel dos bilhetes fosse tão liso: tinham sido utilizados como os mais íntimos marcadores de livros.

Ela se sentou no chão, apoiando a cabeça no braço de uma das cadeiras. As coisas estavam começando a se encaixar. Aquele era o espaço secreto do Príncipe Anders — um lugar onde não apenas podia encontrar essa mulher misteriosa, como também guardar em segurança as evidências do relacionamento, longe dos olhos de sua mulher. Até agora.

Asta percebeu, pelo frio crescente no recinto, que a porta estava mais uma vez aberta. Sabia que a tinha fechado direito e que, por mais forte que fosse o vento, ele não poderia ter girado a maçaneta. Só podia haver uma explicação; e, de fato, ao olhar para a entrada, encontrou Silvya ali parada, com o rosto frio de ódio. Asta não conseguiu conter o tremor que veio não só com o frio, mas com o óbvio incômodo de Silvya.

Seu rosto estava contorcido de dor, sua pele, normalmente perfeita, marcada de lágrimas. Ao falar, a voz saiu crua e rouca, como se ela tivesse passado tempo demais no frio:

— Este era o lugar para onde ele vinha. Para ficar com ela.

Asta se levantou lentamente.

— Sim, acho que tem razão. Mas sabe quem ele vinha encontrar aqui?

— Não tenho certeza. Mas tenho fortes suspeitas.

— Quem? — perguntou Asta.

Silvya abriu a boca, mas pareceu pensar melhor antes de falar. Em vez disso, sorriu para Asta, mas um sorriso amargo.

— Alguém cujos lábios traiçoeiros são tão vermelhos quanto as pétalas dessas rosas. — Seus olhos se fixaram nas poucas pétalas ainda espalhadas pelo chão.

Asta esperou, mal ousando respirar, torcendo para que Silvya dissesse mais. Ela não o fez, e Asta ouviu a própria voz, experimentando o ambiente como a pata de um gato.

— Sabe que pode conversar comigo, não sabe? — ofereceu a aprendiz. — Não nos conhecemos há muito tempo, mas não seria melhor dividir seus pensamentos com uma amiga?

As palavras pretendiam conquistar a confiança de Silvya, mas pareceram exercer o efeito contrário.

— Como posso ter certeza de que você é minha amiga? — perguntou Silvya, balançando a cabeça lentamente. — Como sei em quem posso ou não posso confiar neste lugar miserável? — A pobre mulher parecia destruída.

Asta achou que ir direto ao ponto poderia ser a melhor maneira de chegar ao cerne da questão.

— Silvya, quando eu lhe mostrei a chave, você pensou na hora que ela abria a casa de banho?

Silvya assentiu. Foi um movimento pequeno, e sua expressão parecia a de uma criança arteira pega em flagrante.

— Sempre quis vir aqui, mas ele nunca deixou. Disse que era seu único local de privacidade. — Os olhos azuis brilharam, como se estivessem cheios de lágrimas, enquanto absorviam a sala e seu conteúdo. Asta sabia que Silvya estava se torturando, evocando todas as traições, algumas pequenas, outras grandes, que poderiam ter ocorrido entre aquelas paredes de madeira.

— Você sabia que seu casamento tinha motivações políticas, para firmar a aliança necessária entre Archenfield e Woodlark — disse Asta. — Você não é tola, lady Silvya. Tenho quase certeza de que sabia onde estava se metendo.

Sentia que estava correndo sérios riscos ao dizer essas palavras, e ficou grata quando Silvya fez um aceno afirmativo de cabeça.

— Claro que sabia. Minha mãe e minha irmã mais velha me explicaram direitinho. Não criei qualquer ilusão. Tinha uma obrigação a cumprir.

Foi a vez de Asta responder com um aceno de cabeça. Ela apontou para o divã e ficou feliz quando Silvya aceitou a deixa para se sentar. Asta também se sentou, perto de Silvya, e esperou que a Consorte do Príncipe continuasse.

— Os deveres são muito importantes para mim. Isso me foi ensinado desde cedo. — Silvya se interrompeu para ajeitar as dobras da saia. — Levo as minhas obrigações muito a sério. Por isso é difícil para mim quando as pessoas não fazem o mesmo com as delas.

Ela suspirou, deixando os ombros caírem um pouco, abrindo as pequenas mãos. Parecia que lhe fazer bem o desabafo. Asta se lembrou de um encontro prévio em que Silvya disse que era ela quem ouvia suas confissões. Esse pensamento fez correr um novo frisson pelo corpo de Asta: o que exatamente Silvya Lindeberg Wynyard estava prestes a confessar agora?

— Então a senhora entrou nesse casamento sabendo bem o que esperar. Estava com os olhos bem abertos. — Silvya assentiu enquanto Asta continuava: — Mas, em algum momento, Anders a enfeitiçou. Lembro-me de a senhora falando, quando nos conhecemos, o quanto ele era gentil com você.

Mais um aceno e, em seguida, o esboço de um sorriso.

— Sempre fomos bons amigos — disse Silvya. — Desde o princípio. Brincávamos dizendo que éramos soldados da fortuna, unidos pelo bem de nossas nações. Fizemos um pacto de ajuda mútua para atravessarmos essa situação incomum, porém não inédita, através de nossa amizade.

Silvya parou de falar, olhando para o chão. Asta teve a sensação de que ela havia viajado de volta ao passado, para o início do matrimônio. E sabia que precisava trazê-la de volta, mas gentilmente.

— Mas a senhora criou expectativas em relação ao Príncipe — sugeriu Asta. — Talvez em virtude das próprias ações de Anders, ou simplesmente pelo carisma que ele emanava. Mas não tenho dúvidas de que o conto de fadas que a corte teceu em volta de vocês a seduziu tanto quanto o fez com qualquer outra pessoa. — Ao ver os olhos de Silvya fixos nela outra vez, Asta parou. — Teria acontecido o mesmo comigo, eu teria começado a perder a capacidade de distinguir entre o que era real e o que era fantasia habilmente construída.

— Não tenho dúvidas de que Anders me amou — garantiu Silvya. — Mas não foi um amor suficientemente profundo. — Ela se interrompeu para corrigir. — Não, não é isso. Não era o tipo certo de amor. Como poderia? Ninguém pode se apaixonar por duas pessoas ao mesmo tempo, pode?

Asta balançou a cabeça, em parte porque sabia que era essa a resposta de que Silvya precisava. Estava desesperada para perguntar "Então, por quem o Príncipe estava apaixonado?", mas sabia que uma pergunta tão súbita poderia quebrar a ponte frágil de confiança entre as duas. Notou que Silvya a observava. Não conseguia se lembrar de já ter visto tanta tristeza antes; não era só o rosto de uma pessoa triste, mas o de alguém que já havia perdido qualquer esperança.

— Deve ter se sentido muito frustrada — disse Asta, procurando desesperadamente por palavras para preencher o silêncio. — E sozinha. Você teve que abrir mão de muito mais que ele. Fez tudo que lhe pediram, desde manter a imagem do casamento perfeito o tempo todo, até carregar o filho do Príncipe Anders.

Silvya fez que sim com a cabeça. Seus olhos se dirigiram para a mesa baixa entre as duas, e para o bilhete que Asta havia colocado ali antes, cuidadosamente. Enquanto Silvya esticava a mão, Asta leu o bilhete mais uma vez.

Você me diz que sou seu mistério, mas vou compartilhar todos os meus segredos com você, meu amor.

Seguindo o olhar de Asta, Silvya pegou o bilhete. Leu novamente, franzindo o nariz como se tivesse sido agredida por um terrível odor, em seguida amassou o papel e o arremessou no chão.

— Vadia amoral! — declarou a viúva de Anders.

Ouvir o tom de Silvya foi tão chocante quanto mergulhar a mão nas águas geladas do fiorde. Asta sentiu que a Consorte do Príncipe tinha ultrapassado um limite, de alguma forma; seria em virtude da dor, ou algo mais? Estava com um comportamento cada vez mais instável. Asta tentou acompanhar tudo que ela dizia.

Nada que Asta viu ou ouviu na casa de banho sustentava a ideia de que Silvya Lindeberg Wynyard fosse uma assassina fria. Mas um assassinato motivado por feridas profundas e contidas, um crime passional? Isso agora parecia possível.

— Você matou o Príncipe Anders?

Asta ficou quase tão surpresa quanto Silvya com a pergunta. Os olhares se fixaram um no outro, então Asta se virou, envergonhada por suas palavras.

A próxima coisa que Asta viu foi a mão de Silvya batendo em seu rosto, derrubando-a da cadeira. Ela caiu no chão, o rosto queimando de dor e a visão momentaneamente borrada. Espantada, levou a mão à bochecha para ver se Silvya a tinha feito sangrar. Aparentemente, não.

Asta permaneceu ali caída por um instante, para recuperar o equilíbrio. Estava ciente da presença acima dela, observando-a com olhos frios e curiosos. Então, sem dizer mais nada, Silvya virou-se e se retirou.

Um instante mais tarde, os ouvidos de Asta foram agredidos por um dos sons mais perturbadores que ela já havia escutado: um uivo fino, misturado com um gemido. Ao mesmo tempo soava inumano e saturado de dor; o tipo de som que você espera que um animal selvagem emita.

Asta saiu aos tropeços da casa de banho e encontrou Silvya agachada perto do fiorde. Hesitou, sem saber ao certo se deveria confortá-la, ou se isso só a enfureceria mais. Resolveu que não podia deixá-la assim e, com alguma trepidação, foi em sua direção, na beira da água.

— Preciso que vá agora — disse Silvya, se balançando sobre os pés.

— Não posso deixá-la assim.

— Pode e deve — respondeu Silvya. — Não vou mais me sujeitar a nenhuma de suas perguntas.

— Não vou perguntar nada — garantiu Asta. — Sinto muito. Fui impertinente, insensível e...

— Pare! — berrou Silvya. — Pare com esse barulho! — Levou as mãos aos ouvidos. — Deixe-me em paz! — Levantou e em seguida virou-se para encarar Asta. Viu, com aparente choque, o vermelho em sua bochecha. — Eu fiz isso com você? — perguntou ela.

— Tudo bem — respondeu Asta. — Eu mereci.

Silvya olhou novamente para ela e fez que sim com a cabeça.

— Sim, acho que mereceu mesmo. — Continuou olhando para Asta por um instante, em seguida abaixou a cabeça, entristecida. — Por favor, vá — pediu ela. — Eu realmente preciso ficar sozinha.

— Tem certeza? — indagou Asta. — Porque acho que essa é a última coisa que a senhora precisa.

Silvya cruzou os braços.

— Por favor, respeite minha decisão. — Havia um singelo toque de renovação de força em sua voz. Talvez o tapa e o grito tenham servido como forma de catarse.

Asta permaneceu incerta, mas, ao se despedir de Silvya, percebeu que sua bochecha estava começando a latejar, e sentiu uma dor de cabeça dominar seu crânio. Sabia que devia voltar para a Vila e descansar, ou passar alguma pomada na pele; com sorte conseguiria voltar para casa sem ser notada pelo tio, e, com isso, evitaria um interrogatório.

Sentiu-se um pouco tonta enquanto voltava pelo caminho que cercava o fiorde, e se deu conta de que precisava desesperadamente do desjejum. Aquela mistura inebriante de emoções — tanto as dela quanto as que parecia absorver facilmente dos outros — somada à falta de sono não fizeram bem a ela. E a força do tapa de Silvya não ajudou. Um raio de luz matutina do outro lado do fiorde perfurou seus olhos de modo que precisou fechá-los, e logo se sentiu tropeçando em solo irregular. Respirou fundo, imaginando se estaria prestes a desmaiar.

— Ei! Você está bem?

Levou um instante para recuperar os sentidos e abrir os olhos. Viu Lucas Curzon, à frente de um bando de cavalos. As crinas esvoaçavam com a brisa vinda da água; vapor saía em espirais de suas narinas. Lucas estava montado em um cavalo grande, o pelo marrom-avermelhado molhado de suor e brilhante com o reflexo do sol. Apesar do próprio estado, Asta não pôde deixar de notar que os cabelos compridos de Lucas eram apenas um tom mais escuro.

Asta já vira o belo Lacaio-Chefe exercitando os cavalos antes, apesar de ser mais comum que um membro mais modesto de sua equipe o fizesse. Ela se perguntou se haveria algum motivo para ele ter saído pessoalmente com os cavalos aquele dia, mas logo se distraiu com o escrutínio dos penetrantes olhos cinzentos de Lucas. Ela o encarou, ainda tonta, protegendo os olhos do sol com a mão.

— Asta, certo? — disse ele. — Perguntei se você está bem. — Quando ela não respondeu, ele saltou do cavalo e, segurando as rédeas, foi até ela.

Os olhos de Asta caíram para as botas gastas enquanto estas golpeavam o chão.

— Olhe para mim! — Ele esticou a mão livre e virou o rosto dela.

Estava tão próximo que Asta pôde sentir o cheiro do sabão de barbear que ele havia usado naquela manhã, e enxergar onde ele havia deixado escapar alguns pelos no pescoço.

— O que aconteceu aqui? — Ela percebeu que ele estava olhando para sua bochecha. — Viu quem fez isso com você? — Lucas olhou em volta, em seguida observou-a novamente. — Ele não pode ter ido muito longe.

Asta ficou confusa com as perguntas. Ninguém tinha tentado atacá-la, tinha? Ele não estava falando coisa com coisa. Por que ela estava ali? Estava se sentindo tão quente e tonta que realmente precisava ir para casa. Vendo a preocupação nos olhos de Lucas, levou a mão à bochecha. O toque trouxe a lembrança do tapa.

— Estou bem — assegurou ela, tomando a rápida decisão de não culpar Silvya. — Só um pouco tonta. Estou fora há mais tempo que pretendia e ainda não tomei café da manhã. — Ao ver que ele continuava com a testa franzida, continuou: — Ninguém me atacou. Acho que escorreguei no caminho e arranhei a bochecha.

Ele continuou com o rosto franzido, e, por um instante, ela não soube ao certo se aceitaria sua explicação.

— Não entendo — respondeu ele, afinal. — Se nada aconteceu, por que você gritou?

Ela olhou nos olhos dele.

— Não gritei.

— Ouvi de lá do outro lado do bosque. Vim o mais depressa que pude.

O que ela poderia dizer? Se sentiu incapaz de falar.

— Asta, eu a ouvi gritar. — Não ia deixar o assunto morrer. — Que diabo aconteceu?

Ela balançou a cabeça, lentamente, ciente de que suas opções estavam se esgotando.

— Não fui eu. Foi lady Silvya.

Instantaneamente, a expressão de Lucas mudou.

— Lady Silvya está aqui? Onde? Alguém a atacou?

— Não! — gritou Asta. — Ninguém a atacou. — Baixou a voz. — Ela só está um pouco chateada.

— Um pouco chateada? — Ele apoiou a mão no quadril. — O grito que me fez galopar até aqui foi mais que "um pouco chateado".

Apesar do que tinha acontecido na casa de banho, Asta não queria trair as confidências de Silvya. Lembrou-se do que o Príncipe Jared havia lhe dito na véspera: "Para sua própria segurança, não deve compartilhar esses pensamentos e teorias com mais ninguém. Só comigo...". Mas a intensidade do olhar de Lucas era desconcertante, e ela sabia que precisava dar alguma informação.

— Ela descobriu algo terrível sobre o Príncipe Anders esta manhã. — Ao falar, notou o quão reservada a expressão de Lucas se tornou de repente. — Ela sente as coisas muito profundamente. Talvez por sempre ter sido obrigada a vestir uma expressão tão pública o tempo todo. E principalmente agora, é claro, as emoções são muito intensas.

Os olhos de Lucas examinaram os dela, curiosos.

— Porque ela está de luto recente?

— Bem, sim, e também porque está grávida.

Não havia mais reservas nos olhos cinzentos e suaves de Lucas Curzon: agora estavam tão abertos quanto a casa de banho.

— Silvya está grávida!

— Sim — disse Asta. Acordando do próprio devaneio, ela de repente percebeu que tinha violado um grande segredo. — Com o tempo tenho certeza de que ela terá todo o conforto em trazer ao mundo o filho do Príncipe Anders. Mas agora acho que está se sentindo sobrecarregada com tudo.

Uma estranha expressão se formou nos olhos de Lucas.

— No meio da vida existe a morte — falou ele. — E no meio da morte existe a vida.

Asta não esperava uma frase tão poética do Lacaio-Chefe. Ela se flagrou sorrindo e assentindo.

— Vou verificar se ela está bem — disse Lucas, carregado de propósito. — E levá-la de volta ao palácio.

— Ela disse que queria ficar sozinha — revelou Asta. — Por isso a deixei.

— Não a devia ter deixado — respondeu ele. Asta ficou surpresa em ouvir a raiva invadir o tom geralmente pacífico do Lacaio. — Não tenho a menor intenção de deixá-la aqui quando está claramente aflita.

Asta quis protestar dizendo que não teve escolha; pelo modo como falava, Lucas não sabia como Silvya ficava em elevado estado de tensão.

E então ela se deu conta. Talvez ele soubesse. Talvez o belo Lucas, com aqueles olhos cinzentos e suaves, conhecesse a Consorte do Príncipe muito melhor que deveria um Lacaio-Chefe.

Talvez Silvya Lindeberg Wynyard tivesse os próprios segredos.

VINTE E SEIS

APOSENTOS DO PRÍNCIPE

— O Capitão da Guarda — anunciou Logan. No escritório do Príncipe, o Poeta recuou um passo, seguido de perto pela figura mais alta e imperiosa de Axel Blaxland. Jared tinha a curiosa sensação de que seus aposentos tinham sido invadidos, apesar de a invasão ter sido feita ao próprio comando.

Ele precisava deixar claro que não iria tolerar que Axel o tratasse como no último encontro. E avisar que seu primo precisava acelerar a investigação do assassinato de Anders, mesmo que fosse apenas para eliminar a possibilidade de que o responsável tivesse sido outra pessoa, e não Michael Reeves.

— Primo Axel — disse o Príncipe, levantando da cadeira. — Obrigado por responder minha mensagem com prontidão. — Gesticulou para a cadeira à sua frente na mesa, e continuou com a bem-ensaiada formalidade. — Por favor, sente-se. Temos assuntos urgentes a discutir.

Axel permaneceu de pé. E agora seu rosto passava por uma série de contorções, a luz de repente retraindo, da mesma forma como acontecia com os picos das montanhas quando o tempo mudava.

— Príncipe Jared, houve alguma confusão. Não recebi nenhuma mensagem sua. O procurei por minha própria iniciativa. Tenho notícias sérias a compartilhar.

— Do que está falando? — perguntou Jared.

— Acho melhor se sentar.

Jared permaneceu de pé; se Axel não se sentara quando ele mandou, por que ele respeitaria o comando?

— Conte-me a notícia, primo — falou contrariado.

Axel olhou por cima do ombro, verificando se as portas dos aposentos do Príncipe estavam cerradas. Certificando-se de que era esse o caso, virou-se novamente para Jared. O Príncipe estava ciente da presença de Logan, que continuava por perto, observando os dois.

— Acredite em mim quando digo que lamento muito por lhes trazer essa notícia — declarou Axel. — Silvya está morta.

— Silvya! — exclamou Logan. — Não! — O Poeta fechou os olhos.

Jared sentiu como se o chão fosse abrir sob seus pés. Caiu na cadeira.

— Ela foi encontrada no rio, há uma hora — prosseguiu Axel. — Não estava morta havia muito tempo, de jeito algum, mas o Médico não pode fazer nada.

— Ela também foi assassinada? — perguntou Jared.

— É cedo demais para afirmar — respondeu Axel. — Elias está com o corpo dela agora. Foi Jonas Drummond que a encontrou, quando voltava do bosque. Silvya estava enrolada em ervas daninhas, em uma piscina tranquila, no ponto em que o rio se abre para as corredeiras. Sofrera uma batida na cabeça. Parece que ela pode ter sido arrastada pela correnteza por alguma distância e sofrido os ferimentos no caminho.

— Então foi um acidente, certo? — Quis saber Logan, em seguida fez uma pausa. — Ou você acha que pode ter sido suicídio?

— Suicídio me parece a explicação mais razoável — afirmou Axel. — Tenho certeza de que todos conseguimos imaginar a intensa tristeza que ela sofreu com a morte do Príncipe Anders. E tal hipótese certamente é confirmada pelas evidências. — Ele se aproximou da mesa e desenrolou um grande pedaço de pergaminho sobre a mesma. — Este, como pode ver, é um mapa rudimentar do fiorde e do rio que se conecta a ele.

Jared esticou as mãos para impedir que o papel se enrolasse novamente.

— Conheço muito bem essa faixa de água.

— Claro — disse Axel, com o tom mais sombrio. — Todos conhecemos. — Apontou o dedo para um ponto do mapa. — Aqui é onde a ponte de madeira cruza o rio, no ponto mais estreito. Encontramos esta chave aqui. — Alcançou o bolso e pegou uma chave média, repousando-a sobre a borda do mapa.

A chave, é claro, imediatamente pareceu familiar a Jared. Ele pegou-a e a girou entre os dedos.

— A chave da casa de banho de Anders — falou o Príncipe, repousando-a novamente. — Por que Silvya iria até lá? — Achava que já sabia a resposta: a combinação da chave com o bilhete de amor certamente seria um motivo forte o bastante.

Axel deu de ombros.

— Talvez num esforço para se aproximar espiritualmente de Anders? — Seu rosto se contorceu outra vez. — Ou talvez ela estivesse abalada por emoções intensas.

— O que o faz dizer isso? — perguntou Logan.

Axel virou-se para o Poeta, para responder diretamente.

— A casa de banho tinha sido incendiada. Foi a fumaça que inicialmente atraiu a atenção de Jonas. É muito cedo para ter certeza das coisas, mas parece que Silvya ateou fogo à casa, por qualquer que fosse o motivo, e, em seguida, pulou da ponte, atirando-se na correnteza forte do rio. Se derrubou a chave acidentalmente, ou a deixou ali de propósito como uma espécie de recado, não sabemos. Não deixou bilhete de suicídio.

Logan fez que sim com a cabeça.

— Talvez a chave tenha sido um substituto conveniente.

Jared se levantou.

— Não podemos simplesmente presumir que se trate de um suicídio. Sei que Silvya estava muito abalada com o assassinato de Anders, como poderia não estar? E apesar de eu não ser nenhum especialista nessas questões, imagino que por causa da gravidez suas emoções estavam ainda mais à flor da pele. A triste verdade é que eu realmente não conhecia minha cunhada, nenhum de nós conhecia, mas ainda acho difícil acreditar que uma mulher grávida fosse condenar o filho que ainda nem nasceu, por mais que quisesse acabar com a própria vida.

— O que está sugerindo? — indagou Logan.

Jared encontrou seu olhar.

— Estou dizendo que estamos diante da forte possibilidade de ter havido três assassinatos na corte. Primeiro Anders, e agora Silvya e o filho que ainda não tinha nascido. Três assassinatos em três dias, bem no coração da corte, e no coração de minha família.

Fez-se uma longa pausa.

— É possível — reconheceu Axel.

— É mais que possível — retorquiu Jared. — E suponho que, considerando que Michael Reeves foi executado ontem à tarde, não podemos culpá-lo por esses dois.

— Claro que não — protestou Axel, parecendo chocado pela simples sugestão. — Mas temos que confiar nas evidências que se apresentam. Silvya exibiu sinais de instabilidade desde a morte do marido; seu comportamento estranho foi percebido por outros na corte, e não nos esqueçamos que a aprendiz do Médico foi inclusive colocada para vigiá-la no dia da morte de Anders, de tão preocupados que ficamos. A destruição da casa de banho é mais um testemunho do estado emocional de Silvya. E depois, deixar a chave como o fez...

— Parece que já está convencido — disse Jared. — Não vai nem considerar minha hipótese alternativa?

— O Príncipe Jared tem razão — interrompeu Logan. — Temos que manter nossas mentes abertas em relação a isso tudo. Não sabemos se Michael Reeves trabalhava sozinho. Um segundo assassino pode ter entrado em cena...

Axel franziu a testa.

— Sei que você trabalha com questões da imaginação, Logan, mas quero manter esta investigação no campo da realidade, e não da fantasia.

— Não seja tão precipitado em descartar as ideias de Logan — disse Jared, lutando para conter a própria impaciência. — Precisamos reunir os Doze. Vou ouvir a opinião de todos sobre o assunto.

Jared sentiu como se estivesse começando a recuperar o controle. A sensação não foi muito duradoura.

Axel levantou a mão.

— Com todo o respeito, Príncipe Jared, eu sou o Capitão da Guarda. A investigação sobre a morte de Silvya já está sendo conduzida. E a do assassino de Paddenburg continua. Peço que permita a mim e à minha equipe que continuemos nosso trabalho da melhor maneira possível.

Jared balançou a cabeça.

— Dessa vez não, Axel. Você já teve três dias para encontrar o assassino de meu irmão, e estou longe de me sentir convencido de que tenha feito qualquer progresso significativo. Acredito que tenha executado o homem errado ontem. E agora temos mais duas mortes em nossas mãos. De agora em diante, quero ser informado de cada passo que der nas investigações.

— Primo Jared! — Axel não conseguiu conter o tom de protesto da própria voz.

— É Príncipe Jared para você! — Surpreso pela veemência da própria resposta, Jared continuou em tom mais comedido: — sou o Príncipe de Toda a Archenfield e, se existe um assassino ou, como sugeriu anteriormente, se Paddenburg está decidida a perturbar a paz deste Principado da forma mais profunda, então preciso estar no centro do combate. — Recusando-se a continuar com qualquer debate, olhou nos olhos de Axel. — Convoque os Doze. Elias pode ser dispensado, pois entendo que ele tem um trabalho mais importante a conduzir. Mas encontro o resto de vocês na câmara do Conselho em uma hora.

Jared observou Axel olhar rapidamente para Logan. Será que estava procurando apoio do companheiro dos Doze? Se era isso, não o recebeu. Os olhos de Logan continuaram fitando a distância.

Axel suspirou profundamente, em seguida assentiu.

— Entendi, Príncipe Jared. Vou convocar o restante dos Doze conforme o seu comando. — Virou-se de costas e deixou os aposentos do Príncipe.

Depois que ele saiu, Jared se pegou tremendo, e não sabia ao certo se era resultado da força excepcional que teve que evocar para encarar o último desafio do primo, ou se foi em virtude da emoção de ter recebido a notícia devastadora sobre Silvya e seu filho. Qualquer que fosse a razão, o efeito físico foi profundo e ele voltou para a cadeira, tremendo.

Encontrou Logan ao seu lado, e a mão do Poeta se apoiou em seu ombro.

— Respire — disse Logan, com uma gentileza que beirava a ternura.

Jared balançou a cabeça.

— É tão difícil — comentou ele. — Silvya não merecia morrer. Nem o bebê. — Sentiu uma onda de medo e frio nas entranhas. — Sei que não foi acidente nem suicídio. Posso sentir. Foram assassinados, assim como Anders. — Encarou Logan.

— Talvez você tenha razão — disse o Poeta. — Mas deveria tentar manter a mente aberta, pelo menos por enquanto.

Jared balançou a cabeça.

— Não consigo — falou Jared. — Não consigo pensar racionalmente sobre isso. É demais, e perto demais. Parece que minha família está sendo atacada. Quem será o próximo? Minha mãe? Edvin? — interrompeu-se. — Eu?

O Príncipe Jared olhou para o Poeta, que o ajudara a atravessar os últimos dias; nunca precisou tanto de um amigo. Mas, naquela situação, Logan Wilde não tinha nenhuma resposta como consolo. Não tinha qualquer resposta.

VINTE E SETE

CÂMARA DO CONSELHO, PALÁCIO

— E então, uma vez que Elias completar a autópsia, teremos mais condições de saber se a morte prematura de Silvya foi acidente, suicídio ou assassinato. — Axel concluía seu pronunciamento ao Conselho dos Doze.

— Não foi suicídio! — A explosão veio de Lucas Curzon. Todos os olhos se voltaram para ele.

— Lucas — falou Jared, assumindo o controle da situação. — Você parece muito certo disto.

— Estou — disse o Lacaio-Chefe. — Acho que fui a última pessoa a vê-la viva. — Seu rosto estava rubro, e, por mais que quisesse falar, parecia sem fôlego.

— Conte-nos o que sabe, Lucas — pediu Jared.

— Saí para exercitar os cavalos pela manhã — relatou ele. — Encontrei Asta Peck quando me aproximava do fiorde. Ela havia conversado com lady Silvya, perto da casa de banho do Príncipe Anders.

— Asta Peck? — repetiu Logan Wilde. — A sobrinha do Médico? Essa menina tem aparecido em todo lugar. Alguém precisa...

— Lucas, continue, por favor. — Jared ficou ansioso em tirar o foco de Asta.

— Silvya estava muito chateada. Ela me contou que saíra para uma caminhada esta manhã. Adquiriu o hábito recentemente. Tinha obtido a chave da casa de banho do Príncipe e decidiu ir até lá. Acho que pensou que seria uma maneira de se conectar a ele, para ela e para o bebê...

— Superstições sentimentais — interrompeu Emelie Sharp. — O Príncipe Anders não será encontrado em sua velha casa de banho.

Padre Simeon limpou suavemente a garganta.

— Talvez não por você, Emelie. Mas talvez a viúva em luto tenha encontrado a presença dele ali. Algo que a confortasse.

O tom apaziguador do Padre foi rapidamente interrompido por Lucas:

— O que lady Silvya encontrou lá foi a prova da traição de seu marido.

A palavra ricocheteou pelo recinto.

— O que quer dizer, exatamente? — perguntou Axel ao Lacaio-Chefe.

Lucas parecia profundamente desconfortável.

— Não quero entrar em detalhes, não é assunto meu, mas havia bilhetes ali. Bilhetes de amor enviados ao Príncipe, por alguém que não era sua esposa.

Mais uma vez a sala se uniu em um silêncio espantado.

— Você mesmo viu esses bilhetes? — perguntou Jared.

Lucas balançou a cabeça.

— Não — respondeu. — Nem queria ver. E, antes que me perguntem, ela não me contou o que diziam, só me transmitiu uma ideia. O que vi com clareza foi o efeito que causaram nela — suspirou o lacaio. — Não foi nada agradável.

— Os bilhetes a perturbaram? — Quis saber Axel.

Lucas encontrou o olhar do colega.

— Deixaram-na um tanto aflita — respondeu Lucas. — E quem pode culpá-la? Foi a traição derradeira.

— Aflita. — Axel saboreava a palavra. — Aflita o bastante, em sua opinião, para incendiar a casa?

— Sem dúvida — respondeu Lucas, acenando com a cabeça. — Foi a melhor solução se querem saber.

— Mas Silvya não estava, pelo seu entendimento, prestes a tirar a própria vida e a de seu bebê?

Lucas recuou ao ouvir a última pergunta de Axel, mas considerou por um instante.

— Ela estava irritada. E sim, triste. Eu diria que ela poderia machucar outra pessoa, a que escreveu aqueles bilhetes, por exemplo, mas fazer algum mal a si mesma? Não.

— Ela sabia quem tinha escrito os bilhetes? — perguntou Logan. — Você sabe?

Fez-se um silêncio desconfortável quando todos os olhos se voltaram para Lucas.

Ele balançou a cabeça, mas Jared não pôde deixar de se perguntar se estaria sendo sincero.

— Tudo que sei é que Silvya não estava em condições de se ferir — disse o Lacaio-Chefe com renovada veemência. — Apostaria minha vida nisso.

Novah Chastain estremeceu.

— Não fale assim, Lucas — disse Emelie Sharp. — Não invoque mais mortes nesta câmara.

— Realmente parece que estamos sendo escolhidos, um por um — observou Morgan Booth.

— Não! — Jared balançou a cabeça. — Anders era o Príncipe, mas Silvya não fazia parte dos Doze. Não é a corte, mas minha família que está sendo atacada aqui.

— Dá no mesmo — respondeu Axel. — Seja como for, alguém lançou um ataque à liderança de Archenfield. Mas, por enquanto, vamos nos concentrar nos detalhes. — Voltou sua atenção a Lucas. — Quando e como você deixou Silvya? Se ela estava tão aflita, como você mesmo colocou, não teria feito mais sentido ficar e tentar acalmá-la?

— Concordo — disse o Padre Sımeon, levantando as mãos. — O que estava pensando? Deixá-la sozinha quando claramente exibia um estado tão frágil?

— Tentei acalmá-la — insistiu Lucas. — Mas ela insistiu muito em ficar sozinha — explicou ele, respirou fundo. — Foi o que a menina, Asta, me contou quando a encontrei. Fui severo com ela sobre deixar sozinha uma pessoa naquele estado. Eu tinha ouvido Silvya gritar. Foi um grito que atravessou o fiorde. A menina também ouviu e obviamente ficou abalada, mas Silvya a mandou embora. — O rosto de Lucas transmitia derrota e abatimento. — E então fez o mesmo comigo.

— Então na última vez em que a viu, ela estava na casa de banho? — Emelie Sharp voltou ao interrogatório.

— Não. — Lucas a corrigiu. — Perto da casa de banho. Mas estava sentada em uma pedra, perto da beira do fiorde.

— E, só para esclarecer, que horas foi isso?

— Cedo. Ainda havia bruma na superfície do fiorde. O Sino do Capitão da Guarda havia soado pouco tempo antes.

Os olhos de Axel passaram pelos companheiros.

— E mais ninguém viu Silvya depois disso, até Jonas notar a fumaça que vinha da cabana em chamas, correr até lá, descobrir o acontecido e achar o corpo de Silvya, não à beira do fiorde, mas no rio.

Foi recebido com silêncio.

— Foi isso? — pressionou Axel. — Nenhum de vocês, ninguém de suas equipes a viu neste ínterim?

O silêncio que se manteve bastou como resposta.

— Bem, então, Lucas, ao que parece você realmente foi o último a vê-la viva.

— Exceto pelo assassino. — Emelie se manifestou mais uma vez.

— Entendo, Lucas, que você não acredite que ela tenha se matado — falou Axel, ignorando-a. — Mas seu próprio testemunho me convence do contrário. Está claro que ela estava muito furiosa e aflita. Vamos supor que, não muito tempo após sua saída, ela tenha pensado em incendiar o local, para destruir o que ela mesma enxergava como todos os rastros da traição do marido. Enquanto a casa de banho queimava, e queimou depressa, ela se virou na direção do palácio. Desconfio que seu progresso tenha sido errático, pois sua mente estaria cheia não só de pensamentos envolvendo Anders, mas também os atos de destruição que ela forjara. Talvez tenha se arrependido do que fez, ou, no mínimo, ficado dividida em relação a eles: ao destruir a cabana, destruiu o ambiente em que pode ter experimentado algum senso de conexão com o marido. Ela então chegou à ponte e, física e emocionalmente exaurida, parou para recuperar o fôlego.

Todos os olhos permaneciam fixos em Axel enquanto ele continuava com sua hipótese.

— Sabemos que ela esteve lá, porque deixou a chave na grade baixa de madeira, onde foi encontrada mais tarde. Cogitei que ela tivesse escorregado, mas não havia qualquer sinal disso: nenhuma marca na madeira, nenhum pedaço de tecido rasgado. E também achei a chave; perfeitamente posicionada como um sinal de sua intenção. Se ela tivesse caído, a chave não teria sido deslocada?

Ele fez silêncio, deixando a questão ser semeada junto às outras antes de continuar:

— A correnteza certamente a teria carregado de volta na direção que viera. E o choque combinado da água fria com a descoberta recente dos bilhetes teria tornado esse passeio um verdadeiro inferno. Apesar de a correnteza tê-la privado de uma surra nas cachoeiras, era forte demais para o corpo frágil. A ressaca a arrastou para que morresse em uma piscina calma.

Respirou fundo mais uma vez.

— Isso é o que acredito que tenha acontecido a Silvya. Não existe prova de qualquer outra pessoa ter estado ali. Ninguém foi visto deixando a área depois de Lucas.

Morgan Booth levantou a mão.

— Você presume, é claro, que Lucas não seja o assassino.

Lucas empalideceu ao ouvir as palavras do Carrasco.

— Isso mesmo — disse Axel. — Negligente em relação a Silvya, sim, mas não acho que Lucas seja um assassino.

— Nem eu — reiterou o Príncipe Jared, com convicção.

Morgan virou-se para Lucas com tranquilidade.

— Não quis insinuar nada. Só estava fazendo uma pergunta necessária.

Lucas não retribuiu o olhar do Carrasco, muito menos verbalizou qualquer resposta.

O Príncipe Jared assumiu a palavra mais uma vez.

— Primo Axel, a hipótese que expôs é de fato persuasiva. Eu, por exemplo, duvidei do suicídio desde o começo. Como lhe disse quando falamos antes, não acho provável que uma mulher grávida fosse optar por acabar com a vida do bebê, por pior que se sentisse em relação a si mesma. Mas, pelo que Lucas nos contou, parece que, em seus últimos momentos, Silvya chegou ao limite.

— Mas... — protestou Lucas.

— Humores podem mudar tão subitamente quanto a direção do vento — observou Vera Webb, que sempre tinha algum provérbio na manga.

Jared agora olhava para Axel.

— Obviamente, estamos todos esperando para saber o que Elias tem a dizer ao fim da autópsia. Mas acho que deve seguir com a linha de morte acidental ou suicídio.

Axel assentiu.

— Sim, Príncipe Jared. — Então voltou-se para os demais. — Bem, se mais ninguém tem nada a dizer... — Levantou-se, claramente mais que pronto para encerrar a reunião.

— Tem mais um assunto que precisamos discutir. — Foi Logan que falou. — Sobre o corpo de Silvya e o funeral.

Vera Webb respirou fundo.

— Não sei mais quanto posso suportar.

O Príncipe Jared fez um gesto afirmativo com a cabeça.

— Tenho certeza de que todos concordamos, mas não temos escolha. Logan, por favor, prossiga.

Logan assentiu.

— Sei que não é um assunto agradável, mas primeiramente temos que avisar a Woodlark.

— Através de um cavaleiro? Ou um dos falcões de Novah? — perguntou Axel.

— Um cavaleiro seria mais sensível da nossa parte, e certamente mais bem-recebido — reconheceu Logan. — Mas um falcão seria o meio mais rápido de transmitir o recado. E acho que o tempo é fundamental nesta questão. Em dois dias teremos o funeral do Príncipe Anders. O que estou pensando é se deveríamos fazer deste um funeral duplo para Anders e Silvya? As pessoas ainda estão de luto pelo Príncipe Anders. Quando souberem do falecimento de sua Consorte ficarão ainda mais... inseguras. — Olhou para os companheiros. — Por isso acho que um funeral duplo seria útil. Marcaria o fim definitivo do reinado do Príncipe Anders e abriria o caminho para a coroação de Jared e um novo começo para Archenfield.

Emelie Sharp respirou alto.

— Poderia ser mais insensível?

Mas Axel foi em defesa do Poeta.

— Logan está apenas realizando seu trabalho — falou o Capitão da Guarda. — Não é diferente de quando você separa as colmeias depois que a abelha rainha morre...

— Não é assim que funciona — respondeu Emelie, irritada.

— Sinto muito — disse Axel, dando de ombros e ignorando-a. — Mas não conheço seu trabalho e não lhe digo como fazê-lo. Talvez você pudesse estender a mesma cortesia a Logan.

O rosto de Emelie enrubesceu de raiva, mas ela não disse mais nada.

Jared voltou-se para Logan.

— Não deveríamos perguntar aos pais de Silvya, a Rainha Francesca e o Príncipe Willem, o que preferem para o funeral de Silvya?

— É um sentimento louvável — concordou Logan. — Mas, estritamente falando, quando Silvya entrou para sua família, tornou-se sujeita às leis de Archenfield. É muito mais importante a forma como sua morte será recebida pelo nosso povo que pelo de Woodlark.

Jared franziu a testa.

— Isso realmente pode ser verdade? As pessoas mais importantes neste caso não são os pais e irmãos dela?

Logan balançou a cabeça, com clara tristeza.

— Não, as pessoas que mais importam são seus súditos. Já estão profundamente abalados com a notícia da morte de seu irmão; a notícia sobre o falecimento de Silvya trará ainda mais abalo. O conto de fadas de Archenfield acabou. Claro, iniciaremos uma nova era da história com sua coroação... Nada deve ofuscar a alegria e a esperança dessa cerimônia.

Jared olhou para Logan com novos olhos. Até aquele momento não tinha se dado conta do quão insensível o Poeta podia ser.

VINTE E OITO

CÂMARA DE GELO DO MÉDICO, VILA

Asta achou que era um desafio considerável manter a distância emocional do corpo ferido e machucado sobre a mesa à frente. O último corpo que havia visto assim fora o do Príncipe Anders. De algum jeito fora diferente, pois ela só o via de longe. Mas, ao longo dos últimos dias turbulentos, tinha conhecido um pouco Silvya Lindeberg Wynyard: desde o primeiro encontro, apenas algumas horas após a morte do Príncipe, até o doloroso momento compartilhado na casa de banho naquela manhã. Isso tornou no mínimo difícil atender a requisição do tio por sua presença na Câmara de Gelo.

Não havia dúvidas quanto ao fato de que Silvya era uma pessoa difícil e até mesmo perturbada, pensou Asta, que parecia mudar de humor e pensamento como quem troca de roupa: uma hora estava apertando a mão de Asta e a chamando de verdadeira amiga; outra hora, batia em seu rosto, mesmo que respondendo a uma provocação. E não era só em relação a Asta que Silvya se provava inconsistente. O mesmo valia para a forma como falava sobre a complexa relação com Anders.

Asta desconfiava que as constantes mudanças de humor de Silvya eram resultado da dor — por um lado exacerbada pela gravidez, e, por outro, pelo tormento da traição de Anders. Mas quem era a verdadeira Silvya? Pensando no assunto, Asta concluiu que ela provavelmente era uma jovem vulnerável, que havia sido despachada para uma terra estrangeira, com o objetivo de encarar uma vida nova com um homem que não a amava; ou, ao menos, não o suficiente. Silvya foi cúmplice na propagação do conto de fadas real, mas ao longo da jornada, passou a acreditar no "viveram felizes para sempre", coisa que não aconteceu.

— Asta! — A voz do tio interrompeu abruptamente seus pensamentos.

— Desculpe — pediu ela, levantando os olhos do corpo pálido de Silvya.

— Você parece distraída — disse Elias, sem olhar para ela.

— É mais difícil, não é? — observou Asta. — Quando você conhece a pessoa?

— Você não a conhecia — respondeu Elias, cutucando o ombro exposto de Silvya. — Sentou-se com ela por algumas horas no dia em que ela perdeu o marido. Por favor, não faça dramas nem aja como se a conhecesse melhor que de fato conhecia.

O tio estava enganado. Asta tinha começado a conhecer Silvya muito melhor. Ele era clínico e frio em relação às pessoas. Ela duvidava que um dia conseguisse ser assim. Será que aquilo poderia se provar uma barreira para seu sucesso como aprendiz?

Agora ele olhou em seus olhos. Encarou-a impacientemente.

— Então? — perguntou o tio.

— Desculpe, o quê?

— Pedi que fizesse mais uma anotação — disse ele, com um suspiro frustrado.

— Desculpe — respondeu Asta, determinada a ser mais profissional. — O que queria que eu anotasse?

— Hematomas em ambos os ombros, consistentes com o fato de o corpo ter sido arrastado pela corrente do rio.

Asta anotou. Levantando os olhos novamente, viu que Elias tinha virado a cabeça de Silvya para o lado esquerdo e parecia analisar o couro cabeludo. Apesar da aspereza com os vivos, ela notou que ele foi muito gentil ao apoiar a cabeça de Silvya e ajeitar o cabelo, primeiro para um lado, depois para o outro.

— Faça uma outra anotação — instruiu-lhe o Médico. — Há quatro ferimentos próximos um ao outro na parte superior direita do crânio.

Asta escreveu as observações. Ao levantar os olhos, o que viu a fez engasgar. Elias havia alcançado um objeto de medição — uma coisa longa, fina como agulha — e inserido em um dos ferimentos.

— O ferimento superior esquerdo tem 4,5 centímetros — disse ele, retirando o medidor, em seguida inserindo-o na lesão seguinte. — O superior direito mede 3,8. — Mais uma vez recolheu o objeto e aparentou espetá-lo na cabeça de Silvya uma terceira vez. Asta contorceu o rosto enquanto Elias anunciava: — O inferior esquerdo tem 4,3. — Mais uma vez o objeto foi recolhido e reinserido. Asta estava começando a se sentir nauseada. — E o inferior direito, 4. — Elias repousou a agulha de medição. — Pode fazer um desenho, mostrando claramente a posição dos quatro ferimentos?

Asta se postou ao lado de Elias e correu o lápis por uma nova página do caderno. Começou a desenhar com destreza, mas logo sentiu a mão tremer. Realmente precisava se recompor; aquela era uma parte elementar de seu trabalho, e estava fracassando. Tentou de novo, porém, mais uma vez, os dedos vacilaram.

Então o lápis caiu no chão. O barulho fez Elias virar-se.

— Me dê o caderno — falou ele, com um suspiro. Asta obedeceu e esticou o braço para recuperar o lápis e entregá-lo também.

— O que poderia ter feito essas marcas? — perguntou ela, tentando desesperadamente compensar a fraqueza momentânea com uma pergunta incisiva.

Elias não respondeu por um instante, concentrado em concluir o desenho até se satisfazer com o resultado. Quando acabou, falou:

— O corpo foi arrastado por águas traiçoeiras. Muitas pedras pontiagudas poderiam ter sido responsáveis.

— Mas as pedras do rio são lisas — pensou Asta em voz alta.

Elias devolveu o caderno e o lápis a ela.

— Asta, existe um motivo pelo qual o Capitão da Guarda não faz autópsias, e eu não investigo cenas de crimes. Tente se lembrar de que é minha aprendiz, e não de Axel Blaxland, e aplique a atenção em seu trabalho.

Asta franziu o rosto.

— Mas certamente é nosso dever explorar todos os cenários que podem ter causado a morte de Silvya?

— Quais, por exemplo? — Elias voltou ao assunto.

— Bem, por exemplo, que ela pode ter sido assassinada. Como eu disse antes, as pedras do rio são tipicamente muito lisas.

Elias olhou para ela, interrogativo.

— Você parece muito bem-informada sobre o assunto. Como pode falar com tanta autoridade?

Agora estavam chegando a algum lugar.

— Eu vi Silvya perto do rio hoje pela manhã — revelou Asta. — E, enquanto voltava, reparei como as pedras são lisas...

— Esqueça as pedras. — Elias encarou a sobrinha. — O que estava fazendo perto do rio? E por que só agora está me dizendo que viu Silvya antes de sua morte?

Asta se sentiu enrubescendo.

— Queria contar, mas pensei que pudesse esbravejar. — O rosto de Elias agora também estava rubro, mas Asta prosseguiu: — Silvya estava alterada quando a deixei, mas não acho que em um humor suicida. Conversávamos sobre o assassinato do Príncipe Anders...

O temperamento de Elias se exaltou.

— Primeiro lhe flagro interrogando o Caçador, depois fico sabendo pela Cozinheira que também a sujeitou a suas teorias e observações malucas. Agora me diz que perseguia a Consorte do Príncipe! Você não tem direito algum de falar com nenhuma dessas pessoas; direito algum, a não ser que seja especificamente instruída a fazê-lo, por mim. — Seus olhos cinzentos, idênticos aos dela, se estreitaram. — E me lembro de tê-la proibido expressamente de perseguir essas suas ideias ridículas.

— Sim, eu sei — argumentou ela. — Mas...

— Não! — Elias levantou a mão. — Já ouvi o suficiente e já vi o suficiente por aqui também. — A irritação deixou sua voz quando prosseguiu em tom mais clínico e distante: — Estou seguro de que podemos concluir que esta morte foi um suicídio, causado pela dor insuportável da viuvez.

Asta balançou a cabeça, determinada a fazer o tio enxergar seu ponto de vista.

— Não acredito nisso. Não deveríamos ao menos considerar as outras possibilidades?

Elias balançou incisivamente a cabeça.

— Você mesma disse que ela estava consternada quando a viu.

— Sim — confirmou Asta, pausando antes de continuar, porque sabia que o que diria em seguida provavelmente só o irritaria ainda mais. Mesmo assim, tinha que falar. — E é possível que tenha se chateado por minha culpa.

Elias não falou nada, mas seu rosto estava tempestuoso. De algum jeito, Asta foi compelida a prosseguir.

— Tudo começou quando entreguei a ela a corrente do Príncipe Anders e ela...

— Você fez o quê? — rugiu Elias. — Basta. Este arranjo não está funcionando. Preciso que vá embora.

— Desculpe — falou Asta, percebendo que mais uma vez tinha ultrapassado os limites do tio. — Mas, por favor, me deixe ficar e ajudar a concluir a autóp...

— Você não entendeu. Vou enviá-la de volta aos acampamentos.

Foram as palavras que sempre temeu ouvir. Ele não podia mandá-la embora! As bochechas enrubesceram, e ela sentiu novas ondas de enjoo.

— Sugiro que suba e faça as malas — disse Elias. — Você vai embora amanhã ao acordar.

* * *

Asta estava na beira do rio, sobre a piscina rasa onde o corpo de Silvya fora encontrado mais cedo. A equipe do Capitão da Guarda marcara o local com mastros de bandeiras, evidentemente para auxiliar nas investigações. Ela notou que nenhum dos homens de Axel parecia presente naquele momento.

A piscina não ficava longe dos restos incinerados da casa de banho do Príncipe Anders; o ar, normalmente tão fresco àquela proximidade do fiorde, parecia acre em consequência da fumaça. A piscina de águas quase perfeitamente tranquilas era cercada por pedregulhos em três lados, formando uma represa natural.

Asta olhou para o topo das rochas espaçadas que separavam a piscina rasa das correntes rápidas do outro lado. O rio rugia e se agitava além, correndo sobre pedras semi-imersas, antes de entornar em uma série de cachoeiras traiçoeiras, que destruiriam com facilidade um pequeno barco — e trariam danos inimagináveis à carne e aos ossos humanos. Asta observou a água que, nas beiradas da corrente principal, batia na margem e desaguava na piscina calma, causando apenas o mais singelo movimento na vegetação aquática abaixo da superfície.

Então olhou rio acima, em direção à ponte de madeira que atravessava as águas no ponto mais estreito. Aquela área também estava demarcada pelas bandeiras amarelas dos guardas. Foi naquela ponte que encontraram a chave da casa de banho de Anders. Foi de onde disseram que Silvya pulou — ou caiu — no rio e embarcou em sua última jornada.

Era curioso como uma parte do rio podia permanecer tão tranquila quando ali perto a corrente era tão forte. Seus ouvidos foram preenchidos pelo ruído das águas correndo e batendo nos obstáculos. Algumas gotas do coração da cachoeira eram levadas pelo vento e batiam em seu rosto. Enxugando o rosto, Asta voltou a atenção novamente para o fluxo do rio. Observou um galho médio, levado pela corrente, ser engolido pelas cachoeiras famintas do outro lado das pedras. A força da água o fez bater nas rochas, e ela observou enquanto se quebrava em pedaços, exatamente como imaginava que aconteceria.

Asta olhou novamente para a ponte, com um pensamento se formando em sua mente. Ela sabia que um corpo pesava mais que um galho. Mesmo assim, Silvya não teria sido carregada e jogada contra as pedras antes de ser engolida pela correnteza forte e faminta? Olhando de perto o fluxo da água, simplesmente não fazia sentido que o corpo tivesse encerrado a jornada ali, no plácido cemitério da piscina rasa.

Com adrenalina pulsando pelo corpo, Asta caminhou pela margem até a ponte. Subiu na estrutura de madeira e olhou na direção do ponto do qual saíra. Observou as águas agitadas abaixo de si; havia algo completamente hipnotizante nelas. Antes que se desse conta, tinha voltado para a margem, tirado os sapatos e os deixado na grama. Em seguida deslizou pela margem até os pés mergulharem nas águas geladas do rio.

Uma voz mental lhe mandou parar, dizendo que aquilo era loucura; mas outra a incentivou a prosseguir. Mantendo uma das mãos esticada até a parte mais baixa da ponte a fim de se equilibrar, Asta sentiu a água fria ensopar as roupas enquanto entrava. Quando a água atingiu sua cintura, ela sentiu a corrente puxando suas pernas, levando-as. Engasgou-se com o beijo gelado da água em sua nuca. Pensando em Silvya pulando — ou escorregando — da ponte, tomou sua decisão. Soltou a estrutura de apoio da ponte e nadou para a frente, em direção ao meio do rio, então foi imediatamente carregada pela correnteza.

Apesar de a água estar muito, muito fria, a velocidade com que era levada — e a noção do que estava prestes a descobrir — causavam certa satisfação. Asta testou a teoria relaxando o corpo, permitindo que o rio a conduzisse. Prestando atenção ao trajeto que fazia seu corpo, carregado na direção da cachoeira, ela soube imediatamente que Silvya não tinha como ter sido levada para a piscina rasa. Ao ver a bruma acima da cachoeira à frente, satisfeita, Asta começou a nadar para a margem esquerda do rio.

Inicialmente achou que tinha feito algum progresso, mas então a correnteza a puxou, sem dó, de volta ao meio do rio. Tentou uma segunda vez, mas aconteceu o mesmo. Com uma sensação crescente de pânico, tentou de novo. Mais uma vez a correnteza se provou forte demais; a água puxava-a para o lado direito do rio, em direção às pedras e à queda furiosa do outro lado. Então, por um terrível instante, ela foi puxada para baixo da água, que, gelada, se forçou para dentro de seus pulmões enquanto ela tentava respirar. Bateu os pés furiosamente para cima até o rosto emergir, o corpo tremendo, conforme tossia e tentava respirar desesperadamente.

— Ei! — Ela ouviu o grito da margem, mas não conseguia se virar. Precisava de toda a força simplesmente para não ser puxada novamente para baixo.

Com um pavor crescente, percebeu que o ritmo em que descia o rio aumentava cada vez mais. Antes de fazer a experiência, sabia que seria arriscado, mas agora estava começando a temer o pior. Por melhor nadadora que fosse, não tinha como superar a força da correnteza; a água continuava varrendo-a para a espuma branca e para a morte certa nas pedras.

VINTE E NOVE

O RIO

A correnteza parecia ganhar velocidade a cada centímetro do rio. Asta ficou momentaneamente cega pela espuma branca enquanto era carregada para o canal rochoso que marcava o início da cachoeira. Sentiu-se completamente fora de controle, pernas e braços batendo nas pedras submersas.

Então tudo pareceu acontecer em um borrão. Ela viu uma figura pular da margem para as pedras que formavam a fronteira entre a piscina rasa e a cachoeira. Era o Caçador, saltando de uma pedra para a outra, como se fossem uma ponte gigante de rochas. Seu primeiro sentimento ao ver Kai Jagger foi medo. Teve uma visão dele arremessando machadinhas, com implacável precisão, nos troncos das árvores, e lembrou-se de suas palavras sombrias. "Estas armas não são utilizadas em animais." Mas percebeu que o Caçador tentava resgatá-la. Em um rápido movimento, ele deslizou por um pedregulho na frente dela até ter a água à altura do peito. No último segundo! Mas agora Kai não havia se colocado no mesmo perigo?

Enquanto ela se lançava com todas as forças para a pedra na qual ele se agarrava, Kai esticou o braço e a pegou, puxando-a e a envolvendo em um forte abraço. A força do corpo de Asta e da corrente de água atrás dela o pressionou contra a pedra.

— Não fale! — berrou ele. Sua voz, normalmente forte, estava quase sufocada pelo barulho das águas revoltas à volta deles. — Apenas espere e faça o que eu mandar!

Ela concordou com a cabeça, o coração acelerando com o medo que conseguira, de algum jeito, conter até então.

— Eu vou levantá-la — explicou ele, após um instante. — Só até esta pedra. Se segure e fique aí, a qualquer custo, até eu subir outra vez. Tudo bem?

— Sim!

— Pronta?

Ela assentiu. Logo depois, se sentiu sendo levantada por cima dele, dois terços do corpo já fora da água. Esticou o braço até a superfície lisa da pedra conforme instruída, procurando a melhor forma de ganhar acesso. Ele guiou os joelhos de Asta até o próprio ombro para auxiliá-la a sair da correnteza impiedosa. Ela sabia que ele não aguentaria muito tempo.

— Tudo bem, pode soltar! — gritou ela, sentindo-se segura na pedra.

Kai soltou-a, e a força da água o empurrou de volta contra a pedra. Agora estava diante do desafio mais complexo de conseguir sair da água. Olhando em volta, Asta o viu respirar fundo e permitir que a correnteza o conduzisse pela curta, porém crucial distância até a próxima pedra. Foi uma aposta muito arriscada, mas pareceu compensar quando ele chegou ali e conseguiu se segurar. Asta observou, com o coração na boca, enquanto ele lutava para levar o resto do corpo à segurança. Queria ajudar, mas sabia que não tinha condições para isso. Estava exaurida, agredida e congelada pela água.

Asta observou o corpo musculoso de Kai emergir da água, até que ele conseguiu subir na pedra; deve ter encontrado alguma espécie de apoio para o pé. Ela soltou um suspiro de alívio. O Caçador, no entanto, permaneceu completamente concentrado por um instante ou dois, enquanto recuperava as forças. Em seguida se reergueu e pulou para a pedra seguinte — a uma de distância dela.

— Consegue se levantar? — gritou ele.

Ela tentou. Não tinha firmeza nos pés, e a superfície da pedra estava muito molhada. Ao começar a cambalear, Kai esticou o braço para ajudá-la. Ela segurou a mão dele, agradecida. Ele então a conduziu de volta, pedra por pedra, até terem saído da cachoeira. Ao chegarem nas pedras sobre a piscina rasa, Kai a segurou e apertou com força. Ela ficou agradecida; tremia.

— Que diabos você fazia ali? — bradou ele.

Ela mal tinha forças para responder. Mesmo assim conseguiu falar, com voz estridente:

— Buscava a verdade.

Os olhos intensos de Kai Jagger penetraram os dela. Ele balançou a cabeça, mas, de algum jeito, Asta soube que não estava irritado com ela, apenas espantado com suas ações. O Caçador-Chefe, ela se deu conta, tinha arriscado a própria vida para salvá-la.

— Obrigada! — agradeceu ela, vacilante. Em seguida sentiu o corpo tremer incontrolavelmente em consequência do frio, e os joelhos começaram a fraquejar.

Mas uma vez, ele a segurou. Ela sentiu o corpo ficar mole, mas Kai já havia descansado o bastante para dar conta de seu peso. Ele a levou pelas pedras até a beira da piscina rasa.

— Muito bem — disse ele. — Vamos descansar um minuto. Mas você precisa ir para casa se secar.

Ele a colocou sobre a margem do rio e se sentou, os olhos fixos na cachoeira, que quase engoliu os dois. Esta continuava cuspindo espuma, como se estivesse brava por não ter conseguido obter mais um sacrifício humano.

O Caçador correu até seu cavalo, que estava amarrado, e voltou com uma pele de lobo, para enrolar no corpo trêmulo e molhado de Asta. Os olhos cansados da jovem se voltaram para a piscina rasa, traçando a superfície da água cristalina. Ali o rio era coberto por folhas — douradas, vermelhas e verdes, como fios de seda. A estampa que formavam parecia um tipo de tecido que Silvya escolheria para um vestido. Só que agora, Asta refletiu tristemente, não haveria mais belos vestidos para Silvya. Pensou na Consorte do Príncipe deitada ali, esperando para ser descoberta. De certa forma, devia estar linda, os cabelos de linho entrelaçados na vegetação brilhante como joia, os olhos virados para as montanhas, talvez pensando em Woodlark.

Enquanto os olhos de Asta seguiam o movimento das plantas submersas, de repente enxergaram algo ainda mais revelador. E tudo começou a fazer sentido. Preenchida por uma nova onda de esperança, ela começou a deslizar para a piscina.

Tomando consciência do movimento, Kai virou-se — bem a tempo de vê-la entrar na piscina. Ele se levantou outra vez.

— Perdeu totalmente o juízo?

Ignorando-o, ela esticou o braço entre as folhas e conquistou seu prêmio.

— O que é isso? — perguntou Kai. — Um souvenir de sua experiência de quase morte?

Asta olhou para ele, sorrindo suavemente.

— Algo assim — respondeu ela.

Asta sentiu uma pressão na mão — um aperto singelo. Enquanto lutava contra a árdua tarefa de abrir os olhos, o que mais chamou sua atenção foi o cheiro delicioso. Fez com que pensasse na primavera. Com as pálpebras ainda fechadas, ela sorriu, pensando que a primavera era exatamente o oposto da época atual. A primavera era quando as coisas nasciam; estavam no outono, a estação da morte.

Mais uma vez, ela sentiu pressão na mão e ouviu uma voz:

— Tente abrir os olhos. — Asta absorveu as palavras, apesar de ter sido necessário grande esforço para obedecê-las, e forçou os olhos a abrirem.

Ela viu que ocupava o próprio quarto, na casa do tio. De alguma forma, lembrou-se das últimas palavras que ouvira dele: "Suba e faça as malas. Vai embora amanhã..."

Asta viu que foi o próprio Elias que apertou sua mão, e, mesmo agora, continuava segurando-a. Estava sentado ao lado da cama, observando-a com cuidado. Seu rosto exibia um profundo cansaço, mas não parecia haver traços de raiva, como quando estiveram juntos pela última vez. Por cima do ombro de Elias, no criado-mudo, havia uma jarra cheia de jacintos roxos. Então era dali que vinha o cheiro de primavera.

— O Príncipe Jared as trouxe para você — disse Elias. — Não foi gentil?

O Príncipe Jared lhe trouxera jacintos? Por que faria isso? Elias acenou suavemente com a cabeça. Ela percebeu que tentava lhe dizer alguma coisa. Sentindo um movimento, ela virou a cabeça e viu que não estavam sozinhos. O Príncipe Jared também estava ali; sentado à beira de sua cama!

— Oi — cumprimentou ele, sorrindo agradavelmente para ela. — Como está se sentindo?

— Estou bem, obrigada — respondeu automaticamente. — Obrigada pelas flores.

Ele sorriu.

— Eu lhe diria que colhi pessoalmente no caminho para cá, mas temo que seria uma pequena mentira.

— Tudo bem — disse ela. — O que vale é a intenção. — Afastou as cobertas. — Estou com calor — comentou, distraídamente.

Asta viu que o Príncipe Jared olhou para Elias, os profundos olhos castanhos arregalados de preocupação.

— Sua temperatura pode ter sofrido com o mergulho no rio — explicou Elias. — Pelo que soube, você não ficou lá por muito tempo, mas o frio deve tê-la afetado.

As palavras do tio resgataram todas as lembranças: ter ido até a ponte, olhado para o rio, sentido a corrente puxar as pernas; o instante em que começou a ser carregada rio abaixo. A empolgação. E depois o medo. E o resgate de Kai.

Ela franziu o rosto outra vez.

— Se o frio tivesse me atingido, eu não deveria estar com frio em vez de calor?

Elias balançou a cabeça.

— Não é assim que funciona necessariamente — disse o tio. — Mas posso lhe dar um remédio. Com isso e descanso, você deve voltar ao normal em breve. É jovem e forte, graças aos céus!

Asta ficou espantada. Foi a primeira vez que ouviu o tio fazer qualquer tipo de pronunciamento religioso.

— Por que diabos você pulou no rio? — perguntou o Príncipe Jared. — Devia saber o quanto era perigoso, depois do que aconteceu com Silvya.

Asta olhou nos olhos perturbados do Príncipe.

— Eu tinha que saber a verdade — disse ela. — A verdade é importante para mim. Como sei que é para você.

Ele fez que sim com a cabeça, sorrindo suavemente para ela, com cumplicidade.

Pela primeira vez ocorreu a ela a estranheza das circunstâncias — acordar em seu quartinho pequeno e bagunçado e ver o novo Príncipe sentado ali, em sua cama. Uma situação já estranha, ainda mais estranha por incluir o tio.

Ela pensou na discussão que tiveram mais cedo.

— Você disse que ia me mandar embora — falou Asta, a voz estranhamente trêmula pela dor que o pensamento provocava, enquanto olhava para o tio.

Elias franziu o rosto para aquelas palavras, tentando, mas não conseguindo, encontrar o modo certo para responder.

— Isso não vai acontecer — intercedeu o Príncipe Jared. — Enquanto você dormia, eu e seu tio tivemos uma boa oportunidade para conversar.

— O Príncipe me contou o quão valiosa tem sido sua ajuda na investigação da morte do Príncipe Anders — revelou Elias. — Estou orgulhoso de você, Asta.

Foi um choque enorme ouvir aquelas palavras. Ele nunca lhe dissera coisas assim.

— Orgulhoso, mas muito ansioso.

Asta continuou sem dizer nada, mas aproveitou a oportunidade para apertar a mão do tio.

— Você realmente parece ter um lado inconsequente — observou o Príncipe Jared. — Com essas atitudes de saltar de pontes e tudo mais.

Asta balançou a cabeça.

— Não pulei da ponte, na verdade. Entrei pela margem.

— Você queria refazer a jornada final de Silvya — concluiu Jared.

— Não. — Ela tornou a corrigi-lo. — Queria provar que era impossível que Silvya tivesse morrido do jeito que queriam que acreditássemos.

Jared assentiu, encorajando-a.

— Acho melhor você compartilhar conosco suas mais recentes descobertas, não acha?

Satisfeita com o pedido, Asta se levantou até ficar sentada. Elias se esticou para ajeitar os travesseiros em suas costas. Pronta, ela começou seu relato.

— Como sabem, a chave da casa de banho do Príncipe Anders foi encontrada na ponte — falou Asta. — Então os guardas presumiram, naturalmente, que Silvya tivesse caído ou pulado da ponte. Sabemos como os últimos dias foram instáveis. É muito fácil acreditar que ela pudesse ter sofrido um terrível acidente, ou tomado a decisão de acabar com a própria vida.

— Imagino que você tenha ideias diferentes quanto ao que aconteceu — incentivou Jared.

Asta concordou.

— Tenho certeza de que ela foi assassinada. — Olhou para Elias. — Nossa autópsia, além de meu último encontro com Silvya, me convenceram disso. — Voltou a olhar para Jared. — Fui até o rio em busca de provas. O primeiro ponto que visitei foi a piscina rasa onde o corpo foi encontrado. Supostamente, ela teria sido carregada pelo rio até a piscina, fraturando a cabeça enquanto batia nas pedras, e se afogando no caminho, ou na própria piscina. — Ela parou, a voz rouca e seca.

— Aqui — disse Elias, oferecendo-lhe uma taça. — Tome um pouco de água.

Asta tomou um gole, agradecida.

— Obrigada. — Levou a mente de volta à margem do rio. — Fiquei um tempo observando o canal do rio. Deu para ver que seria impossível o corpo de Silvya ter feito aquele trajeto. Quem quer que tenha armado a cena, não pensou bem. A correnteza é forte demais do lado direito do rio. Conduz tudo que carrega para o lado direito das pedras, para longe da piscina rasa, e leva até a cachoeira. Não importa se é um galho de árvore ou um corpo humano; o rio só leva em uma direção.

O Príncipe Jared franziu o rosto.

— Então você tinha consciência disso, mas, mesmo assim, se colocou em perigo, sabendo que, assim como Silvya, seria levada pela correnteza. Essa é a parte que não entendo.

— Sou uma grande nadadora — argumentou Asta, na defensiva. — Tinha todos os motivos para acreditar que ficaria bem. Estava consciente de meus atos. Meu estado mental era totalmente diferente do de Silvya.

— Mesmo assim, vocês duas foram levadas da mesma forma.

— Não — respondeu Asta. — É essa a questão. Silvya não foi carregada por correnteza alguma. Não pode ter entrado no rio pela ponte. A única razão para termos acreditado nisso é a chave, colocada ali para nos enganar. E não consigo deixar de achar que quem quer que tenha feito isso e matado Silvya, também incendiou a casa de banho. De muitas maneiras, foi uma execução surpreendentemente eficiente. O assassino na verdade só cometeu um erro.

— Você parece muito segura de que Silvya foi assassinada — falou Elias.

— Estou — respondeu Asta. Lembrou vagamente da prova que havia extraído das plantas aquáticas. Onde estava? Olhou para a cabeceira, mas não havia espaço ali, não com o jarro de flores. Olhou para a cômoda, mas viu que não estava lá. Sentiu um pânico frio. Será que a perdera? Será que alguém a tinha tirado dela? Ou que só imaginara que a havia trazido? Tudo dependia daquilo.

— Procurando alguma coisa? — perguntou Elias.

Ela fez que sim com a cabeça.

— Trouxe comigo uma coisa da piscina rasa.

— Sim, um objeto bastante curioso. — Ele sorriu. — Agarrava-o com muita força, então concluí que fosse muito importante. Guardei, para mantê-lo em segurança. — Elias abriu a porta do móvel da cabeceira, e Asta observou aliviada enquanto ele retirava a pedra e a colocava em sua mão, a parte lisa para baixo.

— Isto foi o que matou Silvya — revelou Asta.

Ela se inclinou para a frente e ofereceu a pedra ao Príncipe Jared, que pegou e sentiu o peso nas próprias mãos.

— Um dos aspectos mais notáveis da piscina rasa onde Silvya foi encontrada é que todas as pedras ali são incrivelmente lisas — disse Asta. — Todas, menos esta. Veja como é lisa, exceto pelas quatro pontas em um lado, onde foi quebrada ao meio. — Voltou-se para Elias. — Estou convencida de que haverá compatibilidade com os quatro ferimentos na cabeça de Silvya.

— Então está dizendo que Silvya não se afogou? — perguntou o Príncipe Jared. — Alguém a golpeou e matou com esta pedra?

— Havia água nos pulmões — informou Elias. — Mas deve ter sido um encontro próximo entre morte por hemorragia causada pelas feridas na cabeça e morte por afogamento. Presumindo que a pedra se encaixe como acredita Asta.

— Vamos ver! — disse Asta, alimentada por uma nova onda de energia. — Tio Elias, podemos ir até a Câmara de Gelo e ver se as pontas são compatíveis com os ferimentos de Silvya?

Elias considerou a sugestão, em seguida assentiu.

— Se estiver se sentindo bem para isso. Mas sua temperatura está instável. Não sei se é sábio descer para um lugar tão frio.

— Tenho que acompanhar a investigação até o fim — garantiu Asta.

— Sim — concordou o Príncipe Jared. — Você mais que conquistou tal direito.

— Tudo bem — capitulou Elias. — Contanto que se agasalhe para se proteger do frio.

Asta se sentiu um tanto patética enquanto os dois homens a ajudavam a se levantar da cama. Jared esperou do lado de fora enquanto Elias a envolvia em um grande cobertor. Em seguida os três desceram pela Casa do Médico, passaram pela sala de cirurgia e seguiram para a porta trancada que levava à Câmara de Gelo abaixo.

Elias destrancou a porta e continuou. Asta sentiu o Príncipe Jared apertar gentilmente seu braço.

— Asta — sussurrou ele. Foi estranhamente empolgante ouvi-lo chamando seu nome. — Você demonstrou uma rara coragem hoje. Estou em dívida com você.

— Qualquer um teria feito o mesmo — respondeu ela suavemente. Mas, mesmo assim, enrubesceu com o prazer de ouvir aquelas palavras.

Enquanto Elias acendia as velas e o interior da Câmara de Gelo se iluminava, o corpo de Silvya foi se revelando sob a coberta na mesa central. Elias se aproximou e dobrou o lençol, expondo a cabeça, o pescoço e os ombros. A cabeça de Silvya ainda estava apoiada sobre o lado esquerdo, os quatro machucados claramente expostos.

Asta notou que o Príncipe Jared, ao ver os ferimentos pela primeira vez, fez uma careta.

— Pobre Silvya — disse ele, balançando a cabeça.

Os três se reuniram em torno da parte superior da mesa. Elias se voltou para o Príncipe.

— Está com a pedra? — perguntou o Médico.

— Sim — respondeu Jared. Mais uma vez sentiu seu peso, em seguida colocou o lado liso da pedra na palma de Asta. Sua intenção era clara. Mal conseguindo respirar, ela levou cuidadosamente a pedra até a cabeça de Silvya.

— Precisa virar um pouquinho — avisou Elias.

Asta obedeceu.

— Agora de novo, só um pouquinho.

Enquanto Asta erguia um pouco as pontas na cabeça de Silvya, elas se apoiaram diretamente sobre os quatro machucados. O coração de Asta se acelerou.

— É um encaixe perfeito. Então agora temos a certeza de que... estou segurando a arma que o assassino usou.

— Não. — Elias balançou a cabeça. — É uma explicação muito boa, posso lhe conceder isso. Mas não podemos ter certeza.

Sempre cientista, pensou Asta, sempre pesando as palavras tão cuidadosamente. Mas, independentemente de qualquer cautela do tio, ela sabia que era verdade. Sabia não só na mente, mas no coração; como se Silvya tivesse levantado do rio e lhe contado a história de sua morte. Asta sentiu lágrimas quentes enchendo os olhos, e não sabia ao certo se eram de tristeza pelo fim brutal da vida de Silvya, ou simplesmente de alívio por seu esforço ter sido recompensado.

O Príncipe Jared soltou um suspiro.

— Então, diga-me, como acha que minha cunhada foi morta?

— Dá para ver os hematomas em seus ombros — falou Elias, apontando. — Minha hipótese inicial era a de que esses ferimentos tinham surgido enquanto ela era carregada pelo canal do rio. Mas agora estou inclinado a pensar que tenham sido provocados pelas próprias mãos do assassino. Acho que os dois devem ter lutado.

— Concordo — disse Asta. — Acho que o assassino pretendia afogar Silvya e talvez tenha pensado que seria um assassinato fácil. Ela era uma mulher pequena, então não era difícil subestimar sua força.

Elias assentiu.

— Mesmo as pessoas aparentemente mais frágeis podem extrair recursos internos inimagináveis na luta pela vida.

— Então o assassino de Silvya alcançou essa pedra para terminar a execução? — sugeriu Jared. — Se for esse o caso, não entendo por que não fez um trabalho mais completo e se livrou da evidência.

— Fiquei pensando sobre isso também — respondeu Asta. — O assassino tinha muita coisa para fazer àquela altura, para preparar a cena de modo que parecesse suicídio ou um terrível acidente. Tenho certeza de que pretendia se livrar da pedra, mas não teve tempo.

— E por que não a levou consigo simplesmente? — perguntou Jared.

— Não poderia se dar ao luxo de ser descoberto em posse da mesma — explicou Asta. — E, quanto mais longe do rio, mais suspeito aquilo pareceria. Além disso, a pedra é lisa em um dos lados. Pode tê-la virado embaixo da água, pensando que ninguém perceberia. O sangue de Silvya seria lavado. Foi apenas sorte, na verdade, eu tê-la visto entre a vegetação. A piscina é muito calma, mas ainda assim tem uma suave corrente que passa por ali.

O Príncipe Jared balançou a cabeça.

— Não acho que tenha sido sorte, Asta — falou ele. — Estou começando a acreditar que você tenha um raro talento para isso.

— E eu estou inclinado a concordar — reforçou Elias, com uma clara nota de orgulho na voz.

A mente de Asta já estava cheia de novas perguntas.

— O que precisamos pensar agora é em quem pode ter matado Silvya. E como esse assassinato se relaciona ao do Príncipe Anders. Está me parecendo cada vez menos um assassinato político, e cada vez mais um crime passional. Não acham?

Elias olhou, confuso, para a sobrinha. Ela se deu conta de que ele ainda não dispunha de informações cruciais.

Jared franziu o rosto.

— Estou me sentindo tão mal por termos pensado que a própria Silvya poderia ter matado meu irmão.

Asta balançou a cabeça.

— Não se sinta mal — aconselhou ela. — E não seja tão rápido em descartar essa ideia. Ainda existe a possibilidade de que tenha sido ela a assassina de seu irmão. Ela poderia tê-lo matado e depois sido assassinada pela amante, em represália.

— Amante? — repetiu Elias, claramente chocado com a conversa, com a informação.

— Meu irmão estava envolvido com outra mulher — explicou Jared. — Mas ainda não sabemos quem.

— Temos que renovar nossos esforços para descobrirmos quem era — argumentou Asta. — No mínimo ela vai poder esclarecer um pouco a parte oculta da vida do Príncipe Anders. — Soltou um leve suspiro. — Na pior das hipóteses, é a pessoa que estamos procurando.

Jared fez que sim com a cabeça, o rosto sombrio e perturbado.

Foi Elias que se manifestou em seguida:

— Se o Príncipe Anders tinha um caso extraconjugal entre o terreno do palácio e o fiorde, então devia ser com uma mulher de título: ou da realeza, ou membro dos Doze.

— Concordo — disse o Príncipe. — São as únicas pessoas que poderiam ter passado por várias equipes de guardas sem levantar suspeitas.

— Muito bem — disse Asta. — Bem, isso certamente reduz a lista de suspeitas. Acho que devemos começar fazendo uma lista com nomes, concordam?

Elias espirrou. Puxou o lençol novamente para cima da cabeça ferida de Silvya.

— Vamos voltar lá para cima — disse o Médico. — Está frio demais para pensar aqui embaixo. E não me parece correto conduzir esta conversa na presença de lady Silvya.

TRINTA

ESCRITÓRIO DO CAPITÃO DA GUARDA, PALÁCIO

O Príncipe Jared se sentou pacientemente à mesa enquanto o primo levava o tempo necessário para processar as novas informações que acabara de receber.

Jared refletiu sobre a decisão de ir ao escritório do Capitão da Guarda para aquela reunião, em vez de ordenar que Axel fosse até o seu. Foi um gesto de conciliação. Sorriu para si mesmo; quatro dias em companhia do psicologicamente astuto Logan Wilde pareciam surtir efeito.

Axel a essa altura já havia se levantado, e andava de um lado para o outro em seu lado da mesa. Finalmente parou e esticou o braço para se servir de aquavita. Virou e gesticulou, oferecendo uma segunda dose a Jared, mas o Príncipe segurou seu copo ainda cheio. Não gostava muito da bebida, mas não quis que o primo o achasse grosseiro. Tinham travado tantos embates nos últimos dias, mas agora precisavam se unir e trabalhar em equipe.

Em suma, precisava da ajuda do primo Axel.

— Muito bem — disse Axel, sentando novamente e repousando o próprio copo na mesa. — Estou preparado para aceitar que a morte de Silvya pode não ter sido acidente ou suicídio. Existem, como você diz, provas suficientes para considerarmos um assassinato como uma possibilidade muito real. — Fitou os olhos de Jared. — Mas você tem que reconhecer que o assassinato pode ser parte de uma trama da corte de Paddenburg, ou de qualquer um de nossos vizinhos, exceto, acho que podemos concordar, de Woodlark.

Enquanto ele pausava para tomar outro gole da bebida, Jared aproveitou a oportunidade de responder.

— Então concordamos que um assassinato é uma forte possibilidade também neste caso. Perdoe-me, primo, mas não entendo: por que você não quer considerar a hipótese de que talvez não tenha havido qualquer aspecto político nos dois assassinatos, e que tenham sido crimes passionais?

— Deixe-me explicar — disse Axel, inclinando-se para a frente sobre a mesa. — Nos últimos quatro dias Archenfield perdeu seu Príncipe e a Consorte do Príncipe, certo?

Jared concordou com a cabeça. Não havia como questionar tais fatos.

— Bem, esses dois assassinatos geraram duas... não, na verdade três consequências. Primeiramente, nosso governante foi destronado. O primeiro assassinato provocou isso. Em segundo lugar, nossa aliança com Woodlark corre perigo, considerando que Silvya Lindeberg muito provavelmente foi assassinada em nosso solo. — Axel franziu o cenho. — Em terceiro lugar, em consequência da morte de Anders, temos agora um Príncipe mais fraco e muito menos experiente no trono. — Ele tentou suavizar a brutalidade das palavras com um sorriso. — Sem querer ofender, primo, só estou relatando os fatos como os vejo. Com o tempo, tenho certeza de que você vai nos impressionar, e Logan Wilde irá registrar seus feitos épicos para os livros de história.

Apesar de não ser exatamente agradável ser lembrado sobre a própria juventude e inexperiência, o Príncipe Jared não podia negar a lógica de Axel.

Axel se inclinou para trás na cadeira.

— Então você precisa ver como todos esses fatores apontam muito claramente para dois assassinatos, mortes, matanças políticas; como quer que chame, o impacto é o mesmo. — Axel se inclinou para a frente, levantou o copo e esvaziou o conteúdo. Ao fazê-lo, olhou para Jared. — Ainda não se convenceu, não é mesmo?

— Tudo que você disse soa verdadeiro — respondeu Jared, lentamente. — Mas acho que é tão provável quanto, considerando a vida amorosa claramente complexa de meu irmão, que os assassinatos tenham sido motivados por razões pessoais, em vez de políticas. — Jared franziu o rosto. — Só não quero que criemos uma situação tensa com algum de nossos vizinhos quando talvez não tenha nada a ver com eles.

Axel lhe concedeu um aceno de cabeça.

— Não contribui a essa hipótese desconhecer quem era a amante de seu irmão.

— Sei que é a peça que falta no quebra-cabeça — falou Jared. — Por isso vim falar com você. Ficaria muito grato em contar com sua experiência e sua intuição.

Ao que parecia, a última coisa que Axel esperava do primo era um elogio. As palavras o pegaram de surpresa, e Jared viu novos pensamentos passando por sua mente.

— Muito bem, então, se quer minha experiência, lhe digo o que acho. — Axel se levantou. — A motivação na verdade é um fator secundário aqui. Nosso foco principal deve ser este: para Anders e Silvya terem sido mortos, o assassino ou o grupo de assassinos devem ser de alta patente, ou morar na corte, com acesso a todos os pontos.

Jared assentiu.

— Faz sentido. Elias disse o mesmo.

— Então, agora estamos começando a chegar a algum lugar. — Axel se serviu de mais um drinque. — Veja, uma das informações mais úteis que me trouxe foi sobre o ferimento de caça sustentado por Anders...

Jared se sentiu tentado a perguntar por que, se isso tinha sido escrito com clareza no relatório de autópsia de Elias, Axel estava tratando a informação como nova. Mas não queria arruinar o tom amistoso da reunião, então apenas assentiu.

— Como você disse, Príncipe Jared, todos na equipe de caça eram de alta patente. Proponho interrogarmos cada um outra vez, começando amanhã cedo. Meu objetivo será descobrir se qualquer um deles tem alguma filiação secreta com Paddenburg. Parece impensável, mas temo que tenhamos que encarar os fatos.

Jared suspirou.

— Então você insiste em enxergar os assassinatos como políticos?

— Sim, e acho que é o melhor passo a ser seguido na investigação. Pretendo mandar minha equipe continuar olhando os registros de imigração para ver se revelam alguma coisa. — Axel sorriu novamente. — Você ainda acha importante descobrir a identidade da amante misteriosa de seu irmão, não acha? — Deu de ombros. — Bem, certamente não fará mal algum termos a informação. E não vejo qualquer problema se, enquanto eu e minha equipe interrogamos o time de caça, você e sua amiga começarem a questionar as mulheres da corte. Nunca se sabe, vocês podem descobrir algo de útil.

Será que o primo Axel poderia ser mais condescendente se tentasse? Jared duvidava. Mesmo assim, parecia uma divisão razoável do trabalho: uma equipe procurando uma conspiração política, enquanto a outra (ele gostava muito da ideia de que ele e Asta formassem uma equipe) investigava os aspectos pessoais.

— Talvez você queira minha ajuda para elaborar sua lista de suspeitas? — sugeriu Axel.

— Por que não?

Axel parecia satisfeito consigo mesmo.

— Bem, como eu disse, temos que pensar em altos títulos. Então, vamos começar com os Doze. — Fez uma careta. — Acho que podemos excluir Vera Webb. Vamos dar mais crédito ao bom gosto de seu irmão.

— A Apicultora? — disse Jared.

Axel fez que sim com a cabeça.

— Sim, ponha em sua lista. Apesar de ela ser tão amarga que não consigo imaginá-la se lançando em um romance épico.

— Falarei com ela — comentou Jared, anotando o nome.

— A Falcoeira — disse Axel, perdido nos próprios pensamentos por um instante. — Definitivamente deve falar com Novah Chastain. Ela costuma ser um mistério. Não tenho muita certeza de que consigo vê-la formando uma relação com ninguém além dos pássaros, mas certamente ficou muito abalada com a morte de seu irmão. Isso pode significar alguma coisa.

Jared colocou Novah Chastain na lista.

— São as únicas mulheres dos Doze, então é sua lista de suspeitos. — Axel fez uma pausa. — A não ser que você ache que seu irmão tinha uma preferência pelo próprio gênero? — Jared levantou o olhar com espanto, para ver Axel sorrindo. — Isso abriria muitas possibilidades: Lucas, por exemplo. Ele é bem bonito, não? Ou Logan? Seu irmão e o Poeta viviam grudados.

Jared balançou a cabeça.

— Acha que eu não saberia se a preferência de meu próprio irmão fosse por homens?

Axel deu de ombros, relaxado.

— O que me parece é que na medida em que os dias passam, nem eu nem você sabemos muito sobre seu irmão. E quem sabia? Tem que admitir que o bom Príncipe Anders está se provando cada vez mais um enigma. — O tom de voz de Axel mudou. — Obviamente não estou fazendo nenhum juízo de valor, só olhando as possibilidades.

Jared franziu o rosto, relutante em seguir aquela linha. Se deu conta de que não se importava se o irmão era heterossexual, homossexual ou assexuado. O que o incomodou foi a insinuação de Axel de que ele não conhecia Anders de verdade. Era a mais pura verdade; e incomodava. De repente teve um novo pensamento.

— Tem uma possibilidade que não consideramos.

— Kai Jagger? — Axel rebateu com um sorriso.

— Não — respondeu Jared. — Koel Blaxland.

Axel riu.

— Minha irmãzinha? Acha que seu irmão e minha irmã... Não, acredite em mim quando digo que podemos excluí-la.

— Com base em quê?

A voz de Axel soou mais rouca.

— Baseado no fato de que eu conheço minha irmã. E, acredite, eu saberia se ela estivesse apaixonada por seu irmão, ou qualquer pessoa, aliás.

Jared deu de ombros.

— Tudo bem, mas acho que vou fazer algumas perguntas a ela, mesmo que apenas para descartar. — Foi a vez do Príncipe sorrir. — Contanto que você não se oponha.

— Me opor? — Os olhos de Axel se estreitaram. — Não, claro que não. Sei que Koel gostaria de ajudar. Ela é tão devota a Archenfield quanto eu.

Jared acrescentou o nome de Koel à lista. Falaria com Asta pela manhã e decidiria a melhor forma de dividir as três entrevistas. Levantou-se.

— Obrigado pela ajuda, primo Axel — agradeceu ele. — Fiquei feliz em ter vindo procurá-lo.

Axel balançou a cabeça lentamente. Pareceu distante por um momento, perdido nos próprios pensamentos.

— Vou me retirar — avisou Jared, caminhando para a porta. Enquanto alcançava a maçaneta, ouviu Axel falar.

— Sabe — disse Axel. — Teria feito muito mais sentido se Anders tivesse esperado alguns anos para se casar com Koel, em vez de se apressar em uma união com a filha de Woodlark. Havia outras maneiras de se conquistar uma aliança.

Jared franziu o rosto.

— Faz muito sentido falar agora. Talvez você devesse ter pensado nisso à época.

— Pode ter certeza de que deixei bem claras minhas opiniões — respondeu Axel. — Mas ouvi gritos de sua mãe, de Logan Wilde e de outros dos Doze. Estavam todos convencidos de que poderiam pegar esse casamento político e transformar em um conto de fadas. Mas, ao que parece, não conseguiram.

— Talvez não — concedeu Jared. — Mas Anders e Koel? Não consigo enxergar isso funcionando, você consegue? — Ficou surpreso ao sentir um senso de proteção, não só em relação ao irmão, mas também à prima.

— Bem, nunca saberemos. — Axel olhou nos olhos dele. — Mas esse casamento teria fortalecido Archenfield por dentro, unindo mais que nunca os Wynyard e os Blaxland. Pelo menos com isso podemos concordar.

Jared combateu o fogo de Axel com o próprio.

— Agora que você é meu Sucessor, nossas famílias estão mais unidas que nunca. Eu e você podemos não concordar em tudo, mas certamente concordamos nisso, corto? Eu o coloquei no coração do Principado; e o fiz porque o queria ali, ao meu lado.

Axel meneou a cabeça.

— Não, Príncipe Jared, você e sua mãe me puxaram para perto e me fizeram um pequeno agrado porque sabiam que eu era sua maior ameaça. — Seus olhos arderam. — Não podemos ao menos ser honestos quanto a isso?

QUINTO DIA

TRINTA E UM

CASINHA DA APICULTORA, VILA

Para surpresa de Asta, Emelie Sharp a esperava do lado de fora da porta de casa.
— Ouvi dizer que talvez viesse me visitar. Estava para fazer um chá. Não quer me acompanhar?

Asta seguiu a Apicultora para o interior da casa, gostando imediatamente do clima aconchegante do lugar. O corredor estreito se abria em uma sala com uma cozinha, no lado esquerdo, e lugares confortáveis para se sentar perto de uma pequena lareira, no lado direito. As mantas confortáveis, os retratos e a atmosfera de informalidade aconchegante com a qual contribuíam de certa forma lembravam a casa de banho do Príncipe. Será que Emelie também tinha influenciado naquela decoração? Caso tivesse, então Asta e Jared teriam a resposta que buscavam. Mas ela sabia que precisava resistir à tentação de tirar conclusões precipitadas. Quando Jared — corrigiu-se — quando o Príncipe Jared fora procurá-la de manhã e propôs aquela estratégia de entrevistas, ele deixou claro que a hora das adivinhações já havia acabado; um dos dois precisava descobrir a verdade.

Asta sentiu um renovado senso de missão, agora que ela e o Príncipe Jared estavam trabalhando juntos de verdade. O fato de só os dois saberem disto — e obviamente era melhor continuar assim por enquanto — só tornava tudo mais emocionante. Ela tinha certeza de que finalmente conseguiriam provas para descobrir, sem qualquer dúvida, a identidade do verdadeiro amor do Príncipe Anders. E, com essa informação, revelariam o assassino.

Ela observou enquanto Emelie se ocupava no fogão. Os movimentos da Apicultora eram graciosos, precisos, mas também carregados de uma energia oculta. Asta tinha consciência de si mesma tentando entender a mulher e pensando no que diria ao Príncipe quando o encontrasse novamente mais tarde.

No fundo da sala um par de portas de estábulo — a de cima aberta — desembocava em um jardim pequeno e bem-cuidado. Asta abriu a porta de baixo e foi até o belo jardim. Era tudo em pequena escala, mas dava para perceber que havia tanto cuidado ali quanto nos jardins mais exuberantes do palácio.

— Temo que não esteja no melhor dos estados — falou Emelie da entrada. — Culpa de um verão bom demais! Tudo brotou cedo e morreu logo. — Ela voltou para dentro, a fim de cuidar da chaleira.

A atenção de Asta foi atraída por uma fileira de colmeias, que dominava toda a extensão do jardim. Ela sabia que as colmeias principais estavam em uma sessão dedicada a isso no jardim do palácio e que era de lá que Emelie colhia o suprimento de mel e cera para o palácio e seus muitos residentes.

— Nós a apelidamos de Fileira da Apicultora — disse Emelie, aparecendo no jardim com uma bandeja com o chá, a qual repousou sobre a mesa em frente às portas da sala.

— Pensei que morasse sozinha — comentou Asta, curiosa.

— Ah, moro — respondeu Emelie, ajeitando as xícaras e pires. — Bem, tem Chaucer, é claro. — Ela abaixou e afagou um gato que dormia embaixo da mesa. Ele saboreou o carinho da dona por um instante, em seguida rolou e esticou os membros ao sol.

Após cinco minutos de conversa insignificante, Asta resolveu que era melhor entrar no assunto.

— Vim conversar sobre o Príncipe — falou a aprendiz, repousando cuidadosamente a xícara de chá.

— Qual deles? — Quis saber Emelie.

— Príncipe Anders — respondeu Asta. — Estou interessada em saber o que pensava sobre ele.

— O que eu pensava sobre Anders? — Emelie meditou. — Era um líder nato. Bem, não, não é bem verdade. Seria mais justo dizer que foi perfeitamente moldado para ser líder. — Seus olhos brilhantes encontraram os de Asta. — Você sabe alguma coisa sobre abelhas rainhas?

Asta balançou a cabeça.

— Bem, você pode achar que uma abelha rainha tem poder sobre o resto das abelhas na colmeia. E tem, de certa forma. Mas ela não nasce para governar. Ela é, inicialmente, só uma abelha normal, mas então é escolhida pelas abelhas operárias da colônia, que a engordam com generosas quantidades de geleia real.

Emelie pausou para tomar um gole de chá antes de prosseguir.

— Troque o gênero e perdoe a analogia, mas o Príncipe Anders era como a abelha normal que foi escolhida pelas operárias e alimentada com a geleia real. De repente, diante de nossos olhos, ele se transformou em algo majestoso, de outro mundo. Nosso Príncipe.

Asta concordou.

— Ele se tornou o governante todo-poderoso.

Emelie balançou a cabeça.

— Não é bem assim que o Principado funciona. Não é muito diferente das abelhas. Pode parecer que a rainha controla a colônia, mas não é bem isso. A única função dela é reproduzir. Ah, sim, é claro, ela é cercada de abelhas operárias que atendem a todas as suas necessidades, trazem comida, levam o lixo. Contanto que faça o que pedem dela, sua posição permanece segura.

— E se não fizer? — pensou Asta em voz alta. — O que acontece?

Emelie olhou nos olhos dela.

— Muito simples. As abelhas operárias a matam e produzem outra rainha.

Asta ficou chocada.

— Então, continuando com a sua analogia, se o Príncipe Anders falhou na missão, então os operários, no caso os Doze, mataram-no e o substituíram pelo Príncipe Jared.

— Exatamente! — assentiu Emelie, com os olhos arregalados. — Uma barbaridade, não?

Asta se perguntou se a Apicultora estava tentando lhe dizer alguma coisa.

Emelie sorriu para ela.

— Talvez tenha ouvido falar que eu não gosto de rodeios — disse Emelie. — Se tiver uma pergunta, prefiro que faça diretamente.

— Nesse caso — disse Asta, respirando fundo. — Você amava o Príncipe Anders?

Emelie engoliu mais um gole de chá.

— Se o amava? Não. Eu o respeitava, muito. Acho que ele cumpriu maravilhosamente bem o desafio de ser Príncipe. Sua metamorfose foi extraordinária e impecável.

— Mas como homem? — insistiu Asta. — Esqueça, por um instante, que ele era o Príncipe. Você o amava como homem?

— Não! Não se pode amar uma pessoa que você não conhece. Pode haver encanto, atração, sonhos, e não, antes que pergunte, jamais tive nenhuma dessas emoções em relação a Anders. — Balançou a cabeça. — Sou uma abelha operária, Asta. Meu trabalho é alimentar a realeza, por assim dizer. Mas amá-los? Está muito além de minha função.

Asta suspirou. A Apicultora não podia ter sido mais lúcida ou convincente. Asta entendeu de que Emelie Sharp não era o segredo cuidadosamente guardado do Príncipe.

O Príncipe Jared assistiu a uma curta distância enquanto Koel Blaxland apontava o arco para o chão e ajeitava uma flecha, prendendo a ponta na corda do arco. Segurando a corda com três dedos, Koel levantou o arco e puxou a flecha na direção do rosto, apoiando-a momentaneamente na bochecha direita. Jared prendeu a respiração conforme Koel soltava a flecha. Esta voou em direção ao alvo, mas, para decepção dos dois, só atingiu um dos círculos externos.

Koel balançou a cabeça, claramente frustrada.

— Foi falta de sorte — disse Jared, indo até ela. — Sua armação foi quase perfeita. Só precisa trabalhar mais um pouco na fase seguinte.

— Primo Jared! — exclamou Koel, virando enquanto ele caminhava até ela. — Que surpresa maravilhosa!

Jared sorriu ao vê-la ali, com um tapa-olho sobre o lado esquerdo do rosto.

— É você mesma, Koel Blaxland, ou é uma malvada rainha pirata, que assumiu o lugar de minha prima?

Koel riu.

— Ah, esqueci que estava com isso! — disse ela, levantando a mão e tirando o tapa-olho da cabeça, deslizando-o pelos longos cabelos escuros. — É para ajudar a me concentrar no alvo, mas tenho certeza de que fico ridícula.

— Na verdade, acho que caiu bem em você — observou Jared, com um sorriso.

— Não tenho certeza se gostei da implicação disso. — Koel repousou o arco em seu apoio e aceitou com gratidão o copo de suco de frutas silvestres oferecido por sua acompanhante. — Aceita alguma coisa?

Jared assentiu.

— Obrigado, seria bom. — A servente de Koel encheu mais um copo e o entregou a Jared.

— Vamos nos sentar um pouco? — Koel levou Jared a uma mesa com cadeiras, perto de um velho salgueiro. — Então — disse ela, sentando-se. — O que o traz aqui? Estava querendo treinar a própria pontaria? Ah, mas claro que não, não trouxe seu arco!

Jared sentou-se ao lado da prima.

— Eu certamente me beneficiaria do treino, mas não; vim procurá-la.

Koel sorriu e tomou um pequeno gole do suco.

— Fico lisonjeada que, com tantos que sem dúvida disputam sua atenção, você tenha escolhido me procurar.

Jared virou para ela.

— Queria saber como está, depois de todas as coisas terríveis que ocorreram nos últimos dias.

Koel balançou a cabeça.

— Típico de você — observou ela. — Eu é que deveria lhe oferecer apoio. Afinal, você perdeu um irmão, e agora uma cunhada.

Jared meneou a cabeça, sentindo uma brisa refrescante que agitava as folhas do salgueiro.

— A morte de Anders foi uma fonte de muita dor para todos nós — disse ele. — A de Silvya também. Somos uma família, os Wynyard e os Blaxland. Todos sangramos o mesmo sangue.

— De fato — concordou Koel. — Mas vamos torcer para que ninguém mais sangre por um bom tempo. — Esticou o braço e apertou a mão dele, por apenas um instante. Soltando-a novamente, perguntou: — Quais são as novidades da investigação?

— Tenho certeza de que seu irmão a deixou informada.

— Axel? — Koel riu levemente. — Axel não me conta nada. Ele acha que sou muito jovem e muito fútil para me interessar por seus assuntos sérios de homem feito.

— Então acho que ele lhe presta um desserviço.

— Também acho, primo Jared. — Ela sorriu outra vez. — Obrigada por me dizer isso.

Jared tomou um gole de suco antes de prosseguir.

— Eu e seu irmão nos encontramos ontem à noite para discutir as últimas evidências, e ele e sua equipe estão perseguindo novas pistas hoje. É possível que Anders não tenha sido envenenado pela comida, mas por outros meios. Perdoe-me por não oferecer maiores detalhes.

— Claro, eu entendo — disse Koel. — Mas isso certamente soa promissor. — Fez uma pausa e continuou: — Quais as últimas suspeitas em relação a Silvya, acidente ou suicídio?

Jared respirou fundo antes de responder.

— Assassinato.

— Não! — O belo rosto de Koel empalideceu.

— Sinto muito, mas temo que sim — falou Jared. — E parece que o assassinato dela está ligado ao de Anders. Axel acha que há mais de um assassino infiltrado em Archenfield.

Koel estremeceu.

— Isso faz com que eu me sinta tão vulnerável... Ter que lidar com um inimigo invisível.

— Sim — concordou Jared. — Sei exatamente o que está dizendo. — Interrompeu-se, ansioso em manter o fluxo da conversa na direção que devia seguir. — Koel, preciso lhe perguntar uma coisa. Algo muito pessoal. Espero que não se chateie comigo.

Ela balançou a cabeça.

— Jamais me chatearia com você, primo Jared. O que está pensando? — Tomou mais um gole da bebida.

— Fiquei sabendo que meu irmão mantinha um romance com alguém fora do casamento.

Os olhos de Koel se fixaram nos dele.

— Como... como você sabe disso? — perguntou ela.

Jared franziu a testa.

— Muitos fatores nos levaram nessa direção, mas, principalmente, a descoberta de diversos bilhetes de amor para Anders. Um em particular, que ele carregava em um medalhão, próximo ao coração.

— Que romântico! — exclamou Koel. — Bem, seria se não fossem circunstâncias tão trágicas.

Jared franziu o rosto ao fazer a próxima pergunta.

— Koel, sinto muito por lhe perguntar isso. Você escreveu os bilhetes de amor? Estava apaixonada por meu irmão?

— Eu? — Seus olhos castanhos estavam arregalados. — Não! Digo, não me entenda mal. Sempre gostei de seu irmão. Mas não desse jeito. Não, definitivamente não.

— Fico aliviado — disse Jared, ajeitando-se em sua cadeira. — Desculpe. Por favor, entenda que eu precisava perguntar.

Ela reagiu com tranquilidade.

— Entendo. Precisa reunir respostas. E é uma situação intrigante.
— Olhou nos olhos dele. — Mas, Jared, se eu fosse enviar bilhetes a algum de meus primos, não seria a Anders. — Sustentou o olhar por um instante.

Jared pareceu entender o significado, e não se desagradou. De repente, contudo, seus olhos castanhos pareceram se transformar em cinzentos e, por um instante, foi como se não estivesse olhando nos olhos de Koel, mas nos de Asta.

Como se Asta o alertasse para manter o foco.

Naquele instante, um dos falcões de Novah os sobrevoou. Jared e Koel olharam para cima enquanto a ave majestosa passava por ali.

— Temo que seja o recado a Woodlark, informando ao Príncipe Willem e à Rainha Francesca que Silvya está morta — disse Jared. Olhou para baixo novamente e suspirou. — Tenho que voltar para dentro e deixá-la com seu arco e flecha.

Koel assentiu, passando a mão pelo longo cabelo escuro.

— Acho que preciso de treino.

Jared repousou o copo vazio, em seguida se inclinou e deu um beijo suave na bochecha da prima.

— Preste atenção no movimento. Você é melhor do que pensa.

Ela saboreou as palavras.

— Obrigada pelo voto de confiança.

O Príncipe Jared se retirou. Koel o observou, refazendo o encontro mentalmente mesmo antes que já tivesse acabado totalmente. Depois que ele desapareceu na clareira, recolocou o tapa-olho e voltou para o arco que a aguardava nas mãos da acompanhante.

Preparou mais uma flecha e a ajeitou no arco. Verificando a própria posição, ergueu o arco e analisou o alvo. Puxou a corda até o mesmo ponto na bochecha onde seu primo, o Príncipe, havia lhe beijado com tanta ternura. Então soltou. A flecha voou pelo ar e atingiu o centro do alvo.

TRINTA E DOIS

CASA DA FALCOEIRA, VILA

Asta bateu na porta da Casa da Falcoeira. Esperou, mas não ouviu nenhum barulho lá dentro. Bateu novamente, um pouco mais alto. Sem resposta. Andou em volta para espiar por uma das janelas. O local parecia deserto. Voltou para a porta e tentou abri-la. Estava trancada.

Contígua à Casa da Falcoeira ficava a torre, no topo da qual encontravam-se as gaiolas. Olhando para a abóbada de vidro, que parecia uma estufa, Asta teve a impressão de distinguir um movimento. Se tinha sido a própria Falcoeira ou um de seus pássaros, ela não sabia, em virtude da distância e da pouca luz do fim de tarde. Mesmo assim, quem não arrisca não petisca.

A entrada para a torre estava destrancada. Asta abriu a porta de madeira e começou a subir os degraus de pedra, com um senso de antecipação. A cada curva da espiral, ela sabia que estava mais e mais acima do Principado. Não havia janelas completas no corpo principal da torre, mas havia seteiras estreitas, utilizadas como ponto de vigia e — se necessário — de defesa.

Asta parou em uma delas, olhando a própria casa através do espaço estreito. Já havia subido o bastante para discernir, de cima, o telhado da Casa do Médico. Continuou subindo. A seteira seguinte ficava do lado oposto da torre, com vista para o fiorde e as montanhas distantes. Recuou o rosto; o ar estava mais frio agora que quase chegara ao topo e o calor do dia tinha sido absorvido.

Ela parou diante de uma segunda porta. Desconfiou que também não estaria trancada. Mesmo assim, por educação, bateu. Após um curto intervalo, Asta se viu cara a cara com a Falcoeira. Ficou impactada, àquela curta distância, pela beleza única da moça. Novah era diferente das outras mulheres na corte — aliás, diferente de qualquer mulher que Asta já tivesse visto. Os longos cabelos escuros estavam soltos sobre os ombros e caíam pelas costas. Não estava maquiada, mas a pele parecia perfeita ainda assim, polida pelos elementos. Os lábios eram carnudos como os de ninguém, e de um vermelho profundo. Lembravam framboesas maduras no calor do verão.

Os olhos felinos de Novah examinaram Asta friamente. A Falcoeira não demonstrou estar feliz com a visita.

— Claro, é você — disse ela. — Imaginei que logo viesse me incomodar.

Asta, surpreendentemente, ficou sem palavras.

Novah balançou a cabeça.

— Acha que não trocamos informações, eu e meus companheiros? — perguntou ela, afiada.

— Gostaria muito de conversar com você — declarou Asta.

— Não — rebateu Novah, ainda bloqueando a entrada. — Quer é me interrogar. O Príncipe parece alimentar a fantasia de que você é alguma espécie de investigadora. Ele deve ter confundido intromissão com qualificação.

Asta se sentiu envergonhada. Precisava entrar na Gaiola da Falcoeira, mas a cada instante temia que a porta batesse em sua cara e a chave girasse na fechadura.

— Tem razão — respondeu a aprendiz, cuidadosamente. — Estou ajudando na investigação dos assassinatos. Pelo menos, estou tentando.

— Assassinatos? — hesitou Novah. — Só houve um assassinato, o do Príncipe. Silvya cometeu suicídio.

Asta balançou a cabeça.

— Não — respondeu Asta com firmeza, sentindo que podia estar ganhando alguma vantagem. — O cenário foi armado para que se pensasse assim. Mas agora sabemos que não.

A estratégia de Asta pareceu funcionar. Novah recuou para dentro da Gaiola e, em vez de bater a porta, deixou-a semiaberta. Asta entrou e a fechou.

Ela se viu ao pé de uma outra escada em espiral. Sem esperar, a Falcoeira continuou seu caminho. Asta a seguiu. Não só foi uma subida curta, como a escada a conduziu a uma sala circular no topo da torre.

A sala se estendia por quase todo o diâmetro da torre; era essencialmente uma cúpula grande. Ali parada, cercada por metal e vidro, Asta se sentiu presa em uma gaiola gigante. E a impressão se tornou real quando um dos falcões de Novah abriu as asas e voou por cima dela; mas não alto o suficiente para que ela não pudesse sentir o vento no rosto. Foi como se o pássaro tivesse vindo para a vigiar, pensou Asta — e, em seguida, repreendeu-se mentalmente por ter sido ridícula.

Em volta de todo o perímetro da gaiola havia uma varanda cujo acesso só era possível por uma das quatro portas — que, a julgar pelas letras gravadas acima de cada uma, marcavam as exatas posições do norte, leste, sul e oeste. Aquilo, Asta percebeu, fazia todo sentido, pois permitiria a Novah enviar os pássaros na direção que quisesse.

Olhou para cima outra vez, observando com fascínio, mas também com certa apreensão, o falcão voar em círculos perfeitos. No lado oposto da cúpula, os seis companheiros do pássaro repousavam em um vasto poleiro de madeira.

Novah caminhava até os falcões, a saia baixa e rústica arrastando suavemente no chão de pedra. Por mais que estivesse trajando a mais humilde das roupas, pensou Asta, Novah ainda andava com a confiança de uma rainha. Percebeu que começava a cair no feitiço da Falcoeira.

Sem querer perturbá-la, Asta olhou mais uma vez em volta da cúpula. Apesar de Novah morar na casa abaixo, havia indícios de que talvez passasse considerável tempo na companhia dos pássaros: havia um divã — que fez com que Asta pensasse no da casa de banho — e algumas cadeiras e mesas, uma estante de livros, um espelho e vários candelabros. Mais ao longe, perto do poleiro, uma escrivaninha e uma cadeira.

O arranjo casual dos móveis dava à gaiola o aspecto de um ninho humano. Asta tinha a impressão de que Novah havia garimpado o complexo do palácio atrás de coisas úteis, ou, talvez, ainda mais importante, simplesmente interessantes de alguma forma para ela. Asta não podia deixar de imaginar: será que o Príncipe Anders tinha sido "garimpado" da mesma maneira?

Mas não ganharia muito ficando ali parada e observando, concluiu Asta. Se ia descobrir qualquer coisa relevante, tinha que conseguir conversar com a Falcoeira, por mais difícil que fosse a tarefa.

Asta caminhou até o poleiro para se juntar a Novah, no mesmo instante em que o falcão voltava para perto dos outros. Quando a própria Asta chegou à frente do poleiro, percebeu que a estrutura não era talhada em madeira, como havia imaginado, mas feita de chifres, cuidadosamente fundidos um ao outro. Ao ver os chifres, mais uma vez pensou na imagem da casa de banho de Anders e do par de chifres na parede. Mentalmente, outra conexão foi feita entre os dois lugares, mas ela sabia que precisava de provas concretas para determinar que Novah era de fato o amor secreto do Príncipe. Chifres não eram exatamente um item raro nos arredores da corte.

Ignorando a visita não convidada, Novah se ocupou fazendo carinho em cada um dos pássaros e oferecendo comida do balde. Ao olhar para o balde com cheiro metálico, Asta viu pedaços de carne fresca e escura.

— Miúdos de coelhos — anunciou Novah, como se tivesse sentido a próxima pergunta. — Frescos, recolhidos do bosque hoje de manhã.

— Estendeu um pedaço de fígado ao pássaro que havia voado em círculos sobre elas. Asta assistiu enquanto o pedaço era arrebatado pelo bico do falcão e devorado velozmente.

— Ela parece faminta — observou Asta.

A Falcoeira não respondeu ao comentário. Parecia ocupada, alimentando e conversando com as aves. Asta já ouvira falar da ligação intensa entre a Falcoeira e seus falcões; agora estava testemunhando com os próprios olhos e ouvidos.

Sentiu-se um tanto nauseada pela exibição e ficou aliviada quando finalmente Novah estendeu as mãos vazias e sujas de sangue, indicando para as aves que a hora da refeição tinha chegado ao fim. A Falcoeira então virou e caminhou até uma pequena pia, lavando as mãos com água e sabão. O aroma agradável de verbena encheu o ar por um instante.

Asta observou a Falcoeira esfregar os dedos sangrentos, com um emaranhado de pensamentos atravessando sua mente, em seguida voltou a atenção para os pássaros no poleiro.

— Tome! — Asta virou e viu a Falcoeira ao seu lado. A mão direita de Novah estava coberta por uma luva de couro, e ela estendia uma luva extra, oferecendo-a a Asta. — Calce isso em sua mão mais forte.

Asta pegou a luva. Sentiu que estava sob intensa análise, não só por parte da Falcoeira, mas também pelos sete pares de olhos das aves, todos refletindo a luz do candelabro mais próximo.

— Aqui, deixe-me ajudá-la — disse Novah, encontrando os olhos de Asta enquanto apertava as presilhas da luva. — Não tenha medo. Estou sentindo seu medo. E, se eu sinto, pode ter certeza de que os falcões também. Isso os perturba.

Asta olhou para a luva, se concentrando em corresponder ao desafio.

— Observe! — disse Novah, apoiando a própria mão enluvada no poleiro. Um dos falcões imediatamente estendeu uma garra, em seguida a outra sobre o punho da falcoeira. Novah recebeu com facilidade o peso da ave e puxou de volta o braço, afagando o pássaro carinhosamente com o nariz. Em seguida olhou para Asta. — Sua vez!

Asta não tinha qualquer desejo de fazer aquilo, mas percebeu que não teria escolha: quanto mais cedo se submetesse ao teste, mas cedo o concluiria. Respirando fundo, colocou o braço no poleiro, exatamente como Novah havia feito.

Inicialmente, nada aconteceu. Os seis falcões restantes continuaram onde estavam. Asta ficou imaginando o que estariam pensando: *Quem é essa amadora? Por que eu voaria para qualquer lugar no pulso dela?*

Mas, então, uma das aves pareceu se apiedar. Asta observou com nervosismo as garras se firmarem na luva. Enquanto o pássaro se acalmava, ela sentiu o braço começar a fraquejar com o surpreendente peso do falcão. O animal começou a esticar as asas, como se soubesse que precisava buscar suas opções.

— Mantenha o braço firme! — comandou Novah imperiosamente.

Asta fez o que foi ordenado. A ave parece se acalmar outra vez.

— Melhorou — disse Novah, com um pouquinho menos de severidade. — Agora me siga.

Ela foi até a porta mais próxima — a que era marcada por um grande L — e, abrindo-a com a mão livre enquanto mantinha o perfeito equilíbrio da outra, seguiu para o lado de fora da varanda. Asta achou muito difícil caminhar mantendo o braço firme com tal peso, principalmente porque seu falcão insistia em alternar o peso de uma garra para a outra. Talvez pudesse sentir seu nervosismo.

Ela foi até a varanda e parou do lado direito da Falcoeira. Quando viu, estava olhando para a verde Vila. De algum jeito se acalmou ao olhar para aquele local familiar, apesar de ser uma perspectiva nova e singular. A luz do dia já estava se esgotando e suavizava os formatos das construções abaixo.

— Agora observe! — disse Novah. Deu uma torcida precisa no pulso, e, recebendo a deixa, seu pássaro imediatamente abriu as asas e voou.

Asta sentiu o olhar afiado da Falcoeira mais uma vez. Se preparou, então fez o melhor que pôde para copiar o movimento elegante de Novah. O seu foi, inevitavelmente, muito menos fluido, mas, mesmo assim, o falcão pareceu entender a mensagem, ou simplesmente decidiu que já era hora de se despedirem. Abriu as asas e ascendeu majestosamente pela varanda, sobre a Vila. Asta sentiu uma onda de empolgação quando o "seu" pássaro fez um círculo sobre os telhados.

Novah colocou uma mão no braço de Asta.

— Sempre as invejo no momento do voo — disse ela. — Imagine tomar os céus e sobrevoar o Principado! — Ao pronunciar as palavras, Asta de repente teve uma visão da Falcoeira abrindo os braços musculosos e pulando da torre. Não tinha dúvidas de que, se alguém pudesse voar abastecido apenas por força de vontade, este alguém seria Novah.

A varanda não oferecia defesa contra o vento forte e gelado, e Asta percebeu que tremia.

— Vamos — chamou Novah, colocando novamente a mão no braço de Asta. — Vamos entrar antes que se resfrie.

Voltaram para a parte interna e passaram pelo poleiro. Novah agora parecia um pouco perdida, pensou Asta, como se não estivesse acostumada com a companhia de humanos. Poderia prever com confiança que não haveria oferta de chá e mel; Novah sequer ofereceu um assento. Sua atenção já parecia ter voltado — será que chegou a sair? — para os pássaros.

Asta não tinha fechado direito a porta leste, e uma lufada de vento a abriu novamente, percorrendo a gaiola. Franzindo o rosto, Novah marchou de volta e alcançou a maçaneta. Enquanto o fazia, algo voou diante do rosto de Asta. Algo muito menor e mais branco que um falcão.

Inicialmente achou que fosse uma borboleta, apesar de ser surpreendente pensar que alguma poderia voar tão alto. Enquanto Novah fechava a porta e a brisa diminuía outra vez, a borboleta caiu no chão. Asta percebeu que era apenas um papel dobrado, animado pelo vento. Abaixou-se para pegá-lo.

Ao pegar o pedaço de papel entre o polegar e o indicador, sentiu um choque elétrico de reconhecimento. Tinha exatamente o mesmo tamanho daquele encontrado no medalhão de Anders e dos que tinha visto na casa de banho.

— Devolva isso! — ordenou Novah, com a mão esticada.

Asta relutou; tinha que ver a caligrafia no bilhete. Assim que o abriu, Novah o arrebatou. Mas não antes de Asta confirmar que a letra era igual à de todos os outros.

— Você não tem o direito de ler isso! — disse Novah, afiadamente.

— É assunto confidencial da corte.

A Falcoeira virou-se e levou o bilhete errante de volta à mesa de onde tinha voado. Asta acompanhou, vendo a caneta e o recipiente de tinta, ao lado de um pote cheio de pedaços estreitos de papel, prontos para ser escritos e atribuídos a um falcão.

Asta não pôde acreditar que tinha demorado tanto a perceber que as tiras de papel tinham o tamanho perfeito para ser colocadas nos tubos de mensagens dos falcões. Agora ela não só sabia quem escrevera bilhetes de amor para o Príncipe Anders, mas como os tinha enviado. O amor clandestino de Novah pelo Príncipe era transportado pelo vento de Archenfield.

Tendo repousado o bilhete de volta na mesa, Novah voltou-se para Asta. Estava com os braços cruzados, o belo rosto agora vermelho de fúria e, talvez, outras emoções.

— Por que veio até aqui? — Quis saber Novah. — O que quer de mim?

— Acho que é hora de termos uma conversa — declarou Asta. — Sobre o Príncipe Anders e os segredos que vocês dois mantinham.

TRINTA E TRÊS

GAIOLA DA FALCOEIRA, VILA

— Não tenho que lhe dizer nada — rebateu Novah. — Até onde sei, o Capitão da Guarda está conduzindo as investigações do assassinato do Príncipe Anders, e agora também da morte de Silvya. Você é aprendiz do Médico, não é? Não de Axel.

Asta assentiu.

— Tem razão. Não estou aqui em nenhuma missão oficial e, certamente, não vim para julgá-la. Só estou tentando entender o que aconteceu. — Quando isto não mudou a atitude de Novah, Asta acrescentou: — Os últimos cinco dias devem ter sido extremamente difíceis para você. Tudo tem sido difícil para todos, mas você, dentre todos da corte, teve que sofrer em segredo. — Balançou a cabeça, movida por uma tristeza genuína. — Não consigo imaginar o quanto tem sido dolorido para você.

Soube imediatamente que o último comentário tinha acertado o alvo. O rosto da Falcoeira mudou, e, quando ela falou, Asta percebeu que seu tom de voz também.

— Me acostumei a esconder minhas verdadeiras emoções.

— Sim — falou Asta. — Tenho certeza disso. Mas você merece viver o luto por ele. Você, mais do que ninguém, merece.

Ela viu as lágrimas surgindo nos olhos de Novah. Lágrimas não só de tristeza, concluiu, mas de alívio.

— Por que não sentamos? — sugeriu Asta, alcançando o divã e sentando-se.

— Nunca tínhamos tempo suficiente — disse Novah, sentando-se ao lado dela. Ela olhou para Asta. — Você sabe o que é amar alguém, mas jamais o ter de fato? Não, claro que não. Você é jovem demais para já ter experimentado emoções tão intensas.

Asta se perguntou se Novah se referia a amar um Príncipe ou um homem casado.

— No começo, era tão fácil — prosseguiu Novah. — Ninguém sabia de nada. Essa era a beleza de eu fazer parte dos Doze. Um Príncipe deve ser versado em todos os talentos do Principado, inclusive Falcoaria.

Asta concordou com a cabeça, permanecendo em silêncio para não interromper o relato de Novah.

— No fundo, no fundo, Anders era um homem simples. Se não tivesse nascido na família Wynyard, acho que seria da equipe do Lenhador. Ele amava a natureza de Archenfield, assim como eu. Nada o deixava mais feliz que caminhar pela floresta, ou subir montanhas.

— Ou ficar com você perto do fiorde. — Asta arriscou lhe tocar o braço. Os olhos de Novah encontraram os dela, e Asta aproveitou a vantagem. — Foi uma bela casa que fizeram juntos.

— Foi — respondeu Novah, limpando as lágrimas com a parte de trás da mão. — Sim, foi mesmo. Era o único lugar onde podíamos ficar juntos, longe dos olhares atentos. — Sorriu com a lembrança. — Sabe o que fazíamos durante as tardes chuvosas? Ele lia para mim. Lia os livros da estante e, às vezes, criava histórias, utilizando apenas a imaginação. Eu valorizava cada momento que passávamos juntos. Mas nunca era o bastante. Ele sempre tinha que estar em algum lugar, encontrar com alguém.

Asta assentiu, fazendo uma nova aposta.

— E, claro, sempre havia Silvya.

Novah assentiu.

— Silvya não era má pessoa — concedeu ela. — Mas não era certa para Anders.

— Mas você era? Porque compartilhavam o amor pela natureza?

— Compartilhávamos muito mais que isso — revelou Novah. — Mas existem coisas que devem permanecer entre mim e Anders. Até nos unirmos outra vez. — Franziu o rosto. — Sabe, eu teria me casado com ele. Mas a Rainha e o Poeta tramaram para que se casasse com Woodlark, para garantir a aliança.

Asta não pôde deixar de perceber que Novah não se dignou a dizer o nome de Silvya agora. Talvez fosse mais fácil assim.

— Paramos de nos encontrar por um longo tempo, durante os preparativos para o casamento, e por um tempo depois. Fiz o melhor que pude. Nós dois fizemos. Mas pode imaginar como me senti vendo os dois juntos na capela, fazendo os votos? E, depois disso, ouvindo aqueles discursos intermináveis que sugeriam que tinham o amor perfeito quando eu sabia que era mentira?

Asta assentiu.

— Deve ter sido devastador.

A voz de Novah parecia mais forte quando voltou a falar.

— No fim das contas, nossos laços eram fortes demais para ser rompidos. Ele precisava me ver, estar comigo. Sabia que eu era seu verdadeiro amor. Fomos destinados um ao outro! — Meneou a cabeça enfaticamente ao falar.

— E então Silvya engravidou — interrompeu Asta, observando o rosto da Falcoeira, à procura de uma reação. — Imagino que tenha sido uma terrível traição.

Novah deu de ombros, em tom de desprezo.

— Não senti nada. Sempre soube que ele teria que engravidá-la para assegurar a longevidade da aliança. Isso teria sido tudo que o bebê significaria; certamente não foi gerado por amor, apenas por política.

— Fico imaginando se o Príncipe Anders sentia o mesmo — refletiu Asta. — Pelo que Silvya me contou, ele passou a ser muito carinhoso com ela quando soube do bebê.

Novah franziu o rosto outra vez.

— Estava cumprindo seu dever. Ele era muito focado nisso, em suas obrigações. A mãe o orientou muito quanto a isso, desde menino. — Ela suspirou e, então, sorriu serenamente. — Eu sabia que ele voltaria para mim no fim.

Asta sabia que era arriscado, mas decidiu pressionar Novah um pouco mais.

— Me pergunto se talvez as coisas tenham mudado para Anders naquele momento. Será que a gravidez de Silvya não o levou a fazer um balanço das coisas e pensar no futuro? Concluir que era hora de se afastar de você e dedicar todo seu cuidado e atenção à esposa...

Os olhos felinos de Novah arderam em fúria.

— O que você sabe sobre os pensamentos e sentimentos de Anders? O que você sabe sobre qualquer coisa?

O coração de Asta acelerou. Pela reação de Novah, viu que estava se aproximando de algo importante.

— Mas ele parou de vê-la novamente, não parou? Do mesmo jeito que tentou no início do casamento. Só que dessa vez, por qualquer que fosse o motivo, parecia que ele ia seguir o plano. E você sabia que, com Silvya carregando um filho, as coisas nunca mais seriam iguais. Não caminhariam mais juntos pela floresta, não passariam mais tardes chuvosas no fiorde...

— Não! — exclamou Novah, mas tinha começado a tremer.

Asta insistiu.

— Por isso você chegou a uma decisão tão difícil. A decisão mais difícil e devastadora que já teve que tomar. Não podia conviver com todas essas coisas, então teria que eliminar a única coisa que havia entre você e Anders. Era a única maneira de as coisas voltarem a ser como antes.

Novah parecia sem palavras agora, apesar de seu corpo tremer; talvez pelo choque da dor, ou alguma outra espécie de libertação. Asta sabia que tinha que concluir a história.

— Foi inteligente, sob diversos ângulos. Você pegou a sabina do jardim de meu tio e deu um jeito de colocá-la na comida de Silvya. Talvez tenha convencido o camareiro a fazer isso, talvez tenha descoberto informações com as quais pôde chantageá-lo, mas, mesmo que ele fosse culpado da ação, não era culpado da ideia. A ideia foi sua. Você sabe sobre natureza, animais e plantas. Sabia que sabina provocaria um aborto.

Os olhos de Novah pareciam grudados nos de Asta, que continuava:

— Então, pela sua mão ou pela de Michael Reeves, a sabina foi colocada na comida de Silvya e entregue a ela. Se ela tivesse comido, certamente teria perdido o bebê. Mas, veja bem, Silvya andava tão indisposta com a gravidez que não estava comendo. Sem querer que os outros soubessem, o Príncipe Anders, marido devoto que era — Asta notou os sinais de dor no rosto da Falcoeira —, comeu a refeição dele, depois trocou de prato com Silvya e comeu a dela também. Ele comeu a comida envenenada. E então seu plano simples tomou um rumo inesperado. Você não sabia que bastava usar uma quantidade reduzida para alcançar o objetivo. Usou muito. Muito mais que o necessário para matar o feto; o suficiente, como sabemos agora, para derrubar um homem adulto.

— Não! — gritou Novah, levantando-se. Seu corpo todo tremia agora, como se ondas de dor se quebrassem nela.

Asta foi mais longe do que pretendia, mas, mesmo assim, não conseguia se conter. Levantou-se diante da Falcoeira.

— Você matou o homem que amava mais que sua própria vida — disse a aprendiz. — Sei que não teve a intenção. O destino pregou uma peça terrível em você. Entendo o que a levou a tal ponto, de verdade. O que não consigo entender é por que matou Silvya. Realmente a detestava tanto assim? Por que não pôde deixá-la viver e criar o filho do Príncipe Anders? Não era o mínimo de consolo que podia lhe oferecer?

Mas agora Novah estava sacudindo a cabeça, desafiadoramente.

— Não o matei! — Estava com o rosto contorcido. — Eu o amava.

— Sim — respondeu Asta. — Sei disso. Seu amor era tão profundo que tornou a vida sem ele insuportável.

— Você não sabe de absolutamente nada! — disse Novah, cuspindo as palavras no rosto de Asta. — Acha que desvendou tudo, mas não desvendou. Você não é investigadora, é só uma coisa imunda e grudenta dos acampamentos. — Inclinou-se tanto em sua direção que os lábios carnudos quase tocavam os de Asta. — Saia já daqui, ou não sei o que farei com você.

— Eu vou — avisou Asta, levantando a mão em sinal de submissão. Ela recuou apressadamente e desceu as escadas em direção à porta. Abrindo-a e fechando-a firmemente atrás de si, desceu correndo a segunda escadaria de pedra, com a cabeça cheia de pensamentos.

Ao abrir a porta que levava de volta à Vila verde, arfou, como se tivesse acabado de sair do fundo d'água. Achava que quando finalmente desvendasse esse mistério, se sentiria impregnada por um senso de satisfação e alegria. Então como era possível que em vez disso estivesse triste, vazia e tonta?

Ao fechar a porta da torre, Asta teve a sensação de não estar sozinha no mato, mas de estar sendo vigiada. Se não tivesse certeza do contrário, teria achado que Novah dera um jeito de descer antes dela — voando, por exemplo, como disse que gostaria de fazer, ou enviado um de seus sete pássaros para monitorá-la.

Estremecendo, Asta tentou se recobrar. O crepúsculo veio cedo, talvez em virtude do mau tempo da tarde. Era fácil sentir medo no escuro. Mas tinha cumprido seu objetivo do dia, e agora precisava encontrar o Príncipe Jared para lhe revelar, afinal, a terrível verdade sobre o assassinato do irmão. Ao menos agora poderiam ter certeza de que não haveria mais mortes. Tudo acabou aqui, onde a história de amor começara havia alguns anos, na Gaiola da Falcoeira. Não se tratava, de jeito algum, de um final feliz. Mas era um final ainda assim.

— Então foi Novah. — O Príncipe Jared pareceu atordoado enquanto Asta concluía seu relatório.

Asta assentiu.

— Evidentemente, amava muito seu irmão. Tanto que queria fazer Silvya abortar. A partir daí, entrou em um caminho sem volta. Como um falcão perseguindo uma presa.

Jared sentou-se, estupefato, na beira da mesa.

— Ela matou meu irmão acidentalmente, e minha cunhada, de propósito! — Balançou a cabeça, entristecido. — Achei que fosse me sentir mais leve, de algum jeito, quando descobrisse a verdade. — Olhou nos olhos de Asta. — Mas estou tão pesado quanto uma pedra.

Ela se aproximou e sentou perto dele. Há alguns dias não teria se atrevido a fazer um gesto tão ousado, mas agora parecia muito natural.

— Que bom que disse isso. Sinto exatamente o mesmo.

Ficaram sentados ali em silêncio por um tempo. Então Jared encarou-a com uma nova pergunta.

— Ela confessou os crimes de fato?

Asta olhou para ele.

— Bem, não. Não com palavras. Mas a maneira como falou, como me deixou falar, não me deixou com nenhuma dúvida.

Jared franziu o rosto, levantando-se.

— Você acredita em mim — disse Asta. — Não acredita?

Ele balançou a cabeça, vigorosamente.

— Claro que sim. Você fez um grande trabalho, Asta. Confiou em seus instintos, e eles nos conduziram ao coração dessa questão tão sombria. — Ele pausou, com um olhar perturbado no rosto.

— Mas...? — ofereceu Asta, cruzando os braços. — Sinto que vem um "mas" por aí.

Jared ficou em silêncio por um momento.

— Asta, você é aprendiz do Médico, então sabe o quanto é vital termos algo tangível aqui. Novah precisa confessar o que fez. Temos que ter a confissão ou alguma outra prova. Apesar de eu não saber exatamente o quê.

Asta não pôde deixar de se sentir frustrada. Depois de tudo que acontecera naquele dia, todo o trabalho investigativo — justo quando do ela achou que acabara, ele veio dizer que ainda havia mais a ser feito.

— Ouça, tenho que começar a me vestir para o jantar — avisou Jared. — Recebemos resposta de Woodlark. Uma delegação chegará em uma hora. — Colocou a mão gentilmente no ombro de Asta. — Não vai me agradecer por dizer isso, mas você parece muito cansada. Por que não vai para casa e descansa um pouco? Podemos voltar ao assunto pela manhã.

Asta balançou a cabeça.

— O funeral do Príncipe Anders é amanhã de manhã.

— Claro — disse ele, a resposta emoldurada por fadiga e frustração. — Venha falar comigo logo cedo, antes da cerimônia. Teremos mais tempo para conversar então. Podemos pensar no nosso próximo passo.

O uso da frase "nosso próximo passo" compensou pela momentânea frustração que havia lhe causado.

— Se quiser, posso falar com ela agora — ofereceu Asta. — Talvez consiga uma confissão agora.

— Não acho que seja sábio — respondeu Jared. — Pelo que me contou, a deixou em um estado e tanto. Acho que seria perigoso chegar perto dela hoje à noite. Além disso, ela tem que ir ao jantar com a delegação de Woodlark. Acredito que não vá comparecer. Ela não gosta de jantares cerimoniais nem nas melhores condições. Talvez precise de um tempo sozinha para refletir sobre seus atos. Talvez recobre o juízo e perceba o que precisa fazer.

Asta fez que sim com a cabeça.

— Faz sentido.

— Sinto muito, preciso que vá agora. Mas permita-me despachar Hal ou alguém da equipe para acompanhá-la até a Vila.

Asta balançou a cabeça.

— Não precisa. Sei me cuidar.

Já estava na porta.

O Príncipe Jared franziu a testa.

— Às vezes, Asta Peck, você sabe ser irritante.

Asta sorriu.

— Eu sei — disse ela. — Trabalho muito para isso.

Ele balançou a cabeça, mas estava sorrindo.

— Obrigado — agradeceu ele. — Por tudo que fez. Por favor tente não se sentir frustrada. Estamos muito perto do fim agora.

Apesar de saber que não era a intenção, as palavras do Príncipe a deixaram triste. Estava gostando daquela súbita e breve intimidade com ele; não porque era o novo Príncipe de Archenfield, mas por ser o primeiro amigo que fez em muito tempo.

Sem querer que ele testemunhasse seu desânimo, ela se retirou da câmara, deixando-o a fim de se preparar para a chegada da delegação de Woodlark e tudo que isso implicava.

TRINTA E QUATRO

CAPELA DA VILA

O Padre Simeon não conseguia se livrar da sensação de que não tinha conseguido servir adequadamente aos membros-chave de seu rebanho durante os cinco dias de crise no Principado. Se ele fosse outro tipo de homem, talvez tivesse encontrado conforto no fato de que suas portas, tanto a literal quanto a metafórica, tinham estado abertas o tempo todo, independentemente da hora. E, se fosse ainda outro tipo de homem, talvez tivesse extraído mais conforto do fato de que muitos vinham até ele buscando respostas para seu choque e dor. Mas essas pessoas eram as que tinham peregrinado dos acampamentos. Claro, era uma parte legítima de seu trabalho oferecer conforto aos homens comuns — e às mulheres. Mesmo assim, o frustrava o fato de que seus colegas do Conselho dos Doze e da própria família real não o procuraram de nenhuma forma significativa. Mas talvez aquela noite marcasse uma mudança significativa. Com a chegada da família de lady Silvya a Archenfield, as tensões certamente se elevariam.

Com uma tempestade vindo do norte, fechar a porta da igreja não foi fácil. Realizando a tarefa, o Padre examinou a estrada à frente. A

Capela do Padre era o ponto mais baixo da Vila, cercado pelo fiorde ao norte, e conectado aos acampamentos mais próximos pelas trilhas que iam para leste e oeste. A Capela era o último ponto das propriedades dos Doze, e o Padre Simeon ficava exposto à brutalidade das estações antes do resto da Vila. Sempre extraiu certo conforto estoico do fato. Protegendo-se do frio, partiu pela estrada íngreme que o levaria ao coração da Vila e ao palácio, no topo da colina. Ao fazê-lo, ouviu o Sino do Sucessor, o último do dia. Aqueles sinos representavam o futuro. Normalmente o preenchiam com um senso de esperança. Mas não naquele dia.

Era uma caminhada de rotina, o que facilitou que absorvesse pouco dos arredores e mergulhasse no pântano familiar dos pensamentos. Qual era a função fundamental do Padre se ele não pudesse oferecer socorro à comunidade em um momento de dor e confusão sem precedentes? É verdade, ele tinha uma cadeira na Mesa do Príncipe; seu título estava talhado na madeira e foi eternizado com metal fervente, exatamente como todos os outros. O Padre Simeon sabia que não tinha qualquer motivo racional para acreditar que se tornava menos importante, menos relevante que a Apicultora ou o Guarda-Costas, ou qualquer um dos outros. Mas, racional ou não, a sensação permanecia enquanto seguia seu caminho.

O Príncipe Jared era o candidato mais óbvio a precisar de sua ajuda; um menino de 16 anos, forçado a suportar o horror do assassinato do próprio irmão, e consequentemente caindo em uma posição de poder e responsabilidade sem precedentes. Uma pessoa jovem, segundo certas definições uma criança, cujo mundo tinha virado de pernas para o ar. Contudo, quando Simeon tentou, em mais de uma oportunidade, conversar com o novo Príncipe, foi afastado — primeiro, pela Rainha Elin e, depois, por Logan Wilde. Ambos disseram que o Príncipe tinha muitos assuntos práticos a tratar para ter tempo de se dedicar a questões espirituais. Simeon sabia — considerando as pessoas com quem falava — que não deveria defender que "tais questões" eram a verdade sobre a vida humana, ao contrário de discursos ou reuniões dos Doze, ou investigações de assassinato.

Ao passar pelos alojamentos do Lacaio-Chefe, os pensamentos de Simeon se voltaram para a próxima candidata a possivelmente necessitar de ajuda — lady Silvya, a viúva sofrida. Será que já existiu criatura mais cheirosa e delicada agraciando os corredores da corte? No entanto, também não lhe deixaram falar com ela, dizendo que estava muito fragilizada e precisava descansar com urgência. Ele devia ter se imposto, porém, mais uma vez, se permitiu ser descartado pelos membros mais fortes da corte. Agora Silvya estava morta, e parecia mais que provável que tivesse tirado a própria vida. Se ao menos ele tivesse sido mais forte, mais persistente, talvez tivesse conseguido ajudá-la. Agora parecia improvável até que conduzisse as preces de seu funeral: tal honra certamente seria concedida à alta sacerdotisa de Woodlark.

Continuando pela colina, os pensamentos de Simeon se voltaram para Michael Reeves, o camareiro que virou fugitivo. Simeon o visitou na Masmorra. E, dando crédito a quem deve, foi bem recebido ali, por Morgan Booth. Parecia que o jovem Carrasco era um homem religioso. Os dois tiveram uma conversa muito estimulante, regada a vários goles de aquavita. Mas, quando Simeon se aproximou da cela do condenado e ofereceu ajuda para que acalmasse sua alma, foi mandado embora sem hesitação, em uma linguagem na qual não gostava de pensar.

Tais pensamentos o deixaram com um humor sombrio enquanto chegava ao coração verde da Vila. Era cercado por um grupo de construções que pertenciam aos outros companheiros, desde a torre alta da Falcoeira, até as dependências do Médico no lado oposto. De lá também enxergava a mansão do Capitão da Guarda e a habitação do Poeta, com sua vista inspiradora e imbatível do fiorde.

O Padre Simeon não conseguia deixar de sentir certa inveja daqueles que viviam ali, no coração da Vila, quando pensava no isolamento esplêndido lá de baixo, onde as águas batiam e o sol do verão e os ventos do inverno eram mais fortes. Balançou a cabeça e decidiu atravessar o próprio verde, em vez de ir pela lateral. Ganharia alguns minutos valiosos.

Havia quase chegado ao lado oposto do vale quando o evento mais chocante de sua vida aconteceu. Enquanto atravessava a grama macia, uma figura caiu do céu, aterrissando bem à sua frente. O Padre levou um instante para perceber que, de fato a figura havia caído do alto da torre contígua, e mais um instante para se dar conta de que a mulher caída era a Falcoeira, Novah Chastain.

Caíra do poleiro silenciosamente, sem que nenhum grito emanasse de seus lábios vermelhos. Ao cair de joelhos ao lado dela, pensou ele, distraído, sobre já ter ouvido na corte que a Falcoeira acentuava o vermelho natural de seus lábios com uma tinta feita de frutas silvestres amassadas, colhidas no bosque, mas, ao olhar de novo, percebeu, com um frio sem precedentes, que o que inicialmente pensou ser pintura era, na verdade, sangue. Um rastro corria pelo canto de sua boca, sobre a bochecha, até o pescoço. Era tão vívido quanto horrível.

O Padre Simeon esticou a mão para o pescoço de Novah, procurando pulsação. Não parecia haver nenhuma, mas não podia ter certeza, considerando que seus dedos tremiam tanto que era difícil determinar o estado da moça. Olhou para a torre que se erguia, vertiginosa, para o alto. Não tinha como ter suportado tal queda com vida.

Ao olhar para cima, Simeon viu uma forma escura se movendo no topo da torre. Seu primeiro pensamento, com o coração martelando no peito, foi o de que um agressor desconhecido estivesse ali. Mas então a forma começou a se mexer e descer em direção a ele: os falcões de Novah estavam seguindo o rastro da dona.

— O que aconteceu aqui?

Inicialmente, Simeon achou que o pássaro mais próximo havia feito a pergunta, mas então viu, refletida no olho vítreo da ave, a figura de uma moça. A sobrinha do Médico. Levantou-se outra vez, até estar de pé diante dela. Viu seus olhos, tão velozes quanto os do falcão, se voltarem para seus dedos sujos de sangue.

O Padre Simeon abriu a boca para descrever a sequência de eventos. Teria sido a atitude natural e racional: a direção da qual entrou no vale; onde estava quando Novah caiu; o fato de que ela não produziu qualquer ruído; a forma como o corpo quicou, como uma boneca de pano, na grama alta ao pé da torre. Mas, em vez de contar tudo isso a

Asta, tudo que conseguiu foi emitir um gemido baixo. Percebeu que estava tremendo incontrolavelmente.

A menina também parecia abalada, como não podia deixar de ser, mas, mesmo assim, passou à frente. Aparentemente sem medo das aves, ela alcançou o pescoço de Novah, como ele fizera antes. O padre observou enquanto ela passava pelo mesmo processo que ele, até por fim ela recolher a própria mão e ver que seus dedos agora machados de sangue. Uma sensação de companheirismo deu a ele a coragem de falar.

— Não consegui sentir um pulso antes, mas minha mão estava tremendo muito. Foi um choque terrível vê-la cair. — Percebeu que corria o risco de falar demais. — E você? Conseguiu achar o pulso?

Asta o encarou.

— Não tenho certeza. — Em seguida se levantou. — Você viu mais alguém na região? Pouco antes ou pouco depois da queda?

— Não — respondeu o sacerdote. — Não. Por que faria uma pergunta dessas?

Asta meneou a cabeça.

— Porque estou tentando concluir se ela foi empurrada ou saltou por vontade própria.

Ele assentiu, fracamente.

— Certamente foi empurrada. Por que a Falcoeira acabaria com a própria vida? — pensou em Silvya, depois em Anders, em seguida em Novah, outra vez. Em que tipo de turbilhão estavam envolvidos?

Os olhos de Asta eram tão impiedosos quanto os dos pássaros que se reuniam em torno deles.

— Tinha bons motivos — revelou Asta.

Claro, ele queria perguntar o que ela quis dizer com isso, discutir que jamais haveria motivo bom o suficiente para um ato tão terrível, mas, antes que pudesse falar, ela já o deixava. Para buscar a ajuda de outro homem, mais prático que ele, pensou. O Padre Simeon se permitiu cair na terra molhada, encarando hipnotizado e horrorizado os rastros de sujeira e sangue nos próprios dedos.

TRINTA E CINCO

SALÃO, PALÁCIO

— A delegação de Woodlark chegou — anunciou Hal Harness aos membros da realeza reunidos no salão.

— Em menos de uma hora, nossa aliança estará arruinada — disse lorde Viggo, sombriamente.

O sangue de Jared gelou com as palavras do tio, e com todas as ameaças que carregavam.

— Não tenha tanta certeza — disse Elin, apertando a mão de Jared enquanto falava. Seu toque era frio, porém firme. — Mas, mesmo que seja este o caso, faremos novas alianças. Temos um novo Príncipe e, em suas mãos, um novo mundo de oportunidades.

O que ela queria dizer com isso? Será que já estava executando um plano para casá-lo? Jared olhou para a mãe, mas não ousou perguntar. Sua mente estava acelerada, assim como o coração.

— Apenas siga o roteiro — disse ela. — É nossa melhor chance de preservar a aliança. Sei que fará seu melhor, Jared. Todas as nossas esperanças estão em você.

Jared fez que sim com a cabeça, mas detestava aquilo com que estava prestes a compactuar.

A porta principal do palácio se abriu, e a Rainha Francesca e o Príncipe Willem entraram. Seus rostos normalmente bronzeados estavam pálidos com a notícia da morte de Silvya. Vinham seguidos da princesa Inês — a irmã mais velha de Silvya e herdeira da coroa de Francesca — e outros membros da delegação real.

O Príncipe Jared atravessou o salão para recebê-los. Inclinou-se diante de Francesca.

— Seja bem-vinda à Archenfield, Vossa Serena Alteza — declarou Jared. — Sinto muitíssimo por sua perda.

Ele sabia que o protocolo ditava que a Rainha Francesca retribuísse a reverência, indicando a igualdade dos títulos. O fato de que ela não o fez não foi grande surpresa, mas ele não sabia ao certo se a quebra do protocolo se deu por motivos de tristeza ou fúria.

A Rainha Francesca o encarou sem qualquer paixão.

— Vossa Alteza, em nome da minha família e meu povo expresso minhas condolências pela morte do Príncipe Anders — disse ela. — Ele estava começando a corresponder ao potencial que havia exibido.

— Obrigado — agradeceu Jared, voltando-se para o Príncipe Willem, que se inclinou diante dele. — Príncipe Willem, sinto muito por sua perda. Por favor, transmita nossos sentimentos a todos os Lindeberg. Nossos pensamentos estão em Teresa e Javier. E Rodrigo, é claro.
— Viu calor e dor nos olhos de Willem e acrescentou: — Silvya havia se tornado uma querida irmã ao longo do último ano. Todos sentiremos muito sua falta.

A Rainha Francesca desdenhou da declaração.

— Não tanto quanto a família dela vai sentir. Onde ela está? Queremos vê-la.

— Sim, é claro — respondeu Jared, com um aceno de cabeça. — Vamos trazê-la a uma câmara de visualização para vocês.

A Rainha Francesca franziu o rosto.

— Por que a questão ainda não foi resolvida? Você sabia que estávamos a caminho. Certamente pode imaginar como é grande o desejo de ver nossa filha, certo?

— Eu sei — disse Jared. — Sinto muito... — Percebeu que estava sem palavras, e sob risco de perder o controle. Ficou imensamente grato quando sua mãe foi em sua ajuda:

— Cara Francesca, claro que queríamos preparar Silvya para a chegada de vocês. Mas vieram ainda mais rápido que imaginávamos. E, além disso, queríamos conversar sobre uma ideia.

— Que ideia? — Os olhos flamejantes de Francesca se fixaram nos de Elin.

Elin, contudo, olhou para seu filho, o Príncipe.

— Como sabe, o funeral do Príncipe Anders é amanhã — começou Jared. — Pensamos que, se vocês estiverem de acordo, poderia ser adequado realizar um funeral conjunto para Anders e Silvya. — Ele fez uma pausa, sabendo que ia se odiar pelo que diria em seguida, mas ao mesmo tempo ciente de que seria vital, pelo bem da aliança. — Apesar de Silvya ter tirado a própria vida, não há razão pela qual ela não mereça uma despedida com todas as honras.

Ele viu a cabeça loura do gentil Príncipe Willem começar a fazer um sim.

Francesca balançou a dela, impiedosamente.

— De jeito algum! — exclamou ela. — Por vinte e um anos Woodlark foi o lar de Silvya. Lá ela é muito amada, e é lá que será enterrada e terá o luto do povo.

O Príncipe Jared assentiu.

— Como queira — falou, de certa forma aliviado. — Seus desejos prevalecem aqui. Mas apesar de Silvya só ter vivido por um ano em Archenfield, quero lhes garantir que ela é muito amada e que sua perda será profundamente sentida.

O Príncipe Willem acenou graciosamente com a cabeça mais uma vez, porém a Rainha Francesca não pareceu impressionada.

— Não consigo deixar de pensar que é uma pena que não tenham cuidado tanto dela em vida como estão fazendo em morte — alfinetou ela.

— A dor traz à superfície alguns sentimentos viscerais — disse Elin. — Entendemos por que sua escolha de palavras é dura, Francesca.

Mas, por favor, lembre-se de que também estamos sofrendo a perda de Anders, assim como a de Silvya. É um momento muito triste para todos nós. Talvez nossas duas famílias, nossas duas nações, devessem se ajudar no conforto uma da outra.

Francesca balançou a cabeça.

— Isso é quase impossível quando responsabilizo sua família pela morte de minha filha — respondeu Francesca, os olhos castanho-aveludados brilhando com fúria.

— Não vejo como — argumentou Elin. — A morte dela foi uma decisão da própria. O que poderíamos ter feito? — Ela foi além de onde Jared poderia ir, ou teria ido.

— A dor pelo assassinato do marido foi demais para ela — disparou Francesca. — E os responsabilizo por isso. O assassinato a sangue frio de um governante é algo sem precedentes nos territórios.

Axel afastou-se da família para responder a isso.

— Rainha Francesca, como disse a Rainha Elin, entendemos sua dor e sua raiva. Mas, por favor, esteja certa de que medidas extraordinárias de segurança estão em curso aqui. Estamos diante de uma trama em que um de nossos rivais impôs o terror ao coração da nossa corte e ameaça nossa aliança com Woodlark. Um assassinato poderia ter acontecido em seu solo, tanto quanto em nosso.

Francesca balançou a cabeça.

— Não, não poderia. — Ela olhou para a Princesa Inês. — Eu e minha Capitã da Guarda jamais seríamos tão relapsas.

Muito parecida com a mãe, além de habilidosa Capitã da Guarda de Woodlark, Inês encarou Axel com olhar desafiador. Claramente tinha a mesma opinião da Rainha.

— Vamos concordar em discordar — observou Elin.

Francesca voltou sua atenção para ela.

— Archenfield é fraca — afirmou Francesca. — Sempre foi um patriarcado problemático.

— Isso não procede — rebateu Elin. — Como todos os territórios, nossa história é marcada por derramamentos de sangue intermitentes. Mas meu filho mais velho governou Archenfield em paz. O mesmo acontecerá quando o Príncipe Jared assumir a coroa nesse momento turbulento.

Francesca balançou a cabeça, descartando a afirmação.

— Um menino de 16 anos! — Olhou com dúvida para Jared, em seguida voltou a atenção novamente para Elin. — Que esperança existe para Archenfield com ele no trono?

— Toda — respondeu Elin, com a voz mais passional que Jared jamais ouvira da mãe. — Jared foi o Sucessor de Anders nos dois últimos anos. Será um grande líder.

Francesca riu suavemente.

— Simplesmente não entendo — disse ela. — Para mim é claro, aliás, para todos nós em Woodlark, que Archenfield seria muito mais forte sob seu comando; um matriarcado, como o nosso. Você assumiu o título de Rainha, mas, na verdade, sempre foi apenas uma Consorte do Príncipe, ou Mãe do Príncipe. Ninguém teria sido uma governante mais forte ou melhor que você, Elin. No entanto, perdeu tempo e energia colocando meninos despreparados no trono.

Apesar do elemento elogioso, Elin balançou a cabeça.

— Mulher ou homem podem governar Archenfield. Woodlark e Archenfield têm costumes diferentes. Por favor respeite o nosso, como respeitamos o seu.

— Temo que isto não seja mais possível — respondeu Francesca friamente. — Qualquer respeito que possamos ter nutrido por vocês acabou no instante em que soubemos da morte de nossa filha.

— Sinto muito por ouvir isso — respondeu Elin, defendendo-se. — Essa situação não ajuda nossa aliança, certo?

A Rainha Francesca riu mais uma vez; uma risada profunda e amarga.

— Não existe mais nenhuma aliança entre nossos Estados! — Ela olhou para a Princesa Inês mais uma vez. A Capitã da Guarda lhe entregou um pergaminho.

Francesca o pegou e foi até o candelabro mais próximo. Mergulhou uma das pontas na chama de uma vela. Todos observaram enquanto a aliança entre Archenfield e Woodlark incendiava em sua presença.

Levou menos de um minuto até que Francesca estivesse esfregando cinzas quentes dos dedos. Os restos de um acordo cuidadosamente costurado agora estavam no chão do salão.

— Não ficaremos para o funeral do Príncipe Anders — anunciou Francesca. — Tenho certeza de que entenderão que temos nosso próprio funeral oficial para conduzir. E agora, sem mais delongas, por favor, preparem Silvya para nós.

— Claro — disse Elin.

— Eu cuido disso — disse o Príncipe Jared, desesperado para se retirar. — Hal, me acompanhe!

— Inês irá também — decretou Francesca.

— Não — respondeu Jared, encontrando o olhar de Francesca. — Ela não irá. Você não tem autoridade nesta corte. E agora que não temos mais uma aliança, você tem ainda menos influência que há pouco. Deixou seus sentimentos muito claros em relação a nós, então permita-me deixar claros os nossos em relação a vocês. Estamos muito tristes com a morte de Silvya. Ela era integrante de nossa família, tanto quanto da sua. Não seria mais que uma cortesia esperar que entendessem que nós também perdemos um irmão, um filho e um Príncipe — Fez uma pausa. — Somos seus anfitriões e preparamos aposentos para vocês e sua delegação no palácio.

A Rainha Francesca franziu o rosto, mas Jared não permitiu que ela se pronunciasse antes de continuar.

— Um jantar foi preparado para vocês. Não tenho dúvidas de que torcerão os narizes para todos os nossos gestos de hospitalidade. É um direito que lhes é reservado. Mas sou o governante desta nação. Então, onde quer que você e sua família queiram esperar por Silvya, podem fazê-lo. Mas vão esperar até que eu diga que ela está pronta.

Sentiu-se corado ao terminar de falar. Não sabia ao certo como os outros — tanto sua própria família quanto a corte estrangeira — iriam receber sua explosão. Será que tinha ultrapassado algum limite?

Foi recebido por um completo silêncio. Interpretou como, no mínimo, uma clara definição de sua autoridade. Foi, se ao menos eles soubessem, apenas um teatro.

— Vamos, Hal — falou ele, aproveitando o momento. — Não vamos mais perder tempo.

Com seu Guarda-Costas ao lado, o Príncipe Jared marchou para fora do salão. Estava rubro de raiva, mas apenas parte dela era dirigida a Francesca e suas palavras duras, porém muito mais a si próprio, pela mentira absurda que concordou em sustentar. Uma mentira inventada para proteger a aliança. Bem, não deu certo, e Jared não conseguia deixar de imaginar se teria sido um preço adequado pela terrível fraude que tentaram cometer.

Enquanto saía, ouviu Francesca falar com sua mãe.

— Essa é sua ideia de líder, certo?

— Sim.   Ouviu a mãe responder. — Ele é nosso líder. E, como ele mesmo colocou, vocês são convidados nesta corte. Agora, querem ver os seus quartos, ou preferem esperar no jardim? Parece que começou a chover, mas tenho certeza de que nem sentirão. — Sorriu friamente.

— Pelo que me lembro, chove muito em Woodlark.

Quando Jared pisou no jardim, o assistente de Axel, Elliot Nash, correu das sombras em sua direção.

— Príncipe Jared. — Arfou, sem ar. — Vim procurar o Capitão da Guarda. Sinto muito por estar trazendo más notícias.

— O Capitão da Guarda está ocupado com a delegação de Woodlark — informou Jared. — É melhor me transmitir a notícia.

O fiel escudeiro de Axel pareceu considerar a questão por um instante, em seguida assentiu.

— Sim, claro, Vossa Alteza. Sinto muito por ter que lhe dizer isto, mas ocorreu mais uma morte. — Jared olhou nos olhos de Nash.

— Novah — disse o Príncipe. — Foi ela, não foi?

Nash assentiu, claramente espantado.

— Como sabe?

— Leve-me até ela! — pediu o Príncipe Jared, sentindo os familiares nós de medo, dor e tensão dominarem seu estômago. Quando, quando isso teria um fim?

TRINTA E SEIS

CÂMARA DE GELO DO PALÁCIO

O Príncipe Jared sentiu o frio na Câmara de Gelo e soube que seu tremor não se devia apenas à temperatura. Aquela câmara o colocava — infelizmente não pela primeira vez — em uma proximidade inflexível com a morte. Muito vividamente, lembrou-se de ter estado ali e visto o corpo machucado e sangrento do pai, recém-chegado do campo de batalha. Lembrou-se de ter alcançado a mão de Edvin enquanto olhavam para os olhos vazios do pai e imaginavam aonde a luz por trás deles tinha ido.

Agora Jared estava sozinho enquanto atravessava a câmara. *Sim, ainda que eu ande pelo vale da sombra e da morte, não temerei nenhum mal.* Jared estremeceu. Na verdade, temia o mal. Temia muito. Após o fim da guerra, houve aqueles dos Doze que defenderam o fim da Câmara de Gelo do palácio — que era reservada aos integrantes da família real ou aos membros do Conselho dos Doze, enquanto esperavam o funeral. Argumentaram que a câmara do Médico, na Vila, supria as necessidades da corte. Mas a Câmara de Gelo do palácio não foi removida. Os servos continuaram extraindo blocos de gelo do fiorde e os isolando com palha para conservar a baixa temperatura. Era como se, de algum jeito, soubessem que a paz era efêmera e que os gêmeos tão conhecidos — caos e confusão — em breve voltariam a perseguir o Principado. E assim foi. Caminhando para a frente, com as pernas pesadas como carvalho, o Príncipe Jared ficou imaginando quantas outras mortes teria que enfrentar ao longo de seu reinado.

Olhou para os três corpos à sua frente, cada um em uma mesa separada. O Príncipe Anders, naturalmente, ocupava a plataforma central; Anders sempre foi destinado a ocupar o centro. Seu rosto parecia pacífico. Cinco dias de morte não fizeram nada para destruir suas belas feições. Aliás, com a pele agora tingida de azul e violeta, ele parecia uma estátua de mármore. Mesmo assim, apesar de ter passado dias em um depósito frio, seu corpo agora emitia um odor pungente. Jared sabia, pelo que Asta havia contado, que por baixo da coberta dourada, os pés de Anders estavam atrofiados e gangrenosos. Não era corajoso o suficiente para olhar; só o cheiro já era demais para ele. Empesteava o recinto, apesar de terem acendido incensos a fim de mascarar o odor da decadência.

À esquerda de Anders estava Silvya, os ferimentos quase invisíveis agora que os cabelos tinham sido penteados artisticamente sobre a testa. Após a morte e o exame do Médico, ela foi vestida com as melhores roupas cerimoniais para que a Rainha Francesca e o Príncipe Willem vissem o corpo. Jared imaginou as lágrimas quentes nos olhos da serva de Silvya enquanto ela retirava as plantas dos cabelos da Consorte e, depois, os secava e penteava com todo o cuidado, como se a preparasse para um banquete. Deitada na mesa, Silvya parecia linda e tão distante quanto sempre. Suas pequenas mãos estavam unidas, segurando flores silvestres. Jared ficou imaginando se as devotas servas de Silvya tinham sido as responsáveis por aquele toque atencioso.

Do outro lado de Anders estava a mais recente adição ao time dos mortos. Como os companheiros, Novah Chastain parecia estar dormindo, apesar de Jared saber que, por baixo das habituais vestes escuras, havia um corpo fatalmente quebrado e contorcido pela queda da torre. Ao contrário dos outros dois, a Falcoeira ainda não tinha sido submetida à lâmina do Médico. Isso teria que esperar até a manhã seguinte. Por enquanto, o corpo tinha sido guardado o mais depressa possível, caso a notícia de mais uma morte chegasse aos ouvidos da delegação de Woodlark. Elias Peck, segundo Elliot Nash, teve a presença de espírito de fazer os guardas transportarem correndo o corpo de Novah até ali, sem realizar muitos exames preliminares.

A cabeça de Jared ainda rodava com todo o ajuste mental que ele tinha que fazer na medida que os dias se passavam, cada um trazendo novos segredos. Primeiro Jared acreditou que a morte de Anders tivesse sido um ato político. Fecharam-se as fronteiras e lançaram-se a uma caça ao assassino ou assassinos, imaginando alianças se ruindo e um novo início de guerra. Mas não havia assassino ou assassinato. A morte de Anders, assim como a de Silvya, foi em decorrência de um crime passional.

O termo pairava desconfortavelmente na cabeça de Jared. Afinal, como a paixão — algo tão puro e bom quanto o amor — poderia levar uma pessoa a tirar a vida de outra? O rosto calmo de Novah não oferecia respostas. Jared percebeu que, na verdade, jamais odiara de verdade ninguém, mas Novah Chastain o ensinou a odiar tanto quanto havia ensinado o irmão a amar.

Ele balançou a cabeça tristemente para os três corpos esticados diante de seus olhos — juntos, porém sozinhos, na morte, como na vida. Não podia ter imaginado uma demonstração mais mordaz da tragédia que recentemente se abateu sobre Archenfield.

Não tinha a menor dúvida de que o irmão amara Silvya. Do próprio jeito. Era curioso que ele soubesse disso muito menos por qualquer confidência feita pelo irmão em vida, e muito mais pelas conversas relatadas por Asta após seus encontros surpreendentemente íntimos com Silvya. Mas, qualquer amor que Anders tenha sentido pela esposa claramente foi ofuscado pela magnitude de seus sentimentos pela Falcoeira e, ao que parece, pelos dela por ele.

Jared olhou para as feições de Novah; lembravam as de uma máscara. Ela passou a vida inteira sendo um enigma e, ao deixar o mundo dos vivos assim, garantiu que permaneceria eternamente como tal.

Havia espaço o suficiente entre as três plataformas para que Jared caminhasse entre elas e se colocasse ao ombro do irmão. Tentando não inalar o cheiro de morte, olhou para Anders, dirigindo-se ao irmão, cara a cara.

— Por quê? — Flagrou-se perguntando. — Por que Silvya não lhe bastava? Você tinha a mulher mais linda de Woodlark e todo o Principado de Archenfield nas mãos. Por que isso não bastou? — Não obteve resposta. Nada mudou no rosto do irmão, e Jared teve a impressão de detectar os antigos traços de arrogância. O Príncipe Anders nasceu com um senso de direito: esperava ter absolutamente tudo que desejava, sem pensar nas consequências das ações egoístas.

Jared prometeu a si mesmo naquele lugar e naquele instante. Quando se casasse, seria por amor. Podia imaginar aqueles, inclusive sua mãe, que achariam uma noção ingênua. Mas era assim que seria. Talvez não produzisse mais uma aliança estratégica para o Principado, mas pelo menos pouparia Archenfield de outro absurdo feito aquele.

Jared tirou os olhos de Anders e mais uma vez viu as mãos infantis de Silvya, preenchidas por flores silvestres e apoiadas na barriga. Agora ele entendeu. As flores não eram só para decoração — eram para marcar o local de morte do bebê que não nasceu. Sobrecarregado de tristeza, Jared voltou aos pés dos cadáveres. Achou que fosse passar mal.

Foi distraído por uma batida na porta. Virou para vê-la se abrir e Hal Harness entrar na Câmara de Gelo.

— Sinto muito interrompê-lo, Príncipe Jared, mas os guardas chegaram para recolher lady Silvya e levá-la para a câmara de visualização.

Jared concordou, grato por ver outro ser vivo.

— Entre. — Ele orientou Hal, chegando para o lado enquanto o Chefe dos Guarda-Costas chamava os guardas para dentro. Trabalharam com rapidez e eficiência. O Príncipe Jared ficou a distância, observando o corpo de Silvya ser levado em um ataúde sobre os ombros dos guardas.

— Quer que eu fique, Vossa Alteza? — indagou Hal.

O príncipe se perguntou se sua aparência combinava com seu mal-estar. Cerrou os dentes. Por mais difícil que fosse, ainda tinha uma missão a cumprir naquela câmara de horrores.

— Dê-me só mais um momento aqui. Sairei em breve — respondeu o jovem.

Hal assentiu e se retirou. Jared ouviu a sólida porta se fechando atrás de si. Não podia mais protelar. Foi até os pés de Novah. De muitas maneiras, ele refletiu, tudo que aconteceu nos últimos dias conduziu àquele momento; àquele confronto com a assassina de seu irmão e de sua cunhada. Estava muito frustrado e furioso com Novah. Muito em função de ela ter cometido suicídio e, portanto, o privado de ouvir suas razões.

— Maldita, Novah — disse ele, ouvindo a fúria visceral na própria voz. — Não podia ter esperado mais um dia, até termos tido a chance de conversar? Não me devia no mínimo essa cortesia?

Sentiu lágrimas quentes nos próprios olhos. Assim que as limpou, outras surgiram no lugar. Sua visão ficou borrada, mas ele parou de tentar lutar. Pelo menos seria poupado de ver o rosto lindo, calmo e zombeteiro de Novah. Por que ele estava chorando? Pelo irmão morto? Pelo filho de Silvya, que nem chegou a nascer, sendo privado do presente que é ver pelo menos um por do sol em Archenfield? Por toda aquela situação horrível e desnecessária? Por como aquilo tudo tinha virado sua vida de cabeça para baixo? Talvez por todas essas coisas. E por nenhuma delas.

Respirou fundo e se recompôs. Levantando os punhos da camisa para os olhos, decidiu não chorar mais nem uma lágrima. Por que fora até ali, para visitar os mortos? Seu lugar era com os vivos. Aqueles corpos não tinham nenhuma resposta para ele, apenas charadas. E ele já estava cansado de charadas. Precisava de toda a verdade. Era a única âncora possível na tempestade que os tinha assolado nos últimos dias.

Ele deu as costas para os mortos e olhou para a porta. Sabia que Hal estava esperando lá fora, à sombra da escadaria de pedra. Sentiu-se pateticamente grato por isso.

Enquanto estava ali, entre as plataformas, de repente sentiu em sua mão um toque tão frio quanto o vento do leste. Olhou em volta. Era sua imaginação, ou a mão esquerda de Novah havia se mexido singelamente? *Claro que não podia ser isso*, disse a si mesmo. *Tenho que sair deste maldito lugar; sua loucura é contagiosa.*

Novah estava deitada exatamente na mesma posição de antes. Não foi nada além de um truque da vela e de sua mente febril. Ele olhou rapidamente para o rosto plácido da moça. Ao fazê-lo, sentiu o mesmo frio no pulso. Aquilo percorreu seu corpo como o choque de uma enguia elétrica que passasse por seus membros no rio. O choque agora tomou conta de todo o seu corpo, até que ele estivesse tremendo, com os olhos fechados.

Quando ousou abri-los novamente, viu que a mão de Novah de fato havia se mexido em direção à dele. Jared se acalmou, lembrando uma coisa que Elias certa vez havia dito sobre reflexos erráticos do corpo nas horas seguintes à morte. E, afinal de contas, Novah não estava morta nem há uma hora. Jared virou-se mais uma vez para a porta, renovado na determinação de voltar aos vivos e deixar para trás toda essa morbidez. Mas andar até a porta era como nadar contra a força da corrente. Pensando em Asta e no que ela fizera consigo mesma por ele, pela verdade, ele prosseguiu com um propósito sombrio.

Quando sua mão tocou a porta — estava perto o suficiente para ouvir os passos de Hal do outro lado do carvalho — algo o fez virar e olhar novamente.

Seus olhos se depararam com a visão da última guinada daquele show de horrores macabro.

A cabeça de Novah havia virado-se para ele, e as pálpebras estavam se abrindo. Seria mais um reflexo pós-morte? Jared voltou aos tropeços para perto dela. Os olhos se fecharam outra vez, mas agora ele viu a mão se mexer, exatamente como devia ter mexido antes. Em seguida ela abriu a boca e um terrível gemido baixo e animalesco saiu de seus lábios.

— Santo Deus! — arfou Jared. — Você está viva! — Ele se sentiu nauseado e tonto.

Há poucos instantes, aquilo era o que ele mais queria no mundo. Agora, ao vê-la olhando desamparada para ele, se encheu de dúvidas. Talvez fosse melhor jamais conhecer seus segredos sombrios. Mas, enquanto estava ali, parado, olhando para ela, em choque, Jared se deu conta de que o que era melhor ou o que não era não importava mais. Não tinha como escapar dela: o Príncipe e a Falcoeira estavam juntos naquela viagem infernal. A única maneira de sair dela era ir até o fim.

TRINTA E SETE

CÂMARA DE GELO DO PALÁCIO

Jared estava enraizado no mesmo lugar quando os lábios de Novah emitiram outro gemido baixo.

— Está tudo bem? — A voz de Hal veio do outro lado da porta.

— Está — respondeu Jared, ansiosamente. Em seguida, com um tom mais autoritário na voz: — Espere aí, Hal!

— Sim, Vossa Alteza.

— Novah — sibilou ele, talvez mais alto que seria prudente. — É o Príncipe Jared. Sei que está viva. Pode não ser o que você queria, mas ainda está viva.

Ela emitiu outro ruído, mais suave agora, e ele pôde ver os movimentos fracos do diafragma dela, subindo e descendo. O movimento era mínimo, mas estava ali. Ele olhou para cima e a viu, com os olhos semiabertos, como que presos entre a vida e a morte.

— Não tente falar — disse ele. — Está fraca demais. — Teve raiva de si mesmo por sua inclinação à bondade.

Os olhos e a boca se fecharam, e o diafragma estremeceu. Jared percebeu que aqueles meros ruídos animalescos exigiram enorme esforço de Novah. Podia não estar morta, mas estava longe de ser uma criatura viva e funcional.

— Vou buscar ajuda — avisou ele, apoiando a mão nas vestes dela.
— Elias saberá o que fazer.

Aquelas palavras pretendiam acalmá-la, mas, aparentemente, geraram o efeito oposto. Sua mão começou a tremer. Num reflexo, ele a segurou na dele.

— Está tudo bem — disse ele. — Mas acho que você precisa ficar parada.

Era estranho estar ali e ao mesmo tempo segurar a mão dela, então ele se viu abrindo espaço na plataforma para se sentar. Olhando para o outro lado, para o corpo do irmão, Jared ficou imaginando se esse momento poderia ser mais surreal. Ali estava ele segurando a mão da mulher que havia matado seu irmão e sua cunhada; uma mulher que, por sua vez, estava com um pé nesse mundo, e o outro já fincado no outro. Grande parte dele queria simplesmente recolher a própria mão e se retirar, permitindo que ela morresse uma segunda vez. Não parecia que ela ainda tinha muita força dentro de si. Mas ele sabia que não podia fazer nada que não ficar ao seu lado. Ele praticamente rezou para que ela voltasse. Agora tinha que lidar com as consequências daquilo.

Ele recolheu a mão.

— Como pôde fazer coisas tão terríveis? — perguntou a ela, furioso. — Você é a responsável por quatro mortes. Meu irmão. A esposa dele. O filho que ainda nem havia nascido. E o camareiro.

As palavras de Jared provocaram um novo gemido. Mais curto que os anteriores.

— Eu avisei antes, não tente falar. Guarde toda a força que tiver. Certamente vai precisar. — Olhou fixamente para o rosto dela. — Simplesmente não consigo acreditar que tenha tanto mal dentro de você.

Isso despertou um novo gemido, mais um ganido; ao mesmo tempo a mão se agitou; a boca e os olhos estavam fechados, mas a mão tentava pegar a dele. Contra todos os seus instintos, ele se viu fazendo contato físico mais uma vez.

— Novah, está tentando me falar alguma coisa?

Não sabia de onde tinham vindo suas palavras, mas ao terminar de dizê-las, ela apertou com firmeza sua mão. Jared ficou surpreso pela força que ela conseguiu reunir.

Quando a mão de Novah relaxou outra vez, Jared viu que ele próprio estava tremendo.

— É isso? — perguntou ele. — Está tentando me contar alguma coisa?

Mais uma vez ela apertou sua mão e a soltou novamente.

— Não espere que eu tenha pena de você — avisou ele. — Ou que lhe perdoe. Sei que matou meu irmão e Silvya, e sei por quê. — Jared balançou a cabeça, entristecido. — Não sente nenhuma culpa pelo que fez?

Ele esperou, de algum jeito achando que ela fosse reagir a isso. A mão de Novah permaneceu imóvel.

— Não — continuou ele furiosamente. — Claro que não sente culpa. Como poderia ter feito as coisas que fez se... — Não completou a frase. — E eu sempre achei que você fosse uma pessoa honrosa.

Ela apertou a mão dele.

— Ah, sério? Você se acha uma pessoa honrosa? — perguntou Jared.

Novah apertou mais uma vez.

Jared balançou a cabeça.

— A culpa, ou o fato de que suas maldades foram bem-sucedidas, fez com que você tentasse se matar. Não é isso o que entendo por honra.

A mão de Novah permaneceu imóvel. Será que a falta de resposta significava que ela não concordava? Ou seria uma exibição de desafio, mesmo tão perto da morte?

— Você pulou, Novah! — disse ele, exasperado.

A mão dela continuou parada. Ele percebeu que ela estava falando com ele, mas com a mão, e não com a língua. A mente de Jared se acelerou.

— O que está tentando me dizer? Que não pulou?

Um aperto claro.

— Novah, preciso ter certeza disso. Está dizendo que não pulou da torre?

Outro aperto; tão forte que parecia que ia quebrar seus ossos. *Pense*, disse ele a si mesmo. *Pode ser um truque*. Ela podia estar tentando ganhar tempo. E, mesmo assim, algo lhe dizia que não era isso. Ele tinha que continuar, aonde quer que aquilo os levasse.

— Novah, alguém a empurrou da torre?

Ela apertou a mão do Príncipe outra vez. As entranhas dele gelaram.

— Empurrou! Você viu quem foi?

Novamente, um aperto.

— Tem certeza de que não precisa de mim? — gritou Hal lá de fora. Será que tinha ouvido a estranha conversa de uma voz só?

— Não, Hal — respondeu Jared. — Espere aí. Já saio.

— Sim, Vossa Alteza.

Jared voltou-se mais uma vez para Novah. Sentia o sangue pulsando pelo corpo, o coração acelerando em expectativa. Se ela estava dizendo que não havia pulado, mas sido empurrada, será que isso significava que não tinha matado Anders e Silvya? E como isso se alinhava ao que Novah tinha dito a Asta? Será que ela era culpada por manter um relacionamento ilícito com seu irmão, e apenas isso? Ele sabia que teria que pensar naquilo mais tarde. O tempo era essencial.

— Novah, aperte minha mão se a pessoa que a empurrou foi alguém do Conselho dos Doze.

A mão dela ficou parada. Então tinham se enganado. Não tinha sido um dos...

Mas então veio o aperto. Mais fraco que antes, mas um aperto ainda assim. Por que mais fraco? Será que estava perdendo a força? Ele devia mandar chamar Elias. Mas não podia deixar as coisas assim. Não agora. Será que deveria mandar Hal buscar Elias? Não, era muito perigoso arriscar a própria proteção; principalmente se o verdadeiro assassino ainda estava à solta.

— Novah, sei que não tem mais muita força. Preciso saber a verdade. Você me deve isso. Deve a Anders... Aperte minha mão se a pessoa que a empurrou é um dos Doze.

Dessa vez ela reagiu imediatamente com um aperto.

Jared suspirou.

— Certo — disse ele, preenchido por um novo senso de frustração. — Como é que vamos fazer isso? Você não pode falar, e seus olhos estão fechados. Acho que não tem outro jeito que não... — diminuiu a voz. — Novah, aperte minha mão se Hal Harness foi a pessoa que a empurrou.

A mão dela permaneceu quieta.

— Novah, só para eu saber que ainda consegue, aperte minha mão outra vez.

Ela o fez, um movimento pequeno, porém perceptível.

— Certo, então não foi Hal. Foi Jonas Drummond?

Ele esperou, mas ela não se mexeu.

— Também não foi Jonas. Foi Kai Jagger?

Continuou não apertando. Isso liberava três dos Doze; quatro contando com a própria Novah. Presumindo-se que pudesse confiar nela. Jared respirou fundo, pensando rápido. Quem mais tinha estado na equipe de caça do irmão?

— Lucas Curzon?

Não apertou.

— Novah, foi Axel?

Ele sentiu a mão dela começar a se mover. Mas não foi exatamente um aperto. E então a mão se separou da dele e caiu, flácida.

— Novah! — exclamou ele, mais alto que pretendia. — Novah! Está me ouvindo? — Tentou pegar em sua mão outra vez, mas estava tão flácida quanto uma boneca de pano. O tempo acabara.

— Hal! — chamou ele, com urgência. — Hal, entre aqui!

O grito sequer havia se dissipado quando Hal voltou para a Câmara de Gelo.

— Preciso que busque Elias — ordenou Jared. — Traga-o aqui. Diga a ele que Novah está viva, mas não conte a ninguém, a ninguém sobre isso. Entendeu?

Hal fez que sim com a cabeça:

— Pode confiar em mim, Príncipe Jared.

Os olhos de Jared encontraram os do Guarda-Costas.

— Espero que sim — respondeu ele. — Pelo bem de todos.

SEXTO DIA

TRINTA E OITO

QUARTO DE VESTIR DO PRÍNCIPE

Jared respirou fundo, em seguida levantou o pano preto que cobria o espelho do quarto de vestir. Que o espelho invocasse sua alma; com tudo que aconteceu nos últimos dias, podia ser uma abençoada libertação. Amassou o pano em um amontoado e o colocou sobre a mesa, em seguida virou-se novamente para encarar o espelho.

Mal reconheceu o reflexo. Em menos de uma semana, seu rosto havia se tornado magro, quase esquelético; os eventos que começaram com a morte do irmão talharam a carne de seu rosto com a destreza de um escultor. Ele parecia mais velho, e não de um jeito bom. Talvez fosse a fadiga, pura e simplesmente. Fora tarde para a cama, depois do surreal encontro com Novah e ainda da noite tensa com a Rainha Francesca e a delegação de Woodlark. E, apesar de ter se sentido incrivelmente aliviado ao deitar e se cobrir, o sono foi frustrado por pensamentos acelerados do assassino caminhando pelos corredores do palácio. Em dado momento ele se sentou na cama e se viu ensopado de suor, tendo sonhado com as feras selvagens que o irmão supostamente viu antes da morte. Parecia um mau agouro. Levando tudo em conta, não era a preparação perfeita para o funeral do irmão.

Pensou outra vez em Novah. O Médico estava com ela agora. Elias enviara um mensageiro para informá-lo de que a Falcoeira mergulhara outra vez na inconsciência.

Ela tinha que sobreviver. Alguém tinha. Já havia morrido gente demais na corte. Tomado por uma súbita tristeza, Jared fechou os olhos e rezou por Novah. Quando os abriu outra vez, estavam molhados. Era cedo demais para lágrimas. Ele engoliu a emoção e enxugou os olhos outra vez. A mãe teria ficado orgulhosa.

Jared se desconectou decididamente do próprio olhar e voltou a atenção para o casaco do funeral, tirando um pelo de cachorro da manga. No espelho de sua armadura enxergava o reflexo de uma pequena mesa contra a parede do quarto de vestir. Sobre a superfície de mogno estava um papel com a lista de Novah. Aquela lista era a única coisa que lhe transmitia esperança: parecia o único sinal de que poderiam estar progredindo e que, com raciocínio e lógica, poderiam combater o caos crescente.

Seus pensamentos foram interrompidos por uma batida urgente na porta do quarto.

— Quem é? — perguntou ele, se preparando para a próxima notícia ruim.

— Sou eu — respondeu Asta.

Claro, pensou Jared, o humor melhorando instantaneamente. Tinha pedido que viesse.

Jared sorriu ao ver o reflexo de Asta no espelho quando ela entrou no quarto de vestir. Por um instante a porta ficou entreaberta, e a superfície espelhada do armário revelou Hal, montando guarda na entrada. Era uma visão tranquilizadora; ainda mais porque o nome de Hal tinha sido o primeiro eliminado da lista de Novah.

A visão do corpo robusto de Hal se perdeu quando a porta do quarto se fechou. Jared e Asta estavam a sós. Ele virou as costas para o espelho, mas descobriu que olhar para Asta não era uma experiência tão diferente daquela que teve ao ver o próprio reflexo. Ela também parecia destroçada, cansada e pálida.

Apesar de tudo, conseguia exibir um sorriso.

— Você está muito bonito — elogiou ela. — Se isso não for algo inapropriado a se dizer.

— Porque estou vestido para o funeral de meu irmão?

— Não. — Ela balançou a cabeça. — Porque você é o Príncipe e eu... bem, eu sou só uma garota dos acampamentos.

— Asta — falou Jared, caminhando em direção a ela. — Você é minha... amiga. É uma das poucas pessoas em quem posso confiar por aqui. Isso significa muito para mim.

Ele surpreendeu os dois ao abraçá-la. A pele dela era fria como mármore. Ele recuou, desconcertado.

— Você está bem? — perguntou Jared, pensando mais uma vez no quanto ela parecia cansada.

— Estou! — Ao responder, ela começou a se afastar, mas tropeçou. Claramente não eram os movimentos de alguém que estava "bem".

Jared puxou uma das cadeiras do quarto de vestir.

— Acho que precisa sentar.

Ele imaginou que ela fosse protestar, mas, para sua surpresa, ela assentiu, agradecida, e fez o que ele sugeriu.

— Tenho uma coisa importante para lhe dizer — revelou o Príncipe.

Os olhos cinzentos de Asta encontraram os dele, cheios de expectativa.

— Novah Chastain não pulou da torre — anunciou ele. — Ela foi empurrada.

Os olhos da menina se arregalaram.

— O quê? Como você sabe disso?

— Sei porque a Falcoeira está viva.

— Não! — Asta engasgou. — Não é possível, é? Onde ela está?

— Está em uma sala de cirurgia improvisada, montada por seu tio no palácio. Ele recebeu ordens estritas de não contar a ninguém sobre isso. Por razões egoístas, eu quis lhe contar pessoalmente, apesar de ter desconfiado que ele talvez já tivesse lhe informado sobre o fato, ou que você já tivesse descoberto.

Asta balançou a cabeça.

— Isso explica por que ele acordou mais cedo que de costume esta manhã — comentou ela, lentamente. — Ele me deixou um bilhete, mas sem explicar para onde tinha ido.

— Isso é bom — observou Jared, aliviado porque o plano estava funcionando até o momento.

— Novah foi empurrada? — Asta balançou a cabeça. — Não pode ser! Ela matou Anders e Silvya, e depois tentou acabar com a própria vida! Teve motivo e oportunidade para cometer os dois assassinatos. Tudo aponta para ela. Eu não usaria o termo "louca" de forma leviana, Príncipe Jared, mas realmente acho que ela seja louca. Você precisava ter visto a forma como ela reagiu à minha visita. Sinto muito, mas o que quer que ela tenha lhe dito, acho que não pode considerar.

Jared franziu a testa.

— Sei que estraga sua teoria — falou ele. — Mas acho que temos que considerar a hipótese de que ela poderia estar falando a verdade.

— Pela expressão de Asta ele viu que ela não tinha se convencido.

— Ela disse quem a empurrou?

— Não exatamente — respondeu Jared. — Mas consegui reduzir os suspeitos.

— Como?

— Perguntei a Novah se ela havia pulado ou se fora empurrada da torre. Ela estava fraca demais para falar, mas apertou minha mão a fim de responder minhas perguntas.

— Apertou sua mão? — Asta balançou a cabeça outra vez. — Ela sabe quem a empurrou?

Ele assentiu.

— Foi alguém do Conselho dos Doze.

Asta parecia prestes a explodir.

— Bem, o que está esperando? Diga quem é!

Jared gostaria que fosse simples assim, e queria ter uma resposta definitiva. Sabia que, próximo a ele, ninguém queria tanto descobrir a verdade sobre a trama de assassinatos: Asta arriscou a própria vida pulando em um rio gelado. Um pensamento súbito ocorreu a Jared. Por que a pele dela estava tão fria agora?

— Quem é? — A pergunta dela interrompeu suas divagações.

— Não sei. Ainda. — Pegou a lista da mesa e a entregou a Asta. – Mas sabemos quem não foi. Novah só conseguiu apertar minha mão algumas vezes até perder novamente a consciência. Consegui eliminar só alguns nomes.

Asta olhou para a lista, onde os nomes dos onze remanescentes do Conselho estavam escritos com a letra de Jared. Quatro nomes foram riscados: Hal Harness, Lucas Curzon, Jonas Drummond e Kai Jagger.

Asta olhou para Jared.

— Então, se acreditamos que Novah esteja falando a verdade, e é um grande "se", então restam sete suspeitos.

Jared assentiu.

— Padre Simeon. Logan Wilde. — Ela respirou fundo. — Elias Peck. Emelie Sharp.

— Suponho que também possamos riscar Emelie Sharp — disse Jared. — Você falou com ela antes e já a descartou.

Asta rebateu, afiada como um taco.

— Eu a descartei da suspeita de ser amante de Anders, e, portanto, de ter motivos para cometer um crime passional. Mas, se aceitarmos que Novah não é a assassina, então também temos que aceitar que provavelmente não estamos lidando com um crime passional.

— Claro, tem razão! — Ele percebeu o quanto precisava de Asta para chegar ao cerne das coisas. Se convenceu de que havia feito um grande progresso sozinho, mas só agora que estavam juntos ele começou a se dar conta de que a tarefa a ser cumprida ainda era grande e assustadora.

— Se Novah está dizendo a verdade — continuou Asta. — Então armaram para que ela parecesse a assassina. E quem quer que esteja por trás dos assassinatos quer que pensemos que se trata de um crime passional. Ou eu nos conduzi a um beco cego com a ideia de que isso se tratava de Anders e sua amante secreta — disse franzindo o rosto.

— Não assuma toda a culpa — ponderou Jared. — Eu e você chegamos juntos a essas conclusões. E, se seguimos a trilha errada, foi apenas porque alguém facilitou bastante que isso acontecesse. Mas talvez agora finalmente estejamos perto da verdade.

— Ou Novah é uma lunática perigosa que não conseguiu se matar e agora está mudando a história para salvar a própria pele.

Jared se recusava a acreditar nisso. Tinha falado com Novah. Tudo bem, ela não tinha falado, exatamente, mas, de algum jeito, ele sabia que estava sendo verdadeira. Afinal de contas, a essa altura, o que ela teria a ganhar mentindo?

— Por favor, leia o resto dos nomes da lista — pediu ele.

— Vera Webb. Morgan Booth. E, por último, mas não menos importante, Axel Blaxland. — Ela notou a expressão de Jared ao ouvir o nome de Axel. — Por que está franzindo o rosto? Não quer acreditar que possa ser Axel?

Jared deu de ombros.

— Não quero acreditar que seja nenhum deles, mas agora é difícil achar que não seja. Me preocupo porque o nome de Axel foi o último citado antes de Novah ficar fraca demais para continuar. A mão dela se mexeu de leve quando eu disse o nome dele, mas não deu para ter certeza se era um sinal ou não.

Asta tamborilou os dedos na página.

— Então Axel definitivamente continua na lista. — Os olhos de Asta permaneceram no papel, a expressão sombria. — Seria de se pensar que teríamos reduzido a lista a menos de sete suspeitos, não?

— Quando questionei Novah, comecei pelas pessoas que sabíamos que estavam na equipe de caça quando Anders se machucou. A lista inclui Elliot Nash, o assistente de Axel, mas ele não faz parte dos Doze, então podemos descartá-lo. — Jared fez uma pausa e continuou: — Fico pensando se também deveríamos descartar o Padre Simeon — sugeriu o Príncipe. — Ele parece um assassino muito improvável. Aliás, poderíamos excluir muitos nomes. Vera Webb, por exemplo...

— Não! — exclamou Asta. — Não podemos eliminar ninguém da lista até termos falado com Novah outra vez, presumindo que ela se recupere o bastante para nos oferecer a oportunidade, ou até encontrarmos provas conclusivas que os livrem das suspeitas. Não podemos fazer escolhas nos baseando em instinto ou no que achamos que é verdade. Se aprendemos uma coisa com essa investigação é que a pessoa que está por trás dos assassinatos entende muito de fumaça e espelhos.

Jared assentiu.

— Tem razão — suspirou ele. — Temo que tenhamos voltado ao começo.

Asta levantou os olhos do papel.

— Talvez não seja tão ruim. Diga-me: quem mais sabe que Novah sobreviveu à queda?

Pelo menos para esta pergunta ele tinha uma resposta concreta.

— As únicas pessoas que sabem que ela sobreviveu são Elias e Hal. Hal ajudou seu tio a levá-la. Eles usaram o túnel entre a casa de Axel na Vila e o palácio.

— Então, certamente Axel sabe também.

Jared balançou a cabeça.

— Ele não estava lá. Estava comigo e com a família de Silvya.

Asta balançou a cabeça, claramente imersa em pensamentos. Jared observou enquanto ela se levantava da cadeira e começava a caminhar de um lado para o outro no quarto de vestir.

— Você e Axel estavam caminhando para resolver estes assassinatos considerando-os crimes políticos. Mas aí eu me meti e o persuadi a achar que tudo tinha sido causado pela complicada vida amorosa de seu irmão. Sinto muito, Príncipe Jared, desperdicei tanto tempo e sou responsável pelo estado grave de Novah. — Estremeceu. — Poderia ter sido facilmente responsável por sua morte.

— Novah está viva — falou Jared. — É isso que importa. As coisas já estão sombrias demais como estão, não podemos começar a nos culpar pelo que ainda não aconteceu.

Jared viu uma nova onda de cansaço atravessar as feições de Asta. Ele sabia que, assim como tinha sido movido à adrenalina, o mesmo acontecera com ela. E ele podia sentir que os dois estavam muito próximos de esgotar todas as reservas. Observou enquanto ela se sentava novamente na cadeira. De fato, a aprendiz não se sentou, mas se jogou. Asta fechou os olhos e levou as mãos às têmporas.

Preocupado, ele ajoelhou ao lado dela.

— Tem certeza de que está bem? — perguntou Jared.

Por um instante ela não disse nada. Isso por si só o preocupou. Então ela abriu os olhos.

— Desculpe — respondeu a garota. — Estou com uma dor de cabeça horrível.

Jared franziu o rosto, colocando a mão em sua cabeça.

Asta gritou como se ele a tivesse machucado.

— Sua pele está muito quente!

— A sua está muito fria — argumentou o Príncipe, preocupando-se imediatamente. — Não acho que a dor de cabeça seja reflexo de exaustão mental, Asta, acho que seu corpo ainda está em choque, de quando foi tirada do rio. Acha que pode ter pegado alguma coisa?

Asta fez um aceno com a mão.

— Talvez eu esteja com uma leve hipotermia, suponho. Tudo que sei é que estou com muito calor. — Ela começou a se abanar com a mão.

Jared balançou a cabeça.

— Asta, temos que levá-la de volta a seu tio. Você está fervendo! — Ele entrou em pânico. — Pode ser sério. Precisamos de Elias...

Ela balançou a cabeça, com os olhos embaçando.

— Você tem um funeral para acompanhar, e eu vou ficar bem se descansar um pouco. Não é uma caminhada longa até a Vila.

Ele franziu o rosto.

— Você não está em condições de andar para lugar algum. — O tempo estava se esgotando: em uma questão de minutos, ele teria que se juntar aos outros na procissão do funeral. — Enfim, não quero que você vá a lugar algum sem estar acompanhada. Temos que aceitar que o assassino sabe que você andou me ajudando com a investigação. E isso quer dizer que agora também está na linha de tiro.

Asta balançou a cabeça, desafiadoramente. Jared se perguntou se teria ferido seu orgulho quando disse que ela estava "ajudando" com a investigação. Sabia que seria mais honesto dizer que ela estava conduzindo a investigação, mas não queria que ela se sentisse responsável pelo que aconteceu com Novah, nem por mais nada.

— Hal! — chamou o Príncipe.

Como sempre, o Guarda-Costas foi rápido na resposta.

— Sim, Príncipe Jared?

— Preciso que cuide de Asta enquanto vou ao funeral.

— Não, estou bem — protestou a jovem.

— Ela não está bem — garantiu Jared. — Pode estar correndo perigo, e não quero que a perca de vista. Acho que, levando tudo em consideração, é melhor que você fique aqui durante o funeral. Asta, pode usar a cama se quiser. E Hal, quero você bem aqui, cuidando dela. Não deixe mais ninguém entrar, entendeu?

Hal concordou com a cabeça, passando os dedos no cabo de sua adaga.

— Perfeitamente.

Jared colocou a mão no ombro de Hal.

— É muito bom saber que posso contar com você.

Hal mexeu a cabeça novamente.

— Sempre.

— Mais uma coisa — complementou Jared. — Asta está com dor de cabeça. Sabe onde podemos encontrar alguma coisa para aliviá-la?

— Na verdade, sei sim — disse Hal, passando por eles em direção à porta. — Só preciso ir ao escritório do Príncipe.

Ele se ausentou apenas por uma questão de instantes e, quando voltou, trazia um pequeno frasco de vidro contendo uma substância avermelhada.

— Seu irmão sofreu com dores de cabeça nas últimas semanas. — Hal levantou o frasco tampado. — Uma ou duas doses costumavam resolver. Não precisa de muito, é forte. Misture com água. — Ele removeu a tampa. Ao fazê-lo, um pouco do pó fino guardado ali dentro subiu pelo ar.

O pó tinha um cheiro muito peculiar. Asta sabia que tinha sentido aquilo antes. Ela levou um instante, enquanto Hal se ocupava com a mistura, para identificar. Então, quando ele lhe ofereceu o copo, ela estremeceu e exclamou:

— Esporão do centeio!

— Quê? — Jared não sabia ao certo como responder. Ele e Hal viram o copo tremer na mão de Asta e nenhum dos dois se surpreendeu quando escorregou por entre seus dedos e caiu no tapete, embaixo da cadeira. O rosto de Asta era a visão do pânico.

— Não se preocupe — falou Hal, gentilmente. — Preparo uma nova dose.

— Não! — Asta se encolheu. Sua expressão tinha assumido ares de loucura.

— O que houve? — perguntou Jared.

Ela apontou para o vidro.

— Foi isso que matou seu irmão. Não foi veneno com comida, nem veneno administrado pelo ferimento de caça. Foi esse remédio para dor de cabeça.

— Quê? — Jared se ajoelhou ao lado dela. Estava ciente da presença de Hal, também congelado no lugar.

— Quando meu tio fez a autópsia no Príncipe Anders, identificou dois possíveis venenos — explicou ela. — Sabina e esporão do centeio...

— Eu sei — respondeu Jared, na defensiva. — Eu e você já discutimos isso mil vezes. Seu tio concluiu que a toxina provavelmente era sabina, mas você desconfiava que as duas podiam ter sido usadas.

— Sim — concordou Asta. — Mas o tio Elias só estava lidando com os fatos de que dispunha. Ele me contou, apenas como um comentário, que esporão do centeio às vezes é usado para combater enxaquecas. Em doses baixas não faz mal, mas, se utilizado de forma regular e cumulativa, pode ser fatal.

— O que está me dizendo? — perguntou Jared. — Que meu irmão se matou, sem saber, com pó para dor de cabeça? Mesmo que eu aceite isso, como explica o assassinato de Silvya e a tentativa contra Novah?

Asta ficou em silêncio por um instante. Mas, mesmo assim, ele pôde sentir sua mente se acelerando.

— Não — declarou ela, afinal. — A morte do Príncipe Anders não foi acidental. Ele foi assassinado.

Jared de repente registrou o olhar de Hal e se perguntou, por um instante, se deveriam ter essa conversa na frente dele. Tentou chamar a atenção de Asta, mas ela estava tomada por uma energia urgente.

— Talvez Axel estivesse certo desde o começo e este tenha sido um ataque político, de fora ou de dentro de Archenfield. Faz sentido. Primeiro matam o Príncipe, para provocar um estado de choque no Principado e provar que é possível atacar o coração da corte. Depois Silvya, não por causa do bebê que esperava, mas para romper a tão importante aliança com Woodlark. Depois a Falcoeira, que controla a comunicação com as fronteiras e os outros Principados distantes. Não entende? Estão sendo destruídos, um por um. O assassino é quem deu ao Príncipe Anders o remédio para dor de cabeça. Se descobrirmos onde ele o arranjou, saberemos o nome do assassino.

— Onde qualquer um na corte obtém remédio? — perguntou Jared, falando antes de pensar. Ao ver a expressão de Asta, desejou que pudesse retirar o que dissera.

— Meu tio.

— Não pode ser Elias! — exclamou Jared, balançando a cabeça.

— Por que não? — perguntou Asta. — Porque ele é meu tio? Isto não é um jogo. Não existem regras. Sabina é uma substância de difícil obtenção, porque só é cultivada no Jardim do Médico. Mas esporão do centeio é mais fácil...

— Não foi Elias. — A voz de Hal Harness chamou a atenção dos dois.

Eles viraram-se para o Guarda-Costas. O Sino do Lacaio começou a soar. Era o último sino do dia; o que convocaria todos de luto ao funeral.

— Por que diz isso, Hal? — perguntou Jared, sem esperar o sino cessar. Não podia mais esperar pelas respostas que precisava ouvir.

— Não foi Elias que deu o remédio ao Príncipe Anders.

Os olhos de Jared estavam arregalados.

— Tem certeza disto? Tem que ter muita certeza, Hal.

Hal fez que sim com a cabeça.

— Eu sei.

— Então? — Os olhos de Asta se voltaram, suplicantes, para Hal.
— Se meu tio Elias não deu o remédio ao Príncipe Anders, então quem foi?

Hal pausou por um instante, em seguida balançou a cabeça, tristemente.

— Logan Wilde — afirmou o homem. — O Poeta.

TRINTA E NOVE
ARCHENFIELD

Todos os homens, mulheres e crianças de Archenfield tinham aparecido para se despedir de seu adorado Príncipe. Pelo menos era a impressão que tinha o Príncipe Jared enquanto caminhava no centro do cortejo. Os dois lados da estrada encontravam-se lotados de súditos em luto. Muitos brandiam a bandeira de Archenfield, criando um mar em dourado, azul e verde. Os que estavam na frente da multidão esticavam as mãos conforme o caixão, conduzido por cavalos, se aproximava. Talvez achassem que, se pudessem estabelecer uma conexão física com o Príncipe Anders, a força de seus desejos unidos poderia se converter em alguma alquimia capaz de devolver a vida a seus ossos e pele. Jared não tinha dúvidas quanto à profundidade do desejo comum de Archenfield de ressuscitar o líder abatido, mas ele não cultivava ilusões: seu irmão estava morto; assim como sua Consorte e seu filho que não chegou a nascer.
 Jared seguia o caixão a uma curta distância, assumindo sua posição como novo líder de Archenfield. Por mais que isso representasse um grande ajuste para os súditos, era uma metamorfose ainda maior

para o próprio Jared. Ele era Jared, Príncipe de Toda a Archenfield. Os tempos em que podia correr pelos baluartes do palácio, passear com Hedd na floresta ou calmamente sonhar acordado durante as reuniões dos Doze tinham ficado para trás havia muito tempo. Os eventos cruéis daquela semana o iniciaram na liderança política e agora não tinha como voltar. *Um pé na frente do outro.* Ouviu a voz da mãe em sua mente. Foi o conselho que ela deu a ele e a Edvin sobre a gerência dos passos durante a procissão, mas era igualmente válido, supôs ele, quando o assunto era assumir as muitas responsabilidades do governo.

Ele virou então, trocando um olhar com Edvin, que estava de seu lado esquerdo. Enquanto o irmão mais novo retribuía o sorriso discreto, Jared mais uma vez se impressionou com a semelhança física entre ele e Anders. Tinha certeza de que a multidão também devia se afetar com isso. Oferecia um certo tipo de continuidade, como se o desejo da ressurreição realmente tivesse sido atendido.

Jared voltou o olhar novamente para a multidão, muito comovido por terem comparecido em tão grande número. Aquilo o transportou para outro dia de setembro, pouco mais de um ano antes, quando o Principado foi varrido pelo romance de conto de fadas de Anders e Silvya. Anders foi o primeiro Príncipe de Archenfield a escolher uma noiva de fora do Principado. Esse casamento não só uniu toda a Archenfield em um clima de otimismo, mas também a uniu ao seu vizinho. Agora a aliança com Woodlark fora rompida: a Rainha Francesca foi muito clara na véspera.

O dia do casamento real foi na mudança das estações. O Príncipe Anders brincara com cascas de nozes e folhas de carvalho. Agora, mais uma vez, havia nozes no chão. Silvya foi uma noiva de outono e uma viúva da mesma estação. Nesse dia, seu corpo sem vida estava no caminho de volta à terra natal da qual jamais se desapegou. Jared torcia para que sua alma encontrasse alguma paz e que, com o tempo, sua família pudesse perdoá-los pelo que aconteceu com ela em terras estrangeiras. De algum jeito, duvidava que isso fosse possível.

Virou à direita, onde Logan Wilde, o Poeta, caminhava em perfeita sincronia com ele. Logan estava ocupado demais observando e reconhecendo a multidão para notar o olhar do Príncipe Jared. Muito bom, pensou Jared. Cuidaria de Logan mais tarde. Por enquanto, a única coisa importante era mantê-lo por perto. Escutou a voz de seu pai: *Mantenha os amigos perto, Jared, e os inimigos ainda mais próximos.* As palavras do Príncipe Goran jamais tiveram um significado tão grande quanto agora. Jared extraiu conforto disso. Era como se seu pai também estivesse ali, oferecendo o apoio de que tanto precisava.

Um pouco atrás de Jared, Edvin e Logan; a Rainha Elin andava sozinha. Fazia pouco mais de dois anos que o Príncipe Goran morrera. Ele também tinha sido amado. Seria difícil seguir os dois últimos Príncipes de Archenfield. Somente o profundo afeto e a crença no jovem Príncipe Anders permitiram que Archenfield atravessasse a dor da perda de Goran. Jared sabia que seus punhos de aço tinham sido um fator preponderante na transferência das rédeas do governo de Goran para Anders, e era possível dizer que Elin era tão responsável quanto Anders pelo clima daquele dia — o amor, a dor que beirava algo mais. Agora Elin estava diante do desafio de transferir o Principado de seu primeiro para seu segundo filho. E ele já via em primeira mão sua determinação em ser bem-sucedida na missão.

O Príncipe Jared levantou a mão para a multidão de ambos os lados, reconhecendo o luto de todos, sabendo que, por enquanto, a dor deles devia se sobrepor à sua. As obrigações do Principado eram tão fortes quanto as árvores mais velhas da floresta; a mesma floresta para onde se dirigiam agora, onde finalmente deixariam para trás a multidão enquanto o Príncipe caído viajava em direção ao local do repouso final.

Jared fechou os olhos por um instante, pensando sombriamente no que estava por vir. Abrindo-os novamente, olhou por cima do ombro e viu o primo Axel atrás de Elin, a uma curta distância. Jared notou, com breve satisfação que, com seus membros longos, ele exercia considerável controle para não ultrapassar Elin e interferir na ordem do cortejo.

Como Sucessor do Príncipe Jared, Axel era agora o herdeiro do Principado. E, apesar de suas dúvidas iniciais e das claras diferenças entre os dois, Jared estava começando a enxergar sabedoria no conselho de sua mãe. Claro, Axel havia fracassado espetacularmente em suas obrigações como Capitão da Guarda quando permitiu que o homem errado fosse executado pelo assassinato do Príncipe Anders; isso era algo que Jared acreditava que fosse assombrá-lo pelo resto da vida. Mas, no fim das contas, Axel se apresentou quando Jared precisou, e parecia que, pelo menos até o momento, estavam do mesmo lado.

As duas fileiras seguintes do cortejo eram formadas pelos oficiais remanescentes do Principado: o Padre, a Apicultora, o Lenhador, o Caçador, o Carrasco, a Cozinheira e o Lacaio. A Falcoeira, é claro, não estava presente — presumiam que morta, mas, com sorte, voltando lentamente à vida na sala improvisada no palácio, observada pelo Médico. Também estava ausente o Guarda-Costas que, por ordem do Príncipe, cuidava de Asta.

E então havia o Poeta.

Jared olhou brevemente para o lado direito outra vez. Então Logan reparou e sorriu. Jared acenou com a cabeça, em seguida virou-se rapidamente.

Era um sinal de respeito, na opinião de Jared, o fato de que o povo de luto, apesar da dor, não tentava seguir os membros da comitiva. Em vez disso, ficavam nas laterais da estrada. Somente os familiares do Príncipe e aqueles em associação imediata participariam da Cremação à beira do fiorde.

O sol começava a se pôr, os raios pareciam acender luzes nas árvores da floresta. Era lindo, mas o fazia pensar no fogo funerário prestes a ser aceso. Estremeceu. O ar estava frio, o vento, mais gelado que nunca. Os olhos de Jared arderam e agora as lágrimas caíam. Ele limpou-as com a manga do casaco de funeral e ficou horrorizado ao sentir Logan colocar uma das mãos em seu ombro, com clara intenção de reconfortá-lo. Precisou de todas as fibras do corpo para não expulsar a mão assassina de seu ombro ali mesmo. Mas ficaria paralisado até deixarem a multidão para trás.

Será que Logan havia percebido que Jared ficou imediatamente tenso com o toque? Se o fez, não interpretou como nada de mais. Com as mãos de volta às laterais do corpo, ele continuava andando, esquadrinhando a multidão que continuava grande, mesmo com a floresta se aproximando cada vez mais.

Jared pensou em Anders — em tudo que ele foi, no que tinha acontecido com ele e no que estava prestes a acontecer. Sentiu a dor fria de se despedir de um irmão que nunca conheceu verdadeiramente. Isso cortou suas entranhas, afiado como uma faca de caça. Ele jurou ali mesmo que jamais cometeria o mesmo erro com Edvin. Sempre foram próximos, mas agora havia um perigo, como Edvin dissera, de que as funções de príncipe criassem uma distância entre eles. Jared lutaria para não deixar que isso acontecesse. Podia não ter conseguido fazer de Edvin seu Sucessor, mas acharia um papel para ele, uma maneira de mantê-lo perto. Poderia cuidar de tudo isso nos próximos dias e semanas. Após o ritmo impiedoso da última semana, Jared talvez até encontrasse tempo para respirar. Precisaria de cada gota de disciplina para concluir as coisas a seu gosto. Honrar o irmão e o pai, mortos, e todos os outros Príncipes de Archenfield que vieram antes dele.

Finalmente, a procissão entrava na floresta. Finalmente, deixaram a multidão para trás. Era hora de seguir em frente. O Príncipe Jared se voltou para Logan.

— Correu tudo muito bem, eu acho. — As palavras do Poeta, sempre acompanhadas de um sorriso, o interromperam.

Dessa vez, Jared fez questão de não retribuir como de costume. Agora não precisava mais. Agora podia mostrar a Logan que a farsa finalmente chegara ao fim.

— Tudo correu exatamente como você queria, não foi? — Jared agora se dirigiu a Logan, enquanto entravam ainda mais na floresta verde-azulada. — Quando você soube que tinha tanto talento para planejar e, também, para improvisar?

Sem ideia do verdadeiro significado do que o Príncipe dizia, Logan deu de ombros.

— Não sei exatamente. Acho que sempre fui assim. — O Poeta sorriu de novo. — Está em meu sangue.

— Sim — respondeu Jared, ciente do agravamento na própria voz. — Mas, pensando bem, não. Tendo a pensar que você trabalhou muito duro para aperfeiçoar suas habilidades. Tem que ter trabalhado, imagino, para convencer seus superiores de que é capaz de executar uma missão tão importante e traiçoeira.

Agora viu a incerteza nos olhos de Logan. O Poeta abriu a boca para falar, mas Jared o interrompeu: os roteiros ditados por Logan Wilde chegavam ao fim.

— Você posicionou o corpo do meu irmão em um caixão para que toda Archenfield visse. Feito. Despachou a Consorte de volta a Woodlark. Feito. Só falhou em uma coisa, não foi?

Logan franziu o rosto.

— Desculpe. Acho que não estou entendendo o que está dizendo.

— Deixe-me explicar com mais clareza — disse Jared, calmamente. Respirou. — Você matou meu irmão, minha cunhada e o filho deles, que nem chegou a nascer. Mas não conseguiu matar Novah Chastain.

— Fez que sim com a cabeça, feliz em notar o súbito horror nos olhos de Logan. — Sim, meu caro, contra todas as probabilidades, a Falcoeira sobreviveu à queda e derrubou seu maligno castelo de cartas. O jogo, e realmente acho que para você não passou disso, acabou.

QUARENTA

FLORESTA

O cortejo funerário manteve o mesmo ritmo até chegar ao coração da floresta. As sombras verdes encobriam os membros da procissão e eram quebradas apenas pelo céu azul e pelos raios de luz dourada enquanto o sol da tarde cortava os espaços entre os galhos. Verde, azul e dourado, exatamente como as bandeiras carregadas pelo povo. As cores de Archenfield.

— Não foi um jogo. — Logan agora disse a Jared. — Mas, admito, teve muitos momentos divertidos.

Jared ficou boquiaberto.

— Que espécie de mente doentia você tem? Mandou quatro pessoas inocentes para a morte!

Logan balançou a cabeça.

— Inocentes? Não concordo. Enfim, pensei que tivesse dito que a Falcoeira estava viva? Então são três, e não quatro, até onde me lembro.

— Anders, Silvya, o bebê e Michael Reeves, o camareiro que você culpou pelo assassinato de meu irmão.

— Ah, sim! — lembrou-se Logan, com os olhos brilhando em realização. — O camareiro. É tão fácil se esquecer dele, não é?

— Talvez para você — disse Jared. — Duvido que eu me esqueça.

— Não — concordou Logan. — Ouso dizer que você vai carregar essa morte injusta nos ombros durante todo seu reinado. — O Poeta sorriu. — Bem, deixe-me contar, Michael Reeves pode não ter sido culpado pelo assassinato do Príncipe Anders, mas ele acumulava alguns outros crimes contra o Principado. Espionagem, por exemplo. Um sábio conselho, Príncipe Jared: é muito mais fácil incriminar aqueles que têm algo a esconder.

Jared sentiu o sangue correr frio ao ouvir as palavras de Logan Wilde. Olhando por cima do ombro, percebeu que os outros notaram que ele conversava com o Poeta. O clima não era cortês, mas viu que aquilo não alarmou ninguém. Até onde sabiam, estava analisando o tamanho da multidão que compareceu e comentando com seu conselheiro chefe, ou sendo lembrado discretamente sobre as partes seguintes do ritual fúnebre. Voltou a atenção novamente para Logan.

— É um fato menor que tenha me traído — ponderou Jared. — Mal nos conhecemos. E por mais que eu tenha recebido palavras valiosas de você nos últimos seis dias, tenho certeza de que vou me sair muito bem sem sua ajuda.

Logan revirou os olhos.

— Não apostaria nisso. Você demonstra todos os indícios de ser um Príncipe tão inapto quanto seu irmão mais velho.

Jared se enfureceu.

— Sua traição a Anders é muito pior. Você foi seu companheiro mais próximo ao longo dos dois anos de reinado. Ele confiava plenamente em você. E, o tempo todo, você planejou sua queda.

Logan riu.

— Em primeiro lugar, garanto a você que eu não era seu companheiro mais próximo. Acho que é seguro dizer que tal título pertence à Falcoeira. Se você pudesse imaginar quantas vezes seu irmão correu para a casa de banho para passar a tarde com ela... Mas, é claro, você não saberia disso. Porque eu encobri. Como encobri tantas outras coisas.

— Ele avançava rapidamente agora. — Seu irmão era um tanto simplório, verdade seja dita. Se não tivesse nascido em sua família, teria tido sorte em conseguir ser lacaio-assistente. Ah, e era extraordinariamente bonito, isso ninguém pode negar. Mas não tinha vocação para ser um Príncipe, não mais que você, meu caro. Foi apenas graças aos talentos daqueles ao redor, seu primo ambicioso, a cobra estrategista que é sua mãe e, acima de tudo, eu, que ele conseguiu brilhar como o fez.

Jared balançou a cabeça.

— É isso que não entendo. Se é essa a verdade, para que tanto esforço, quando tudo que queria era derrubá-lo?

Logan lançou um sorriso pérfido para Jared.

— Claro que não entende. Porque você só foi abençoado com alguns poucos neurônios a mais que ele. Nunca tive a missão de destruí-lo. Minha missão era muito maior. Era fazer Archenfield cair de joelhos. E, aliás, acho que podemos concordar que fui muito bem-sucedido. — Ele parou, olhando para Jared e balançando a cabeça, exasperado. — Sabe o quão tedioso é ficar assistindo aos mecanismos girando em sua mente? Tive que fazer o Príncipe Anders parecer um semideus para atingir a máxima devastação. Acredite em mim, trabalhei com material muito comum, mas, de algum jeito, cheguei lá, trazendo a valiosa princesa de Woodlark para completar o cenário.

— Tudo bem? — Jared virou-se e viu Edvin em seu ombro. Ele tinha caminhado silenciosamente até eles.

— Tudo bem — disse Jared ao irmão.

Edvin deu de ombros e se afastou novamente. Jared mais uma vez voltou a atenção para Logan.

— Então, diga-me, Logan, por que fez isso? Para quem está trabalhando? Além de para você mesmo, quero dizer.

Logan considerou a pergunta e então balançou a cabeça.

— Acho que não vou responder — disse ele. — Mas, Príncipe Jared, acho que farei um último favor a você e a Archenfield.

Um último favor? O que ele queria dizer com isso?

A trilha da floresta agora seguia na direção norte, e com isso o sol passou a bater diretamente em seus rostos. Temporariamente cego, o

Príncipe Jared instintivamente virou os olhos. Ao fazê-lo, viu Axel correndo em sua direção, a adaga em riste. Sentiu um tremor frio percorrer seu corpo enquanto tudo parecia desacelerar em um instante. O primo Axel estava tramando com Logan Wilde? Trabalharam juntos nisso desde o princípio? Ele viu Kai Jagger e Jonas Drummond perseguindo Axel, com adagas visíveis nas mãos. Mas não eram rápidos o bastante. Não o alcançariam.

Jared começou a virar-se quando a adaga perfurou seu peito. O frio foi substituído por uma dor ardente, que rasgou seu peito, como um ferro em brasa. Ele caiu de joelhos, sentindo o sangue bombear em sua camisa e nas mãos.

Somente quando caiu, viu Logan Wilde com uma adaga sangrenta na mão e Axel contendo o Poeta com a própria faca, até os reforços do Caçador e do Lenhador chegarem.

Jared agora desviou o olhar, ciente de Edvin agachado ao seu lado, arrancando furiosamente as próprias roupas para juntar tecido suficiente e estancar o ferimento.

Atrás dele Jared ouviu vozes — da mãe, dos outros Doze. Pôde ouvir a comoção confusa, mas ela parecia estranhamente distante.

E então sentiu um tapa forte na bochecha. Olhou para ver o primo Axel agachado ao seu lado.

— Desculpe — disse Axel, com os olhos arregalados de preocupação. — Mas tem que ficar conosco, Príncipe Jared. Aquele traidor maldito o cortou fundo, mas tenho certeza de que não atingiu a artéria. Parece pior do que é e, acredite em mim, parece péssimo.

— Onde ele está? — perguntou Jared fracamente. — Ele fugiu?

— Não tinha como fugir — disse Axel. — Não. Kai e Jonas o levaram. Por mais tentador que fosse matá-lo ali mesmo, pareceu mais prudente jogá-lo na Masmorra por enquanto.

— Ele não me disse por que fez isso tudo... as mortes — disse Jared.

Axel fez que sim com a cabeça.

— Não precisava — falou o primo. — Hoje de manhã fui informado por meus espiões que Logan Wilde tem uma irmã que, há muito tempo, atravessou a fronteira para Paddenburg e está prestes a se casar com o Príncipe Henning. — Ele franziu o rosto. — Me parece claro que Wilde já estava antecipando esse momento e recebia ordens da corte de Paddenburg. — Balançou a cabeça. — Não sei exatamente o que os dois Príncipes dementes de Paddenburg prometeram a Logan Wilde e sua irmã, mas transformarei em minha missão descobrir.

Jared ficou sem fôlego.

— Mas isso é tudo, então. Acabou?

Axel franziu o rosto.

— Queria poder dizer que sim, principalmente com você derramando sangue nas minhas botas novas, mas não posso. Alguém na corte de Paddenburg ordenou que Logan Wilde matasse o Príncipe Anders. Essa ordem veio do Príncipe Ven ou do Príncipe Henning, ou existe mais alguém tentando criar uma disputa entre as cortes deles e a nossa? Precisamos descobrir depressa e, apesar de agora termos retirado Logan Wilde da missão, ainda precisamos estar preparados para ataques futuros.

Não foi a resposta que ele queria, mas, mesmo assim, Jared se sentiu grato pela verdade. Fez que sim com a cabeça fracamente.

— Então o que está dizendo é que preciso me recuperar desse ataque porque quase certamente enfrentarei um novo muito em breve?

As palavras e o tom de Axel foram comedidos.

— Estou dizendo que precisamos levá-lo de volta ao palácio e para os cuidados do Médico. Precisa concentrar todas as suas energias em uma recuperação completa.

— Mas e o restante dos rituais fúnebres de meu irmão? — perguntou Jared. — Não podemos interromper os procedimentos aqui! — Jared levantou o olhar, vendo que o outro lado da floresta já estava próximo. Através dos espaços entre as árvores, enxergou as águas violetas do fiorde e, em frente, uma estrutura de madeira tão terrível quanto bela. A pira funerária.

— Não temos alternativa a não ser interromper o funeral — respondeu Axel. — Você é o Príncipe de Archenfield agora. Tem que ser nossa prioridade.

— Tem razão — disse Jared. — Sou o Príncipe, então suponho que a última palavra é a minha. — Olhou para Edvin. — Me ajude a levantar, irmão!

Viu Edvin trocar um olhar com Axel.

— Falei para me ajudar a levantar, Edvin!

— Nós dois ajudaremos — disse Axel, indo rapidamente para o outro lado de Jared. — Tudo bem, Edvin? No três levantamos, certo? Um, dois, três...

Jared foi levantado. A dor era absurda, e ele teve que trincar os dentes para não gritar. Mas, agora que tinha uma visão melhor do fiorde e da pira — e do caixão do irmão, parado entre eles — conseguiu renovar a determinação.

— Estamos quase lá — falou Jared aos companheiros. — Quero fazer isso, por Anders. Acho que consigo se me derem o braço.

Edvin assentiu, se esticando para apoiar as costas de Jared.

— Pode deixar — disse ele.

Jared se voltou para Axel.

— Não perca seu tempo discutindo comigo. Vamos completar os rituais fúnebres de meu irmão.

— Sim, Príncipe Jared — respondeu Axel, com um meneio de cabeça e um brilho de respeito no olhar. — Se eu tiver que carregá-lo até o fiorde, é isso que farei.

SETE DIAS DEPOIS

QUARENTA E UM

FIORDE

A pira não existia mais. Havia demorado dois dias para queimar, mas agora já estava incinerada, e somente a terra preta servia como testemunho do que acontecera ali. Mesmo assim, aquele sempre seria um local sagrado para o Príncipe Jared: o lugar onde se despediu do irmão mais velho e no qual sentiu o manto do poder sendo passado a seus ombros.

Parado ali, pensou naquele dia, há uma semana, quando Edvin e Axel o apoiaram em sua dolorosa caminhada. Os três foram até o interior da pira para visitar o príncipe Anders uma última vez. Axel e Edvin tinham se despedido, e deixaram Jared para fazer o mesmo. As palavras que utilizou ainda pareciam frescas em sua mente:

Conceda-me a força para continuar seu trabalho. Não sei onde está agora, mas, onde quer que seja, olhai por mim e me guie se puder. Quaisquer que tenham sido seus defeitos, você nasceu para ser Príncipe de Toda a Archenfield. Sou apenas um substituto. Mas farei o que puder para honrar seu nome, e o de nosso pai, e os de todos que nos antecederam.

Depois que Jared saiu da pira, Lucas Curzon fechou o buraco na estrutura a suas costas. Então, enquanto Edvin continuava a apoiá-lo, ele observou o primo Axel caminhar até ele e acender uma tocha.

Jared a pegou nas próprias mãos, sentindo imediatamente tanto o peso surpreendente quanto a intensidade do calor que dali emanava. Não ganhariam nada com delongas. Acenou com a cabeça para Edvin, que se afastou. Cambaleando um pouco, foi até a pira e, antes que pensamentos dolorosos pudessem dominá-lo ou que sua força pudesse simplesmente se esgotar, ele encostou a tocha na estrutura, o mais alto que pôde, afastando-se enquanto as chamas começavam a abrir caminho até a cúpula.

Lentamente, então, ele foi recobrando os sentidos, aliviado por não haver mais fogo. Ouviu as águas batendo no fiorde e percorreu o curto caminho até o rio, deixando Lucas para trás, para cuidar dos cavalos. Jared sabia que seu ferimento tinha começado a se curar ao longo da semana; mesmo assim sentiu algum desconforto enquanto caminhava até a beira da água. Mas ao menos daquela vez, ao contrário do que se passou na semana anterior, conseguiu percorrer o caminho sozinho.

Ali parado, olhando para as águas azul-violetas diante de seus olhos, percebeu passos atrás de si. Olhou por cima do ombro e arrependeu-se imediatamente. Mas a pequena fisgada de dor valeu a pena para que visse Asta Peck caminhando pela clareira para se juntar a ele na beira da água.

Ele sorriu quando a moça se aproximou.

— Está me seguindo, Asta?

— Claro — respondeu ela. — Não tenho nada melhor para fazer com meu tempo. — Apesar da ironia, ele viu que ela estava sorrindo, não apenas com os belos lábios, mas também com os hipnotizantes olhos cinzentos.

— Bem, é muito bom vê-la — disse ele. — É sempre bom vê-la.

Ela não o encarou, mas continuou a sorrir, olhando para a água.

— Está melhor? — perguntou Jared.

Ela fez que sim com a cabeça.

— Sim, o tio Elias me deu alta — respondeu a garota. — E passou instruções rigorosas para que eu não mergulhe no rio novamente até depois das celebrações de maio.

Jared riu.

— Me parece um conselho sábio.

Ela virou-se para olhá-lo.

— Você será o Príncipe de Toda a Archenfield até lá. Digo, sei que já o é, mas, depois de amanhã, tudo será oficial. — Então acrescentou: — Como está se sentindo em relação a tudo isso?

Ele deu de ombros.

— Feliz. Ansioso. Animado. Confuso.

Ela assentiu.

— Você vai ser um Príncipe espetacular, e sabe disso — comentou ela.

— É mesmo? — Ele sentiu o calor das palavras de Asta mesmo com aquele vento frio. — Você sabe?

— Sei — respondeu ela. — Você me conhece, Jared, desculpe, Príncipe Jared, tenho sempre razão! — Ela sorriu de novo. Daquela vez seus olhos encontraram os dele.

— Acho que nunca agradeci — disse ele, encarando-a. — Obrigado por ser tão independente. Por não confiar na versão oficial dos fatos. Por se jogar no rio e por, de maneira geral, cuidar de mim.

Ela deu de ombros, parecendo desconfortável diante de tantos elogios.

— Queria ter dito antes — continuou ele. — Você sabia que a verdade era importante para mim e se recusou a descansar até descobrir e trazê-la à tona.

— Fico feliz por ter ajudado na investigação — disse ela. — Se não soa mal, dadas as circunstâncias, gostei muito de estar em sua companhia. Sei que somos de mundos incrivelmente diferentes, mas foi bom conviver com uma pessoa de minha idade, para variar.

Ele concordou balançando a cabeça afirmativamente.

— Isso também vale para mim!

Ela desviou o olhar, e ele ficou imaginando por quê.

— Asta... Asta! Você tem que saber que nada precisa mudar depois de amanhã.

— Claro que precisa — rebateu ela, virando o rosto novamente de modo que ele viu as lágrimas enchendo seus olhos. — Você será o Príncipe de Toda a Archenfield. E eu serei... bem, serei apenas a aprendiz do Médico;

— Não — argumentou ele, abrindo os braços para abraçá-la. — Eu serei Príncipe, e você, minha amiga. Mesmo Príncipes precisam de amigos, você sabe.

Ela balançou a cabeça, limpando as lágrimas, e então — após uma singela hesitação — aceitou o abraço, envolvendo-o em seus braços.

Ao fazê-lo, ele gritou de dor.

— Ah, não! — exclamou ela. — Sinto muito. Pressionei o machucado, não foi?

Ela tentou se afastar, mas ele se recusou a permitir.

— Pressionou — respondeu ele. — Você é uma péssima pessoa, Asta Peck. Muito ruim. Mas, apesar de tudo, não consigo deixar de me sentir absolutamente orgulhoso e grato por chamá-la de amiga. — Continuou abraçando-a enquanto as águas do fiorde batiam suavemente na costa em frente a eles e uma brisa os cercava.

Ao longe, ouviram o soar de um sino. Seis batidas.

— O Sino do Poeta — observou Asta.

O Príncipe fez que sim com a cabeça.

— Vamos — chamou ele, soltando-a de seus braços e pegando-a pela mão. — Está ficando frio e tenho que voltar ao palácio. Vem comigo?

Ela concordou, ousando então apertar com força a mão dele.

Morgan Booth virou-se para encontrar um convidado inesperado em seu domínio subterrâneo.

— Príncipe Jared — falou ele, sorrindo. — Ninguém me orientou a esperá-lo. Como vai seu machucado?

Jared meneou a cabeça.

— Melhorando a cada dia, obrigado — respondeu Jared, tocando o curativo cuidadosamente. — Mas você não imagina o quanto coça.

— Bem, está melhorando — disse Morgan. — É isso que importa. — Fez uma pausa e continuou: — Então, estamos prontos para amanhã?

Jared confirmou com um aceno de cabeça.

— Tudo correrá conforme planejado.

— É assim que eu gosto — disse Morgan. — Tudo funcionando como um relógio novamente. — Olhou nos olhos do Príncipe. — Suponho ser capaz de adivinhar o que o traz até minha toca.

— Gostaria de falar com o prisioneiro — disse Jared.

— Fique à vontade! — respondeu Booth. — Quer que eu me retire?

— Não precisa sair por minha causa — respondeu o Príncipe. — Tenho certeza de que tem coisas a afiar.

Booth sorriu, os dentes brancos como a neve à luz da vela.

— Sempre tenho coisas a afiar, Príncipe Jared. — O Carrasco balançou a cabeça e voltou para a bancada de trabalho enquanto o Príncipe avançava.

Logan Wilde se levantou quando Jared se aproximou da cela.

— Ora, ora. A que devo a honra? — Ao que parecia, o Poeta estava de bom humor.

— Queria vê-lo — explicou Jared. — Antes de minha coroação.

— Ainda vai levar isso adiante?

Jared sorriu.

— Achou que os assuntos de Archenfield ficariam suspensos depois que você saiu de cena? — Inclinou-se mais para perto das barras que os separavam. — Pelo visto você não é tão indispensável quanto imaginava.

Logan retribuiu o sorriso, balançando a cabeça.

— Qualquer um pode planejar uma procissão — disse o Poeta. — Tenho certeza de que você e Axel têm devorado meus cadernos. Minha questão é: como sua coroação pode acontecer quando o Preço do Sangue pelo assassinato de seu irmão não foi pago? O povo não terá sua catarse. — A voz dele esfriou. — Você reinará envenenado pela morte e por problemas desde o princípio. Jamais conseguirá se livrar dessas algemas.

Jared encarou o prisioneiro. Logan falava como se ainda estivesse fazendo alguma contribuição válida para o Principado. Será que tinha se esquecido de que, segundo os próprios relatos, havia tentado trazer "máxima devastação" a Archenfield? Jared ficou imaginando até onde iam as ilusões do prisioneiro.

Pôde ver que Logan, com os braços cruzados, continuava esperando uma resposta.

— Você está errado — disse o Príncipe Jared. — Até onde o povo sabe, o Preço do Sangue foi pago. O Príncipe Anders foi assassinado por um camareiro renegado, Michael Reeves. Foi um crime terrível, que atacou inesperadamente o coração de nosso Principado. Ninguém podia ter previsto, mas a ameaça foi rapidamente descoberta e eliminada. Nossa segurança é muito eficaz.

— Há! — Logan balançou a cabeça. — Vejo que o subestimei. Parece que uma semana em minha companhia fez algum efeito.

— Detesto decepcionar seu complexo de superioridade — respondeu Jared. — Mas conseguimos formular isso sem a sua ajuda.

Logan deu de ombros.

— Eu não chamaria de "complexo". — Logan pausou e continuou: — Tudo bem, então você foi bem-sucedido em enganar o povo quanto ao seu irmão. Mas e a pobre Silvya e o filho não nascido do Príncipe? Isso não é facilmente explicável.

Os olhos de Jared encontraram os de Logan mais uma vez.

— A morte da Consorte do Príncipe é outra tragédia; ninguém tem qualquer dúvida quanto a isso. Mas ela ficou muito perturbada com a morte do marido, e isso acabou fazendo com que acabasse com a própria vida. Quanto ao bebê, bem, ainda não aparentava estar grávida. Ninguém de fora da corte precisa saber sobre isso.

Ao terminar de falar, Jared se sentiu um tanto enjoado pelas mentiras que, após tantas repetições, já havia decorado.

— Bem — disse Logan. — Alguém realmente se tornou um político e tanto desde nosso último encontro.

Jared prosseguiu, ignorando-o.

— Então, como pode ver, Logan, a coroação ocorrerá amanhã, exatamente como planejado. Marcará o fim de uma era de crise e apontará para um retorno aos tempos de paz e estabilidade sob um novo governante. — Fez uma pausa, se permitindo um pequeno sorriso, então: — Eu.

Logan balançou a cabeça outra vez.

— É admirável sua tentativa de varrer a verdade para baixo do tapete; digna de mim, pode-se dizer. Mas nós dois sabemos que as falhas logo aparecerão. A ameaça ainda existe, e, justo quando você começar a se sentir seguro, o mundo cairá em sua cabeça outra vez.

— Talvez — respondeu Jared, com um aceno de cabeça. — Talvez não. Você nos pegou de surpresa, Logan. Não deixaremos que aconteça de novo.

— Foi isso que veio me dizer? — perguntou Logan. — Ainda precisa de meu tapinha nas costas, mesmo depois de tudo? Vocês, Wynyard, são todos iguais. Elin não conseguiu desmamar nenhum dos filhos?

Jared balançou a cabeça.

— Não preciso nem quero nada de você — falou Jared. — Só vim para vê-lo uma última vez.

— O que quer dizer com isso? — perguntou o Poeta.

Havia uma nota de pânico por baixo da resposta convencida?

— Vai proceder com a minha execução? Mas como vai explicá-la ao povo? — continuou.

Jared apoiou a mão casualmente nas barras da cela de Logan.

— Eu e o Capitão da Guarda discutimos três opções em relação a você — explicou. — Primeira: extradição para Paddenburg. — Balançou a cabeça, lentamente. — Isso não vai acontecer, então não espere nenhuma reunião com sua irmã igualmente ambiciosa tão cedo. — Jared notou com satisfação a reação de choque de Logan, e então prosseguiu: — Segunda: execução. Claramente tentadora, e tenho certeza de que o senhor Booth ficaria feliz em cumpri-la. — Olhou para o Carrasco e, depois, para Logan. — Mas, no fim das contas, decidimos ficar com a terceira opção.

— Que é?

— Você é obviamente um homem paciente — disse Jared. — Esperou até o momento certo para liberar seu caos no Principado. Então, considerando que é tão paciente, vamos mantê-lo aqui por um longo tempo. Tenho certeza de que será um imenso conforto para você continuar, pelo menos simbolicamente, no coração de Archenfield.

Logan franziu o rosto. Então a careta se transformou em sorriso. Jared estava começando a achar que seu conselheiro finalmente havia sucumbido à loucura. Mas quando Logan Wilde falou, a voz estava carregada de uma fria convicção.

— Fui apenas um batedor. O fato de ter conseguido tudo o que queria mostra o quão enfraquecido o Principado se tornou.

Os olhos de Jared arderam em fúria.

— Talvez tenha razão. Talvez nossas defesas estivessem baixas. Mas já lhe disse que isso não vai se repetir. Não comigo aqui.

Logan sorriu mais uma vez.

— Suas palavras são um pouco mais simples quando não sou eu que as escrevo, não são? — Ele deu de ombros. — Não importa. Você tem um certo poder ingênuo. Mas não se engane, pequeno Príncipe, precisará de cada gota dele nos tempos que o aguardam. Fala como se estivesse no controle, mas isso está longe de ser verdade. Em breve vai ver como as coisas são.

As palavras do Poeta — pois ele não conseguia deixar de enxergá-lo como O Poeta — fizeram Jared gelar. Mas não podia permitir que seu adversário visse isso. Se havia aprendido alguma coisa naqueles últimos dias, era que o Príncipe precisava esconder seus verdadeiros pensamentos, principalmente seus verdadeiros medos.

— Nosso tempo acabou — disse o Príncipe Jared a Logan.

Logan Wilde deu de ombros.

— Isso provavelmente é bom — falou ele. — Se quer minha opinião sincera, em comparação ao seu irmão mais velho, você é um pouco chato.

Jared ignorou a alfinetada.

— Adeus, Logan. — Virou-se, em seguida parou, olhando para trás. — Obrigado por tudo que me ensinou durante nossa convivência. Tenho certeza de que usarei seus conselhos em meu reinado.

Logan deu de ombros.

— Veremos — falou Logan, regressando às profundezas da cela.

O Príncipe virou novamente e voltou para a bancada de trabalho de Booth. O Carrasco estava ocupado, amolando a borda do machado.

— Acredite em mim, Morgan, quando digo que lamento que não terá chance de usar isso hoje.

Booth deu de ombros.

— Não tem problema. É bom mantê-los afiados de qualquer forma.

— Não deixe o prisioneiro incomodá-lo. Se o fizer, quero que me avise.

Booth fez que sim com a cabeça.

— Não se preocupe comigo. Apenas se prepare para seu grande dia amanhã. Archenfield está pronta para receber seu novo Príncipe.

Jared sorriu.

— Vou indo — disse o Príncipe. — Mas minha mãe me pediu para lhe dar um recado. Ela o espera para um chá ao soar do Sino do Médico. Já está escolhendo novos livros para você.

Booth assentiu.

— Estarei lá — falou ele. — Já é hora de as coisas voltarem ao normal por aqui, não acha?

O Príncipe Jared concordou com um meneio e saiu. Sim, mais que tudo, pensou enquanto subia as escadas da Masmorra, ele queria que a rotina voltasse ao normal. Não podia trazer de volta o irmão ou Silvya, mas podia honrar suas memórias e a de seus ancestrais, se comprometendo e entregando a paz duradoura a Archenfield. Ele sabia que não seria uma questão simples ou direta. As últimas provocações de Logan ainda giravam em seu cérebro. Sabia que Axel estava longe de ser convencido de que a ameaça incipiente de Paddenburg havia sido superada. O Principado continuava em alerta, mas o Príncipe Jared não estava sozinho. Tinha sua família, os Doze e o Principado como um todo para lhe apoiar ao longo dos próximos dias e meses. Pois agora havia extraído o veneno enraizado no coração da corte.

Emergindo da masmorra para a luz, Jared sentiu uma sensação de libertação quando o sol do meio-dia bateu em seu rosto e sua nuca. As ameaças de Logan e a pressão das últimas duas semanas já estavam começando a deixar seus ombros. Ele sabia que se sentiria melhor depois que as formalidades do dia seguinte estivessem concluídas, mas pretendia parar e saboreá-las; ou, se não as saboreasse, pelo menos queria ter total consciência delas. Não era todo dia que se era coroado Príncipe e todo o povo ia à rua balançar bandeiras e gritar seu nome. Jared, Príncipe de Toda a Archenfield. Ainda soava estranho a seus ouvidos, mas tinha a sensação de que logo se acostumaria. Deu de ombros e continuou, apreciando o calor do sol de outono.

— Está pronta? — perguntou Asta a Novah ao chegarem à porta no topo da escadaria de pedra.

Novah balançou a cabeça, sorrindo suavemente.

— Pronta.

Asta abriu a porta e começou a subir os últimos degraus que conduziam à Gaiola da Falcoeira. Era estanho pensar que na última vez em que subiu essas escadas achava que Novah Chastain fosse uma assassina. Olhou por cima do ombro para checar o progresso de Novah. Deu para ver que a subida tinha esgotado a Falcoeira, mas também viu que completar a subida e regressar aos seus domínios a deixara feliz.

— Que tal estar aqui de volta? — Quis saber Asta, esticando a mão.

— Muito bom! — exclamou Novah, os olhos marejados. Ela pegou a mão de Asta e apertou-a gentilmente. — Obrigada, por todo o cuidado e apoio na última semana. Começamos com o pé esquerdo, mas você se provou uma verdadeira amiga.

Asta sorriu.

— Fico feliz que tenha se recuperado tão bem.

— Ouço vozes? — Um jovem de cabelos negros e barba incipiente atravessou o recinto em direção a elas, com um falcão no antebraço.

— Adam! — exclamou Novah. — Asta, este é Adam Marangon, meu falcoeiro-assistente. Adam, esta é a formidável Asta Peck.

— A aprendiz do Médico? — indagou Adam, esticando o braço para apertar a sua mão. — Ouvi muito a seu respeito na corte.

Asta apertou a mão dele.

— É um prazer conhecê-lo, Adam. E quem é essa? — Apontou com a cabeça para a ave empoleirada na luva do rapaz.

— É Pampero! — exclamou Novah, com um sorriso se formando no rosto. — Ela parece bem. Como elas estão? Senti saudades de cada uma!

Adam sorriu.

— Todas com saudades da dona, mas fora isso, todas bem. E agora acho que vou devolver Pampero ao poleiro e deixar que tenha sua reunião com todas elas.

— É melhor eu ir também — disse Asta. — Tenho certeza de que o tio Elias...

Novah esticou a mão.

— Fique só um pouco, por favor?

— Claro, se você quiser.

Adam conduziu-as até o poleiro, onde as companheiras de Pampero esperavam ansiosamente, tendo sentido as novas presenças na gaiola. Estava um dia claro, e Asta pôde enxergar através dos vidros todo o território do palácio: o vale, a floresta, o fiorde. Archenfield nunca havia parecido tão bela a seus olhos. Talvez fosse o último sol do outono; talvez o simples fato de que as coisas estavam voltando a se organizar após o turbilhão das duas últimas semanas.

Adam ajudou Pampero a subir no poleiro, ao lado das companheiras, e começou a tirar a luva de couro. Ao fazê-lo, sorriu para Asta. O sorriso dele era tão aberto que parecia iluminar todo o seu rosto. Ela sentiu instantaneamente que gostou dele, e que podia confiar em Adam Marangon.

— Onde está Mistral?

Os dois viraram ao ouvir a pergunta de Novah. A Falcoeira parecia perturbada.

Adam balançou a cabeça.

— Ah, desculpe, esqueci de dizer. O Capitão da Guarda me pediu para enviá-la com uma mensagem ao Portão de Paddenburg. — Ao terminar de falar, ouviram o sino familiar começar a soar.

— O Sino da Falcoeira — observou Adam, com um sorriso. — Bem na hora. — Mistral deve estar de volta a qualquer instante.

Novah não retribuiu o sorriso. Passou por ele e foi para a varanda.

Asta abordou Adam Maragon.

— É natural que ela esteja um pouco ansiosa. Depois de tudo que passou, acho que ela só quer que as coisas voltem ao normal.

Ele concordou.

— Todos nós queremos isso, Asta, não concorda?

Antes que ela pudesse responder, viu um pássaro se aproximando da varanda. Ambos viraram quando a ave pousou bem na frente da Falcoeira.

Não era um falcão, mas uma águia dourada. Uma ave enorme, com asas muito compridas.

Intrigada, Asta marchou até a varanda, seguida de perto por Adam.

— Pensei que fosse... — começou Asta. Parou de falar ao detectar a expressão de espanto no rosto de Novah, e olhou a águia mais de perto.

Em suas garras estavam os restos sangrentos de um pássaro menor. E em seu bico encontrava-se a cabeça.

— Mistral! — exclamou Novah, cambaleando para trás, em direção ao vidro. Adam chegou perto para impedi-la de cair. Ele a segurou firme nos braços, apesar de ela se contorcer como um animal selvagem.

— Sinto muito, Novah — disse suavemente. — Sinto muito. Sei o quanto ela era importante para você.

Asta encarou a águia. Tinha a estranha sensação de que a ave olhava para ela e seus companheiros com desdém. De repente moveu uma das garras, e, ao fazê-lo, Asta notou que ela trazia um tubo de mensageira, quase idêntico àqueles carregados pelos falcões de Novah, apenas um pouco maior.

Sem falar com os outros, e sem colocar uma luva, Asta foi até a águia;

— Asta! — sibilou Adam. — Tenha cuidado. Um pássaro como este mata com facilidade.

Mas ela estava muito além do medo. E, na verdade, parecia que a águia queria que ela esticasse o braço e soltasse o tubo.

Ela o fez, e, ao abri-lo, permitiu que um rolo de pergaminho, selado com cera, deslizasse.

— Quem usaria uma águia como mensageira? — perguntou Adam, franzindo o rosto.

— O que diz, Asta? — Novah se soltou dos braços de Adam.

Asta desenrolou o papel e começou a ler as palavras escritas com uma letra bonita, porém incomum:

A Jared, Príncipe de Toda a Archenfield,

Seu principado está irremediavelmente enfraquecido. Paddenburg está pronta para assumir controle total. Você tem sete dias para render sua terra e seu povo a nós.

Se não se render até o pôr do sol do sétimo dia, nossos exércitos vão invadir as fronteiras.

E, se algo acontecer a Logan Wilde neste período, saberemos, e nossos soldados chegarão ainda mais cedo.

Aproveite a coroação e o fato de que será o reinado mais curto da história de Archenfield.

Cordiais saudações, ambiciosas e ansiosas.

Príncipe Ven e príncipe Henning de Paddenburg.

Quando Asta terminou de ler, olhou para o rosto dos outros. Deu para perceber que estavam tão chocados quanto ela; ninguém achou palavras para verbalizar esse novo horror. Atrás dela, ouviu distraidamente as asas da águia se abrindo. Olhou para trás bem a tempo de ver o pássaro levantar voo. Ao fazê-lo, deixou a cabeça de Mistral cair na varanda de pedra, e depois subiu pelo céu de Archenfield. Evidentemente, a mensageira sombria havia completado sua missão. Agora podia voltar para casa, para os seus mestres.

CONTINUA.

ARQUIVOS DE ARCHENFIELD

O PRÍNCIPE E OS DIRIGENTES DE ARCHENFIELD

- Anders Wynyard — O PRÍNCIPE (assassinado)
- Jared Wynyard — O SUCESSOR
- Hal Harness — O GUARDA-COSTAS
- Novah Chastain — A FALCOEIRA
- Logan Wilde — O POETA
- Elias Peck — O MÉDICO
- Padre Simeon — O SACERDOTE
- Morgan Booth — O CARRASCO
- Emelie Sharp — A APICULTORA
- Vera Webb — A COZINHEIRA
- Jonas Drummond — O LENHADOR
- Lucas Curzon — O LACAIO
- Kai Jagger — O CAÇADOR
- Axel Blaxland — O CAPITÃO DA GUARDA

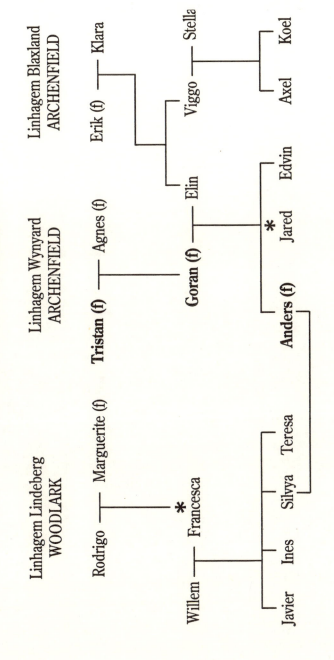

AS HORAS DE ARCHENFIELD

O Sino do Príncipe

O sino soa uma vez, pois só existe um verdadeiro Príncipe.
Utilizamos esta hora para agradecer por suas muitas virtudes e pela forma como ele incorpora tudo que há de bom e justo em nosso Principado.

O Sino do Capitão da Guarda

O sino soa duas vezes.
Utilizamos esta hora para agradecer pela proteção e pela paz que o Capitão da Guarda garante ao nosso Principado.

O Sino da Cozinheira

O sino soa três vezes.
Utilizamos esta hora para agradecer pela alimentação diversa e farta que recebemos três vezes ao dia.

O Sino do Lenhador

O sino soa quatro vezes.
Utilizamos esta hora para agradecer por nossos bosques e florestas e àqueles que cuidam deles ao longo das quatro estações do ano.

O Sino do Lacaio

O sino soa cinco vezes.
Utilizamos esta hora para agradecer pelos cavalos e outros animais, dos quais todos dependemos, e àqueles que cuidam deles.

O Sino do Poeta
O sino soa seis vezes.
Utilizamos esta hora para agradecer pelo dom do Poeta de encontrar palavras que contam a história de nosso Principado.

O Sino da Falcoeira
O sino soa sete vezes.
Utilizamos esta hora para agradecer pela capacidade da Falcoeira de se comunicar com seus pássaros e pela proteção que isto traz a todos nós.

O Sino do Caçador
O sino soa oito vezes.
Utilizamos esta hora para agradecer pela habilidade e pela coragem daqueles que caçam a comida que nos alimenta.

O Sino do Guarda-Costas
O sino soa nove vezes.
Utilizamos esta hora para agradecer àqueles que protegem nosso Príncipe e consequentemente o Principado.

O Sino da Apicultora
O sino soa dez vezes.
Utilizamos esta hora para agradecer pelo mel colhido de suas colmeias e pelo doce da vida de que desfrutamos em Archenfield.

O Sino do Médico
O sino soa onze vezes.
Utilizamos esta hora para agradecer por aqueles que sabem como nos curar e pelos mistérios de nossos corpos mortais que ainda não compreendemos.

O Sino do Sacerdote

O sino soa doze vezes.

Utilizamos esta hora para agradecer pelo Padre, que guia nosso caminho por esta vida e nos pastoreia gentilmente ao reino além.

O Sino do Carrasco

O sino soa treze vezes.

Utilizamos esta hora para agradecer pelo machado do Carrasco, que é empunhado com rigor e justiça e nos permite dormir em segurança.

O Sino do Sucessor

O sino soa catorze vezes.

Utilizamos esta hora para honrar nosso ilustre herdeiro e também para esperar pelo glorioso futuro do Principado.

Nota de agradecimento:

Escrever um livro pode parecer uma atividade individual, mas, na verdade, é um esporte coletivo, e estou em dívida com diversas pessoas que ajudaram a trazer *Aliados e Assassinos* ao mundo. A lista começa com Hedd ap Emlyn, uma bibliotecária inspiradora que, em um dia soturno de outono em Wrexham, me contou sobre a tradição galesa da "Cadeira do Poeta". A história do Príncipe Jared e de sua corte começou a ganhar suas bases naquele mesmo dia. Hedd, muito obrigado por ter aberto para mim os portões da corte galesa pré-medieval, por sua generosidade de tempo e espírito em me direcionar para as fontes de informação e inspiração e, talvez acima de tudo, por sua paciência quando não fui suficientemente cuidadoso com o material-fonte. Meu próximo agradecimento é para minha maravilhosa editora literária, Philippa Milnes-Smith, da Lucas Alexander Whitley, que conduz minha carreira de escritor com mão forte e firme, e que sempre parece conhecer o próximo passo da jornada, mesmo quando eu não tenho certeza.

Agradeço a minha dupla dinâmica de editores — Sam Smith, da Atom no Reino Unido, e Kate Sullivan, da Little, Brown nos Estados Unidos. Sou muito grato a vocês pelo entusiasmo por esta ideia, e por toda a energia e sabedoria que compartilharam ao longo do desenvolvimento do projeto. Agradeço a minha sobrinha Nadine Mahoney por me guiar — e Elin — com seus conhecimentos sobre como preparar tintas, e a Billy Taylor, falcoeiro oficial do Lainston House Hotel em

Hampshire, por ter me apresentado o mundo de falcões e águias. Por último, mas nunca menos importante, obrigado a Peejay Norman por ter defendido esta ideia da primeira faísca à edição final, pela parceria tão entusiasmada na pesquisa (do vale ao fiorde) e por ter me ajudado a encontrar e manter minha conexão com Archenfield e com todos que vivem — e morrem — em seus limites.

Justin Somper

Este livro foi composto na tipologia Melior LT Std,
em corpo 10,25/15,6, e impresso em papel off-white,
no Sistema Cameron da Divisão Gráfica
da Distribuidora Record.